풀의 죽음

09

미래의 문학

풀의 죽음

존 크리스토퍼 지음

박중서 옮김

폴라북스

+++ 존 커스턴스 일행 이동 경로 +++

차량 이동로

켄들 · 매섬

아일랜드해

해러게이트

태드캐스터

리버풀 · 리즈

맨체스터

동커스터

뉴어크온트렌트

잉글랜드

스테이플포드

케임브리지

웨일스

루탐파크 · 런던

도버

영국해협 · 도버해협

도보 이동로

블라인드 협곡 · 켄들 · 세드버그 · 호스 · 커버럼 · 매섬

일러두기

• 이 책의 주석은 모두 옮긴이 주입니다.

차 례
■■■■

프롤로그   9

풀의 죽음   23

작품 해설   354

때로는 죽음이 가족의 불화를 치유한다.

남편과 사별한 직후인 1933년 초여름, 힐다 커스턴스는 결혼 13년 만에 처음으로 아버지에게 편지를 썼다. 서로에 대한 감정은 두 사람 모두 예전과는 많이 달라져 있었다. 딸은 런던에서 여러 계절을 삭막하게 보내고 나서 웨스트모어랜드[+]의 언덕을 갈망하던 처지였고, 아버지는 죽기 전에 하나뿐인 딸을 다시 보고 싶다는, 한 번도 못 만난 외손자들을 보고 싶다는 열망과 외로움을 함께 느끼던 처지였기 때문이다. 아이들은 기숙학교에 다니고 있어서 남편의 장례식에 굳이 부르지 않았다. 여름 학기가 끝나자 아이들은 리치먼드[++]의 작은 집으로 돌아왔지만, 이곳에서는 딱 하룻밤밖에 머물지 않았다. 다음 날 아이들은 어머니를 따라 북쪽으로 향하는 여

[+] 과거 잉글랜드 북서부에 있었던 주로, 현재의 컴브리아 남동부에 해당한다.
[++] 런던 남서부의 교외 도시.

행길에 올랐다.

기차에서 동생 존이 물었다.

"그런데 어째서 '왜' 우리는 지금까지 비벌리 외할아버지하고 아무런 연락도 하지 않았던 거예요?"

어머니는 낮의 열기 속에서 피곤한 듯 너울거리는 흐리고 삭막한 런던 풍경을 창밖으로 바라보고 있었다.

그녀는 모호하게 대답했다. "어쩌다가 이렇게까지 됐는지는 나도 잘 모르겠구나. 싸움이 났고 둘 중 어느 쪽도 멈추지 못했지. 결국 서로 침묵을 지키게 되었고, 둘 중 어느 쪽도 그걸 깨지 못했던 것뿐이야."

문득 계곡에서 보내던 소녀 시절, 걱정 없고 조용한 삶을 뿌리치고 무작정 뛰어들었던 감정의 폭풍우를 차분하게 떠올려보았다. 그땐 훗날 어떤 불행이 닥치더라도 당시의 격정에 대해서는 결코 후회하는 일이 없으리라고 자신했었다. 하지만 시간은 그녀가 이중으로 틀렸음을 증명해 보였다. 한편으로는 불행은커녕 결혼 생활과 아이들 모두에 대해 느낀 만족감 때문이었고, 또 한편으로는 (나중에 돌아보니) 심지어 자기 눈에도 확실히 추접하고 엇나가 보이는 삶에서도 그런 만족감이 나왔다는 놀라움 때문이었다. 그녀는 삶의 그런 면을 과거에는 직시하지 못했지만, 그녀의 아버지는 그런 사실을 어김없이 자각했으며, 나아가 자신의 그런 자각을 딸 앞에서 감출 수 없었다. 그게 바로 핵심이었다. 아버지의 혐오와 딸의 분개가 갈등의 원인이었다.

존이 물었다. "그럼 그 싸움은 누가 시작한 건데요?"

그녀가 유일하게 안타까워하는 부분은, 장인과 사위 두 사람 모두 결코 서로를 제대로 알지 못했다는 점이었다. 두 사람은 여러 면에서 달랐지만, 서로를 좋아했을 가능성도 충분히 있었다. 그녀의 자존심이 끼어들어 방해하지만 않았어도 말이다.

"그건 중요하지 않아." 그녀가 말했다. "어쨌거나 지금은 말이야."

데이비드는 《보이스 오운 페이퍼》†를 내려놓았다. 나이는 동생보다 한 살 더 많았지만, 키가 아주 약간 클 뿐이었다. 둘은 외모가 비슷했기 때문에 종종 쌍둥이로 오해받곤 했다. 하지만 동생에 비해 형은 행동도 생각도 느렸으며, 뭔가를 생각하는 것보다 물건을 만지는 것을 더 좋아했다.

데이비드가 말했다. "그런데 그 계곡 말이에요. 어떤 곳이에요, 엄마?"

"계곡? 멋진 곳이지. 거기는…… 아니야. 내 생각에는 너희가 직접 볼 때까지 깜짝 선물로 남겨놓는 게 좋겠구나. 어쨌거나 나도 설명하기 어려우니까."

존이 말했다. "아, 알려주세요, 엄마!"

데이비드는 조심스럽게 물어보았다. "그러면 기차에서도 볼 수 있는 거예요?"

이 말에 어머니는 웃음을 터트렸다. "기차에서도 볼 수 있냐고? 그 입구도 볼 수 없을걸? 거긴 스테이블리에서 거의 한 시간이나

---

† 1879년부터 1967년까지 발간된 아동지.

걸리니까.”

“그럼 얼마나 큰 건데요?” 존이 물었다. “주위에는 온통 언덕인 거예요?”

그녀는 아이들을 향해 미소를 지었다. “직접 보면 알 수 있을 거야.”

스테이블리에 도착해 보니, 아이들 외할아버지의 소작인인 농부 제스 힐렌이 자동차를 끌고 마중 나와 있었다. 일행은 차를 타고 언덕을 넘어 달렸다. 이미 날이 저물고 있어, 결국 해가 지고 난 뒤에야 이들은 블라인드 협곡을 볼 수 있었다.

어쩌면 사이클롭스 계곡이 차라리 더 적절한 이름일 수 있었다. 왜냐하면 이곳에는 바깥을 내다보는 눈이 단 하나뿐이었기 때문이다. 그 눈은 서쪽을 향하고 있었다. 이 통로를 제외하면 계곡 전체는 마치 접시, 또는 대접 같은 모양이어서, 사방이 맨 바위로, 또는 거친 헤더(야생화)로 뒤덮인 채 높은 하늘을 향해 급경사를 이루었다. 주위를 에워싼 울타리의 황량함과는 대조적으로 계곡 자체는 유난히 풍요로웠다. 초록색 밀밭이 여름의 산들바람에 흔들렸고, 밀밭 너머로 점차 높아지는 땅에는 더 푸른 초지가 펼쳐졌다.

계곡으로 들어가는 입구는 그보다 더 좁을 수가 없었다. 길의 너비는 10미터쯤이었고, 왼쪽으로는 바위가 가파르게 솟아오르다가 툭 튀어나와 턱을 이루었다. 오른쪽으로는 레페강이 거품을 일으키며 흐르고 있었다. 거기서 15미터쯤 더 들어가서 좁은 틈새를 또 하나 지나면 비로소 계곡이 나왔다.

힐다 커스턴스는 두 아들을 돌아보았다.

"어때?"

"우와!" 존이 말했다. "이 강은 도대체가······그나저나 어떤 사람이 처음 이 계곡 안으로 들어가봤던 걸까요?"

"이 강은 레페강이야. 길이는 55킬로미터쯤 되는데, 그중 40킬로미터는 지하로 흐른다고 해. 물론 그 소문이 진짜라면 말이야. 어쨌거나 이 강은 계곡의 지하에서 솟아나거든. 이 지역에는 이런 강들이 제법 많지."

"깊어 보여요."

"맞아. 그리고 매우 빠르지. 그러니 수영은 절대 안 된다. 더 상류에서는 가축 때문에 물가에 철조망도 쳐놨지. 혹시라도 빠지면 안 되니까."

존이 현명하게 한마디 거들었다. "제 생각에는 겨울이면 홍수가 일어날 것 같아요."

엄마도 고개를 끄덕였다. "예전에는 항상 그랬지. 지금도 그런가요, 제스?"

"작년 겨울에만 해도 한 달이나 외부와 두절되었어." 제스가 말했다. "그래도 지금은 무선 통신이 있어서 상황이 예전만큼 나쁘지는 않아."

"무서웠을 것 같아요." 존이 말했다. "그런데 진짜로 두절되었던 거예요? 언덕을 넘어갈 수도 있었을 텐데요."

제스가 씩 웃었다. "실제로 시도했던 사람들이 있었지. 하지만 저 꼭대기까지는 온통 바위투성이고, 거기서 반대편으로 내려가는 경사면은 훨씬 더 심하거든. 그러니 레페강의 수위가 낮아지는 걸 가만히 앉아서 기다리는 게 최선이지."

힐다 커스턴스는 큰아들을 바라보았다. 그는 해가 지면서 짙게 어둠이 깔린 계곡 저편을 바라보고 있었다. 힐렌 농장의 건물이 눈앞에 나타났지만, 비벌리 농장이 나오려면 좀 더 위로 가야 했다.

"음." 그녀가 말했다. "너는 어떻게 생각하니, 데이비드?"

큰아들은 마지못한 듯 고개를 돌려 엄마를 바라보았다.

"저는 여기 살았으면 좋겠어요. 영원히요."

그 여름 내내, 아이들은 계곡 곳곳을 신나게 뛰어다녔다.

계곡은 길이가 5킬로미터이고 폭은 아무리 넓은 곳도 800미터밖에는 되지 않았다. 농장은 단 두 곳뿐이고, 강은 입구에서 3킬로미터쯤 떨어진 남쪽 경사면에서 흘러나왔다. 땅이 비옥해 곳곳에 농작물을 심어놓았지만, 열두 살과 열한 살배기 남자아이들이 뛰어놀 공간은 넉넉했고, 기어오를 언덕도 사방에 있었다.

형제는 두세 군데 언덕에 올라가보고, 그 꼭대기에 서서 숨을 헐떡이며 저 너머 펼쳐진 거친 언덕이며 황야를 바라보았다. 계곡은 두 소년의 등 뒤에 작게 놓여 있었다. 존은 그 높이의 느낌, 고립의 느낌, 그리고 (어느 정도까지는) 느껴지는 힘에 가슴이 벅차올랐다. 높은 곳에서 내려다보니 농장이 마치 장난감처럼 보여서, 당장이라도 손을 뻗치면 땅에서 쑥 뽑아낼 수 있을 것 같았다. 그리고 계곡의 초록은 마치 사막 같은 산들 한가운데의 오아시스처럼 보였다.

반면 데이비드는 이런 놀이를 오히려 덜 즐기는 편이었으며, 세 번째 등반 이후로는 더 참여하지 않았다. 그로선 계곡에 머물러 있는 것으로도 충분했다. 주위의 경사면이 마치 이곳을 감싸고 보호하는 양손처럼 느껴지다 보니, 굳이 거기에 기어오른다는 것은 쓸모없는 일일 뿐만 아니라 심지어 배은망덕한 일 같았기 때문이다.

이렇게 관심사가 다르다 보니 형제는 서로 떨어져 지내는 시간이 많았다. 존은 주로 언덕 가장자리를 돌아다닌 반면, 데이비드는 농장에 머무르며 외할아버지에게 점점 더 큰 만족감을 주었다. 두 번째 주가 끝날 무렵의 따뜻하고 구름 많은 오후, 소년과 노인은 나란히 걸어서 강변 농지로 향했다. 데이비드가 유심히 지켜보는 동안 외할아버지는 여기저기서 밀 이삭을 뽑아서 살펴보았다. 근시가 심했기 때문에 밀 이삭을 팔 길이만큼 멀찍이 놓고 봐야만 했다.

"올해도 풍년이겠구나." 노인이 말했다. "적어도 내 눈으로 확인한 게 맞다고 치면 말이야."

오른쪽에서 레페강이 바위 틈새를 지나 계곡 안으로 분출하며 내는 둔중한 소음이 계속해서 들려왔다.

데이비드가 말했다. "그럼 저희도 추수 때까지 여기 있을 수 있나요?"

"상황에 따라 다르겠지. 잘만 하면 될 거다. 너는 여기 계속 있고 싶니?"

데이비드는 신이 나서 대답했다. "그럼요, 할아버지!"

잠시 침묵이 흘렀고, 유일한 방해 요소는 레페강의 소음뿐이었다. 노인은 비벌리 가문이 한 세기 동안 농사지어온 계곡을 한 바퀴 둘러보았다. 그러고는 고개를 들어 자기 옆에 서 있는 외손자를 바라보았다.

"앞으로 우리가 서로를 더 잘 알게 될 시간이 있을지 없을지는 나도 잘 모르겠구나, 데이비드." 노인이 말했다. "혹시 어른이 되면 이 계곡에 와서 농사지을 생각이 있는 거냐?"

"그럴 수 있다면 정말 좋겠어요."

"그러면 이 계곡을 너한테 물려주마. 농장에는 주인이 필요하게 마련이고, 어쨌거나 내가 보기에 네 동생은 그런 삶을 좋아할 것 같지 않으니까 말이야."

"존은 공학자가 되고 싶어 해요." 데이비드가 말했다.

"그 녀석이라면 충분히 훌륭한 공학자가 될 수 있을 게다. 너는 뭐가 되고 싶으냐?"

"저는 아직 아무것도 생각 안 해봤어요."

"그러면 나도 함부로 말하지는 않아야겠구나." 할아버지가 말했다. "왜냐하면 이제껏 내가 본 다른 종류의 삶이라고 해야, 레페턴 시장에서 얼핏 본 것뿐이니 말이다. 하지만 나로선 다른 삶이 이만큼의 만족을 줄 수 있을지 잘 모르겠구나. 이곳은 좋은 땅이고, 자기 가족과 몇몇 이웃에 만족하는 사람에게는 좋은 보금자리니까. 위쪽 초지에 가보면 바닥에 돌 판이 놓여 있는데, 사람들 말로는 그게 이 계곡이 한때 요새였다는 증거라더구나. 물론 요즘이야 총이며 비행기가 있으니 여기를 지키기도 그때만큼 쉽지는 않겠지.

하지만 나는 바깥에 나갔다 올 때마다 늘 그런 느낌이 들더구나. 저 통로를 지나자마자 등 뒤로 문을 쿵 하고 닫아버릴 수도 있다는 느낌 말이다."

"저도 그런 느낌을 받았어요." 데이비드가 말했다. "우리가 계곡 안으로 들어올 때 말이에요."

"내 할아버지는 바로 이곳에 묻히셨단다." 할아버지가 말했다. "물론 그때도 그런 일을 싫어한 사람들이 있었지만, 그때만 해도 사람들은 싫은 것도 어찌어찌 감내할 수밖에 없었지. 하지만 요즘에 와서 싫다는 사람들의 주장이 더 힘을 얻게 되었다는 게 아니겠냐, 망할 놈들! 사람은 누구나 자기 땅에 묻힐 권리를 갖고 있는데도 말이야."

노인은 초록색 밀 싹을 다시 한 바퀴 둘러보았다.

"하지만 나로선 이곳을 두고 떠나는 걸 크게 불평하지는 않으련다. 어쨌거나 후손한테 물려주고 떠나는 거니까."

또 다른 오후, 존은 계곡의 남쪽 테두리에 올라서서 실컷 풍경을 구경한 후 계곡으로 내려가기 시작했다.

레페강이 지상으로 분출되는 곳부터 계곡을 완전히 벗어나는 곳까지의 구간은 바로 이 남쪽 경사면을 따라 이어졌다. 그런 까닭에 남쪽 경사면에 오르려면 계곡의 동쪽 끝에서 출발해 강을 피해 돌아가야 했다. 하지만 존이 가만 생각해보니, 지금 위치에서는 거품을 일으키며 흘러가는 강가의 남쪽 경사면 어디로나 자유롭게 이동할 수 있을 것 같았다 . 위에서 보니 저 아래 언덕 표면에 균열이 보였는데, 아마도 동굴이 아닐까 싶었다. 그는 새로운 길을 개척하면서 그곳으로 내려갔다.

존은 민첩하면서도 조심스럽게 아래로 내려갔다. 생각과 움직임이 빠른 그였지만, 그렇다고 무모하지는 않았다. 마침내 균열에 도착했지만, 시커멓게 굽이치는 강물 위로 5미터쯤 위에 있는 그곳은 동굴이 아니라 그냥 균열일 뿐이었다. 실망한 소년은 뭔가 새로운 도전 대상을 찾아보았다. 마침 강가 바로 위에 바위 하나가 턱처럼 툭 튀어나와 있었다. 어쩌면 거기 걸터앉아 흐르는 물에 한 발을 담글 수도 있어 보였다. 비록 동굴까진 아니었지만, 이번 모험에서 아무런 만족도 느끼지 못하고 그냥 농지로 돌아가는 것보다는 더 나아 보였다.

존은 좀 더 조심스럽게 아래로 내려갔다. 경사면은 가팔랐고, 레페강의 소리가 위협적으로 울려 퍼졌기 때문이었다. 하지만 마침내 도착한 바위 선반은 그다지 만족스럽지 못했다.

어쨌거나 이제는 다른 생각이 소년을 사로잡았다. 한쪽 발을 물에 담그겠다는 생각이었다. 그것만 해낸다면 오늘 스스로 설정한 목표를 만족시키기에는 충분해 보였다. 존은 언덕 한쪽 면에 어색하게 몸을 기댄 채, 오른발에 신은 샌들 끈을 풀기 위해 한쪽 손을 아래로 내렸다. 그런데 갑자기 왼발이 반질반질한 바위에서 미끄러지고 말았다. 아래로 떨어진다는 사실을 깨닫고 미친 듯 팔을 휘둘렀지만, 손으로 붙잡을 만한 것은 전혀 없었다. 존은 아래로 떨어져 강물에 휩쓸렸다. 한여름에도 여전히 차가운 레페강이 그를 가차 없이 난타했다.

또래 아이들에 비해 수영을 잘하는 편이었지만, 존은 레페강의 폭력에 대항할 기회조차 없었다. 그는 물살에 떠밀려 강바닥 깊숙이 끌려 들어가고 말았다. 그곳으로 말하자면 비벌리 가족은 물론이고 다른 어떤 인간이 그곳 강변으로 농사지으러 오기 이전부터 무려 수세기에 걸쳐서 강물이 스스로 만들어낸 통로였다. 강물은 소년을 조약돌마냥 강바닥에 굴렀다. 마치 소년으로부터 숨과 생명을 완전히 짜내려는 듯이. 물론 존은 이런 것을 전혀 깨닫지 못했다. 오로지 전적인 폭력, 그리고 자신의 숨 막히는 맥박만 느껴질 뿐이었다.

그러다가 존은 갑자기 저 위의 어둠이 점차 줄어들고 햇빛이 스며드는 것을 깨달았다. 강물은 여전히 거셌지만 깊이는 그리 대단하지 않았다. 마지막 남은 힘을 쥐어짜서 몸을 똑바로 일으켜 세워, 결국 강물 위로 얼굴을 내밀 수 있었다. 존은 헉헉대며 숨을 몰아쉬고, 자기가 강 한가운데에 거의 다 와 있음을 깨달았다. 강물이 너무 세서 차마 일어날 수는 없었지만, 물살 속에서 반쯤은 뛰다시피 또 반쯤은 헤엄치다시피 해서, 레페강에 이끌려 계곡의 끝을 상징하는 통로 쪽으로 끌려갔다.

일단 계곡을 벗어나자 강물도 더 잔잔한 구간에 접어들었다. 100미터쯤 내려오자 잔잔한 물속에서 어색하게나마 헤엄칠 수 있었고, 거기서 더 하류쪽 강둑에 도착하자 가까스로 육지에 올라설 수 있었다. 흠뻑 젖고 지친 상태에서 존은 이처럼 짧은 시간 동안 자기가 떠내려 온 급류를 멍하니 보고만 있었다. 그러던 와중에 갑자기 조랑말이 끄는 마차가 길을 따라 오는 소리가 들렸고, 잠시 후에 외할아버지의 목소리가 들렸다.

"어이, 애야, 존! 수영하고 있었니?"

소년은 비틀거리며 일어나 휘청거리며 다가갔다. 노인이 손자를 안아서 마차에 태웠다.

"몸을 많이 떨고 있구나, 애야. 혹시 물에 빠졌던 거냐?"

소년은 여전히 충격을 받은 상태였다. 그는 맥 빠진 목소리로 더듬거리면서 최대한 이야기하려 했다. 노인은 잠자코 듣고 있었다.

"너도 모험심을 타고난 모양이구나. 비록 어른이었다고 해도, 너와 같은 상황에 처하면 살아 돌아올 가능성은 높지 않았을 거야. 강바닥에 발을 디디고 일어났더니 물 밖으로 고개가 나오더라고? 네 증조할아버지께서도 레페강 한가운데에는 일종의 모래톱 같은 것이 있다고 말씀하셨지만, 어느 누구도 그게 실제로 있는지 확인한 사람은 없단다. 양쪽 강변 모두 물이 깊어서 거기까지 들어가기가 쉽지 않기 때문이지."

노인이 지켜보는 가운데 소년은 몸을 덜덜 떨기 시작했다. 다른 무엇보다도 바로 그런 경험 직후의 충격 때문이었다.

"하지만 오후 내내 이렇게 떠들기만 할 수는 없지. 우리 일단 돌아가서 마른 옷으로 갈아입자. 이랴, 플로시!"

할아버지가 작은 채찍을 획 하고 휘두르자 존이 재빨리 말했다. "할아버지. 엄마한테는 아무 말도 안 하실 거죠, 예? 제발요!"

노인이 말했다. "어떻게 말을 안 할 수가 있겠니? 네가 뼛속까지 흠뻑 젖은 걸 네 엄마가 똑똑히 볼 수밖에 없을 텐데."

"그럼 저 혼자서 몸을 말리면 되잖아요……. 햇볕에서요."

"그래도 되겠지. 하지만 이번 주 안에 다 말리기는 어려울 게다! 그러고 보니…… 혹시 물에 빠졌다는 사실을 엄마한테는 알리고 싶지 않은 거냐? 야단맞을까 봐 겁나서?"

"아뇨."

두 사람은 서로를 똑바로 바라보았다. "그래, 알았다." 할아버지가 말했다. "이번에 비밀을 지켜주면, 나한테 빚을 하나 진 셈이야. 내가 힐렌네 집에 데려다줄테니, 거기서 몸을 말릴 테냐? 최소한 어디선가는 몸을 말려야 할 테니까."

"네." 존이 말했다. "그건 괜찮아요. 고맙습니다, 할아버지."

마차의 바퀴가 거친 돌길 위를 지나며 덜그럭거리는 소리를 내는 가운데 두 사람은 입구를 지났고, 곧이어 힐렌의 농장이 저만치에 나타났다. 곧이어 노인이 먼저 둘 사이의 침묵을 깼다.

"너는 나중에 공학자가 되고 싶은 거냐?"

존은 콸콸 흐르는 레페강을 바라보던 눈을 돌려 노인을 향했다. "네, 할아버지."

"농사지을 마음은 없고?"

존은 조심스럽게 말했다. "딱히 없어요."

할아버지가 안심한 듯 말했다. "그래, 내 생각에도 그런 것 같구나."

노인은 뭔가 더 말하려다가 갑자기 멈추었다. 그러다가 힐렌의 농장 건물에 다 와서야 이렇게 말했다.

"나로선 오히려 기쁜 일이구나. 나로 말하자면 땅이야말로 세상 거의 모든 것보다도 더 사랑스럽다고 생각하니까. 하지만 그런 땅조차도 졸지에 가치 없게 만들어버리는 상황이 생길 수도 있지. 이 세상에서 가장 좋은 땅이라 하더라도, 그로 인해서 형제 간에 사이가 나빠진다면 차라리 황무지가 되는 편이 낫다는 거다."

곧이어 노인은 고삐를 당겨 조랑말을 세우고 제스 힐렌을 불렀다.

1

그로부터 사반세기 후, 형제는 레페강의 강둑에 나란히 서 있었다. 데이비드가 지팡이를 들어 언덕의 경사면 한참 위를 가리켰다.

"저기들 가네!"

형의 시선이 닿은 곳을 바라본 존도 애써가며 위로 올라가는 두 개의 점을 발견했다. 그는 웃음을 터트렸다.

"데이비가 걷는 속도는 평소와 똑같은데. 하지만 나라면 메리가 체력을 앞세워 맨 먼저 정상에 도달하리라는 쪽에 내기를 걸겠어."

"그쪽은 두 살이나 더 많은 누나라는 점을 감안해야지."

"이런 나쁜 큰아버지를 봤나. 같은 조카 중에서도 여자보다 남자를 노골적으로 편애하고 말이야."

두 사람은 씩 웃었다. "물론 메리도 착하지." 데이비드가 말했다. "하지만 데이비는― 음, 한마디로 데이비답지."

"형도 일찌감치 결혼해서 애를 몇이라도 낳았어야 했어."

"내가 연애할 시간이 있기나 했나?"

존이 말했다. "형 같은 시골 사람은 그냥 걸어 다니다가도 서로 눈이 맞는 줄 알았는데? 예를 들어 양배추를 심으면서도 서로 눈이 맞고 말이야."

"나야 애초에 양배추는 안 심었으니까. 요즘 들어서는 밀과 감자 말고는 다른 걸 기른다는 게 전혀 의미가 없다고. 왜냐하면 정부가 원하는 게 딱 그거니까, 나도 딱 그거를 내놓는 거지."

존은 재미있다는 듯 형을 바라보았다. "나는 형의 그런 정직하고 눈치 없는 농부다운 면이 좋더라. 그렇다면 형이 기르는 육우는 뭐야? 젖소는 또 뭐고?"

"나는 지금 농사 이야기를 하는 거야. 젖소라면 조만간 접을 수밖에 없을 판이야. 가치에 비해 너무 많은 땅을 잡아먹으니까."

존은 고개를 저었다. "이 계곡에 소가 없는 모습은 상상이 안 되는데."

"변함없는 시골의 모습 따위는 도시 촌놈들의 낡아빠진 환상일 뿐이야." 데이비드가 말했다. "오히려 요즘은 시골이 도시보다 더 많이 변한다니까. 도시에서의 변화라고 해야 기껏해야 색다른 건물이 나타나는 것뿐이겠지. 어쩌면 더 큰 건물, 또는 더 흉악한 건물일 수도 있지만, 여하간 건물일 뿐이잖아. 하지만 시골은 일단 변했다 하면, 전적으로 더 근본적인 차원에서 변하게 마련이라고."

"그 문제라면 나도 할 말이 많지." 존이 말했다. "어쨌거나……."

그때 데이비드가 등 뒤를 돌아보았다. "저기 제수씨가 온다." 앤

24

이 두 사람의 대화를 들을 수 있는 위치까지 왔을 때, 형이 동생에게 뜬금없이 덧붙였다. "그나저나 너는 내가 결혼 못 한 이유가 그렇게도 궁금한 거야?"

앤은 두 남자의 어깨 위에 팔을 한쪽씩 올려놓았다. "제가 이 계곡을 마음에 들어 하는 이유는 말이에요." 그녀가 빈정거리듯 말했다. "바로 이렇게 수준 높고 정중한 인사 때문이에요. 그나저나 자기가 끝내 결혼을 못 한 이유가 뭔지 정말로 궁금해요, 데이비드?"

"본인 말로는 시간이 전혀 없어서 그랬다는데." 존이 말했다.

"그건 아주버님이 혼합종이라서 그래요." 앤이 여전히 빈정거리듯 말했다. "농부로서 아내란 결국 가축에 불과하다는 사실을 잘 알지만, 그와 동시에 새로 유행하는 대학 출신 농부로서 아내를 가축으로 삼는다는 것에 죄의식을 느낄 만큼의 양식을 지닌 탓이죠."

"그렇다면 내가 내 마누라를 어떻게 다룰 거라고 생각하는 건가요?" 데이비드가 물었다. "그러니까 내가 마누라를 하나 얻는 상황까지 어찌어찌 도달했다고 가정한다면 말이에요. 혹시 트랙터가 고장이라도 나면, 내가 마누라에게 멍에를 씌워서 쟁기를 끌게 할 것 같아요?"

"그건 아직 뉘신지 모를 그 여자분 하기에 달린 문제라고 해야 맞겠죠. 그러니까 그분이 아주버님을 꽉 잡을 수 있느냐 없느냐 여부에 달린 문제요."

"거꾸로 형수가 형한테 멍에를 씌워서 쟁기를 끌게 할 수도 있지!" 존이 한마디 거들었다.

"그렇다면 정말 멋지고 솜씨 좋은 여자를 한 명 찾아주셔야 되겠네요, 앤. 친구분들 중에는 웨스트모어랜드의 시골뜨기를 상대할 수 있는 사람도 당연히 몇 분 계시겠지요?"

"저는 이미 허탕만 쳤어요." 앤이 말했다. "아무리 애써 살펴봐도, 아무런 진전이 없었다고요."

"그럴 수밖에요! 그런 여자들은 하나같이 절벽 가슴이거나, 안경잡이이거나, 손가락이 지저분하면서도 《뉴 스테이츠먼》+ 같은 잡지만 들고 다니거나, 또는 웃기는 색의 트위드 옷을 걸치고 나일론 스타킹에 하이힐을 신고 있겠죠."

"노마는 어땠어요?"

"그녀는 단지 씨말이 암말에게 봉사하는 것을 보고 싶을 뿐이었어요." 데이비드가 말했다. "자기 나름대로는 그게 상당히 흥미로운 경험일 거라고 생각했나 봐요."

"음, 그 정도면 농부의 아내가 되기에 부적격까진 아니잖아요?"

데이비드는 건조한 말투로 말했다. "저도 모르겠어요. 하지만 제스 영감님이 그녀의 말을 듣고 충격을 받으셨더군요. 예의범절에 관해서는 우리도 거칠지만 나름대로 쓸 만한 개념이 있으니까요. 비록 남이 보기에는 우스꽝스러울 수도 있지만요."

"결국 제가 방금 전에 한 말 그대로네요." 앤이 그에게 말했다. "아주버님은 아직 부분적으로만 문명인인 거예요. 결국 평생 독신으로 살게 될 거라고요."

데이비드는 씩 웃었다. "내가 정말로 궁금한 건 이거예요. 지금

+ 1913년 영국에서 창간된 진보 성향의 정치 문화 주간지.

나의 이런 야만 상태를 조금이나마 감소시키려면, 차라리 데이비라도 데려와서 키우는 게 방법일까요?"

존이 말했다. "데이비는 내가 건축가로 키울 거야. 건축가 아들에 공학자 아버지라니, 그럴싸하잖아. 그래야 나도 노년이 되어서까지 할 수 있는 괜찮은 일거리를 얻을 테니까. 지금 내가 일터에서 과연 어떤 '흉물 만들기'에 일조하는지 형도 알겠지."

"데이비는 자신이 원하는 진로를 택하게 될 거야." 앤이 말했다. "그리고 내가 보기에 지금 저 녀석의 장래 희망은 전문 산악인 같은데. 그나저나 메리는? 메리를 놓고서는 형제분들께서도 경쟁을 벌이지 않는 거야?"

"메리가 건축가가 되는 건 솔직히 상상이 안 되는데." 존이 말했다.

"메리야 결국 결혼하고 땡이겠지." 큰아버지가 말했다. "뭔가 장점이 있는 여자들이 다들 그렇듯이 말이야."

앤은 두 남자를 유심히 바라보았다. "두 사람 모두 진짜 야만인이네요." 그녀가 말했다. "아마 세상 모든 남자들이 마찬가지겠죠. 다만 아주버님의 경우에는 문명의 겉치장이 좀 더 떨어져 나갔을 뿐인 거고."

"저기." 데이비드가 말했다. "좋은 여자가 결국 결혼하는 걸 당연하게 생각하는 게 뭐가 잘못되었다는 거죠?"

"결혼 자체가 잘못은 아니죠. 저라도 데이비가 결혼한다면 전혀 놀라지 않을 거예요." 앤이 대답했다.

"대학에서 나랑 동기였던 여자애가 하나 있었어요." 데이비드가 말했다. "그 친구로 말하자면 공부로 우리 모두를 압도했고, 내가 들은 바에 따르면 겨우 열네 살 때부터 랭커셔에 있는 자기 아버지의 농장을 사실상 맡아서 운영했을 정도로 유능했다더군요. 그런데 그 친구는 졸업장도 받지 않고 학교를 그만뒀죠. 미국인 조종사랑 결혼해서 디트로이트로 떠나버렸거든요."

"그러니까 딸에 대해서는 아무 기대도 하지 말라는 거군요." 앤이 말했다. "결국 걔들은 미국인 조종사와 결혼해서 디트로이트로 떠나버리는 게 불가피하니까 말이에요."

데이비드는 천천히 미소를 지었다. "음, 뭐, 비슷하다고 해야죠!"

앤은 절반쯤 인내하고 절반쯤 책망하는 듯한 눈길을 그에게 던졌지만, 더는 아무 말도 하지 않았다. 세 사람은 아무 말 없이 강둑을 따라 걸었다. 공기에서 5월의 상쾌함이 느껴졌다. 하늘은 파랗고 맑았으며, 구름이 그 푸른 바탕 위를 천천히 가로질렀다. 이 계곡에서는 누구나 하늘을 더 의식하게 되는데, 주위를 에워싼 언덕이 마치 액자처럼 하늘을 가두고 있기 때문이었다. 구름 하나가 이들을 향해 천천히 다가와서 그늘을 만들더니, 곧이어 구름이 지나가며 다시 햇빛이 나타났다.

"여긴 정말 평화로운 곳이에요." 앤이 말했다. "아주버님은 무척 운이 좋아요. 정말."

"진짜 그렇게 생각한다면 일요일에 올라가지 말아요." 그가 말했다. "여기 더 있다 가요. 마침 루크도 병이 나서, 감자 캐려면 일손이 좀 더 필요하니까요."

"나는 '흉물 만들기'를 하러 가야 돼서 곤란해." 존이 말했다. "애들도 여기 계속 있다가는 노느라 바빠서 방학 숙제를 못 하고 말 거야. 그러니 계획대로 런던으로 올라가야 되겠어."

"여기는 사방팔방이 이토록 풍요롭다니까. 이 모두를 좀 봐봐. 그리고 저 딱하고 불쌍한 중국 사람들을 좀 생각해봐."

"최근의 소식은 뭐야? 아까 나오기 전에 뉴스 들은 거 있어?"

"미국에서 곡물 실은 배를 더 많이 보내고 있다더라."

"베이징에서는 아무 소식도 없고?"

"공식 보도는 전혀 없었어. 난리법석이 난 모양이야. 홍콩에서는 국경으로 몰려오는 난민의 공세를 무력으로 저지할 수밖에 없었 다고 해."

"그것 참 고상하고 점잖은 표현이네." 존이 굳은 표정으로 말했 다. "예전에 오스트레일리아에서 발생한 토끼 전염병 당시 사진 본 적 있어? 높이 3미터짜리 철조망 울타리가 세워져 있는데, 토끼 수 백 마리, 아니, 수천 마리가 그 앞에 모여 있는 거야. 서로의 몸뚱 이 위로 펄떡펄떡 뛰어 오르다 보면 결국 울타리를 뛰어 넘거나, 아니면 그놈들의 무게를 못 이기고 울타리가 무너져버리는 거지. 지금 홍콩의 상황이 딱 그거야. 차이가 있다면 이번에는 울타리 앞 에 모여 있는 게 토끼가 아니라 인간이라는 점뿐이지."

"네 생각에는 상황이 그만큼 안 좋은 것 같아?" 데이비드가 물 었다.

"그냥 안 좋은 게 아니라 상당히 심각하지. 토끼란 놈들은 굶주 림이라는 맹목적인 본능에 따라 전진할 뿐이었어. 반면 인간에게 는 지능이 있고, 그렇기 때문에 지능이 있는 인간을 저지하려면 더 단호한 수단을 사용할 수밖에 없어. 물론 거기 있는 총기에 사용할 탄약은 지금도 충분하겠지만, 조만간 지금 있는 탄약만으로는 충분하지가 않을 게 분명해."

"너는 홍콩이 결국 함락되리라고 보는 거야?"

"당연하지. 압력이 더해지다가 결국 분출되는 상황이 닥칠 거야. 처음에는 공중에서 기관총을 발사할 거고, 나중에는 폭탄과 네이팜 탄을 투하할 수도 있지. 하지만 지금 한 명을 죽이더라도, 저 내륙에서는 그 한 명을 대체할 또 다른 백 명이 계속 뒤따라오고 있어."

"네이팜 탄이라고!" 앤이 말했다. "에이, 설마."

"그거 말고 뭐가 있겠어? 그거 아니면 주민 피난령밖에 없는데, 지금 당장 홍콩 시민 전부를 제때 외부로 피난시킬 선박조차도 충분하지 않은 상황이야."

데이비드가 말했다. "하지만 설령 난민이 홍콩을 점령한다 치더라도, 그들 모두 하루 세 끼를 꼬박꼬박 챙겨먹을 만큼의 식량까지는 없을 거야. 결국 그들도 애초에 온 곳으로 돌아갈 수밖에 없을 걸."

"하루 세 끼라고? 내 생각에는 한 끼도 챙겨먹지 못할 것 같은데. 물론 별 차이야 없겠지. 그 사람들은 굶주려 있어. 만약 형도 그런 상황에 처하면, 먹을 것 한 숟가락을 얻기 위해 살인도 마다하지 않을 거야."

"그러면 인도는 어떨까?" 데이비드가 물었다. "그리고 버마(미얀마)라든지, 아시아의 나머지 지역은?"

"누가 알겠어. 최소한 그런 곳에서는 이번 일로 경고를 얻은 셈이니까. 문제는 애초에 중국 정부가 차마 감당할 수 없는 문제에 직면했다는 사실을 시인하려 들지 않았다는 데에 있었어. 그런 고집 때문에 결국 지금과 같은 최악의 상황이 생겨난 거지."

앤이 말했다. "도대체 그 사람들은 어떻게 이런 문제를 끝까지 비밀로 유지할 수 있다고 생각한 걸까?"

존이 어깨를 으쓱했다. "애초에 그 사람들은 법령을 제정해서 기근을 없애버렸다고 자랑했잖아. 기억 안 나? 처음만 해도 상황은 간단해 보였지. 그 사람들은 문제의 바이러스가 벼 논을 강타한 지 불과 한 달 만에 바이러스를 분리 추출하는 데 성공했어. 그런 다음에 그럴싸한 이름까지 붙여놓았지. '충리Chung-Li 바이러스'라고 말이야. 이제 남은 일은 곡물을 죽이지 않으면서 바이러스만 죽이는 방법을 찾아내는 거였지. 아니면 그 바이러스에 저항력을 가진 곡물을 만들어 내거나. 어쨌거나 그 사람들로서도 바이러스가 이토록 신속하게 퍼져 나가리라고 예상할 만한 합리적 이유는 전혀 없었다는 거지."

"하지만 결국 한 해 농사를 완전히 망치고 말았잖아?"

"중국 정부에서는 원래 기근에 대비해서 곡물 재고를 보유하고 있었어. 그거 하나만큼은 잘했다고 봐야지. 그래서 그쪽도 봄철 곡물을 수확하기 전까지는 기존의 재고를 이용해 버틸 수 있으리라 예상했어. 하지만 결국 그때가 되어도 바이러스를 퇴치할 수가 없게 되자 당황할 수밖에 없었던 거야."

"미국 정부에서도 급기야 이 문제를 새로운 시각에서 바라보게 되었고."

"결국 극동[+]의 나머지 지역만 살리기로 한 거야. 미국도 중국을 살리기에는 너무 늦었다고 본 거지. 그리고 이때의 중국에는 홍콩도 포함된다는 거야."

앤은 언덕 경사면을 주시하고 있었다. 두 아이가 정상으로 올라가는 모습이 보였다.

"어린애들이 굶고 있겠네." 그녀가 말했다. "우리가 도와줄 방법은 없는 거겠지?"

"뭐?" 존이 물었다. "우리도 식량을 원조하기는 하잖아. 하지만 그건 바다 한가운데에 물 한 방울 떨어트리는 격이라고."

"그런데도 우리는 이렇게 평화롭고 풍요한 땅에서 말하고 웃고 농담하고 있는 거네." 그녀가 말했다. "지구 반대편에서 '그런' 일이 벌어지고 있는데도 말이야."

데이비드가 말했다. "하지만 솔직히 그거 말고 우리가 할 수 있는 일은 더 없잖아요. 안 그래요, 앤? 그 사건 이전에도 시시각각 고통 속에 몸부림치며 죽어가는 사람들은 충분히 많았어요. 그 사건은 다만 그 숫자를 곱절로 늘려놓았을 뿐이죠. 죽음은 결국 마찬가지예요. 한 명에게 일어나든, 수십만 명에게 일어나든 간에."

그녀가 말했다. "물론 그렇겠죠."

"우리는 운이 좋은 거예요." 데이비드가 말했다. "어쩌면 지금 쌀을 공격하는 것과 똑같은 방식으로 밀만 공격하는 바이러스가 생

+ 서양중심주의 사고가 깃들었다는 이유로 최근에는 사용을 줄이는 단어이지만, '우리는 아시아인과는 다르다'는 영국인 특유의 자만이 이 책의 중요한 테마 가운데 하나이므로 '극동'으로 옮긴다.

길 수도 있었을 테니까요."

"설령 그런 일이 벌어지더라도, 지금과 똑같은 결과가 나오지는 않을 거야, 안 그래?" 존이 물었다. "중국인은 물론이고 아시아인 대부분이 쌀에 의존해 살아가지만, 우리 영국인은 그 정도로까지 밀에 의존하지는 않으니까."

"그래도 상황이 충분히 나쁘기는 하겠지. 빵이 배급될 것은 당연지사일 거고."

"빵이 배급된다니!" 앤이 외쳤다. "그것만 해도 대단한 일이겠네요. 지금 중국에서는 수백만 명이 곡물 한 숟가락을 얻기 위해서 아귀다툼을 벌이는 판이니까요."

세 사람은 잠시 말이 없었다. 이들의 머리 위로 구름 한 점 없는 하늘의 한 부분에 해가 멈춰 있었다. 꾸준하고도 위안을 주는 레페강의 물소리를 배경 삼아서 개똥지빠귀의 노랫소리가 들려왔다.

"불쌍한 인간들 같으니." 데이비드가 말했다.

"기차를 타고 오는데 말이야." 존이 말했다. "어떤 남자가 희희낙락하면서 이렇게 떠들더라고. 중국놈들은 공산주의자가 된 것 때문에 천벌을 받는 거라고 말이야. 마음 같아서는 한마디 받아치고 싶었지만, 하필이면 애들이 보는 앞이라서 어쩔 수 없이 참았지."

"그 사람에 비하면 우리는 훨씬 더 나은 편일까?" 앤이 물었다. "우리도 가끔씩은 기억하고 딱하게 생각하지만, 다른 대부분의 시간에는 깡그리 잊어버리고 평소처럼 우리 각자의 일에나 신경을 쓰잖아."

"잊어버릴 수밖에 없지요." 데이비드가 말했다. "기차에서 만났다는 그 사람 말인데. 그 사람도 항상 그렇게 남의 불행을 고소해하지는 않을 거예요. 그게 영국인의 본성이니까요. 그러니 우리가 얼마나 운이 좋은지를 깨닫는 한, 우리의 상황도 아주 나쁘지는 않을 거예요."

"정말 그럴까요? 부자들도 그와 비슷한 말을 하지 않았나요?"

바로 그때, 초여름의 산들바람에 실려서 희미하게나마 야호 소리가 들려오자, 세 사람 모두 그 소리를 따라 위쪽을 바라보았다. 하늘을 배경으로 한 사람이 언덕 꼭대기에 서 있고, 이들이 바라보는 사이에 또 한 사람이 올라와 그 옆에 섰다.

존이 미소를 지었다. "메리가 일등이네. 역시 체력이 갑이라니까."

"나이가 갑이라고 해야 정확하겠지." 데이비드가 말했다. "확실히 봤다는 뜻에서 손이나 흔들어주자고."

어른들이 팔을 흔들자, 점으로만 보이는 두 아이도 역시나 손을 흔들었다. 세 사람이 다시 걷기 시작할 때에 앤이 말했다.

"그나저나 내 기억에 메리는 장래 희망을 의사로 정한 것 같던데."

"음, 제법 좋은 생각인 것 같네요." 데이비드가 말했다. "그러면 내친 김에 의사랑 결혼해서 부부가 공동으로 병원을 차릴 수도 있을 테니까요."

"어떻게?" 존이 말했다. "디트로이트에라도 가서?"

"의사야말로 아주버님이 보기에는 유용하다 싶은 직업 가운데 하나인가 보네요." 앤이 말했다. "홀륭한 요리사에 버금갈 정도로요."

데이비드는 지팡이를 움직여 땅을 팠다. "단순한 것들과 더 가깝게 살아가는 나 같은 사람은, 그런 것들을 더 낫다고 여길 수밖에 없어요." 그가 말했다. "즉 첫째도, 둘째도, 셋째도 유용한 기술을 고를 수밖에 없는 거예요. 이 녀석이 하는, 마천루를 짓네 마네 하는 일은 한참 다음이라는 거죠."

"무슨 말이야?" 존이 말했다. "이 세상에 나 같은 공학자들이 없었더라면, 저 농업부가 다 들어갈 만큼 커다란 건물 같은 건 짓지 못했을 거야. 그랬다면 지금 농부들은 어떻게 되었겠어?"

이런 농담에도 데이비드는 어째서인지 대답하지 않았다. 산책 끝에 이들이 도착한 장소는 왼편으로 강이 흐르고 오른편으로 늪지가 펼쳐진 오솔길이었다. 농부는 상체를 숙이더니 줄기가 50센티미터쯤 자라난 풀 무더기를 바라보았다. 손으로 잡아당기자 두세 줄기가 손쉽게 뽑혔다.

"나쁜 잡초예요?" 앤이 물었다.

데이비드가 고개를 저었다. "이건 '오리조이데스$Oryzoides$(겨풀)'예요. 위로 올라가면 '레르시아$Leersia$속屬(겨풀속)'이고, 더 위로 올라가면 '오리자이$Oryzae$족族(벼족)'에 속하죠."

"형처럼 식물학을 아는 사람한테나 그렇겠지." 존이 말했다. "우리 눈에는 아무 의미도 없어 보여."

"이건 영국에서는 흔치 않은 풀이야." 데이비드가 설명을 이어 나갔다. "게다가 이 지역에서는 특히나 흔치 않지. 물론 남쪽 지역에서는 간혹 찾아볼 수 있어. 햄프셔나 서리 같은 곳에서 말이야."

"저 잎사귀 좀 봐요." 앤이 말했다. "뭔가 썩어가고 있는 것처럼 보여요."

"뿌리도 마찬가지 상황이에요." 데이비드가 말했다. "그런데 '오리자이족'에는 세 가지 속이 있는데, 그중 하나가 '레르시아속'이고, 또 하나가 '오리자^{Oryza}속(벼속)'이거든요."

"무슨 여성 진보주의자 이름처럼 들리는데." 존이 농담으로 덧붙였다.

"그중에 '오리자 사티바$^{Oryza\ sativa}$'라는 게 있는데." 데이비드가 말했다. "그게 바로 벼예요."

"벼라고요!" 앤이 말했다. "그렇다면⋯⋯."

"이게 바로 볏과 식물이라는 뜻이죠." 데이비드가 말했다. 그는 길쭉한 잎사귀를 뜯어내 들어올렸다. 거기에는 더 진한 초록색 반점이 군데군데 찍히고, 그 반점의 한가운데는 이미 갈색으로 변해 있었다. 그리고 잎사귀 끝부분은 온통 갈색으로 변해 흐물흐물해졌다. "바로 이놈이 문제의 충리 바이러스죠."

"여기에도 나타났단 말이야?" 존이 물었다. "그러니까 잉글랜드에도?"

"그중에서도 이 초록의 쾌적한 땅에 말이지." 데이비드가 말했다. "이 바이러스가 '레르시아속'도 공격한다는 건 알고 있었지만, 이렇게 멀리까지 전파되었을 줄은 몰랐는데."

앤은 멍한 표정으로 얼룩지고 썩어가는 풀을 바라보았다. "이것뿐일 거예요." 그녀가 말했다. "이것 하나뿐일 거라고요."

데이비드는 늪지 너머 옥수수 밭을 바라보았다.

"우리로선 이 바이러스가 까다로운 입맛을 갖고 있다는 사실을 하느님께 감사드려야 마땅할 거예요. 이 망할 놈의 바이러스는 지구를 반 바퀴나 돌아서 이 작은 풀 더미에 달라붙은 거니까. 이와 비슷한 상황인 풀 더미가 잉글랜드 내에만 아마 수백 개는 될 거예요."

"맞아." 존이 말했다. "그나저나 밀도 풀이기는 한 거지, 안 그래?"

"밀뿐만이 아니야." 데이비드가 말했다. "귀리며 보리며 호밀도 풀이기는 마찬가지. 가축이 먹는 풀은 두말할 나위도 없고 말이야. 중국인들에게는 참으로 딱한 일이지만, 여차하면 지금보다 훨씬 더 딱한 일이 될 수도 있었다는 거야."

"맞아요." 앤이 말했다. "여차하면 그들이 아니라 우리였을 수도 있어요. 지금 말씀하시려는 뜻이 그거 아니에요? 우리는 또다시 그들을 잊고 말았어요. 그리고 앞으로 5분 뒤에는 또다시 그들을 잊어버릴 만한 또 다른 핑계를 아마 발견하게 될 거고요."

데이비드는 손으로 풀을 짓이기더니 강물에 던져버렸다. 풀은 빠르게 흐르는 강물에 휩쓸려 사라져버렸다.

"우리로선 그것 말고 딱히 할 수 있는 일이 없으니까요."

2

더미였던 앤이 9시 뉴스를 들으려고 라디오를 켰다. 존은 자기네 부부가 실제로는 달성할 수도 없는 3 노트럼프(3NT) 콘트랙트를 제시했는데, 30점만 더 올리면 러버를 달성할 수 있는 상대편 로저와 올리비아 부부를 막으려는 것이 주목적이었다. 그는 자기 카드를 들여다보며 얼굴을 찡그렸다.

로저 버클리가 거들먹거리며 말했다. "얼른 해, 이 친구야! 거기 있는 9를 피네스하면 어때?"⁺

존이 옛날 군대 친구들 가운데 지금까지도 가까이 지내는 사람은 로저 한 명뿐이었다. 하지만 앤은 첫 만남 때부터 그를 별로 마

⁺ 네 사람은 지금 브리지 게임을 하는 중이다. 더미는 2인 1조 가운데 디클레어러에게 공격권을 위임한 사람을, 러버는 세 판 가운데 두 판을 이기는 것을 말한다. 피네스는 낮은 카드로 상대방이 가진 높은 카드를 끌어내는 전략으로, 대개 상대의 에이스나 킹을 겨냥하기 때문에 버클리의 말에는 조롱이 깃들어 있다고 봐야 할 듯하다.

음에 들어 하지 않았으며, 이후의 오래 지속된 만남에도 불구하고 그저 참아주는 수준에서 더 나아가지는 못했다. 그녀는 상대방의 어린애 같은 혈기를 싫어했으며, 이보다 더 드물게 등장하는 상대방의 심한 우울 역시 만만찮게 싫어했다. 그리고 로저의 외적 인성에서 그 두 가지 측면의 배후에 자리한 기본적인 냉담함 같은 부분을 더욱 싫어했다.

앤은 충분히 확신했다. 자신의 감정이 어떤지는 로저도 알고 있을 것이라고, 다만 (평소 많은 일들에 대해서 그러듯) 그리 중요치 않다고 여기고 무시해버렸을 뿐이라고 말이다. 예전 같으면 이런 상황 때문에 그를 싫어하는 그녀의 감정도 한층 더 심해졌겠지만, 이제는 두 남자의 우정을 쉽게 훼방할 수 없는 또 다른 요소가 하나 있었다.

그건 바로 올리비아였다. 로저가 사귄 지 얼마 되지도 않은 이 덩치 크고 차분하고 수줍어하는 아가씨를 데려와 대뜸 약혼녀라고 소개했을 때, 앤은 한편으로 깜짝 놀라면서도 또 한편으로는 이 약혼이 (존의 설명에 따르면 이미 여러 차례 있었던 약혼 중에서 가장 최근의 약혼이) 결코 결혼으로 이어지지는 않을 거라고 확신했었다. 하지만 그녀의 예상은 빗나가고 말았다. 앤은 처음 만난 그날부터 올리비아와 가까워졌는데, 처음에는 로저가 조만간 약혼녀를 내팽개질까 봐 걱정스러워서 그랬고, 나중에는 결혼 이후 로저가 본색을 드러낼 때에 자기라도 그녀를 보호해주려고 그랬던 것뿐이었다. 하지만 시간이 지나면서 앤은 점점 굴욕감을 느꼈다. 올리비아는 외관상 전적으로 행복해 보이는 결혼 생활을 계속 즐기고 있었으며, 이제는 도리어 앤이 사소한 재난 때마다 그녀의 따뜻하고 조용한 이해에 상당히 많이 의존하게 되었기 때문이었다. 그리하여 앤은 비록 로저를 좋아하게 되지는 않았지만, 올리비아를 봐서라도 그의 행동거지를 최대한 인내하려고 하게 되었다.

존이 자신의 킹을 내려는 의도로 낮은 숫자의 다이아몬드를 리드했다. 더미의 패에는 잭이 있었다. 올리비아가 침착하게 8을 내놓았다. 존은 머뭇거리더니 킹 대신 잭을 내놓았다. 의기양양한 킥킥 소리와 함께 로저가 퀸을 그 위에 올려놓았다.

라디오에서는 BBC 특유의 억양으로 이런 목소리가 흘러나왔다.

"UN 중국 비상 위원회에서 오늘 간행한 중간 보고서에 따르면, 중국 내 기근으로 인한 사망자 수는 최소 2억 명 이상으로 추정되며……."

로저가 말했다. "더미가 하트에서 좀 약한 모양인데. 우리가 한번 시험해보는 게 좋겠어."

앤이 말했다. "2억 명이라니! 정말 믿을 수가 없네!"

"2억 명이 뭐 어때서요?" 로저가 말했다. "중국놈들은 더럽게도 많답니다. 앞으로 두 세대쯤 지나면 그만큼이 도로 채워질 걸요."

앤은 이전에도 여러 차례 로저의 냉소주의에 논쟁으로 맞선 적이 있었지만, 이번만큼은 그냥 참는 쪽을 선택했다. 그녀의 정신은 자신의 상상력이 만들어낸 공포에 사로잡혀 있었기 때문이다.

"이 보고서에 따르면, 동위원소 717을 이용한 현장 실험에서는 충리 바이러스에 대한 거의 완벽한 억제 효과가 확인되었습니다." 아나운서의 목소리가 이어졌다. "새롭게 조직된 UN 항공 구조대에서는 비상 대응 작전의 일환으로 이 동위원소를 모든 논에 살포할 예정입니다. 앞으로 며칠 안에 즉각적인 위협에 처한 모든 논에 사용이 가능하며, 나머지 논에 대해서도 앞으로 한 달 안에 사용이 가능할 만큼 동위원소의 공급이 충분하리라 예상되고 있습니다."

"그나마 하느님께 감사드릴 일이군." 존이 말했다.

"감사 기도를 다 올리고 나면, 그 하트나 좀 어떻게 해보라고."

가볍게 항의하는 차원에서 올리비아가 남편에게 말했다. "로저!"

"2억 명이라." 존이 말했다. "인간의 오만과 완고함에 대해서는 거대한 기념비가 되겠군. 만약 6개월 전에만 우리 쪽 사람들이 그 바이러스를 공략하도록 허락해주었더라도, 그 많은 사람들은 지금 살아 있을 텐데."

"인간의 오만에 대한 거대한 기념비라는 말이 나왔으니 궁금한 게 있는데." 로저가 말했다. "자네가 그 하트 에이스를 내놓기 전에 계속해서 시간을 끌고 있으니까 이거나 물어보세. 지금 짓고 있다는 그 작은 타지마할은 어떻게 되고 있나? 노동자 분규에 관한 소문이 들리던데."

"자네가 못 듣는 소문도 있나?"

로저는 생산부에서 공보 담당관으로 일하고 있었다. 애초부터 뒷공론과 눈가림의 세계에 살고 있었기 때문에, 가뜩이나 천성적인 비인간성이 더욱 촉진된 것이 아닌가 하는 것이 앤의 생각이었다.

"별로 중요한 이야기는 아니었어." 로저가 말했다. "그나저나 자네 생각에는 그 일을 제시간에 맞춰 마무리할 수 있을 것 같아?"

"자네가 모시는 장관님께 좀 말씀드려줘." 존이 말했다. "걱정하실 필요는 전혀 없으니까, 제발 동료분들께도 그렇게 말씀드려달라고 말이야. 그 양반의 호화 사무실은 제때 맞춰 준비될 예정이라고 말이야."

"문제는 과연 그분들도 그럴 준비가 되셨느냐 안 되셨느냐의 여부겠지." 로저가 덧붙였다.

"또 다른 소문이 있나?"

"나로선 그걸 굳이 소문이라고 하고 싶지는 않은데. 물론 어쩌면 그 양반 모가지가 강철로 되었다는 사실이 밝혀질 수도 있긴 하지만. 그렇다면 꽤나 흥미로운 구경거리가 될 거야."

"로저." 앤이 물었다. "당신은 인간의 불행에 관한 생각에서 정말로 크나큰 즐거움을 얻기라도 하는 거예요?"

막상 말을 꺼내자마자, 그녀는 상대방의 도발에 넘어가 반응을 보인 것을 후회할 수밖에 없었다. 로저는 재미있어 하는 듯한 눈으로 앤을 빤히 바라보았다. 그는 기만적으로 온화한 표정에다가, (보는 각도에 따라서는) 쑥 들어간 듯한 턱과 커다란 갈색 눈을 지니고 있었다.

"나야 영원히 자라지 않는 어린애니까 그렇죠." 그의 말이었다. "당신도 '내 나이'였다면, 웬 뚱뚱한 남자가 바나나 껍질을 밟고 넘어지는 걸 보면서 웃고 말았을 거예요. 다만 당신은 어린애가 아니라 어른이니까, 그보다는 목이 부러진 그 남자가 절망한 아내와 영양실조인 아이들을 줄줄이 남겨놓고 이 세상을 하직하는 게 안타까운 거겠죠. 여하간 내가 나름대로의 방법으로 장난감을 잘 갖고 노는 걸 나무라진 말란 뜻이에요."

올리비아가 말했다. "저이는 정말 대책이 없다니까. 신경 쓰지 마, 앤."

그녀는 마치 너그러운 어머니가 개구쟁이 아들을 바라보듯, 약간은 재미있어 하는 듯한 인내심을 드러내며 말했다. '하지만 그건 진짜 어린애한테나 어울리는 태도잖아.' 앤은 짜증을 내며 생각했다. '그걸 도덕적으로 후진적인 성인을 상대하는 적절한 방법으로 간주하면 안 된다고.'

여전히 앤을 똑바로 바라보던 로저가 말을 이었다. "어른이자 예민한 당신네 모두가 반드시 염두에 둘 사실은, 지금 당장은 만사가 당신네한테 유리하게 되어 있다는 거예요. 즉 당신네는 매사에 예민하고 문명화된 것을 선호하는 세계에 살고 있다는 거죠. 하지만 이것조차도 불확실한 일이에요. 중국도 한때는 문명화된 시절이 있었는데, 지금 거기서 무슨 일이 일어나는지를 좀 생각해보세요. 그나저나 그 많은 사람들의 배에서 한꺼번에 꼬르륵 소리가 나면 정말 요란하긴 하겠네요."

"나도 올리비아 말에 동의하고 싶어." 존이 말했다. "자네야말로 후진적인 거야, 로저."

"어떤 때 보면 말이에요." 올리비아가 말했다. "저이랑 스티브가 완전히 또래처럼 보일 때가 있다니까요."

스티브는 버클리 부부의 아홉 살배기 아들이었다. 로저는 외아들을 지나치게 애지중지한 나머지 기숙학교에 보내지 않았다. 소년은 덩치가 작은 편이고, 확실히 조숙했지만, 아빠를 닮아서인지 한번 고집을 부리면 대단한 면도 있었다.

"하지만 스티브라면 어른이 되면서 충분히 의젓해지겠지." 앤이 지적했다.

로저가 씩 웃었다. "내 아들인 이상, 그럴 일은 없을 걸요!"

아이들이 방학을 맞이해 집에 돌아오자, 커스턴스 가족과 버클리 가족은 주말을 맞아 차를 몰고 바닷가로 놀러갔다. 매번 캐러밴(이동식 주택)을 하나 빌려서 이렇게 하는 것이 일종의 관습이었다. 갈 때에는 한 차가 캐러밴을 끌고, 올 때에는 다른 차가 끌었다. 목적지에 도착하면 어른 넷은 캐러밴에서 자고 아이들 셋은 근처에 텐트를 치고 잤다.

여행하기에 좋은 날씨였고, 토요일 아침에는 모두들 햇볕을 받아 따뜻해진 자갈 위에 누워서 바다의 소리와 풍경을 즐겼다. 아이들은 물에 들어가거나 바닷가를 누비며 게를 잡았다. 존과 두 여자는 햇볕 속에 누워 있는 것만으로도 충분히 만족했다. 반면 천성적으로 활동적인 로저는 처음에는 아이들을 따라다니며 도와주다가, 나중에는 점점 더 뚜렷하게 짜증을 부리며 주위를 오갔다.

로저가 몇 번이나 시계를 확인하자 존이 말했다. "그래, 알았어. 들어가서 옷을 갈아입고 나오자고."

"알았다니, 뭐가?" 앤이 물었다. "도대체 왜 지금 옷을 갈아입자는 거야? 오늘 식사 당번은 당신이잖아, 안 그래?"

"로저가 아까부터 벌써 30분째 입을 쩝쩝거리고 있어서 그래."

존이 말했다. "차라리 내가 저 친구를 데리고 마을에 한 번 다녀오는 게 나을 것 같아. 지금쯤은 술집도 문을 열었을 테니까."

"문이야 벌써 한 시간 전부터 열었지." 로저가 말했다. "자네 차로 가자고."

"점심 식사는 1시예요." 올리비아가 말했다. "늦게 오는 사람 몫은 없을 거고요."

"걱정 마."

이윽고 술잔을 앞에 놓자, 로저가 이렇게 말했다.

"이게 훨씬 더 낫네. 바닷가에 가면 이상하게 늘 목이 마르단 말이야. 공기 중에 소금기가 섞여 있어서 그런 건지."

존은 자기 잔을 들어 술을 마시고 도로 내려놓았다.

"자네 약간 심란한 것 같은데, 로저. 어제부터 그러던데. 혹시 뭐 신경 쓰이는 일이라도 있어?"

두 사람은 술집에 앉아 있었다. 문이 열려 있어서, 도로 이편의 자갈밭은 물론이고 그 너머의 넓은 풀밭도 내다볼 수 있었다. 날씨는 따뜻하고 선선했다.

"'이야말로 뻐꾸기가 좋아할 만한 날씨로다.'"[+] 로저가 갑자기 시를 읊어댔다. "그들이 여행자의 쉼터 바깥에 앉아 있을 때, 처녀들이 무명옷을 입고 나아왔고, 시민들은 남쪽과 서쪽을 꿈꾸었노라.' 그나저나 내가 흥분한 것처럼 보였다고? 어쩌면 그럴 수도 있지."

+ 영국의 작가 토머스 하디(1840−1928)의 시 「날씨」 가운데 일부를 인용.

"혹시 내가 뭐 도와줄 일이라도 있어?"

로저는 잠시 친구를 유심히 바라보았다. "공보 담당관의 첫 번째 임무는 바로 충성이야." 그가 말했다. "그리고 두 번째 임무는 신중이고, 잘 돌아가는 혀와 허풍 떠는 입을 갖는 것이 보잘 것 없는 세 번째 임무이지. 그런데 내 문제는 뭔가 하면, 개인적인 친구가 아닌 누군가에게 충성과 신중을 맹세할 때면 항상 선의의 거짓말을 하는 기분이라는 거야."

"도대체 무슨 일인데 그래?"

"자네가 나라면 절대로 하지 않을 이야기야." 로저의 말이었다. "정직이야말로 자네의 걸림돌이니 말이야. 그러니 나도 자네만 알라는 뜻에서 기꺼이 이야기해주지. 아직은 앤한테도 절대로 이야기하면 안 돼. 나도 아직, 심지어 올리비아한테도 이야기하지 않았거든."

"그 정도로 중요한 이야기라니." 존이 말했다. "차라리 나한테도 아무 이야기 안 하는 편이 나을 거야."

"솔직히 말하자면, 나 역시 그냥 아무 말도 하지 않는 편이 더 현명하다고 생각해. 하지만 그것 역시 아무런 의미가 없기는 마찬가지야. 내가 알기로는 설령 이 이야기가 밖으로 흘러나가더라도, 그 진원지를 추적해서 나한테까지 거슬러오는 일은 없을 거야. 이 이야기는 결국 밖으로 흘러나갈 수밖에 없을 테니까. 그건 분명해."

"듣다 보니 이제는 나도 호기심이 이는데." 존이 말했다.

로저는 자기 잔에 남은 술을 비운 다음, 존이 똑같이 할 때까지 기다렸다가 주인에게 두 잔 모두 내밀어서 다시 채워달라고 주문했다. 다시 술이 나오자, 그는 아무 말 없이 한동안 술만 마셨다.

마침내 로저가 다시 입을 열었다. "그 동위원소 717이라는 거, 기억 나?"

"그 친구들이 벼 논에 살포했다는 물질 말이야?"

"그래. 문제의 바이러스를 공략하던 연구진은 대략 두 부류로 나뉘었지. 하나는 그 바이러스를 죽일 만한 뭔가를 찾아내자는 쪽이었고, 다른 하나는 그 바이러스에 저항력을 지닌 품종을 만들어 내는 게 최선이라는 쪽이었어. 이 가운데 두 번째 방법은 당연히 더 많은 시간이 필요했기 때문에 결국 주목도 덜 받게 되었어. 그러다가 첫 번째 부류에 속하는 사람들이 717을 찾아냈고, 이게 바이러스에 압도적으로 효과가 좋다는 사실을 알아내고는 곧바로 조치에 들어간 거야."

"그게 실제로 바이러스를 죽이기는 하던데." 존이 말했다. "나도 그 사진을 봤거든."

"그런데 내가 듣기로는 이 바이러스야말로 상당히 웃기는 놈이더라고. 만약 우리가 바이러스에 저항력을 지닌 벼 품종만 찾아냈어도, 이 문제는 이미 확실히 매듭지어졌을 거야. 실제로 열심히 찾아보거나, 또는 대규모로 연구에 돌입했다면 그런 품종을 찾아내는 데 성공할 것이 거의 확실했고 말이야."

존은 친구를 빤히 바라보았다. "그런데?"

"알고 보니 그놈이 참으로 복잡다단한 바이러스였다는 거지. 지금까지 최소한 다섯 가지 변종이 발견되었어. 717이 나왔을 무렵에는 네 가지 변종뿐이었는데, 717이 그 모두를 죽여버렸지. 그런데 다섯 번째 변종이 발견되고 나서야, 연구진은 이 바이러스를 전멸시키지 못했다는 사실을 깨닫게 된 거야."

"그게 사실이라면……."

"충리가 이미 우리보다 훨씬 앞서 있었던 거지." 로저의 말이었다.

존이 말했다. "그러니까 자네 말은 벼 논에서 살아남은 바이러스의 흔적이 아직 남아 있다는 거지? 하지만 기껏해야 흔적에 불과할 거야. 717이 얼마나 효과적이었는지를 감안해보면 말이야."

"오로지 흔적뿐이긴 하지." 로저가 말했다. "어쩌면 우리는 운이 좋은 건지도 몰라. 그 이전의 네 가지 변종은 상당히 전파가 빨랐던 반면, 다섯 번째 변종은 비교적 전파가 느리다니까 말이야. 하지만 내가 들은 바로 짐작해보건대, 다섯 번째 역시 첫 번째 것만큼 빨리 전파되는 모양이더군."

존이 천천히 말했다. "그렇다면 우리는 출발점으로 되돌아온 셈이군. 아니, 출발점보다는 좀 더 나아간 셈인지도 몰라. 어쨌거나 연구진이 처음 네 가지 변종에 대처하는 방법을 발견했다면, 결국 다섯 번째를 처리하는 방법도 당연히 발견할 테니까."

"나도 그럴 거라고 속으로 생각하던 참이었어." 로저의 말이었다. "그런데 한 가지 다른 문제가 좀 불안하더군."

"뭔데?"

"문제의 다섯 번째 변종은 717이 효력을 발휘하기 이전까지만 해도 다른 변종들에 가려져 있었어. 이걸 정확히 어떻게 설명해야 할지는 모르겠지만, 말하자면 더 강력한 다른 바이러스들 때문에 한동안 비활성 상태에 놓여 있었던 거지. 그런데 717이 나머지 변종들을 제거하고 나니까, 그놈이 비로소 기지개를 켜고 본격적으로 이빨을 드러내게 된 거야. 심지어 그놈은 한 가지 중요한 부분에서 그 형뻘 되는 변종들과는 다르더라는 거지."

존은 아무 말 없이 기다렸다. 로저가 맥주를 한 모금 들이켰다.

그러고는 그가 다시 말을 이었다. "충리 바이러스의 식성은 본래 '그라미네아이^{Gramineae}(볏과)' 중에서도 '오리자이족'에만 한정되어 있었어. 그런데 다섯 번째 변종은 입맛이 별로 까다롭지 않은 모양이야. 그놈은 '그라미네아이' 전체를 공격한다니까."

"'그라미네아이' 전체라고?"

로저는 씩 웃었지만, 행복한 미소는 아니었다. "그 전문 용어는 나도 최근에야 알게 되었다니까. '그라미네아이'라는 결국 풀을 뜻하니까. 다시 말해 '모든' 풀을 말이야."

존은 문득 데이비드가 생각났다. '우리는 운이 좋은 거예요.' 지난번에 그의 형은 문제의 바이러스가 오로지 벼만 공격한다는 사실을 지적하며 그렇게 말했었다. "풀이라니." 존이 말했다. "그렇다면 거기에 밀도 포함되겠네."

"밀, 귀리, 보리, 호밀. 이건 겨우 시작에 불과하지. 결과적으로는 육류, 유제품, 가금류도 마찬가지일 거야. 앞으로 2년 안에 우리는 피시 앤드 칩스만 먹고 살아야 할 거라니까. 그나마 그것도 생선과 감자를 튀길 기름을 구할 수 있다고 가정할 경우에 말이야."

"연구진이 그 문제에 대한 해답도 찾아내겠지."

"그래." 로저의 말이었다. "당연히 찾아내겠지. 최초의 바이러스에 대한 해답도 찾아냈으니까 말이야, 안 그래? 다만 그때가 되면 여섯 번째 변종이 또 어떤 방향으로 튈지가 궁금해지는군. 혹시 그 때 가서는 감자라도 노리게 되려나?"

존은 잠시 생각해보았다. "지금 연구진이 이 문제에 대해서 침묵을 지키고 있잖아. 내가 보기에는 이거야말로 국제적인 수준의 문제인데도 말이야. 그렇다면 혹시 연구진이 그 해답을 이미 갖고 있다고 충분히 확신하기 때문에 그럴 가능성도 있지 않을까?"

"물론 그것도 이 문제를 바라보는 방법 가운데 하나이긴 해. 다만 내 느낌에 연구진은 확실한 무기가 확보될 때까지 무작정 기다리기만 할 것 같아."

"무작정 기다린다고?"

"그들도 충분히 염두에 두고 있을 거야." 로저가 말했다. "앞으로 2억 명이 더 죽어 나가는 상황까지 말이야."

"설마 그럴 리가. 만약 전 세계의 상황이 애초부터 그 문제에 집중되기만 했어도 이런 일은 없었을 거야. 한마디로 중국인들이 애초부터 도움을 요청할 만큼의 분별력을 가지고만 있었어도……."

"우리는 똑똑한 민족이지." 로저가 말했다. "석탄과 석유 이용법을 알아냈고, 그 자원들이 고갈되려는 신호가 처음 나타나자마자 원자력으로 기꺼이 갈아탔으니 말이야. 지난 100년 동안 벌어진 인류의 발전 과정을 떠올려보면 정신이 다 아득하다고. 내가 만약 화성인이라면, 이 정도 지능을 가진 누군가가 바이러스 같은 미세한 적에게 패배한다는 쪽에는 절대로 판돈을 걸지 않을 거야. 나야 물론 낙관주의자와는 거리가 멀지만, 승리 가능성이 확실할 때조차도 위험을 피하는 쪽으로 걷기를 좋아하잖아."

"설령 자네가 이 문제를 최악의 관점에서 바라본다 치더라도, 우리는 생선과 감자만 가지고도 충분히 살아갈 수 있을지 몰라." 존이 말했다. "다시 말해 그런 상황이 곧바로 세상의 종말이 되지는 않을 거라는 뜻이지."

"과연 살아갈 수 있을까?" 로저가 물었다. "우리 모두가? 지금 먹는 양만큼은 먹지 못할 거야."

"나처럼 가족 중에 농부가 한 사람 있다 보면 몇 가지 유용한 정보도 주워 듣게 마련이지." 존이 말했다. "땅 4천 제곱미터로 육류를 생산하면 50킬로그램에서 100킬로그램까지 나오고, 빵을 생산하면 1.5톤까지 나온다고 해. 하지만 감자라면 똑같은 면적에서 무려 10톤이나 나온다는 거야."

"자네 말을 들으니 위로가 되는데." 로저가 말했다. "이제는 나도 다섯 번째 변종이 인류를 싹쓸이해 없애버리지 못하겠다고 믿을 준비가 되고 말았어. 이제 가까운 사람들에 대해서만 걱정하면 되겠군. 중요한 문제들에 대해서는 관심을 접어도 되겠어."

"정신 차려!" 존이 말했다. "여기는 중국이 아니야."

"당연히 아니지." 로저가 말했다. "물론 인구 5천만 명인 나라에서 자국에 필요한 식량 가운데 거의 절반을 수입하는 건 사실이지만 말이야."

"우리는 허리띠를 바짝 졸라맬 수 있을 거야."

"바짝 졸라매 봤자." 로저가 말했다. "해골이 허리띠를 찬 꼬락서니야말로 우스워 보일 테지."

"내가 방금 말했잖아." 존이 말했다. "곡물 대신 감자를 심으면 무게로 따져서 여섯 배 이상의 막대한 소출이 나온다고 말이야."

"그럼 정부에 찾아가서 그 이야기를 해주지 그래. 아니, 다시 생각해보니 그러지 않는 게 좋겠어. 전망이 어떻든지 간에, 나는 아직 일자리를 도박에 걸 각오는 없으니까. 물론 내가 착각한 게 아니라면, 자네야말로 핵심 단서를 갖고 있는 사람이야. 하지만 설령 자네가 그 정보를 가진 유일무이한 사람이라 하더라도, 그리고 설령 그 정보가 우리 모두를 굶주림으로부터 구제해줄 수 있다고 하더라도, 내가 느끼는 불안을 만천하에 폭로해달라고 자네한테 부탁하기 전에 최소한 두 번은 생각해봐야 하니까."

"두 번이야 가능하겠지." 존이 말했다. "하지만 세 번은 아니야. 그건 자네의 미래이기도 하니까."

"아." 로저가 말했다. "하지만 '어쩌면' 다른 누군가도 그 정보를 가졌을 수 있어. '어쩌면' 우리를 구할 또 다른 수단이 있을지도 모르고, '어쩌면' 문제의 바이러스가 스스로 알아서 사멸할 수도 있고, '어쩌면' 그보다 먼저 전 세계가 태양에 빨려들어갈 수도 있지. 그렇다면 나는 아무런 의미도 없이 일자리만 잃은 셈이 되겠군. 그걸 정치적 용어와 정부의 수준으로 바꿔 표현하자면 이런 거야. 즉 만약 우리가 바이러스를 저지할 방법을 찾지 못한다면, 유일하게 이치에 닿는 일은 바이러스가 휩쓸 만한 땅에 모조리 감자를 심는 거라고 말이야. 하지만 바이러스를 저지할 수 없다는 사실은 과연 어느 단계에서 판정되어야 하는 걸까? 그리고 만약 우리가 잉글랜드의 푸르고 쾌적한 땅을 온통 감자밭으로 바꿔놓은 다음에야 비로소 누군가가 바이러스를 없애는 데 성공한다면 어떨까. 자네가 상상하기에는 그다음 해에 빵 대신 감자를 제공받은 유권자들이 뭐라고 할 것 같아?"

"그들이 뭐라고 말할지는 모르겠지만, 뭐라고 말해야 마땅한지는 확실히 알지. 즉 '감사합니다, 하느님. 우리도 중국인처럼 서로를 잡아먹어야 하는 상황까지 떨어지지는 않게 해주셔서'라고 말해야겠지."

"'감사하는 마음'으로 말할 것 같으면 우리의 국민성에서 가장 두드러진 측면은 아니지." 로저의 말이었다. "게다가 정치인의 관점에서라면 결코 볼 수 없는 측면이고 말이야."

존의 눈길은 또다시 술집의 열린 문 너머를 정처 없이 오갔다. 길 반대편의 풀밭에서는 마을 소년 몇 명이 크리켓을 하고 있었다. 이들의 목소리가 듣는 사람의 귀에 햇빛 줄기를 전달해주는 것처럼 느껴졌다.

"어쩌면 우리 둘 다 약간은 호들갑 떠는 것일 수도 있어." 그가 말했다. "다섯 번째 변종이 나타났다는 소식에서 곧바로 감자 위주의 식단이나 기근이며 식인 행위에 대한 전망으로 넘어가는 것은 무리란 말이야. 과학자들도 이 문제에 대한 본격적인 연구를 시작한 지 불과 3개월 만에 717을 개발했잖아."

"그래." 로저가 말했다. "사실은 그것 역시 나로선 걱정스러운 부분이지. 전 세계 모든 정부가 이처럼 낙관적인 생각을 가지고 자위하게 될 테니까 말이야. 아직까지만 해도 과학자들은 실패하지 않았어. 그러다가 그들이 실패하고 나면, 그제야 우리는 그들이 실패

할 수도 있다는 사실을 확실히 믿게 되겠지."

"이전까지 실패한 적이 없었던 일이라면, 지금에 와서도 실패하지 않으리라고 가정하는 것도 아주 틀렸다고는 할 수 없지."

"아니." 로저가 말했다. "나는 아니라고 생각해." 그는 거의 다 비어버린 술잔을 집어 들었다. "매 시간마다 이 좋은 것들 모두가 이제 마지막이구나 하고 생각해보라고. 맥주가 없는 세상이라? 차마 상상조차 할 수 없지. 얼른 다 마시고 한 잔 더 시키자."

3

여름에 충리 바이러스의 다섯 번째 변종에 관한 뉴스가 흘러나왔고, 곧이어 감염 중심지와 가장 가까운 극동에서 광범위한 폭동이 일어났다는 뉴스가 따라 나왔다. 서양에서는 박애적인 차원의 우려를 품고 사태를 지켜보았다. 문제가 생긴 지역으로 곡물을 수송했으며, 이를 보호하기 위해 대대적인 무장 병력이 동원되었다. 그 와중에도 전 세계 각지의 연구소와 현장 연구 시설에서는 바이러스를 근절하려는 노력을 지속하고 있었다.

정부에서는 바이러스의 징조를 최대한 면밀히 살펴보라고 농민에게 당부했다. 만약 제때 보고하지 않으면 막대한 벌금을 물리고, 바이러스에 감염된 농작물을 폐기하면 상당한 보상을 제공하겠다는 등 신중하게 계산된 유인책도 곁들였다. 다섯 번째 변종은 원래의 바이러스처럼 뿌리 접촉으로 전파되었을 뿐만 아니라, 공기 중으로도 전파되는 것이 확인되었다. 따라서 감염된 농작물을 폐기하고 일정 반경 이내의 땅을 갈아엎을 경우, 확실한 근절 방법이 발견될 때까지는 바이러스의 전파를 어느 정도 억제할 수 있으리라 기대되었다.

이 정책은 어느 정도 성공을 거두었다. 다섯 번째 변종도 이전의 다른 변종들처럼 전 세계 각지로 퍼지기는 했지만, 그래도 서양에서는 예년 수확량의 4분의 3 정도를 얻을 수 있었다. 하지만 아시아의 상황은 좋지 않았다. 8월이 되자 인도가 압도적인 곡물 흉작에 직면했고, 나아가 그로 인한 기근에 직면했다는 사실이 명백해졌다. 버마와 일본의 상황도 썩 좋진 않았다.

서양에서는 재난 지역 원조에 관한 문제가 이전과는 다른 양상을 띠게 되었다. 지난봄에 중국을 원조하는 과정에서 전 세계의 곡물 비축분은 이미 크게 줄어든 상태였다. 이제는 비교적 피해가 덜한 지역에서조차 수확이 줄어들 것으로 전망되자, 한때 당연해 보이던 문제가 이제는 논쟁의 대상으로 바뀌었다.

9월이 시작되면서 미국 하원은 대통령의 식량 원조 법안을 수정 통과시킴으로써, 내수용 식량 재고분에 대한 최소 한도 설정을 의무화했다. 즉 미국 내의 식량을 일정 한도 이상으로 반드시 비축하게 만들고, 이렇게 비축된 식량은 오로지 미국 내에서만 사용하게 만드는 조치였다.

앤은 이 소식에 분노를 억누를 수가 없었다.

"수백만 명이 기근에 직면하고 있는데, 저 뚱뚱한 늙은이들은 남에게 먹을 것 나눠주기를 거부하고 있다니까." 그녀의 말이었다.

커스턴스 부부는 버클리 가족의 집 잔디밭에서 차를 마시고 있었다. 아이들이 일찌감치 케이크를 챙겨 사라진 관목 숲 속에서는 가끔씩 하하거리고 낄낄거리는 소리가 새어나왔다.

"나로 말하자면 그렇게 뚱뚱한 늙은이로 사는 게 소원이거든요." 로저가 말했다. "그래서 그 소식에 분개해야 할지 잘 모르겠습니다만."

"솔직히 무정한 조치라는 사실은 자네라도 인정해야지." 존이 말했다.

"자기 방어의 행위는 무엇이든지 간에 무정할 수밖에 없지. 다만 미국인들의 문제는 자기네 카드를 항상 테이블 위에 올려놓고 있다는 점일 뿐이야. 다른 곡물 생산국들도 저마다 비축분을 끌어안고서도 입 닫고 있기는 마찬가지잖아."

앤이 말했다. "진짜 믿을 수 없는 일이라니까요."

"믿을 수 없다고요? 어디, 러시아에서 곡물 실은 배를 동쪽으로 다시 보낸다고 하면 나한테도 좀 알려주시죠. 기꺼이 내 열 손가락에 장을 지질 테니까요."

"설령 그렇다 하더라도— 캐나다며, 오스트레일리아며, 뉴질랜드 같은 영연방 국가라면."

"그 나라들도 영국 정부의 눈치를 본다면 원조하지 않을 거예요."

"왜 우리 정부가 그 나라들한테 원조하지 말라고 눈치를 주겠어요?"

"왜냐하면 우리도 원조를 필요로 할 가능성이 있으니까요. 우리는 영연방 국가들과 우리를 갈라놓은 저 물보다는 피가 더 진하기를 진심으로, 간절히 바라고 있으니까요. 만약 저 바이러스가 내년 여름까지 퇴치되지 않는다면……."

"저 사람들은 지금 굶주리고 있다고요!"

"지금 우리로선 심심한 위로밖에는 보내줄 것이 없어요."

앤은 또다시 노골적인 혐오감을 드러내며 그를 바라보았다. "어떻게 그런 말을 할 수가 있어요!"

로저도 물러서지 않고 그녀를 똑바로 바라보았다. "언젠가 우리가 합의한 적이 있었죠. 내가 후진적이라는 사실에 대해서요. 기억나죠? 내가 주위 사람들을 종종 짜증 나게 하는 건 사실이지만, 거꾸로 주위 사람들이 나를 짜증 나게 하는 일도 가끔은 있어요. 감상적인 사람들이 특히 그렇죠. 나는 자기 보존 본능을 신뢰해요. 누군가가 내 목에 칼을 들이댈 때까지 가만히 기다렸다가 뒤늦게 싸움을 시작할 생각은 없다는 거죠. 우리 애들이 가진 마지막 빵 부스러기를 빼앗아서 굶주린 거지에게 주는 게 무슨 의미가 있나요?"

"마지막 빵부스러기라니……." 앤이 탁자를 바라보았다. 그 위에는 이들이 고급 차를 마시고 난 흔적이 잔뜩 흩어져 있었다. "어떻게 이걸 그렇게 말할 수 있어요?"

로저가 말했다. "내가 만약 이 나라에서 명령을 내리는 위치에 있는 사람이었다면, 지난 석 달 동안은 모두가 케이크 따위는 구경도 못 했을 거고, 빵도 무척이나 보기 드물었을 겁니다. 그리고 내가 그런 사람이었다면, 저들 아시아인을 위해서 굳이 곡물을 따로 떼어놓으라고 하지도 않았을 거예요. 이런, 세상에! 지금 여기 있는 사람들은 이 나라의 경제적 현실을 전혀 직시하지 못하는 건가요?"

"만약 우리가 옆으로 슬그머니 비켜서서 손가락 하나 까딱하지 않은 채 그 수백만 명이 굶주리도록 내버려둔다면, 우리 역시 똑같은 일을 당해도 싸다고 말할 수밖에 없을 거예요." 앤이 말했다.

"과연 그럴까요?" 로저가 물었다. "우리가 도대체 뭘 어쨌기에? 다시 말해서, 내가 무정하기 때문에 우리 메리와 데이비, 스티브 모두 굶어 죽어야 마땅하다는 뜻인가요?"

올리비아가 끼어들었다. "이 문제는 차라리 입 밖에 꺼내지 않는 게 최선이 아닐까 싶은데. 지금으로선 이 문제에 대해서 할 수 있는 일이 없으니까 말이야. 적어도 우리 자신으로선 할 수 있는 일이 없잖아. 그러니 상황이 아주 나쁘게 전개되지는 않기만을 기대해야 맞을 것 같아."

"그나저나 뉴스에 따르면 말이지." 존이 덧붙였다. "다섯 번째 변종에 대해서도 아주 좋은 결과를 내놓은 어떤 방법이 발견되었다던데."

"바로 그거야!" 앤이 남편에게 말했다. "지금 상황이 그렇다고 치면, 굳이 동양에 도움을 제공하지 않는 것을 정당화할 방법이 과연 있기나 해? 어쩌면 내년 여름에는 우리가 배급을 받게 될지도 모른다는 가능성 때문에 그래야 한다고?"

"그 가능성만 해도 아주 좋은 이유죠." 로저는 아이러니한 말투로 말했다. "그렇다면 연구진이 다른 변종을 세 가지 더 발견했다는 사실은 알고 있나요? 다섯 번째 변종 다음에 나온 새로운 놈들을요! 개인적으로는 나는 단 한 가지 희망밖에는 안 보여요. 저 바이러스가 알아서 죽을 때까지 버티는 것뿐이죠. 그러니까 수명을 다해서 죽을 때까지 말이에요. 가끔은 그런 경우도 실제로 있죠. 물론 그때쯤 상황을 정상화하는 데 필요한 풀잎이 과연 한 장이라도 남아 있을지는 또 다른 문제지만 말이에요."

올리비아가 몸을 숙이더니, 의자 아래 잔디밭을 유심히 바라보았다.

"정말 믿을 수가 없다니까, 안 그래?" 그녀의 말이었다. "그게 일단 나타났다 하면, 정말 풀이란 풀은 모조리 죽여버리는 걸까?"

로저는 풀잎을 하나 뜯어서 검지와 엄지로 집었다.

"나로 말하자면 평소에 상상력이 부족하다고 비난받곤 하지." 그가 말했다. "하지만 그건 사실이 아니야. 나는 굶주리는 인도인을 생생히 머릿속에 그려볼 수 있어. 뿐만 아니라 이 땅이 갈색으로 황량해진 모습이며, 벗어지고 텅 빈 모습이며, 아이들이 나무뿌리를 씹는 모습까지도 생생히 머릿속에 그려볼 수 있다고."

한동안 네 사람은 아무 말 없이 앉아 있었다. 물론 대화만 없었을 뿐, 멀리서 노래하는 새소리와 아이들의 신나고 기쁜 목소리는 계속해서 들려왔다.

존이 말했다. "이제는 우리도 집에 가는 게 좋겠군. 오늘은 세차나 해야 할 것 같아서 말이야. 너무 오랫동안 안 하고 미뤄두었거든." 그는 메리와 데이비드를 불렀다. "그런 일은 일어나지 않을 거야, 로저. 자네도 알잖아."

로저가 말했다. "나도 여기 있는 다른 사람들만큼 느긋하긴 마찬가지야. 마음 같아서는 지금쯤 호신술이라도 배우든가, 아니면 딱 굽기 좋은 형태로 사람 시체를 저미는 방법이라도 배워야 할 텐데 말이야. 하지만 지금 난 가만히 앉아만 있다고."

집으로 돌아가는 길에 앤이 갑자기 남편에게 말했다.

"정말이지 짐승 같은 태도야. 짐승 같다고!"

존은 아내에게 경고하듯 고갯짓으로 아이들 쪽을 가리켰다.

앤이 말했다. "그래, 알았어. 하지만 끔찍하잖아."

"그 친구는 원래 말이 많잖아." 존이 말했다. "진심으로 한 말까지는 아닐 거야, 진짜로."

"내 생각에는 진심 같아."

"올리비아 말이 맞다니까. 당신도 알잖아. 지금 당장으로선 우리 각자가 할 수 있는 일이 없어. 그저 기다리며 지켜보는 것뿐이야. 그리고 최선의 결과를 기대하는 것뿐이고."

"최선의 결과를 기대한다고? 설마 그 사람의 불길한 예언을 당신도 귀담아 듣기 시작한 건 아니겠지!"

존은 곧바로 대답하지는 않았다. 대신 곳곳에 흩어진 가을 낙엽과 깔끔하게 정리된 교외의 잔디밭을 바라보았다. 잠시 후에 이들이 탄 승용차는 풀을 모조리 뽑아버려서 맨흙이 드러난 10미터에서 15미터 너비의 땅 옆을 지나가게 되었다. 이곳 역시 다섯 번째 변종에 맞서 싸우는 또 하나의 작은 격전지였다.

"아니, 나는 그렇게까지는 생각 안 해. 그런 일은 일어날 수 없을 거야, 안 그래?"

*

가을이 지나 겨울로 접어들면서, 동쪽에서 오는 소식은 꾸준히 더 나빠지기만 했다. 처음에는 인도가, 곧이어 버마와 인도차이나 반도가 기근과 야만을 겪었다. 일본은 물론이고 소련 동부 지역도 머지않아 똑같은 상황이 되었고, 파키스탄에서도 서쪽으로 향하는 정복의 필사적인 물결이 분출되었다. 굶주리고 비무장한 난민들로 이루어진 이 정복대는 결국 터키에 이르러서야 멈추었다.

충리 바이러스의 영향이 아직까지 비교적 덜한 나라들은 차마 믿을 수 없다는 듯한 공포를 느끼며 이 광경을 지켜보았다. 공식 뉴스에서는 기근의 규모를 강조하면서, 어떤 원조도 이 상황에서는 바다에 물 한 방울을 떨어트리는 격이라고 비유했지만, 정작 희생자를 돕기 위해 떼어놓은 식량이 있느냐는 중요한 질문은 애써 외면했다. 게다가 원조 제공을 큰 목소리로 지지하는 사람은 이제 소수에 불과했다. 그 재난의 범위가 더 명료하게 이해되는 동시에 서양 세계로의 전파 또한 더 명료하게 예상되면서, 이 소수의 인기는 점점 더 떨어지게 되었다.

크리스마스가 다 되어서야 곡물 선박이 다시 동양으로 떠났다. 곧이어 오스트레일리아와 뉴질랜드 같은 남반구에서는 감시 및 초토화 체계를 성실히 가동한 결과 바이러스 억제가 이루어지고 있다는 반가운 소식도 전해졌다. 그해 여름은 특히나 화창했기 때문에, 수확 역시 평년 수준을 약간 밑도는 수준에 머물 것이라는 긍정적인 전망도 나왔다.

이런 소식과 함께 새로운 낙관주의의 물결이 나타났다. 동양이

겪고 있는 재난은 어디까지나 아시아인 특유의 엉성함이라 일컬을 법한 현상에서 비롯되었다는 설명이 나왔기 때문이다. 바이러스를 농지에서 완전히 몰아내는 것이야 불가능할 수도 있지만, 오스트레일리아와 뉴질랜드에서는 최소한 억제할 수 있음이 입증된 셈이었다. 이와 유사한 성실성을 발휘한다면, 서양 사람들도 기껏해야 물자 부족 정도인 상황에서 무기한 버틸 수 있으리라고 여겨졌다. 그 와중에 바이러스와 맞서 싸우는 연구소는 여전히 가동 중이었다. 세계는 눈에 보이지 않는 적을 억누르는 정복의 순간에 매일 한 걸음씩 더 가까워지는 듯했다. 이처럼 건전한 낙관주의의 분위기에서, 커스턴스 가족은 크리스마스를 블라인드 협곡에서 보내기 위해 다시 한 번 북쪽으로 여행을 떠났다.

첫날 오전에 존은 형과 함께 농장 주변을 산책했다.

농장 건물에서 불과 100미터도 떨어지지 않은 곳에 갈아엎은 땅이 하나 있었다. 너비가 3미터 정도였다. 얼어붙은 시커먼 흙이 벌거벗은 모습 그대로 겨울 하늘을 바라보고 있었다.

존은 몸을 숙여서 유심히 바라보았다. 데이비드도 따라했다.

"이렇게 된 데가 여기에도 많은 거야?" 존이 물었다.

"아마 열댓 군데 될 거야."

그래도 이 상처 부분 주위의 풀들은 비록 서리를 맞은 상태에서도 충분히 멀쩡해 보였다.

"그래도 형은 비교적 잘 버티고 있는 것 같은데."

데이비드는 고개를 저었다. "그건 아무 의미도 없어. 바이러스가 농작물의 성장기에만 퍼진다는 사실을 보여주는 증거는 상당히 많거든. 반면 비성장기에도 그놈들이 식물 속에 잠복해 있는지의 여부는 아무도 모르고 있다고. 즉 내년 봄이 되면 무슨 일이 벌어질지는 아무도 몰라. 내가 경험한 이 작은 발병지들 가운데 4분의 3은 수확 막바지에 가서야 발생했으니까 말이야."

"그렇다면 형은 정부의 공식적인 낙관주의를 그리 유념하지 않았겠네."

데이비드는 갈아엎은 땅을 지팡이로 가리켰다. "나로 말하자면 오히려 '저것'에 유념한다고 해야겠지."

"결국에는 퇴치될 거야. 조만간 그렇게 될 거라고."

"정부에서 긴급 명령이 내려왔더라." 데이비드가 말했다. "곡물을 재배하던 농지에 앞으로는 감자를 심으라는 내용이었어."

존이 고개를 끄덕였다. "나도 들었어."

"그런데 방금 전에 취소되었지. 어제 저녁 뉴스에 나오더라니까."

"상황이 괜찮을 거라고 정부도 확신하는 모양이지."

데이비드는 굳은 표정으로 말했다. "정부가 확신하거나 말거나 상관없어. 내년 봄에 나는 감자와 비트를 심을 거니까."

"밀하고 보리는?"

"심지 않을 거야."

존은 뭔가를 숙고하는 듯했다. "만약 바이러스가 퇴치되면, 곡물 가격이 상당히 오를 텐데."

"우리 같은 농부들이 그런 생각을 안 해봤을 것 같아? 정부가 왜 앞서의 명령을 취소했겠어?"

"그거야 쉽게 설명할 문제는 아니지, 안 그래?" 존이 물었다. "만약 정부에서 기껏 곡물 농사를 금지했는데 뒤늦게 바이러스가 퇴치되면, 이 나라는 곡물 전체를 해외에서, 그것도 상당히 비싼 값에 사와야 할 테니까."

"한마디로 도박인 거지." 데이비드가 말했다. "이 나라 국민의 생명이냐, 아니면 더 높은 세금이냐."

"하지만 그 도박에서 이길 가능성이 상당히 높다는 말인 거잖아."

데이비드는 고개를 저었다. "나한테는 그걸로 충분하지가 않아. 어쨌거나 나는 감자를 심을 거야."

크리스마스 오후에도 데이비드는 이 문제를 다시 꺼냈다. 메리와 데이비는 푸짐한 크리스마스 저녁 식사로 부른 배를 꺼트리겠다며 서리 낀 밤공기를 맞으며 밖에 나갔다. 더 평온한 소화 방법을 선호하는 어른 셋은 안락의자에 등을 기대고 앉아서 전축으로 하이든 교향곡을 들었다. 하지만 생각은 다들 어딘가 딴 곳에 가 있었다.

"그나저나 네가 하는 흉물 만들기는 어떻게 되고 있어, 존?" 데이비드가 물었다. "제시간에 완성할 수 있겠어?"

존은 고개를 끄덕였다. "그 섬뜩한 꼬락서니를 생각해보면 정말 구역질이 날 지경이라니까. 하지만 내 생각에, 우리가 지금 작업 중인 건물은 진짜 철저한 추악함에 관해서 몇 가지 교훈을 줄 수 있는 수준이라고."

"굳이 그걸 해야만 하겠어?"

"우리야 의뢰받은 일이라면 반드시 달성해야 하니까. 심지어 건축가조차도 돈을 쓰겠다는 사람의 변덕에 맞춰 가는 수밖에는 없거든. 하물며 나 같은 공학자야 두말할 나위도 없지."

"그래도 너는 그 일에 얽매인 건 아니잖아, 안 그래? 개인적으로 얽매인 건 아니겠지?"

"오로지 돈에 대한 필요에 얽매였을 뿐이지."

"원한다면 안식년을 얻을 수도 있는 거야?"

"물론이지. 단지 딸린 식구를 먹여 살려야 한다는 중대한 문제가 있긴 하지만."

"그러면 너도 여기 와서 1년 동안 같이 살자."

존은 깜짝 놀란 나머지 똑바로 몸을 일으켜 앉았다. "뭐라고?"

"절대 부담 갖지 마. 경제적인 문제에 대해서도 걱정할 필요는 전혀 없어. 부정하게 얻은 소득이 있을 때에 농부가 할 수 있는 일은 딱 세 가지뿐이거든. 새로운 농지를 사거나, 흥청망청 써버리거나, 아니면 모아두는 거지. 그런데 나로 말하자면 이 계곡 바깥에 있는 땅은 전혀 원하지 않는 데다, 나 혼자서는 흥청망청 써봤자 한계가 있거든."

존이 천천히 말했다. "그러니까 바로 그 바이러스 때문인 거야?"

"어리석은 이야기로 들릴 수도 있겠지." 데이비드가 말했다. "하지만 나는 지금 돌아가는 상황이 전혀 마음에 들지 않아. 게다가 아시아에서 벌어진 일에 관한 사진도 봤고 해서 말이야."

존은 아내를 바라보았다. 그러자 앤이 말했다.

"하지만 그건 어디까지나 아시아의 이야기일 뿐이에요, 안 그래요? 설령 물자가 부족한 상황이 오더라도, 우리나라는 그보다 더 잘 훈련되어 있다고요. 우리는 지난 전쟁 때 물자 배급이며 부족을 이미 겪어봤죠. 게다가 현재로선 진짜 말썽의 징조가 전혀 없어요. 아주버님, 지금 이이한테 너무 많은 걸 요구하시는 거예요. 지금 당장 모든 것을 때려치우고 온 식구가 여기 와서 1년 동안 빌붙으라고, 그것도 단지 상황이 잘못될 수도 있으니 그렇게 하라고 말씀하시는 거잖아요."

"여기서는 우리가 이렇게 불가에 둘러앉아서 평안하고 배부르게 지낼 수 있어요." 데이비드가 말했다. "물론 그렇게 할 수 없는 미래를 상상하기 어렵다는 건 저도 잘 알아요. 하지만 걱정이 돼서요."

"이 세상의 그 어떤 전염병도 결국에는 사라지게 마련이야." 존이 말했다. "식물이건 동물이건 간에 마찬가지고. 전염병을 겪고 나서도 생물 종은 여전히 팔팔하게 살아남게 마련이지. 흑사병의 경우만 해도 그랬잖아."

데이비드는 고개를 저었다. "그건 어디까지나 추측일 뿐이지. 정확한 내용은 우리도 모르잖아. 예를 들어 공룡이 무엇 때문에 멸종했지? 빙하시대 때문에? 경쟁 때문에? 어쩌면 바이러스 때문에 그랬을 수도 있어. 게다가 화석으로는 남아 있지만 후손은 전혀 남기지 못한 수많은 식물은 또 어떻게 된 거야? 짧은 관찰 기간 동안에 그런 바이러스가 발견되지 않았다는 사실에만 근거해서 단언하는 건 위험한 일이야. 오래 살았는데도 정작 혜성을 육안으로 본 적이 없는 사람도 있지. 하지만 그렇다고 이 세상에 혜성이 없다는 뜻은 아니잖아."

존은 그 이야기는 더 꺼내지 말자는 듯한 투로 이렇게 말했다. "마음 써줘서 고마워, 형. 하지만 나는 그럴 수가 없어. 형도 잘 알잖아. 물론 그 결과물마저 마음에 드는 것은 아니지만, 그래도 나는 내 일을 충분히 좋아하거든. 거꾸로 생각해서, 형한테 하이게이트에 와서 1년 동안 엉덩이 붙이고 있으라고 하면 그럴 수 있겠어?"

"한 달의 시간 여유가 있으면, 내가 너를 멋진 농부로 만들어놓을 텐데."

"정 원한다면, 나 말고 우리 데이비나 그렇게 만들어보든가."

벽에서 졸린 듯 째깍거리는 시계는 봄철 대청소 때를 제외하고는 줄곧 그곳에 150년 동안 걸려 있었다. 런던에 있을 때와 달리 이곳에서는 바이러스의 승리를 생각하기가 더욱 불가능해 보인다고 앤은 생각했다.

그녀가 말했다. "그래도 혹시나 상황이 나빠지게 되면, 우리도 이곳으로 피난 올 수는 있을 거예요. 하지만 지금 당장은 상황이 나빠진다는 징조가 전혀 없으니 말이죠."

"사실은 저도 그동안 이 문제를 놓고 곰곰이 생각해봤어요." 데이비드가 말했다. "그런데 비벌리 외할아버지께서 저한테 해주신 말씀이 있어요. 그러니까 우리가 이 계곡에 처음으로 온 날에 말이에요. 당신 말씀으로는, 바깥에 나가 있다가 이곳의 입구로 들어올 때면, 마치 등 뒤로 쿵 하고 문을 닫아버릴 수도 있겠다는 생각이 들더라는 거였죠."

"실제로 그런 느낌이 있긴 해요." 앤이 말했다.

"만약에 상황이 정말 나빠지면, 잉글랜드 내에 안전한 피난처는 그리 많지 않을 거예요." 데이비드가 이야기를 계속했다. "하지만 여기만큼은 정말 안전한 피난처가 될 수 있죠."

"그래서 감자와 비트를 심겠다는 거였군." 존이 말했다.

데이비드가 말했다. "그것뿐만이 아니야." 그는 동생 부부를 바라보았다. "혹시 계곡 입구 지나서 길가에 쌓여 있는 목재 봤어?"

"봤지, 어디 새로 건물이라도 지으려는 거야?"

데이비드는 자리에서 일어나 창가로 걸어가더니, 바깥의 겨울 풍경을 내다보았다. 그리고 여전히 바깥을 내다보는 상태로 이렇게 대답했다.

"건물이 아니야. 바리케이드지."

앤과 존은 서로의 얼굴을 바라보았다. 앤이 되물었다.

"바리케이드라고요?"

데이비드가 뒤로 돌아섰다. "울타리라고 해도 무방하겠네요. 다시 말해 이 계곡 입구를 막는 문을 세울 예정이에요. 그것만 있으면 폭도가 나타나도 적은 인원으로 지킬 수 있을 테니까요."

"설마 진심으로 하는 말은 아니겠지?" 존이 물었다.

그는 항상 자기보다 모험심도, 상상력도 많이 부족했던 형을 유심히 바라보았다. 물론 데이비드의 태도는 지금도 여전히 평소처럼 둔감하고 무덤덤해 보였다. 즉 자기가 방금 한 말의 함의에 대해서는 전혀 걱정하지 않는 듯했다.

"확실히 진심이야." 데이비드가 말했다.

앤이 이의를 제기했다. "하지만 상황이 생각보다 괜찮다고 판명되면, 그건……."

"시골에서 살다 보면, 항상 남들이 손가락질하면서 비웃는 뭔가를 하나쯤은 갖게 마련이죠." 데이비드가 말했다. "아마 그 문에도 '커스턴스의 헛짓'이라는 별명이 붙을 겁니다. 하지만 저는 바보 취급을 받을 위험을 기꺼이 감수하려고 해요. 뭔가 본능적으로 불안한 생각이 들기 때문에, 일단 그걸 좀 가라앉혀보려고 노력하는 거죠. 그거에 비하면 남들의 비웃음을 받는 것 따위는 아무렇지도 않아요."

그의 차분한 성실함에 동생 부부는 감탄할 수밖에 없었다. 급기야 이들 부부조차도 (특히 앤의 경우에는) 데이비드의 권유대로 해볼까 하는 충동이 순간적으로나마 일었다. 즉 이 계곡으로 와서 굳게 문을 걸어 잠그고, 저 바깥의 불안하고 불확실한 세계와 결별하자는 것이었다. 하지만 충동은 잠깐에 불과했다. 그녀에게는 여전히 기억해야 할 여러 가지 일상 업무가 한가득이었다. 급기야 앤은 본심과 달리 이렇게 말했다.

"그래도 일단 애들 학교 문제라든지……."

데이비드도 그녀 생각의 흐름을 짐작한 모양이었다. 그래서인지 그는 놀라움도 만족감도 드러내지는 않았다. 다만 이렇게 대답할 뿐이었다.

"학교라면 레페턴에도 하나 있어요. 고작 1년 동안이라면 큰 문제는 되지 않을 거예요."

그녀는 어쩔 줄 몰라 하며 남편을 바라보았다. 급기야 존이 나섰다.

"그것 말고도 온갖 일들이 있으니까……." 데이비드가 전달했던 확신은 이미 희미해져 있었다. 그가 상상하는 종류의 일은 실제로 일어날 가능성이 없을 것이었다. "어쨌거나 상황이 나빠지면, 우리도 이에 대한 경고를 잔뜩 받게 될 테니까. 그러면 우리도 곧바로 이곳으로 올게. 상황이 심각해 보이면 말이야."

"너무 늦지 않도록 조심해." 데이비드가 말했다.

앤은 약간 몸을 떨더니 고개를 저었다. "앞으로 1년 안에는 이때 우리가 왜 이렇게 호들갑을 떨었을까 하는 의문이 들 거예요."

"그래요." 데이비드가 말했다. "어쩌면 그럴 수도 있겠죠."

4

전 세계에 닥친 것처럼 보이던 소강상태는 겨우내 지속되었다. 서양 여러 국가에서는 식량 배급 계획이 마련되었고, 일부는 실제로 적용되었다. 잉글랜드에서는 케이크가 사라져버렸지만, 빵은 여전히 구할 수 있었다. 언론은 계속해서 낙관주의와 비관주의 사이를 오갔지만, 그 오락가락의 기세도 전보다는 약해졌다. 가장 빈번히 논의되는 중요한 문제는, 바이러스가 퇴치되고 삶이 정상으로 돌아오기까지 앞으로 얼마나 긴 시간이 필요하느냐는 거였다.

아시아의 생명이 사라진 땅의 회복에 관해서는 아직 아무도 이야기를 꺼내지 않았고, 존이 보기에는 그 사실이야말로 의미심장하게 생각되었다. 그는 2월의 어느 날 로저 버클리를 만나 점심을 먹으면서 이런 이야기를 꺼냈다. 장소는 로저가 가입한 클럽 트레저리였다.

로저가 말했다. "아니, 우리는 그들에 관해서 너무 많이 생각하지 않으려 노력하는 거야, 안 그래? 마치 우리가 세계에서도 유독 그 부분은 쏙 썰어내고, 그저 유럽과 아프리카와 오스트레일리아와 아메리카만 남겨놓은 것 같다니까. 지난주에 중국 중부 사진을 봤어. 불과 몇 달 전이었다면 곧바로 언론을 통해 보도되었을 거야. 하지만 아직까지 보도되지 않았고, 앞으로도 보도되지 않을 거야."

"어떤 사진이기에 그래?"

"컬러 사진이지. 갈색과 회색과 노란색의 아주 맛깔나는 구성이고 말이야. 헐벗은 흙과 진흙뿐이야. 그런데 말이지, 그 모습이야말로 과거의 기근 사진보다 훨씬 더 섬뜩한 데가 있거든?"

웨이터가 깔개를 놓더니, 느리고도 인내심 있는 의례를 거쳐 맥주 두 잔을 두 사람에게 내놓았다. 그가 떠나자 존이 물어보았다.

"겁이 나던가?"

"솔직히 겁이 나더라고. 한 장소가 바이러스로 초토화되었다는 게 무슨 뜻인지를 이전까지는 내가 전혀 몰랐었구나 싶더라니까. 내가 이런 말을 꺼내면, 자네는 아마 자연스레 생각하겠지. 그래도 '일부' 풀은 계속 자라지 않겠느냐, 설령 여기저기 띄엄띄엄이라도 자라지 않겠느냐 하고 말이야. 하지만 그 바이러스는 아무것도 남겨놓지 않았어. 맞아, 단지 풀이 없어진 것뿐이야. 하지만 과거에만 해도 이런저런 종류의 풀로 뒤덮였던 땅이 이렇게도 많았었나 싶은 깨달음에 깜짝 놀라게 되는 거지."

"문제의 해답에 관한 소문은 없나?"

로저는 불확실한 몸짓으로 고개를 저었다. "이런 식으로 설명해볼게. 관공서에 떠도는 소문이라고 해봐야, 언론계에 떠도는 소문만큼이나 모호하기 짝이 없어. 단지 우리 쪽의 소문에는 뭔가 확실한 듯한 느낌만 더 있을 뿐이지."

존이 말했다. "우리 형은 아예 바리케이드를 치기로 했어. 내가 이야기했었나?"

로저는 흥미를 느끼는 듯 몸을 앞으로 숙였다. "농사짓는다는 양반 말이야? 그나저나 그건 또 무슨 뜻이야? 바리케이드를 치고 집 안에 들어앉겠다는 거야?"

"우리 형이 사는 곳에 관해서는 자네한테도 말한 적이 있었잖아. 블라인드 협곡이라는 곳인데, 주위는 온통 언덕으로 에워싸이고, 밖으로 나가는 통로는 좁은 길 하나뿐이야. 그래서 형은 울타리를 쌓아서 그 길을 막아버리겠다는 거야."

"계속 이야기해봐. 흥미롭게 들리는군."

"더 이야기할 것도 없어. 형은 다음번 농작물 성장기에 무슨 일이 벌어질지 모른다며 불안해하고 있어. 그렇게 불안한 모습은 나도 처음 본다니까. 어쨌거나 형은 이번에 밀농사를 완전히 포기하고 뿌리작물을 심기로 했대. 심지어 우리더러 그곳에 내려와서 1년 동안 함께 살자고 말하더라니까."

"그러니까 이번 재난이 끝날 때까지 말이지? 그 양반 '진짜' 걱정되는 모양이네."

"그런데 말이야." 존이 말했다. "그때 이후로 나는 이 문제를 계속 고민 중이거든…… 형은 항상 나보다 분별력이 있는 편이었으니까. 그리고 자네도 생각해보면 알겠지만, 이런 종류의 일에서 시골 사람의 육감이라는 것은 그저 예사롭게 넘길 수가 없잖나. 런던에 사는 우리야 그저 남이 숟가락으로 떠먹여주는 것밖에 못 먹게 마련이잖아."

로저는 그를 바라보며 미소를 지었다. "자네의 말에 뼈가 들어 있군, 존. 하지만 나야말로 딱 그렇게 숟가락으로 떠먹여주는 쪽에 선 사람이라는 걸 잊지 말라고. 그나저나 하나만 물어볼게. 만약 내가 파국에 대한 내부 경고를 자네에게 알려준다고 치면, 그러니까 충분한 시간 여유를 둔 상태에서 미리 알려준다고 치면, 자네 형님의 도피처에 우리 세 식구가 끼어들 자리도 좀 만들어줄 수 있겠나?"

존은 긴장한 말투로 대답했다. "그러면 자네 생각에는 결국 사태가 파국으로 치달을 것 같다는 거야?"

"물론 아직까지는 그런 징조가 없어. 사정을 잘 알아야 마땅한 사람들조차도, 자네가 신문에서 찾아볼 수 있는 것과 똑같은 종류의 낙관주의를 드러내고 있으니까. 하지만 나는 블라인드 협곡이라는 곳의 이야기가 마음에 들어서 일종의 보험으로 삼으려는 것뿐이야. 일단 내가 연줄을 통해서 현재 돌아가는 상황을 수시로 확인해볼게. 혹시 저편에서 약간의 경고음이라도 들리면, 우리는 곧바로 무기한 휴가를 얻어서 가족과 함께 북쪽으로 떠나는 거야, 알겠어? 자네 생각에는 이 계획이 어떨 것 같나? 자네 형님이 우리를 받아줄 것 같아?"

"그래, 당연하지." 존은 친구의 아이디어를 곰곰이 생각해보았다. "그나저나 자네 쪽에서 얻을 수 있는 경고라면 과연 어느 정도일까?"

"충분한 정도는 얻을 수 있을 거야. 내가 자네한테 계속 알려줄게. 다만 이런 상황에서는 나도 자칫 호들갑을 떠는 잘못을 범할수 있다는 걸 미리 알아두라고. 나로선 기근이 한창인 상황에서 런던에 갇히게 된다는 생각 자체가 마음에 안 드니까 말이야."

웨이터가 갖가지 종류의 치즈를 담은 카트를 끌고 이들 곁을 지나갔다. 런던 클럽의 식당답게 공기 중에는 한낮의 졸린 기운이 감돌고 있었다. 사람들의 웅얼거리는 목소리는 편안하고도 태평하게들렸다.

존이 한쪽 팔을 저으며 말했다. "지금의 이런 상황을 뒤흔들 뭔가가 있다고 상상하기는 정말 힘들군."

로저도 주위 풍경을 둘러보았다. 그의 두 눈은 부드러우면서도예리했다.

"그건 부정할 수가 없어. 나도 동의하네. 어쨌거나 언론에서 충분히 자주 떠들어대는 것처럼, 우리는 아시아인이 아니니까 말이야. 하지만 폭풍의 구름이 모여드는 상황에서 우리가 영국인답게이를 악문 모습을 보는 것도 재미있겠지. 물론 뒤흔들리지는 않을거야. 하지만 만약 우리한테도 파국이 닥치면 어떻게 될까?"

웨이터가 이들의 식사를 가져왔다. 덩치가 작고 수다스러운 남자였지만, 이곳의 다른 웨이터들에 비해서는 오히려 어깨에 힘이덜 들어간 사람이었다.

"아니야." 로저가 말했다. "흥미로운 문제이긴 하지만, 굳이 내가 직접 확인해보고 싶을 정도로까지 흥미로운 건 아니라고."

봄은 느지막이 찾아왔다. 건조하고, 춥고, 구름 낀 날씨가 3월 내내 지속되다가 4월로 접어들었다. 4월 둘째 주가 되자 따뜻하고 습한 날씨가 이어졌는데, 충리 바이러스가 그 기세를 전혀 잃지 않았다는 사실이 확인되면서 모두에게 충격을 안겨주었다. 농지에서나 정원에서 그리고 도로변에서도 풀이 자라나면서, 그 잎사귀에 더 짙은 초록색 얼룩이 여기저기 나타났다. 그 초록색은 점점 더 번지더니 썩어가는 갈색으로 변했다. 이 새로운 침입의 증거를 외면할 방법은 전혀 없었다.

존은 로저를 만나서 물었다. "자네 쪽에서는 무슨 소식 없나?"

"참으로 이상한 이야기지만, 아주 좋은 소식뿐이야."

존이 말했다. "우리 집 잔디밭에도 그게 잔뜩 있어. 베어내고 보니, 동네 풀들이 다 그 모양이더라니까."

"우리 동네도 마찬가지야." 로저가 말했다. "따뜻하고 썩어가는 갈색의 물결이라고나 할까. 그나저나 감염된 풀을 잘라내지 않은 사람에게 벌금을 물리려던 조치는 결국 철회되었다더군."

"그렇다면 자네가 말한 좋은 소식이란 건 뭐야? 듣고 보니 하나같이 심각한 소식뿐인 것 같은데."

"내일쯤 신문에 실릴 거야. 유네스코에서 이 문제에 관해 뭔가 해답을 갖고 있다고 주장했다더군. 충리 바이러스의 모든 변종을 잡아먹는 또 다른 바이러스를 만들어낸 모양이야."

존이 말했다. "그야말로 막판에 가서야 서로 짜기라도 한 것처럼 좋은 소식이 등장하는군. 자네 생각에도 혹시……?"

로저가 미소를 지었다. "내가 맨 처음에 한 생각도 바로 그거였어. 하지만 그 성명서에 서명한 인사들의 면면을 보니, 제법 심지가 굳은 사람들도 일부 포함되었더라고. 설령 연세 지긋하신 자기 부모님이 위험에 빠지는 한이 있더라도, 실험 결과에 대한 사소한 조작도 결코 허락하지 않을 사람들이지. 그러니까 그 성명서는 진짜라는 거야, 맞아."

"막판에야 간신히 한숨 돌린 셈이군." 존이 천천히 말했다. "그게 아니었으면 이번 여름에 과연 무슨 일이 벌어질지는 차마 생각하기도 싫으니까 말이야."

"나야 굳이 생각하기도 싫을 것까지는 없어." 로저가 말했다. "그거야말로 나로선 피하고 싶었던 상황이니까."

"마침 애들을 다시 학교에 보내야 하나 말아야 하나 고민 중이었어. 그런데 이제는 괜찮을 것 같군."

"차라리 학교에 보내는 게 더 나을 거야, 내 생각에도." 로저가 말했다. "물자 부족의 가능성이 있으니까 말이야. 아직까지는 그 새로운 바이러스를 대량 살포하지 못했으니, 올해의 농작물 수확량도 변변찮을 게 뻔하거든. 아마 런던은 다른 지역보다도 좀 더 쪼들리는 신세가 될 거야."

유네스코 보고서는 언론에 대대적으로 보도되었고, 이와 함께 영국 정부 역시 현 상황에 대한 자체적인 평가를 내놓았다. 미국, 캐나다, 오스트레일리아, 뉴질랜드 모두 곡물을 충분히 비축했고, 모두 이 보유분으로 당면한 식량 부족 기간을 버틴다는 가정하에 자국민에 식량 배급을 실시할 채비를 하고 있었다. 영국에서도 이와 유사한 방식에 더 엄격한 내용의 곡물 및 육류 배급제가 도입되었다.

분위기는 다시 밝아졌다. 바이러스 해결책에 관한 소식에 배급제 실시에 관한 소식이 합쳐지면서, 긴장과 희망 모두를 불러내는 효과가 산출되었던 것이다. 그리하여 데이비드가 보낸 편지가 도착했을 무렵에는, 거기 나타난 어조가 우스꽝스러울 정도로 분위기에 맞지 않아 보였다.

데이비드는 편지에 이렇게 썼다.

이제 계곡 안에는 풀잎이 하나도 남아 있지 않아. 암소 가운데 마지막 녀석은 어제 도살했어. 내가 알기로 런던의 누군가는 지난겨울 동안 냉동고 속 자리를 넓혀놓았을 만큼 분별력이 있었다지만, 앞으로 몇 주 동안 새로 생산될 쇠고기를 다 감당하기에는 충분하지가 않을 거야. 설령 일이 제대로 풀리더라도, 이 나라에서 쇠고기가 뭔지를 다시 알게 되려면 앞으로 몇 년이 걸릴 거야. 우유나 치즈도 마찬가지일 거야.

일이 제대로 풀릴 거라는 주장을 나도 선뜻 믿을 수 있었으면 얼마나 좋겠니. 하지만 문제는 내가 그 보고서를 믿지 않는다는 게 아니야. 거기 서명한 사람들의 명성은 나도 잘 아니까. 하지만 내가 주위를 둘러봐도 초록 대신 검정만 가득한 상황에서, 그런 보고서 따위는 아무런 의미도 없다는 거지.

잊지 마라. 네가 식구들과 함께 짐을 챙겨서 이리로 온다면 언제라도 환영이라는 걸 말이야. 사실 나야 여기 계곡에 대해서는 별로 걱정하지 않아. 우리는 뿌리 작물과 돼지고기만으로도 충분히 살 수 있으니까. 아닌 게 아니라 돼지는 계속 기르고 있는데, 이놈들이야말로 내가 아는 한에서는 감자를 주식으로 삼아도 무방한 유일무이한 가축이거든. 우리는 여기서 그럭저럭 상당히 잘 지내고 있어. 나로선 오히려 바깥세상이 걱정될 뿐이지.

존은 아내에게 편지를 건네고, 거실 창문으로 다가가 바깥을 내다보았다. 앤은 편지를 읽으며 얼굴을 찡그렸다.

"아주버님은 여전히 상황을 너무 심각하게 받아들이는 것 같아, 안 그래?" 그녀가 물었다.

"확실히 그렇지."

존은 이전까지만 해도 잔디밭이었지만 지금은 갈색 흙 위에 잡초 몇 포기만 드문드문 돋아난 땅을 바라보았다. 저것도 이미 친숙한 광경이 되어 있었다.

"당신 생각도 그렇지 않아?" 앤이 말했다. "거기서 오로지 힐렌네 식구들하고 농장 일꾼들하고만 살고 있다니……. 아주버님이 끝내 결혼하지 않았다는 건 정말 안타까운 일이야."

"그러니까 당신 말뜻은 우리 형이 혼자 살다 보니 정신이 나가기라도 했다는 거야? 그 바이러스에 관해서 비관적인 생각을 가진 사람은 우리 형뿐만이 아니잖아."

"마지막에는 이런 구절도 있네." 앤이 이렇게 말하더니, 편지 내용을 읽기 시작했다.

"어떤 면에서 보자면, 어쩐지 나는 그 바이러스가 승리하는 게 차라리 '정당하다'는 생각마저 들더라. 벌써 오랜 세월 동안 우리는 땅을 마치 돼지저금통인 양, 얼마든지 꺼내 써도 되는 물건인 양 대했으니까 말이야. 그런데 따지고 보면 땅도 그 자체로 생명을 지니고 있거든."

존이 말했다. "오히려 우리가 둔감한 걸 거야. 평소에도 풀을 많이 접하지 않으니까, 지금처럼 풀이 아주 없는 상태에서도 큰 차이를 느끼지 못하는 거지. 반면 시골에서는 그 바이러스로 인한 결과가 더 충격적이지 않겠어?"

"하지만 아주버님의 편지만 보면, 마치 그 바이러스가 승리하기를 '원하는' 것처럼 보이잖아."

"시골 사람이야 항상 도시 사람을 싫어하고 불신하게 마련이지. 우리 형도 도시 사람이라면 '게으른 몸뚱이에 입 달린 물건' 정도로 간주하니까. 내 생각에 대부분의 농민은 도시 사람이 조금이라도 골탕 먹는 모습을 보면 무척이나 기뻐할 거야. 다만 이번의 골탕은 결코 사소한 수준이 아니라는 게 문제지. 형이 우리 모두가 충리 바이러스에게 패배하는 꼴을 원한다고는 생각하지 않아. 그냥 머릿속에 생각난 대로 적었을 뿐이겠지."

앤은 한동안 말이 없었다. 존이 뒤로 돌아서 아내를 바라보았다. 그녀는 데이비드의 편지를 한손에 꼭 쥔 상태로 텔레비전의 텅 빈 화면만 뚫어져라 바라보았다.

"어쩌면 형은 나이가 들면서 약간 걱정꾼으로 변하고 있는 건지도 몰라. 혼자 사는 농부들이 종종 그러듯이 말이야." 존이 말했다.

앤이 말했다. "그나저나 로저가 내놓은 계획 말이야. 상황이 나빠지면 자기가 미리 귀띔해줄 테니까, 우리 모두 북쪽으로 떠나자는 계획. 그거 아직도 유효한 거야?"

존은 어리둥절해 하며 대답했다. "그래, 당연하지. 하지만 지금으로선 상황이 그다지 다급하지 않아 보이는데."

"그런데 우리가 그 사람을 믿을 수 있을까?"

"당신은 못 믿을 거라고 생각해? 물론 그 친구라면 우리 목숨을 가지고도 기꺼이 도박할 성격이기는 하지만…… 설마 자기 목숨을 가지고도 그렇게 할 것 같아? 게다가 올리비아와 스티브의 목숨까지도 달려 있는데?"

"물론 그렇게까지 하지는 않겠지. 난 다만……."

"혹시 정말 무슨 문제가 생긴다면, 우리한테는 로저의 경고까지도 굳이 필요하지 않을 거야. 그 문제가 코앞에 닥쳐오는 모습을 똑똑히 볼 수 있을 테니까."

앤이 말했다. "어디까지나 애들을 생각해서 해본 말이야."

"애들은 괜찮을 거야. 데이비라면 미국에서 우리한테 구호물자로 보내주는 햄버거 통조림도 맛있다고 잘만 먹어치울 거고."

앤이 미소를 지었다. "그래, 항상 그 햄버거 통조림이 든든하게 우리 뒤를 받쳐줄 테니까. 내 생각도 그래."

아이들이 여름방학을 맞아서 집에 돌아오자, 커스턴스 가족은 평소처럼 버클리 가족과 함께 바다로 향했다. 바이러스의 직격탄을 맞은 황량한 땅이 사방에 펼쳐진 가운데, 곡물 농사를 포기하고 대신 뿌리 작물을 심은 밭들이 드문드문 펼쳐진 곳을 지나는 기묘한 여정이었다. 하지만 도로에는 여전히 차량이 많았고, 바닷가에서도 인파가 덜한 곳을 찾아내기가 오히려 힘들 정도였다.

날씨는 따뜻했지만, 하늘은 구름이 끼어서 금방이라도 비가 내릴 것 같았다. 그리하여 일행은 캐러밴 근처에 주로 머물렀다.

이들이 머무는 장소는 고지에서도 툭 튀어나온 부분이어서 저 아래 자갈밭을 내려다볼 수도 있었고, 넓게 펼쳐진 영국해협을 감상할 수도 있었다. 데이비와 스티브는 바다를 오가는 배들에 크나큰 관심을 보였다. 마침 바닷가에서 3킬로미터쯤 떨어진 곳에 소규모 선단이 있었다.

"어선이군." 로저가 말했다. "이제 우리에게 없는 쇠고기를 대신할 물고기를 잡으러 가는 거겠지. 이제는 소들이 먹을 풀조차도 없어졌으니까."

"그나마도 월요일부터는 배급 신세야." 올리비아가 말했다. "참 대단하지. 생선을 다 배급한다니!"

"때가 되었잖아." 앤이 덧붙였다. "가격이 천정부지로 치솟을 때 말이야."

"영국 국가 경제의 순조로운 메커니즘이 조용한 가운데 효율성을 발휘하면서 계속해서 착착 돌아가고 있는 셈이죠." 로저가 말했다. "다들 그러더군요. 우리는 아시아인과는 분명히 다르다고 말이에요. 정말 맞는 말이죠! 한 구멍 한 구멍씩 허리띠를 졸라매면서도 아무도 불평하지 않고 있으니까요."

"지금으로선 불평해봤자 별로 의미가 없잖아요, 안 그래요?" 앤이 물었다.

존이 말했다. "궁극적인 전망이 비교적 좋은 상태니까, 지금은 오히려 상황이 다르다고 해야겠지. 하지만 그렇지 않았다면 우리라고 해서 얼마나 더 차분하고 침착할 수 있을지는 나도 잘 모르겠어."

바닷물에서 나와 캐러밴에 들어가서 몸을 말리던 메리가 창밖에 대고 이렇게 말했다.

"학교에서 주는 생선 완자에는 원래 앤초비 통조림 하나에 감자 10킬로그램이 들어갔는데요. 지금은 통조림 하나에 감자 100킬로그램이 들어간데요. 그렇다면 이런 현상의 궁극적인 전망은 뭐예요, 아빠?"

"결국엔 감자 완자만 나오겠지." 존이 말했다. "그리고 앤초비가 들어 있던 빈 깡통을 식탁마다 하나씩 놓아두고 너희들한테는 냄새나 맡아보라고 할 거야. 하지만 건강에는 그게 더 좋을걸."

데이비가 말했다. "그런데 과자도 굳이 배급해야 하는 이유를 모르겠어요. 과자는 풀로 만드는 게 아니잖아요."

"사재기하는 사람들이 너무 많아서 그러는 거야." 존이 대답했다. "이건 너한테도 해당되는 거야. 앞으로는 네가 배급받는 것만, 그리고 엄마랑 아빠가 받은 것 중에서 누나가 안 가져간 것만 먹어야 해. 그래도 너는 얼마나 운이 좋으니. 만일 고아였으면 어쩔 뻔했냐고."

"음, 그러면 이런 배급은 앞으로 언제까지 계속되는 거예요?"

"최소한 몇 년은 계속되겠지. 그러니 너도 익숙해지는 게 좋을 거야."

"이건 정말 사기예요." 데이비가 말했다. "배급을 왜 하냐고요. 어디서 신나게 때려 부수며 전쟁을 하는 것도 아닌데 말이에요."

아이들이 학교로 돌아가자, 어른들도 평소와 마찬가지의 생활을 이어나갔다. 긴급 피난에 관해서 약속한 직후에만 해도, 이삼일 정도 로저와 만나지 못할 때에는 존이 먼저 전화해서 무슨 일이 있는지 확인했었지만, 이제는 굳이 그럴 생각도 하지 않았다.

식량 배급은 점점 더 엄격해졌지만, 허기의 고통을 달랠 만큼의 식량은 충분히 있었다. 몇몇 다른 나라들도 이와 유사한 상황에 처했다는 뉴스가 있었고, 심지어 지중해 인접 국가 몇 군데에서는 식량 폭동이 발생했다는 뉴스도 있었다. 이에 비해 런던은 마치 거드름을 피우는 듯한 반응을 보였으며, 물자 부족에도 시민들이 보여주는 인내와 질서정연한 줄서기를 외국의 상황과 비교했다.

"다시 한 번 영국인은 눈앞에 닥친 불운을 굳세고 의연하게 감내하는 모습을 통해서 전 세계에 모범을 보여야 하는 입장에 놓인 셈이다."《데일리 텔레그래프》특파원은 이렇게 주장했다. "상황이 이보다 더 나빠지더라도, 그런 인내와 용기는 결코 실패하지 않으리라고 우리는 확신한다."

5

존은 런던 도심 외곽에 자리한 신축 건물 건설 현장에 있었다. 마침 타워크레인에서 문제가 발생해 모든 작업이 중단된 상태였다. 물론 그가 현장에 나가볼 필요까지는 없었지만, 이전까지는 한 번도 사용한 적이 없는 크레인을 군이 고른 장본인인 까닭에 자발적으로 현장에 나간 것이었다.

존이 크레인 조종석에 올라 건물의 기초를 내려다보는데, 땅에서 위를 향해 손을 흔드는 로저의 모습이 보였다. 그가 똑같이 손을 흔들자, 이번에는 로저의 몸짓이 바뀌었다. 어서 이리 내려오라고 간절히 부르는 모습이 높은 곳에서 보기에도 또렷했다.

존은 옆에서 크레인을 수리하던 기술자를 바라보았다. "지금은 상태가 좀 어떤가?"

"약간 나아졌습니다. 문제는 오전 중으로 말끔히 해결될 것 같

86

습니다."

"그럼 나는 이따가 다시 들르겠네."

로저는 사다리 밑에서 그를 기다리고 있었다.

존이 말했다. "어떻게 된 거야? 때마침 우리가 골치 아픈 문제를 겪고 있다는 걸 잘도 알아냈군."

하지만 로저는 미소 짓는 대신 사람들이 바쁘게 움직이는 공사 현장을 흘끔거렸다.

"혹시 둘이서만 조용히 이야기할 장소가 있을까?"

존은 어깨를 으쓱했다. "이 아늑한 장소에서 잠깐만 자리를 피해달라고 현장 소장한테 부탁할 수도 있기는 하지. 하지만 그보다는 길 건너편에 있는 작은 술집에 들어가는 게 나을 것 같은데."

"자네가 좋다면 어디든 괜찮아. 대신 지금 당장 가세, 괜찮지?"

로저의 얼굴은 평소와 마찬가지로 온화하고 평온해 보였지만, 목소리만큼은 날카롭고 다급했다. 두 사람은 함께 길을 건넜다. '그레이프스'는 평소에도 손님이 많지 않은 술집이고, 오전 11시 30분인 지금은 당연히 텅 비어 있었다.

로저는 카운터에서 가장 먼 한쪽 구석 테이블에 앉아 있었고, 존은 더블 위스키 두 잔을 주문해 직접 들고 돌아왔다.

"나쁜 소식인가?"

"당장 떠나야 돼." 로저가 말했다. 그러면서 위스키를 한 모금 마셨다. "지금 난리가 났어."

"어떻게 된 거야?"

"개자식들 같으니!" 로저가 말했다. "더럽고도 사람 잡을 개자식들이라니까. 우리는 아시아인하고 다르단 말이야. 우리는 진짜배기 잉글랜드인이고, 크리켓도 하는 사람이란 말이야."

그의 분노는 침통하고도 격렬했으며, 아무런 허세도 들어 있지 않았다. 이쯤 되자 존도 사태의 심각성을 단박에 깨달았다. 그가 날카로운 어조로 물었다.

"무슨 일인데 그래? 어떻게 된 거야?"

로저는 술을 모두 마셔버렸다. 그리고 술집 여직원이 옆을 지나가자, 더블 위스키를 두 잔 더 시켰다. 술이 나오자 그가 말했다.

"맨 처음 전할 소식은 이거야. '경기 끝.' 충리 바이러스의 승리야. 우리가 졌어."

"그놈을 잡아먹는다는 바이러스는 어쩌고?"

"웃기는 놈들이야, 그 바이러스라는 것들은." 로저가 말했다. "시간적인 관점에서 보자면 그놈들은 공국公國이나 강대국과도 비슷해. 물론 척도가 훨씬 더 짧지만 말이야. 한 세기 동안, 또는 서너 달 동안 온 세상을 지배하다가 갑자기 싹 사라져버리지. 무려 500년 동안이나 그 힘을 유지하는 로마제국 같은 놈을 얻기는 쉽지 않단 말이야."

"그런데?"

"문제는 충리 바이러스란 놈이 딱 로마제국이었다는 거야. 그놈을 잡아먹는다는 새로운 바이러스가 프랑스나 에스파냐 정도만 되었어도 아무 문제가 없었을 거야. 그런데 새로운 바이러스라는 놈이 알고 보니 스웨덴이었다 이거지. 즉 그걸 잡아먹는 놈이 지금도 있긴 있는데, 바이러스라는 놈들이 종종 그렇듯이 온순하고 완화된 형태로만 있다는 게 문제야. 다시 말해 충리 바이러스를 적극적으로 공격하지 않는다는 거지."

"도대체 언제부터 그렇게 된 거야?"

"낸들 아나. 꽤 오래전부터 그랬던 모양이야. 그런데도 연구진은 입을 싹 다문 채, 전염성 변종 배양을 다시 시도하고 있었다나 봐."

"그러면 연구진도 그 시도를 아주 포기해버린 건 아니겠지, 응?"

"그건 나도 몰라. 포기하진 않았겠지. 하지만 이젠 아무래도 상관 없게 됐어."

"상관 없지는 않겠지."

"지난달까지만 해도 이 나라는 식량 원조에 의존해왔고, 비축분이라고 해야 기껏해야 사흘분밖에는 되지 않는 실정이었어." 로저가 말했다. "사실 우리는 줄곧 미국과 영연방 국가들에서 보낸 식량 수송선에 절대적으로 의존해왔다는 이야기라고. 나야 이런 사실을 진즉에 알고 있었지만, 그게 별로 중요하다고는 생각하지 않았어. 그 식량은 우리에게 호의로 제공된 거였으니까."

식당 여직원이 다시 나와서 카운터를 닦기 시작했다. 그러면서 유행가를 휘파람으로 불었다. 로저는 목소리를 낮추었다.

"내 실수는 충분히 용서받을 만한 거라고 생각해. 정상적인 상황에서였다면, 그 호의는 존중받았을 거야. 세계의 너무 많은 지역이 이미 야만 상태로 돌아가버렸으니까. 사람들은 나머지를 구제하기 위해서 기꺼이 희생할 준비가 되어 있었어.

하지만 이제는 저쪽 나라들도 쪼들리기 시작했어. 이제는 바이러스를 잡아먹는 바이러스를 다시 만들어내는 데 성공하건 실패하건 간에 상관없다고 말한 이유도 그래서야. 무슨 말이냐면, 식량을 보유 중인 국가들은 결국 그 연구가 성공할 거라고 믿지를 않아. 그러니 다음번 겨울에 자기네한테도 필요해질 물건을 선뜻 내주지 않겠다는 점을 확실하게 매듭지으려는 거지. 대서양 저편에서 건너온 식량 수송선 가운데 마지막 배가 바로 어제 리버풀에 도착했어. 물론 오스트레일리아에서 오는 배도 몇 척은 더 있겠지만, 어쩌면 우리한테 오기 전에 본국에서 귀환 명령을 받을 수도 있어. 물론 아닐 수도 있지만."

존이 말했다. "무슨 뜻인지 알겠어." 그는 로저를 바라보았다. "그래서 아까 '사람 잡을 개자식들'이라고 욕을 했군? 하지만 다른 나라들도 자국민을 돌볼 의무가 있는 거잖아. 물론 우리로선 힘들어도……."

"아니, 내 말뜻은 그게 아니야. 전에 자네한테 말했었지. 내가 높은 곳에 연줄이 있다고 말이야. 그 연줄이 바로 해거티야. 총리 비서 말이야. 몇 년 전에 내가 그 친구를 크게 도와준 적이 있거든. 그 친구가 지금 벌어지는 일의 진상을 알려줬어. 이번엔 내가 훨씬 더 큰 도움을 받은 셈이야.

이 모든 일은 정부 최고위층에서 결정된 거야. 관계자들도 불과 일주일 전에야 지금 돌아가는 상황을 파악하게 된 거지. 그래서 식량 원조 국가들의 마음을 돌리려고 애를 썼던 모양이야. 내 생각에는 아마 기적을 기대한 것 같아. 하지만 실제로 얻은 것이라고는 '비밀 유지를 위한 상호 합의'뿐이었지. 즉 우리가 내부 통제에 필수라고 생각되는 조치를 모두 취하더라도, 그 뉴스가 세계 각지로 퍼져서 창피를 당하지는 않게 해주겠다는 약속 말이야. 그거야말로 모두에게 유리한 방법이었지. 바다 건너편에 있는 사람들도 이 소식이 새어나가기 전에 자기들 나름대로의 어떤 방법을 고안할 거야. 물론 우리의 방법에 비하자면 별것 아니겠지만, 그래도 준비를 잘하면 혼란도 없겠지."

"우리의 방법이라니?" 존이 물었다. "우리의 방법은 뭐야?"

"정부는 어제 이미 무너졌어. 루카스가 여전히 내각에 버티고 있지만, 사실상 웰링이 전권을 장악했어. 한마디로 무혈 쿠데타니까. 루카스는 자기 손에 피를 묻히려 하지 않아. 그게 전부야."

"피라고?"

"영국제도에 사는 사람은 대략 5천 4백만 명쯤 되지. 그리고 그 중 4천 5백만 명은 바로 잉글랜드에 산다고. 만약 그중 3분의 1이 감자 같은 뿌리 작물로 연명할 수 있다고 치면, 그거야말로 최선의 결과일 거야. 여기서 생기는 유일한 문제가 있지. 생존자를 어떻게 선별해야 할까?"

존은 심각한 표정으로 말했다. "그야 당연하지 않겠어? 각자 알아서 생존해야지."

"그건 너무 낭비가 심한 방법이야. 그리고 좋은 질서와 규율을 파괴하고 말지. 비록 이 나라에서는 규율이 비교적 가볍게 받아들여지고 있지만, 그 뿌리는 상당히 깊단 말이야. 재난 때마다 항상 그게 대두하는 경향이 있어."

"웰링이라면—." 존이 말했다. "나는 그의 목소리에는 한 번도 신경을 써본 적이 없었는데."

"시대가 사람을 두드러지게 만드는 법이지. 나도 그 돼지가 마음에 들지는 않지만, 그런 인간이 나타나는 건 불가피하게 마련이야. 루카스라면 어떤 선택지에 대해서도 쉽게 마음을 정하지 못할 테니까." 로저는 똑바로 앞을 바라보며 덧붙였다. "오늘 중으로 런던을 비롯한 모든 인구 밀집 지역의 외곽에 군대가 배치될 거야. 내일 새벽부터는 도로도 모두 차단될 거고."

존이 말했다. "그 양반이 생각해낼 수 있는 최선의 방책이 그것뿐이라니……. 세상 모든 군대를 다 동원한다 치더라도, 도시 하나가 굶주림의 압력을 못 이기고 사방팔방으로 터져서 흩어지는 걸 막지 못할 텐데. 그 사람은 도대체 그렇게 해서 무슨 이득을 보겠다는 걸까?"

"시간이지. 자신의 두 번째 실천 과제에 대한 준비를 완료하기 위해 필요한 그 귀중한 일용품을 충분히 벌겠다는 거야."

"그 실천 과제라는 게 뭔데?"

"우선 소도시에는 원자폭탄을 한 개씩, 리버풀과 버밍엄과 글래스고와 리즈 같은 대도시에는 수소폭탄을 한 개씩, 그리고 런던에는 수소폭탄을 두세 개쯤 떨어트리는 거지. 그 정도로 무기를 남용해도 아무 상관은 없을 거야. 어차피 앞으로 한동안은 필요하지도 않을 테니까."

존은 한동안 말이 없었다. 그리고 천천히 입을 열었다.

"믿을 수가 없군. 어느 누구도 그러지 못할 거야."

"루카스라면 못 하겠지. 그는 항상 서민의 총리였으니까. 교외 특유의 제약이며, 교외 특유의 편견과 정서를 가진 사람이니까. 하지만 그는 결국 웰링의 내각에서 한자리를 차지하게 될 거고, 그 계획이 착착 진행되는 동안에 마치 보란 듯이 손을 씻겠지. 자네라면 도대체 서민에게 그것 말고 뭐를 더 기대하겠어?"

"하지만 폭탄 실은 비행기를 기꺼이 몰겠다는 사람은 아무도 없을 거야."

"우리는 지금 새로운 시대에 접어들었어." 로저가 말했다. "아니, 어쩌면 아주 오래된 시대라고 해야 할지도 모르겠군. 폭넓은 충성심은 문명화된 사치품일 뿐이야. 앞으로는 충성심이 이전보다 더 좁아질 것이고, 더 좁아지는 대신에 더 격렬해지겠지. 나만 해도 올리비아와 스티브를 구하는 유일한 방법이 그것뿐이라면, 기꺼이 폭탄 실은 비행기를 몰고 나설 거야."

존은 격분한 나머지 이렇게 말했다. "그게 무슨 소리야!"

"내가 아까 '사람 잡을 개자식들'이라고 말했지." 로저가 말했다. "그때 나는 혐오뿐만 아니라 감탄도 느끼고 있었어. 이제부터는 나도 필요한 경우에 딱 그런 개자식이 될 작정이고, 자네도 그렇게 될 채비를 하고 있기를 무척이나 바라 마지않네."

"하지만 대도시에 수소폭탄을 떨어트리다니. 그것도 같은 동포한테……."

"그래. 바로 그 일을 위해서 웰링은 시간을 필요로 하는 거야. 내 생각에는 최소 24시간은 필요할 것 같아. 어쩌면 최대로 잡아서 48시간일 수도 있고. 제발 바보처럼 굴지 마, 존! 같은 마을에 사는 사람이나 '동포'로 여기고, 그 외의 나머지 모든 사람을 적대시하던 게 기껏해야 엊그제 이야기란 말이야. 말이 나왔으니 덧붙이자면,

웰링은 그 행동에 자비심이라는 위장막을 한 꺼풀 덧씌울 수도 있는 상황이라고."

"자비심이라고? 수소폭탄이?"

"어차피 사람은 줄줄이 죽어나가게 될 거야. 잉글랜드에서만 최소한 3천만 명이 죽어 없어져야만, 나머지는 가까스로 생계를 유지할 수 있을 거라고. 그렇다면 어떻게 하는 게 최선일까? 굶어죽거나 심지어 제 식구에게 죽임을 당하는 쪽일까, 아니면 수소폭탄으로 죽는 쪽일까? 어쨌거나 후자가 더 빠르긴 하지. 그렇게 하면 인구를 3천만 명이나 줄일 수 있을 뿐만 아니라, 농지는 그대로 보전되어서 나머지를 위한 농작물을 기를 수 있게 되니까. 이론상으로 보자면 그렇다는 거야."

술집 한쪽에서 경음악이 들려왔다. 여종업원이 휴대용 라디오를 켰던 것이다. 일상이 지속되고 있었다. 아무런 변화도, 아무런 곤란도 없이.

"그런 계획은 먹히지 않을 거야." 존이 말했다.

"나 역시 자네의 말에 동의하고 싶어." 로저가 말했다. "내 생각에는 그 소식이 외부로 새어나갈 것 같고, 웰링이 폭격기 편대를 활주로에 정렬시키기도 전에 대도시도 그 솔기가 줄줄이 터져버릴 것 같아. 하지만 설령 그렇다 하더라도, 나는 상황이 어떻게든 더 나아질 거라는 환상 따위는 갖고 있지 않아. 이 계획이 실패한다면, 그때 가서는 3천만 명이 아니라 무려 5천만 명이 죽어나갈 거고, 그렇게 해서 살아남은 사람들은 훨씬 더 야만적이고 원시적인 생활을 영위해야 할 거야. 예를 들어 떠돌이 폭도로부터 감자밭을 지킬 힘은 누가 가지게 될까? 내년에 쓸 씨감자는 누가 보관하게 될까? 웰링은 물론 돼지이지만, 그래도 앞을 똑똑히 내다볼 줄 아는 돼지라고. 자기 나름대로의 방법으로 이 나라를 구제하려 노력하는 거야."

"자네 생각에는 이 소식이 결국 외부로 새어나갈 것 같아?"

그는 공황 상태에 빠진 런던의 모습을 머릿속에 그려보았다. 그리고 자기와 앤 역시 그런 상태에 휩쓸린 나머지, 아이들을 데리러 갈 수 없는 모습을 그려보았다.

로저가 씩 웃었다. "걱정되지, 안 그래? 우스운 일이긴 하지만, 가만 생각해보니 일단 우리가 런던을 떠나고 나면 여기 우글거리는 수백만 명에 대해서는 오히려 덜 걱정하게 될 것 같더라고. 그리고 이왕 떠날 거면 더 빨리 떠나는 게 더 낫고 말이야."

존이 말했다. "하지만 애들은⋯⋯."

"메리는 베커넘에 있고, 데이비는 하트포드셔 주에 있지. 그렇잖아도 나 역시 그 문제를 생각해봤어. 데이비는 우리가 북쪽으로 가는 도중에 들러서 데려가면 돼. 지금 자네가 할 일은 어서 가서 메리를 데려오는 거야. 지금 당장 말이야. 앤한테는 내가 직접 가서 이야기를 전할게. 그사이에 필수품을 챙기라고 말이야. 올리비아랑 스티브랑 나는 차에 짐을 싣고 자네 집으로 가 있을게. 자네가 메리를 데리고 오면, 자네 차에 짐을 싣고 곧바로 출발하는 거지. 잘만 하면 오늘 밤이 되기 전에는 런던에서 벗어날 수 있을 거야."

"반드시 그래야 할 것 같아." 존이 말했다.

로저는 친구의 눈길을 따라 술집 안을 한 바퀴 둘러보았다. 반들반들한 구리 꽃병에는 꽃이 들어 있고, 약한 바람에 달력이 펄럭이고, 방금 닦은 바닥에는 아직 물기가 남아 있었다.

"이 모든 것에 작별 인사나 하라고." 그가 말했다. "이건 어제까지의 세계일 뿐이야. 지금부터 우리는 소농이 되는 거야. 그나마도 운이 좋은 거지."

로저의 말에 따르면, 베커넘 역시 봉쇄 지역에 포함되어 있었다. 학교에 도착한 존은 에링턴 교장의 집무실로 안내되어 한동안 기다렸다. 방 안은 깔끔하고도 여성스러웠다. 기억을 더듬어보니, 방 주인의 취향이 반영된 그 모습에 앤이 무척 좋은 인상을 받은 바 있었다. 에링턴 교장은 매우 키가 크고, 온화한 유머 감각을 지닌 여성이었다.

그녀는 방으로 들어오면서 꾸벅 인사를 하더니, 이렇게 말했다.

"안녕하세요, 커스턴스 씨." 그제야 존은 지금 시각이 12시 30분이라는 사실을 깨달았다. "기다리게 해드려 죄송합니다."

"혹시 식사 중에 갑자기 올라오시게 한 건 아닌가 모르겠군요."

그녀가 미소를 지었다. "요즘 들어서는 크게 어려운 일도 아니에요, 커스턴스 씨. 메리 때문에 오신 거죠?"

"예. 저희 애를 지금 당장 데려가려고요."

에링턴 교장 선생이 말했다. "일단 좀 앉으세요." 그녀는 학부형을 유심히 바라보며, 아무 말 없이 뭔가를 곰곰이 생각하는 눈치였다. "지금 당장 데려가겠다고 하셨죠? 이유가 뭔가요?"

바로 이 순간, 존은 자신의 비밀에 담긴 쓸쓸한 무게를 실감하지 않을 수 없었다. 앞으로 무슨 일이 벌어질지에 대해서는 절대 미리 누설하지 말아야만 했다. 로저가 신신당부하며 입단속을 시켰고, 그 역시 동의한 까닭이었다. 이들의 계획 역시 웰링의 대규모 살생 계획과 마찬가지로 절대 밖으로 새어나가서는 안 되는 것이었다.

비밀 엄수의 필요성 때문에, 존은 이 키가 크고 온화한 여성을, 그리고 그녀가 담당한 수많은 학생들을 그냥 죽도록 내버려둘 수밖에 없었다.

그는 더듬더듬 대답했다. "집안에 좀 일이 생겨서요. 친척 중에 누가 갑자기 런던에 온다고 했거든요. 무슨 말씀인지 이해해주시리라……."

"아시다시피, 커스턴스 씨. 저희로선 이런 식의 결석을 최소한으로 줄이기 위해서 노력 중입니다. 이런 결석은 학급 분위기를 어수선하게 만든다는 걸 이해해주시리라 생각합니다. 물론 주말이었다면 상황은 달랐겠지만요."

"예, 저도 압니다. 그런데…… 애한테는 큰아버지 되시는 분이거든요. 오늘 밤에 비행기 편에 외국으로 떠나게 되어서요."

"그래요? 오랫동안 떠나 계시는 모양이죠?"

존은 좀 더 유창하게 이야기를 이어나갔다. "아마 몇 년쯤은 못 돌아올 겁니다. 그러다 보니 떠나기 전에 메리를 꼭 좀 보고 싶어 해서요."

"그렇다면 차라리 큰아버지 되시는 분을 이리로 모셔오셨으면 좋았을 텐데요." 에링턴 교장 선생이 머뭇거렸다. "그러면 몇 시쯤 이곳으로 다시 데려다주실 수 있나요?"

"오늘 저녁까지는 데려오겠습니다."

"음, 그러시겠다면…… 제가 가서 얘기할게요." 교장 선생은 자리에서 일어나 걸어가더니 문을 열었다. 그리고 복도에 대고 이렇게 말했다. "헬레나? 메리 커스턴스 학생한테 가서 이리로 좀 오라고 전해줄래요? 아버님이 용건이 있어서 찾아오셨다고 말하면 돼요." 곧이어 교장 선생은 존에게 말했다. "오후 동안에만 잠깐 다녀오는 거면, 굳이 짐을 챙길 필요까지는 없겠네요, 그렇죠?"

"그렇습니다." 그가 말했다. "전혀 상관없을 겁니다."

에링턴 교장 선생이 다시 자리에 앉았다. "그나저나 따님 덕분에 제가 무척 기쁘다는 사실을 꼭 말씀드리고 싶어요, 커스턴스 씨. 여자애들은 그 나이쯤 되어서 변하게 마련이에요. 그러니까 앞으로 뭐가 될지를 딱 보면 어느 정도 파악이 된다는 거죠. 메리는 최근 들어서 무척 잘하고 있어요. 제가 보기에, 본인만 괜찮다면 앞으로 공부를 계속해도 좋을 만큼 장래가 아주 촉망됩니다."

계속 공부를 한다니. 존은 생각했다. 이것이야말로 사막 같은 세계에서 작은 오아시스를 간직하는 격이었다.

그가 말했다. "과찬의 말씀이십니다."

에링턴 교장 선생이 미소 지었다. "물론 여기서의 핵심은 아마도 '공부'이겠지요. 메리처럼 매력적인 처녀가 계속 공부만 하며 무척이나 외로운 삶을 살도록 주위의 남자들이 절대로 그냥 내버려두지 않을 테니까요."

"저는 계속 공부하며 사는 게 외로운 삶이라고는 전혀 생각하지 않습니다, 에링턴 선생님. 선생님께서 영위하시는 삶도 무척이나 충만해 보이니까요."

그녀가 웃음을 터트렸다. "제 삶이 제가 생각했던 것보다는 더 나았던 모양이네요! 벌써부터 은퇴 후의 삶이 어떨지 기대되네요."

그때 메리가 교장실로 들어왔다. 아이는 일단 에링턴 교장 선생에게 꾸벅 인사하고, 곧바로 존에게 달려왔다.

"아빠! 무슨 일이에요?"

에링턴 교장 선생이 대답했다. "아버님께서 너를 데리고 몇 시간쯤 나갔다 왔으면 좋겠다고 하시는구나. 큰아버지께서 외국으로 떠나시기 전에 잠깐 런던에 들를 예정인데, 너를 꼭 보고 싶다고 하신다고 말이야."

"큰아버지가요? 외국으로 떠나신다고요?"

존이 재빨리 말했다. "너무 갑작스러운 일이라 나도 놀랐어. 자세한 내용은 일단 가면서 이야기해주마. 지금 이대로 출발해도 되겠지?"

"예, 그럼요."

"그러면 잘 다녀오도록 해라." 에링턴 교장 선생이 말했다. "그러면 8시까지는 따님을 돌려보내주실 수 있겠죠, 커스턴스 씨?"

"최선을 다하겠습니다."

교장 선생은 길고도 섬세한 손을 내밀었다. "안녕히 가세요."

존은 잠시 머뭇거렸다. 앞으로 벌어질 일에 관해서 아무 말도 없이 교장 선생과 악수를 나누고 이 자리를 떠나자니, 갑자기 그의 이성이 반발했던 것이다. 하지만 그는 차마 사실을 말할 엄두가 나지 않았다. 설령 사실을 말하더라도 상대방이 자기 말을 믿지 않을 거라는 생각이 들었다.

존이 말했다. "혹시 제가 8시까지 메리를 데리고 돌아오지 못한 다면, 어쩌면 조만간 런던에 큰 지진이 일어날 예정이라는 소식을 접해서일 수도 있을 겁니다. 그러니 혹시 저희가 돌아오지 않으면, 학생들을 잘 인솔해 교외로 피난가십시오. 조금 불편하시더라도 말입니다."

에링턴은 약간 놀란 표정으로 그를 바라보았다. 갑작스레 학부형이 이처럼 터무니없고도 기분 나쁜 농담을 꺼냈다는 사실 때문일 것이었다. 메리 역시 놀란 표정으로 아빠를 바라보았다.

교장 선생이 말했다. "어, 음, 알겠습니다. 하지만 8시까지는 꼭 돌아오실 거잖아요."

존은 서글픈 심정으로 대답했다. "예, 당연히 그렇죠."

자동차에 타고 학교 운동장을 벗어날 무렵, 메리가 말했다.

"큰아버지 때문이 아닌 거죠, 그렇죠?"

"맞아."

"무슨 일인데 그래요, 아빠?"

"아직은 나도 말하기 좀 그렇구나. 여하간 우리는 런던을 떠날 거란다."

"오늘요? 하지만 아까 8시까지 학교로 데려다준다고 하셨잖아요?" 그는 아무 대답도 내놓지 않았다. "혹시 무슨 끔찍한 일이라도 난 거예요?"

"충분히 끔찍하지. 우리는 앞으로 큰아버지가 있는 계곡에 가서 살 거야. 너도 괜찮지?"

메리가 미소를 지었다. "그 정도라면 끔찍하다고 부를 것까지는 아니네요."

"진짜로 끔찍한 건." 그는 천천히 말했다. "다른 사람들의 운명이 겠지."

두 사람은 오후 2시 직후에 집에 도착했다. 정원 오솔길을 걸어 올라가자 앤이 현관문을 열고 나왔다. 긴장하고 불행한 표정이었다. 존이 한 팔로 아내를 끌어안았다.

"1단계는 무사히 통과했어. 아직까지는 다 잘 풀리고 있어, 여보. 걱정할 필요 전혀 없어. 그나저나 로저네 식구들은 아직 안 온 거야?"

"그 집 자동차가 말썽이래. 실린더 블록이 깨졌다나 뭐라나. 지금 정비소에 가서 빨리 고치라고 성화를 부리고 있나 봐. 여하간 최대한 서둘러서 이쪽으로 오겠대."

"얼마나 오래 걸릴지는 모른대?" 존이 날카로운 어조로 물었다.

"앞으로 한 시간은 더 걸릴 건가 봐."

메리가 물었다. "그러면 버클리 아저씨네도 우리랑 같이 가는 거예요? 도대체 무슨 일인데 그래요?"

앤이 말했다. "너는 일단 방에 올라가 있으렴. 네가 쓸 물건들을 엄마가 일단 싸놓긴 했는데, 혹시 특별히 중요하다고 생각하는 게 있으면 더 넣으라고 자리를 비워놓았어. 하지만 정말로 중요한 것만 챙겨야 돼. 그나마 비워놓은 자리도 아주 조금뿐이니까."

"얼마나 오랫동안 가 있을 건데요?"

앤이 말했다. "아마 아주 오래 가 있을 거야. 두 번 다시 이곳에는 못 돌아온다고 생각해도 될 거야."

메리는 잠깐 동안 멍하니 부모님을 바라보았다. 그러다가 심각한 표정으로 이렇게 말했다.

"그러면 데이비 물건은 어쩌고요? 제가 살펴보고 대신 챙겨줘도 돼요?"

"그렇게 하렴." 앤이 말했다. "혹시 중요한 건데 내가 미처 못 챙긴 게 있는지 좀 살펴보든가."

메리가 위층으로 올라가자 앤이 남편을 붙들었다.

"존, 이게 사실일 리가 없어!"

"로저한테 이미 전부 들었잖아."

"그래. 하지만 정부가 그럴 리 없어. 어쩌면 정말로 그러지는 않을지도 모르잖아."

"그럴 리가 없다고? 나는 방금 전에 교장한테 오늘 8시까지 메리를 도로 데려다 놓겠다고 약속하고 왔어. 하지만 지금 내가 아는 사실을 그 사람이 안다고 해서, 뭐가 달라질 것 같아?"

앤은 아무 말이 없었다. 곧이어 그녀가 이렇게 말했다.

"이 모든 일이 끝나기 전에…… 우리가 우리 자신을 미워하게 될까? 아니면 그냥 현재의 상황에 익숙해진 나머지, 우리가 어떻게 변해가는지에 대해서조차도 차마 깨닫지 못하게 될까?"

존이 말했다. "그건 나도 몰라. 나도 전혀 아는 게 없다고. 다만 우리 목숨을 구해야 한다고, 그리고 아이들 목숨을 구해야 한다고 생각할 뿐이야."

"지금 같은 상황에 목숨을 구해서 뭐에 쓰려고?"

"그건 나중에 가서 생각할 문제지. 지금은 상황이 매우 심각해 보여. 무슨 일이 벌어질지를 전혀 모르는 다른 사람들에게 아무 말도 없이 우리만 떠나버리는 거니까. 하지만 우리도 어쩔 수 없는 일이야. 일단 계곡에 도착하고 보면 상황이 달라질 거야. 거기서는 다시 평소처럼 살아갈 기회를 얻게 될 거라고."

"평소처럼?"

"물론 거기 상황도 쉽지 않겠지. 하지만 아주 나쁘지는 않을 거야. 우리가 이 기회를 어떻게 사용하는지는 우리에게 달려 있어. 최소한 우리 일을 우리가 결정할 수는 있을 테니까. 더는 자국민을 속이고 괴롭히고 이용하는 국가의 묵인하에 살게 되지는 않을 거야. 이놈의 국가로 말하자면 자국민을 짐짝으로 여기고 살해하려는 상황에 이르렀으니까."

"아니, 내 생각에는 아닐 것 같아."

"개자식들!" 로저가 말했다. "제발 서둘러달라고 요금을 두 배로 냈는데도, 공구 찾는답시고 무려 45분이나 어물거리고 있더라니까."

벌써 오후 4시였다. 앤이 말했다.

"일단 차라도 한잔할 시간은 있지 않아요? 내가 얼른 주전자를 올릴 테니까요."

"이론상으로 보자면, 우리야말로 온 세상의 시간을 다 가진 사람이에요." 로저가 말했다. "하지만 아무래도 차 마시는 건 일단 건

너뛰어야 할 것 같아요. 뭔가 불편한 분위기가 감돌고 있어요. 아마 다른 방면으로 소문이 새어나간 모양인데, 과연 얼마나 많이 새어나갔는지가 문제니까요. 여하간 우리가 일던 런던을 벗어난 다음에 가서야 비로소 마음이 조금 놓일 것 같네요."

앤도 고개를 끄덕였다. "알았어요." 그녀는 부엌으로 걸어갔다. 존이 아내의 등 뒤에 대고 말했다.

"혹시 내가 도와줄 거라도 있어?"

앤이 뒤돌아보았다. "주전자에 물을 잔뜩 담아놔서 그래. 도로 넣어두려고 가는 것뿐이야."

"바로 저 모습이 우리의 희망인 거야." 로저가 말했다. "여성 특유의 안정감 말이지. 자네 부인께서는 지금 살던 집을 영영 떠나는 상황에서도, 굳이 주전자를 도로 넣어두겠다는 거지. 남자라면 주전자 따위는 그냥 바닥에 내동댕이치고, 자기가 살던 집에 아예 불을 확 질러버릴 텐데."

일행은 커스턴스의 집에서 출발해 존의 자동차가 선두를 맡아서 북쪽으로 달렸다. 이들은 그레이트노스로드(A-1)[+]를 따라가다가, 웰린 너머의 교차로에서 서쪽으로 방향을 틀어서 데이비가 다니는 학교 방향으로 갈 생각이었다.

이스트핀칠리를 지날 무렵, 로저가 경적을 울렸다. 곧이어 그는 아예 속도를 내서 존의 승용차를 추월하더니 저 앞에 멈춰버렸다. 존 일행이 옆을 지나가자, 올리비아가 창밖으로 고개를 내밀고 외

+ 런던에서 에든버러까지 이어지는 유서 깊은 도로를 말하며, 오늘날의 A-1 도로(길이 660킬로미터)와 상당 부분 겹치기 때문에 그 별칭으로도 사용된다.

쳤다.

"라디오를 켜봐요!"

존이 라디오를 켰다.

"……현재 유포되는 유언비어는 아무런 근거가 없다는 사실을 각별히 강조했습니다. 정부는 전체적인 상황을 확고히 통제하고 있으며, 우리나라에는 식량 재고가 넉넉한 상황입니다."

존은 가족과 함께 차에서 내려 친구의 자동차 있는 데까지 걸어 갔다. 로저가 말했다.

"누군가가 걱정하시는 모양이군."

"바이러스에 끄떡없는 곡물이 잉글랜드, 웨일스, 스코틀랜드의 일부 지역에서 현재 파종 중에 있습니다." 라디오에서 목소리가 계속 흘러나왔다. "그 결과 늦가을에는 수확이 가능할 것으로 크게 기대되고 있습니다."

"7월 한여름에 무슨 파종을 해!" 존이 소리를 질렀다.

"그야말로 천재의 작품이군." 로저가 말했다. "뭔가 나쁜 소식에 대한 소문이 떠돌 땐, 지금 산타클로스가 굴뚝을 따라 내려오고 있다고 말하는 게 최선이지. 지금 같은 시기에는 그 내용의 신빙성 따위는 문제가 되지 않을 테니까."

아나운서의 목소리가 약간 바뀌었다.

"정부에 따르면, 현재 상황에서 유일하게 발생 가능한 위험이란 전체 대중 사이에서 일어나는 공황에서 비롯한 위험뿐이라고 합니다. 따라서 이를 방지하기 위한 수단으로 다양한 임시 규제가 발표되어 곧바로 실시되는 상황입니다.

그중 첫 번째는 이동 제한 조치입니다. 주요 도시 간의 여행이 일시적으로 금지된 상황입니다. 필요불가결한 이동에 대한 우선순위 체계는 내일쯤 마련될 것으로 보이지만, 사전 금지 조치는 절대적인 것으로서……."

로저가 말했다. "놈들이 드디어 총을 빼들었군! 어서들 가자고. 뚫고 지나갈 수 있는지, 어디 한번 해봐야겠어. 어쩌면 아직까지는 우리를 막을 준비가 안 되었을지도 몰라."

자동차 두 대는 다시 북쪽을 향해 달렸고, 북부 순환도로를 지나고, 노스핀칠리와 치핑 바넷을 지나갔다. 라디오에서는 국민을 안심시키려는 듯한 어조의 목소리가 꾸준히 지속되며 갖가지 규제를 설명했으며, 잠시 후에는 파이프오르간 음악이 흘러나왔다. 거리에는 평소 같은 차량 행렬이 있었고, 사람들이 쇼핑을 하거나 그저 이리저리 오갔다. 교외 지역에서는 공황의 증거가 전혀 없었다. 만약 뭔가 말썽이 생긴다면, 십중팔구 런던 중심가에서 시작될 것이었다.

루탐파크를 지나자마자 검문소가 나타났다. 도로에는 바리케이드가 설치되었고, 그 너머에는 카키색 옷차림의 사람들이 서 있었다. 일행은 차를 멈춰 세웠다. 존과 로저가 검문소 너머로 걸어가 보았다. 이미 대여섯 명의 운전자들이 거기 서서 그곳 책임자인 듯한 장교와 입씨름을 하고 있었다. 다른 운전자들은 입씨름조차 포기하고 자동차를 돌려 뒤로 돌아갈 채비를 하고 있었다.

"망할, 기껏해야 10분 차이로!" 로저가 말했다. "그보다 더 큰 시간차로 기회를 놓쳤을 리는 없어. 그랬다면 지금보다 훨씬 더 많은 사람이 모여 있었을 테니까."

장교는 쾌활한 표정에 눈이 큰 젊은 친구였고, 지금 자신이 수행하는 이례적인 종류의 훈련을 무척이나 즐기는 듯했다.

"무척이나 죄송하게 되었습니다." 그가 말했다. "하지만 저희는 단지 명령대로 할 뿐입니다. 현재 런던 외부로의 여행은 허가되지 않습니다."

항의하러 나선 시민 중에서도 맨 앞에 있던 덩치 크고 거무스름하니 딱 유대인 같은 50대쯤의 남자가 말했다.

"하지만 제 사업장은 셰필드에 있다니까요! 런던에는 어제 잠깐 들렀을 뿐이라고요."

"라디오에서 나오는 뉴스를 잘 들어보십시오." 장교가 말했다. "선생님 같은 분들을 위해서 조만간 정부에서 무슨 조치를 취할 겁니다."

로저가 조용히 말했다. "여기는 안 되겠어, 존. 주위에 사람이 너무 많아서 뇌물조차 먹일 수가 없잖아."

장교가 계속 말을 이어나갔다. "이걸 공식적인 조치라고 생각하지는 않으셔도 됩니다. 제가 들은 이야기에 따르면, 이건 어디까지나 기동 훈련입니다. 공황 상태에 대비한 예방적 조치로서, 그냥 신중을 기하기 위한 것일 겁니다. 그러니 내일 아침이 되면 해제될 수도 있습니다."

덩치 큰 남자가 말했다. "이게 단지 기동 작전일 뿐이라면, 우리 몇 사람 정도는 그냥 통과시켜줘도 되잖아요. 그래도 별 문제 없을 텐데요, 안 그래요?"

젊은 장교가 씩 웃었다. "죄송합니다. 훈련 중의 직무 태만도 전시 상황에서의 직무 태만과 똑같이 군법회의 감입니다! 그러니 일단 시내로 돌아가셨다가, 내일쯤 다시 와보시기 바랍니다."

로저가 고갯짓하자, 존은 그를 따라서 다시 자동차 있는 곳으로 돌아갔다. 로저가 말했다.

"매우 영리하게 해치웠군. 비공식적 조치이고, 단지 기동 작전일 뿐이라니. 그렇게 해서 군인들의 반발도 잠재우려는 거겠지. 혹시 저 친구들도 결국에는 나머지 사람들과 마찬가지로 불타 죽는 신세가 되고 마는 걸까? 내 생각에는 그럴 것 같은데."

"실제로 무슨 일이 벌어지고 있는지를 저들에게 말해주는 게 낫지 않을까?"

"그래봤자 아무 소용없을 거야. 여차하면 유언비어를 유포한다는 혐의로 우리를 체포해버릴 수도 있다고. 새로 발표된 규제 가운데 하나가 바로 그거였으니까. 자네는 못 들었나?"

자동차 있는 곳에 도착하자 존이 말했다.

"그러면 이제 어떻게 하지? 차를 버리고 들판을 가로질러 걸어가볼까?"

앤이 물었다. "무슨 일이래? 우리를 통과시키지 않을 거래?"

"들판에서도 순찰이 실시되고 있을 거야." 로저가 친구에게 말했다. "어쩌면 탱크까지 동원되었을 수도 있지. 그러니 걸어가는 건 꿈도 못 꿔."

앤이 날카로워진 목소리로 말했다. "그럼 이제 우리 어떻게 하죠?"

로저가 그녀를 바라보며 웃음을 터트렸다. "진정해요, 앤! 우리가 다 알아서 할 테니까."

존은 친구의 웃음에 깃든 힘과 자신감에 문득 고마움을 느꼈다. 덕분에 그 역시 다시 기운을 차렸다.

로저가 존에게 말했다. "맨 먼저 할 일은 일단 여기서 떠나는 거야. 자칫하다가는 차량 정체 때문에 꼼짝달싹 못 할 수도 있으니까." 아닌 게 아니라 이들 뒤로 벌써부터 자동차들이 모여들고 있었다. "일단 아까 지나 온 치핑 바넷으로 돌아가자. 거기서 오른쪽으로 꺾어지는 갈림길이 있을 거야. 우리가 먼저 출발할게. 거기서 봐."

조용한 도로였다. 전형적인 '시골 속 도시'였다. 자동차 두 대는 거기서도 한적한 장소에 멈춰 섰다. 길 건너편에는 현대식 단독 주택들이 늘어서 있었지만, 이쪽 도로변에는 작은 농장이 하나 있을 뿐이었다.

버클리 가족이 자동차에서 내리더니, 올리비아와 스티브가 커스턴스 가족의 차로 걸어와서 앤이 앉은 뒷좌석에 올라탔다.

로저가 말했다. "이 도로는 A-1 도로를 우회하니까, 죽 따라가면 해트필트까지 갈 수 있을 거야. 하지만 내 생각에 아직까지는 시도할 만한 가치가 없을 것 같아. 검문소가 이미 설치되었을 가능성이 크고, 아까 A-1 도로에서와 마찬가지로 우리로선 그 검문소를 오늘 저녁에 통과할 가능성이 전혀 없어 보이니까."

뱅가드 승용차 한 대가 이들 곁을 지나갔고, 곧이어 오스틴 승용차 한 대가 그 뒤를 바짝 따라갔다. 존이 가만 보니, 아까 검문소에 있던 자동차들이었다. 로저가 방금 지나간 자동차들을 향해 고 갯짓했다.

"물론 몇 사람은 시도해보겠지. 하지만 별 차이는 없을 거야."

스티브가 말했다. "그냥 바리케이드 중에 하나를 자동차로 밀어서 부수면 안 돼요, 아빠? 영화에서 그런 거 많이 나오던데."

"이건 영화가 아니야." 로저가 잘라 말했다. 곧이어 그는 존에게 말했다. "오늘 저녁에 검문소를 통과하려는 사람이 몇 명쯤은 있을 거야. 밤이면 더 조용할 거고, 다른 면으로도 더 나을 테니까. 일단 자네 자동차는 여기 세워두도록 하지. 나는 잠시 차로 시내에 갔다올게. 가져올 게 좀 있어서 말이야."

앤이 말했다. "다시 돌아가다니, 말도 안 돼요!"

"어쩔 수 없는 일이에요. 아무리 길게 잡아도 두 시간쯤이면 충분할 테니 걱정 말아요."

존은 친구를 너무 잘 알기 때문에, 로저가 뭔가를 가져와야 한다고 말하는 순간, 혹시 원래의 계획에서 간과된 부분이 있지 않았나 하는 생각이 들었다. 이것이야말로 새로운 요소였다.

존이 물었다. "이런 동네에서 특별히 말썽이 생길 가능성이 있을까?" 로저도 말썽은 없으리라는 뜻으로 고개를 저었다. 그러자 존이 덧붙였다. "그렇다면 나도 같이 가지. 지금 다시 남쪽으로 갈 거라면, 혼자보다는 둘이 더 안전할 테니까."

로저는 이 제안을 잠시 생각해본 후에 이렇게 대답했다.

"그래, 좋아."

"하지만 지금 런던 상황이 어떤지는 우리도 모르잖아요!" 앤이 말했다. "어쩌면 폭동이 일어났을지도 몰라요. 그런데 이런 상황에서 군이 위험을 무릅쓰면서까지 도로 가서 가져와야 할 만큼 중요한 게 있단 말이에요?"

"지금부터는 말이에요." 로저가 말했다. "우리가 살아남기 위해서는 당연히 위험을 무릅쓸 수밖에 없어요. 정 궁금하다면 말해드리죠. 나는 지금 총을 가지러 가는 거예요. 상황이 내 예상보다 훨씬 더 빠르게 전개되는 건 사실이죠. 하지만 오늘 저녁에 시내로 돌아가는 건 전혀 위험하지 않을 거예요."

앤이 말했다. "당신은 우리랑 여기 있어, 존."

"저기, 앤……." 존이 말을 꺼냈다.

하지만 로저가 끼어들었다. "차라리 그냥 자살하는 게 낫겠다고 생각한다면 말리지는 않을게. 하지만 이렇게 말다툼으로 시간을 낭비하는 건 결코 좋은 방법이라고 할 수 없어. 우리 일행에도 지도자가 있어야만 하겠어. 일단 뽑고 나면, 지도자의 명령은 말한 즉시 행동으로 옮기도록 하고 말이야. 우리 동전 던지기로 정하세, 존."

"아니. 그냥 자네가 맡게."

로저는 주머니에서 주화를 하나 꺼냈다. 그러고는 손가락으로 툭 쳐서 던졌다.

"어느 쪽으로 할 거야?"

두 사람은 반짝이는 니켈의 은색을 바라보았다. "앞면." 존이 말했다. 주화가 포장도로에 떨어지더니 데굴데굴 굴러서 길가의 도랑에 빠졌다. 로저가 상체를 굽혀서 살펴보았다.

"자네가 이겼어. 어떻게 할 거야?"

존은 아내에게 입을 맞추고 자동차에서 내렸다. "최대한 빨리 돌아올게."

앤은 씁쓸한 어조로 덧붙였다. "남자끼리만 결정하다니. 우리 여자들은 또다시 물건 취급인 거야?"

로저가 웃으며 말했다. "이 세계의 위대한 시대가 새롭게 시작하는 거겠죠. 황금시대가 돌아오는 거라고요."

"잘만 하면 딱 맞춰 도착할 거야." 로저가 말했다. "그 양반은 6시 이전에는 문을 닫지 않으니까. 가게 규모는 작아. 주인 한 명에 직원 하나니까. 그래도 제법 쓸 만한 물건들을 갖고 있다고."

두 사람은 런던 중심가 러시아워의 혼돈을 뚫고 차를 몰았다. 그 혼돈에서는 평소처럼 흰색 완장 차림의 경찰관과 신호등이 임시변통의 질서를 만들어 내고 있었다. 뭔가 일상을 벗어난 듯한 흔적은 전혀 없었다. 이들의 승용차 앞에서 신호등이 초록색으로 바뀌자, 저 친숙한 도로 횡단자들의 파도가 도로를 가득 메우고 지나갔다.

"머지않아 도살장으로 끌려갈 양떼들이로군." 존이 씁쓸하게 말했다.

로저는 그를 흘끗 바라보았다. "우리로선 차라리 저 사람들이 그냥 저 상태로 계속 머물러 있기를 바라야겠지. 그 상황을 똑똑히, 그리고 완전히 보게끔 말이야. 물론 수백만 명쯤은 결국 죽게 될 거야. 우리의 관심사는 그들과 함께하는 운명을 피하는 것뿐이고."

신호등을 지나자마자 그는 큰 도로를 벗어나 좁은 갓길로 들어섰다. 시각은 6시 5분 전이었다.

"그 사람이 우리 말에 순순히 따를까?" 존이 물었다.

로저는 수렵용 총을 전시하고 있는 작은 가게 맞은편 보도 위에 자동차를 세웠다. 그리고 기어를 중립에 놓았지만, 어째서인지 시동은 끄지 않고 내버려두었다.

"따르게 될 거야." 그가 말했다. "어떻게 해서든지 말이야."

가게에는 주인 혼자 있었다. 작고 등이 굽은 남자는 상인 특유의 공손한 얼굴에다가, 뭔가 어울리지 않아 보이는 용의주도한 눈을 하고 있었다. 나이는 60세쯤 되어 보였다.

로저가 말했다. "안녕하세요, 피리 씨. 다행히 아직 문을 안 닫으셨군요."

피리는 카운터 위에 손을 올려놓고 있었다. "아, 버클리 씨. 맞으시죠? 그렇잖아도 막 문을 닫을까 하던 참이었습니다. 어떻게 도와드리면 될까요?"

로저가 말했다. "음, 어디 보자. 우선 연발권총 두 자루하고, 망원 렌즈 달린 성능 좋은 소총 두 자루요. 그리고 탄약도 당연히 있어야겠죠. 혹시 자동소총도 취급하시나요?"

피리는 정중하게 미소를 지었다. "면허는 얻으셨나요?"

로저는 카운터로 다가가서 반대편에 선 노인을 똑바로 바라보았다. "그 문제라면 굳이 복잡하게 따지지 않고 조용히 넘어가는 방법도 있지 않을까요?" 그가 물었다. "아시다시피 저는 평소에 총을 다루던 사람이 아니잖아요. 하지만 지금 좀 급하게 필요해서 그럽니다. 돈이라면 정가보다 훨씬 더 후하게 쳐드릴게요."

피리는 살짝 고개를 저었다. 그 와중에도 총포상은 로저의 얼굴에서 눈을 떼지 않고 있었다.

"그런 식으로는 장사하지 않습니다."

"음, 그러면 저기 있는 작은 22구경 소총은 어때요?"

로저가 한손으로 어딘가를 가리켰다. 피리가 같은 방향으로 눈길을 돌리는 순간, 로저는 갑자기 상대방의 목을 움켜쥐었다. 처음에만 해도 존은 덩치 작은 남자가 기습 공격에 굴복할 걸로 생각했지만, 어느새 노인은 로저의 손아귀에서 벗어나 뒤로 한 걸음 물러나 있었다. 그리고 오른손으로는 연발 권총을 들어 겨누고 있었다.

"움직일 생각 마시죠, 버클리 씨. 그리고 친구분도요. 총포점을 털려고 할 때의 가장 큰 문제점이란, 그곳 주인이 무기 다루는 방법에 관해서 뭔가를 좀 아는 사람이게 마련이라는 겁니다. 그러니 신고 전화를 하는 동안 허튼 수작은 삼가주시죠."

총포상은 천천히 뒤로 물러서서 다른 한손을 전화 쪽으로 갖다 댔다.

로저가 다급히 말했다. "잠깐만요. 한 가지 제안을 하죠."

"관심 없습니다."

"당신 목숨이 달린 일인데도요?"

피리는 한손으로 전화의 송수화기를 붙잡았지만 들지는 않았다. 총포상은 미소를 지었다. "설마 그럴 리가 있겠습니까."

"그게 아니라면 내가 왜 굳이 당신을 때려눕히려고 시도했을 것 같아요? 충분히 그럴 만큼 다급한 사정이 있으니 그런 것 같지 않습니까?"

"물론 그 점에 대해서는 당신의 견해에 동의할 의향이 있습니다." 피리가 정중하게 대답했다. "나를 힘으로 압도할 만한 누군가였다면, 애초부터 그렇게 가까이 다가오도록 놔두지 않았을 테니까요. 하지만 당신 같은 고위 공무원께서 그렇게 할 정도로 뭔가 다급한 상황에 있으리라고는 누구도 예상하지 않았을 겁니다. 그것도 이처럼 폭력을 휘두를 만큼 다급한 상황에 있으리라고는 더더욱 예상하지 않았을 거고요."

로저가 말했다. "우린 지금 그레이트노스로드 근처에 세워놓은 승용차 안에 온 식구를 잠깐 남겨놓고 여기 온 겁니다. 당신만 괜찮다면 또 한 사람 들어갈 자리는 아직 남아 있어요."

"그런데 내가 듣기로는 말입니다." 피리가 말했다. "런던 외부로의 여행은 현재 일시적으로 금지되었을 텐데요."

로저가 고개를 끄덕였다. "우리가 무기를 구하려는 이유도 바로 그래서예요. 오늘 밤에 몰래 빠져나가려는 거죠."

"결국 무기를 구하지 못하고 말았고요."

"그야 당신 탓이지 내 탓은 아니죠." 로저가 말했다. "그건 당신도 잘 알고 있을 텐데요."

피리는 한쪽 손을 전화에서 떼었다. "이렇게 갑작스럽게 무기가 필요해진 이유며, 또 런던을 떠나려는 이유에 대해서 짧게나마 설명해주시면 어떨까 싶습니다만."

로저가 사정을 설명하는 내내, 총포상은 아무런 제지도 없이 조용히 듣기만 했다. 이야기가 끝나자 그는 나지막이 말했다.

"농장이 있다고 했습니까? 계곡 안에? 그러니까 외부 세력에 맞서 방어가 가능한 계곡이란 건가요?"

"대여섯 명만 입구를 지키면, 군대가 쳐들어와도 너끈히 물리칠 수 있을 거예요." 존이 끼어들었다.

그러자 피리도 손에 들고 있던 권총을 내려놓았다. "그렇잖아도 아까 오후에 전화가 왔었죠." 총포상이 말했다. "이 구역 경찰서장이더군요. 필요하다면 경찰관을 하나 파견해서 경비를 해주겠다고 제안합디다. 그 양반은 내 안전이 무척 걱정되는 모양이었는데, 그러면서도 자세한 설명은 없이 조만간 무슨 큰일이 있을 거라는 터무니없는 유언비어 때문이라고만 둘러대더군요."

"거절해도 반드시 경찰관을 파견하겠다고는 안 하던가요?" 로저가 물었다.

"내가 한사코 거절했습니다. 경찰관이 가게 앞에 떡하니 서 있으면 오히려 장사에 방해가 될 거라고 생각했으니까요." 그는 로저를 향해 정중하게 고개를 끄덕였다. "그러니 내가 여러분을 상대할 채비가 이렇게 잘 되어 있었던 이유도 이제는 충분히 이해하실 수 있을 겁니다."

"그러면 어떻게 하실 겁니까?" 존이 총포상에게 물었다. "우리 말을 믿어주시는 겁니까?"

피리는 한숨을 쉬었다. "나는 두 분이 그걸 믿는다는 걸 믿을 뿐이죠. 그건 그렇고, 마침 나 역시 런던에서 벗어날 적절한 방법이 있을지를 궁리하던 중이었으니까요. 비록 당신네 이야기를 완전히 신뢰하지 않는다 치더라도, 지금처럼 여기 억지로 붙잡혀 있는 상황이 내 마음에 들지는 않거든요. 말이 나왔으니 말인데, 당신네 이야기도 예상만큼 내 신뢰를 많이 이끌어내지 못했습니다. 나처럼 총을 가까이 두고 사는 사람이라면, 누군가에게서 굳이 선량함을 찾아내려는 습관을 상실하게 마련이니까요."

로저가 말했다. "그건 맞아요. 그러면 우리는 어떤 총을 가져가면 됩니까?"

피리는 약간 몸을 돌리더니, 갑자기 전화 송수화기를 집어들었다. 이에 로저가 반사적으로 상대방 쪽으로 움직였다. 그러자 총포상은 손에 든 권총을 흘끗 보더니, 로저에게 그걸 선뜻 건네주었다.

"아내에게 거는 전화입니다." 피리가 말했다. "우리 집은 세인트 존스우드에 있어요. 당신네가 자동차 두 대를 몰고 빠져나갈 생각이라면, 세 대라도 안 될 것은 없겠죠. 게다가 그 세 번째 차량이 의외로 유용할 수도 있을 테니까."

그가 다이얼을 돌렸다. 로저는 경고 삼아 이렇게 말했다.

"제가 설명한 일에 대해 말씀하실 때에는 최대한 주의해주세요."

총포상은 송수화기에 대고 이렇게 말했다. "아, 여보. 그렇잖아도 지금 가게 문 닫고 출발하려는 중이었소. 오늘 밤에는 로젠블럼네로 가보면 어떨까 생각하던 참인데. 그래, 로젠블럼네 말이야. 준비 좀 해주겠소? 나도 곧 출발하리다."

그는 송수화기를 내려놓았다. "로젠블럼네는 리즈에 있습니다." 그가 설명했다. "내 아내 밀리센트는 눈치가 아주 빠른 여자고 말입니다."

로저는 감탄한 표정으로 총포상을 바라보았다. "이런, 세상에, 댁의 부인은 정말로 그런 게 틀림없어요! 당신네 부부야말로 우리 일행에 무척이나 유용할 것 같군요. 그나저나 우리끼리 앞서 결정한 게 있는데, 바로 지금과 같은 일행에는 지도자가 있어야 한다는 거였어요."

피리가 고개를 끄덕였다. "그럼 당신이 지도자인가요?"

"아뇨, 저기 있는 존 커스턴스예요."

피리는 잠시 존을 훑어보았다. "좋습니다. 그러면 이제 무기를 챙겨봅시다. 내가 꺼내놓으면, 두 분이 차에 옮겨 신도록 하세요."

이들이 탄약 상자 가운데 마지막을 갖고 나온 순간, 마침 순찰 중이던 경찰관 하나가 이쪽으로 다가왔다. 그는 작은 상자들에 호기심을 느낀 듯 바라보았다.

"안녕하세요, 피리 씨." 경찰관이 말했다. "물건을 어디 옮기시나 보죠?"

"그렇잖아도 당신네 쪽에서 주문이 들어와서요." 피리가 말했다. "이게 필요하다고 합디다. 그러니 우리 가게 좀 신경 써서 지켜봐 주시오. 그래도 괜찮겠소? 이따 다시 와서 좀 더 챙겨야 할 것 같으니 말이오."

"저야 물론 최선을 다하겠습니다만, 선생님." 경찰관은 자신 없는 투로 말했다. "아쉽게도 제가 담당한 구역은 여기만이 아니어서요. 물론 잘 아시겠지만."

피리는 가게 앞문에 자물쇠를 채웠다. "물론 농담입니다." 그가 말했다. "하지만 당신네 때문에 괜히 유언비어가 도니까 해본 말이에요."

그곳을 떠나면서 존이 말했다. "그나저나 옆에 있는 우리 둘은 뭐 하는 거냐고 경찰관이 물어보지 않은 게 천만다행이군요."

"경찰관이라는 족속은 말입니다." 피리가 말했다. "일단 호기심이 발동했다 하면 꼬치꼬치 캐묻기를 잘하죠. 그러니 상대방의 호기심을 발동시키지만 않는다면, 걱정할 게 전혀 없습니다. 우리 집은 세인트존스우드 하이스트리트를 벗어나자마자 나옵니다. 거기서부터는 구체적으로 길을 설명해드리죠."

일행은 피리의 방향 지시를 따라서 낡은 포드 승용차 뒤에 자동차를 세웠다. 총포상이 아내를 불렀다. "밀리센트!" 그의 또렷하고 큰 목소리에 한 여자가 승용차에서 나와 그들에게 다가왔다. 피리보다 스무 살은 족히 젊은 여자였고, 키도 남편과 비슷했으며, 가무잡잡하지만 매력적이고 어딘가 좀 날카로운 인상이었다.

"짐 다 꾸렸소?" 피리가 그녀에게 물었다. "다시는 돌아오지 않을 거요."

의외로 아내는 남편의 말을 태연하게 받아들였다. 그러더니 어딘가 런던 토박이 특유의 말투로 이렇게 말했다. "우리한테 필요할 만한 건 다 챙겼어요. 그나저나 도대체 무슨 일이에요? 고양이는 힐다한테 좀 돌봐달라고 했어요."

"불쌍한 고양이 같으니." 피리가 말했다. "하지만 아무래도 우리는 그 녀석을 버리고 갈 수밖에 없겠소. 자세한 이야기는 가면서 해주리다." 그는 다른 두 사람을 돌아보았다. "지금부터는 밀리센트와 함께 차를 타고 따라가겠습니다."

로저는 자기들 앞에 놓인 낡은 자동차를 유심히 바라보았다. "무례하다고 생각할지도 모르겠습니다만." 그가 말을 꺼냈다. "여기 실은 짐을 우리 차에 좀 옮겨 싣는 게 더 낫지 않겠습니까? 그러면 운반하기가 좀 더 쉬울 텐데요."

피리는 미소를 지으며 차에서 내렸다. "루탐파크 약간 못 가서 왼쪽에 있는 갈림길이라고 했죠?" 그가 물었다. "그럼 이따 거기서 봅시다, 알았죠?"

로저는 어깨를 으쓱했다. 총포상은 아내를 데리고 저 앞에 있는 차로 걸어갔다. 로저도 자기 승용차에 시동을 걸고 그들 옆을 천천히 지나쳤다. 하지만 그와 존은 잠시 후에 깜짝 놀랄 수밖에 없었다. 피리의 포드가 의외의 속도로 이들 곁을 쏜살같이 지나치더니, 교차로에서 잠시 속도를 줄였다가 큰 도로로 잽싸게 빠져나갔기 때문이었다. 로저도 그 뒤를 따라서 속도를 냈지만, 그의 승용차가 차량 대열에 끼어들었을 즈음 포드는 이미 시야에서 사라진 다음이었다.

두 사람이 그 자동차를 다시 발견한 것은 그레이트노스로드에 도착해서였다. 피리의 포드는 먼저 와서 이들을 기다리고 있었으며, 이후로는 침착하게 이들의 뒤를 따라왔다.

일행은 각자의 자동차 안에서 저녁을 챙겨먹었다. 일단 런던을 벗어나면 함께 모여서 식사할 수 있겠지만, 지금 여기서 소풍이라도 나온 것처럼 굴다가는 남의 시선을 끌 수 있었다. 또한 일행은 서로 충분한 거리를 유지하며 각자의 승용차를 세워두었다.

로저가 자기 계획을 설명하자 존도 기꺼이 받아들였다. 밤 11시쯤이면 이들이 지금 머무는 도로는 텅 빌 것이다. 런던 외곽의 교외 지대도 휴식에 돌입할 것이었다. 하지만 일행은 자정이 되면 움직일 예정이었다. 마침 달도 뜨지 않은 밤이었지만, 널찍한 간격을 두고 설치된 가로등에서 나오는 조명이 있었다. 아이들은 각자의 자동차 뒷좌석에서 잠들어 있었다. 앤은 존과 함께 앞좌석에 앉아 있었다.

그녀가 몸서리를 쳤다. "그러니까 여기서 빠져나가는 다른 길은 없는 게 확실해?"

그는 흐릿하고 어두운 도로 저편을 내다보았다. "당장은 생각나는 길이 하나도 없어."

아내가 남편을 바라보았다. "당신, 예전하고 다른 사람이 된 것 같아, 안 그래? 그렇게 태연하게 살인할 생각을 하다니…… 무섭다기보다는 오히려 기괴한 느낌인걸."

"앤." 존이 말했다. "우리 데이비는 여기서 50킬로미터 떨어진 곳에 있어. 하지만 우리가 만약에 이 함정 안에 계속 머물러 있는다고 치면, 그곳은 5천 킬로미터나 떨어져 있는 셈인 거야." 그는 메리가 웅크리고 잠자는 뒷좌석 쪽을 가리키며 고갯짓을 했다. "그리고 여긴 우리만 있는 것도 아니야."

"하지만 성공 가능성이 너무 희박하잖아."

존은 너털웃음을 터트렸다. "그게 이 일의 도덕성에 하등의 영향이나 끼칠까? 사실대로 말하자면, 피리가 없었다면 성공 가능성은 훨씬 희박했을 거야. 내가 보기에는 이제 오히려 성공 가능성이 어느 정도 되는 것 같은데. 지금 우리한테 필요한 것은 백발백중의 사격 실력이니까."

"꼭 사람을 쏴서 죽여야만 하겠어?"

그는 이렇게 말하기 시작했다. "이건 어디까지나 안전상의 문제……." 바로 그때 승용차가 삐걱대며 흔들리는 느낌이 들었다. 로저가 조용히 다가와서 열린 창문에 몸을 기댄 까닭이었다.

"괜찮아?" 로저가 물었다. "올리비아랑 스티브는 일단 밀리센트랑 같은 차에 타고 있으라고 했어."

존은 자동차에서 내렸다. 그리고 앤에게 말했다.

"잊지 마. 경적을 듣자마자 당신이랑 밀리센트는 차를 끌고 달려오는 거야. 운전할 때에는 가급적 신중하게 해. 물론 한밤중이라도 이 시간에는 충분히 괜찮을 것 같기는 하지만."

앤이 남편을 바라보았다. "제발 조심해."

"걱정 마." 그가 말했다.

두 남자는 로저의 승용차로 갔다. 거기에는 피리가 벌써 와서 기다리고 있었다. 곧이어 로저가 천천히 차를 몰았고, 주차된 존의 차를 지나서 텅 빈 도로를 따라 나아갔다. 이들은 이미 저녁때에 이곳을 사전답사했고, 마지막 길모퉁이를 지나면 검문소가 있음을 확인했다. 자동차는 길모퉁이에서 잠시 멈춰 섰고, 존과 피리는 차에서 내려 어둠 속으로 사라졌다. 그로부터 5분 뒤에 로저는 다시 시동을 걸고 요란하게 가속하여 검문소로 돌진했다.

사전답사에 따르면, 이 검문소는 하사 한 명과 병사 두 명이 지키고 있었다. 이 가운데 두 명은 지금쯤 취침 중일 것으로 예상되었다. 나머지 한 명은 자동소총을 어깨에 메고 목제 바리케이드 옆에 서 있었다.

승용차가 요란한 소리와 함께 멈춰 섰다. 보초가 자동소총을 움켜쥐고 사격 자세를 취했다.

로저는 창밖으로 몸을 내밀고 소리를 질렀다.

"도대체 도로 한가운데다가 무슨 썩어빠진 물건을 갖다놓고 있는 거야? 저거 당장 치우지 못해, 군인 양반!"

그는 술 취한 사람 흉내를 냈지만, 어쩐지 어색한 느낌이 있어서 아슬아슬했다. 보초가 대답했다.

"죄송합니다, 선생님. 이 도로는 폐쇄되었습니다. 현재 런던에서 외부로 나가는 도로는 모두 폐쇄된 상태입니다."

"아, 그 망할 놈의 걸 다시 열어놓으라니까! 이걸 당장 열란 말이야. 나는 집에 가야 한다고."

존은 도로 왼편 도랑의 제자리에서 이 상황을 지켜보았다. 기묘하게도 특별히 긴장하지는 않았다. 단지 몸이 둥둥 떠 있는 듯한 상태에서, 로저의 요란한 연기에 감탄하며 넋을 잃고 그 광경을 바라볼 뿐이었다.

원래 나와 있던 군인 옆에 또 한 명이 더 나타났고, 잠시 후에 또 한 명이 더 나타났다. 자동차의 헤드라이트는 포장도로가 아니라 더 위쪽을 겨냥하고 있었다. 그러다 보니 목제 바리케이드 반대편에 있는 세 사람의 윤곽이 약간 흐릿하기는 해도 충분히 선명하게 드러나 있었다. 이때 또 다른 목소리가 들려왔는데, 말투로 보아 아마도 하사인 모양이었다.

"지금 저희는 상부의 명령을 따르고 있을 뿐입니다. 그러니 더 말썽을 일으키고 싶진 않습니다. 그냥 조용히 돌아가주시기 바랍니다, 선생님. 아시겠습니까?"

"알기는 뭘 알아! 이 망할 놈의 군인 자식들아, 도대체 뭐 하고 자빠져 있는 거야? 니들이 뭔데 도로 한가운데에 울타리를 쳐?"

하사도 격분한 듯 위협조로 말했다. "작작 좀 하시지. 돌아가라고 분명히 말했을 텐데. 어디 한 번만 더 지껄여봐."

"어디, 돌아가게 할 수 있으면 직접 해보시든가!" 로저가 말했다. 그의 목소리는 유난히 크고 귀에 거슬렸다. "도대체 이놈의 나라에는 더럽게 쓸모도 없는 군인 나부랭이가 왜 이렇게 많은지 모르겠다니까! 제대로 하는 일도 없이 식량만 낭비하는 놈들 같으니!"

"좋아, 이 자식아." 하사가 말했다. "원하는 대로 해주지." 그는 다른 두 명의 병사에게 고갯짓을 했다. "따라와. 저 목소리만 큰 멍청이의 자동차를 우리가 직접 돌려주자."

군인들은 바리케이드를 넘더니, 자동차 헤드라이트 불빛을 온몸에 받으며 성큼성큼 앞으로 걸어왔다.

로저가 말했다. "보초들께서 행군하시네." 그가 빈정거리는 말투로 말했다.

바로 그때 존은 갑자기 긴장에 사로잡혔다. 원래는 도로 한가운데의 흰 선을 기준으로 그의 구역과 피리의 구역이 나뉘었다. 즉 하사와 맨 처음 있었던 보초가 피리의 몫이었다. 세 번째 군인은 오히려 존에 더 가까이 있었다. 세 명 모두 불빛을 가리기 위해 눈앞에 손을 치켜들고 앞으로 걸어왔다.

존의 양팔에서 땀이 흐르더니 다리를 타고 내려갔다. 그는 소총을 집어들고 동요 없이 조준하려고 노력했다. 앞으로 불과 몇 분의 1초 사이에, 그는 방아쇠를 당겨서 저 사람을, 즉 자기가 알지 못하고 무고하기까지 한 사람을 죽여야 할 것이었다. 전쟁에서 사람을 쏴 죽인 경험이 있었지만, 이렇게 가까운 거리에서는 처음이었고, 같은 동포를 겨냥한 것도 역시나 처음이었다. 존의 이마에서 땀이 폭포수처럼 흘러내렸다. 자칫 땀 때문에 시야가 가릴까 봐 걱정되었지만, 혹시 조준이 빗나갈지 몰라서 차마 닦아낼 엄두도 못 냈다. 저건 유원지에 있는 사격장 과녁일 뿐이야. 그는 머릿속으로 이렇게 생각했다. 상품을 얻으려면 저 과녁을 반드시 맞혀야만 해. 앤을 위해서, 메리를 위해서, 데이비를 위해서. 하지만 목이 바짝 타들어갔다.

로저의 목소리가 다시 한 번 밤하늘을 갈랐다. 하지만 이제는 아까보다 더 날카롭고 멀쩡한 목소리였다. "됐다고!"

첫 번째 총성은 그 한마디가 나오기도 전에 울려 퍼졌고, 그 한마디가 마무리되기도 전에 두 번 더 총성이 들렸다. 하지만 눈부시도록 환한 도로 위에서 세 사람이 쓰러지는 와중에도, 존은 소총을 조준한 채 가만히 있기만 했다. 그가 꼼짝 못 하고 있는 사이에, 피리가 숨어 있던 자리에서 나오더니 몸을 숙여서 쓰러진 사람들을 살펴보았다. 그제야 존은 소총을 옆에 내려놓고 도로 위로 걸어 나왔다.

로저가 자동차에서 내렸다. 피리는 존을 바라보았다.

"당신 몫까지 내가 차지해서 죄송하군요, 동업자 양반." 노인이 말했다. 그의 목소리는 평소와 마찬가지로 냉정하면서도 정확했다. "그나저나 연기가 아주 그럴싸하더군요."

"죽은 겁니까?" 로저가 물었다.

피리가 고개를 끄덕였다. "당연히."

"그러면 일단 시체를 도랑에 집어넣어서 치우도록 하죠." 로저가 말했다. "그런 다음에는 저 바리케이드도요. 설마 기습을 당할 가능성까지는 없겠지만, 위험을 무릅쓰고 싶지는 않으니까요."

존이 끄는 시체는 축 늘어져서 무거웠다. 처음에만 해도 그는 시체의 얼굴을 보지 않으려고 애썼다. 그러다가 도로 곁 그늘 속에 들어와서야 얼굴을 흘끗 보았다. 기껏해야 스무 살도 안 되어 보이는 청년이었다. 관자놀이에 난 구멍과 얼룩진 피를 제외하고는 상한 곳이 없는 젊은 얼굴이었다. 로저와 피리는 각자 맡아서 운반하던 시체를 이미 내버리고 바리케이드 너머로 가 있었다. 마침 두 사람 모두 그를 등지고 선 상태였다. 존은 허리를 굽혀 죽은 청년의 이마에서 상처를 입지 않은 부분에 입을 맞춘 다음, 정중하게 시체를 내려놓았다.

바리케이드를 치우는 데에는 시간이 오래 걸리지 않았다. 그 반대편에는 여러 가지 장비가 놓여 있었다. 일행은 그것 역시 도랑으로 던져버렸다. 곧이어 로저가 승용차로 돌아가서 경적을 몇 초 동안 계속 누르고 있었다. 그 요란한 소리가 마치 종소리처럼 허공에 메아리쳤다.

로저는 승용차를 길가에 세우고 기다렸다. 잠시 후에 자동차 다가오는 소리가 들렸다. 존의 복스홀이 먼저 나타났고, 피리의 포드가 그 뒤를 따랐다. 복스홀이 멈춰 서고, 앤이 조수석으로 비켜 앉자마자 존이 문을 열고 올라탔다. 그는 힘껏 가속 페달을 밟았다.

앤이 말했다. "그 사람들은 어디 있어?"

그녀는 창밖을 내다보았다.

"도랑에 던져 넣었어." 자동차를 몰면서 그가 말했다.

이 대화 이후 두 사람은 몇 킬로미터를 가는 내내 아무 말이 없었다.

애초의 계획대로 일행은 큰길을 계속 피해서 달렸다. 그리고 스테이플포드의 어느 숲 인접한 외딴 길에 와서야 비로소 멈춰 섰다. 일행은 머리 위로 우거진 참나무 아래에서 보온병에 넣어 온 코코아를 따라 마셨다. 불빛이라고는 자동차 가운데 한 대의 내부 조명뿐이었다. 로저의 시트로엥은 좌석을 눕히면 침대처럼 쓸 수 있어서, 여자 세 명은 거기서 잤다. 아이들은 나머지 자동차 두 대의 뒷좌석만으로 충분했다. 세 남자는 각자 이불을 갖고 나와서 나무 아래에서 잤다.

피리가 보초를 서야 하지 않느냐고 제안했다. 로저의 생각은 달랐다.

"제 생각에는 우리가 당장 어떤 문제를 겪을 것 같지는 않아요. 그리고 우리로선 최대한 자둬야 한다고요. 내일은 하루 온종일 운전만 해야 할 테니까요." 그는 존을 바라보았다. "자네 생각은 어떤 가, 대장님?"

"오늘 밤에는 쉬는 게 좋겠어. 남은 시간 동안이라도."

이들은 그러기로 합의했다. 존은 배를 깔고 엎드렸다. 군 생활 동안 배운 바에 따르면, 울퉁불퉁한 땅에서 잠을 잘 때에는 이게 가장 편안한 자세였다. 하지만 신체적 불편도 막상 겪어보니 예전 기억보다는 오히려 덜한 편이었다.

하지만 그는 밤새도록 쉽게 잠을 이루지 못했다. 간신히 잠든 후에도 의미 없는 꿈들 때문에 종종 다시 깨곤 했다.

6

색슨 코트는 작은 둔덕 위에 자리하고 있었다. 이 지역에서는 그나마 언덕에 가장 가까운 형태라고 할 수 있었다. 다른 유사 예비학교와 마찬가지로 이곳 역시 시골 저택을 개조한 시설이어서, 멀리서 바라보면 여전히 우아함을 갖추고 있었다. 말끔하게 정리된 진입로(데이비의 폭로에 따르면, 이곳에서는 교사와 반장 들이 진입로의 관리를 일종의 처벌 수단으로 사용하고 있는 모양이었다)를 지나자 한때는 푸른 잔디 운동장이었던 갈색의 흙바닥이 나왔다. 그 너머에 나타난 학교 본관은 조지 시대 양식의 양쪽 별채보다 더 오래 되고 더 흉악한 몰골이었다.

세 대의 차가 행렬을 이루어 진입하면 뭔가 수상한 낌새가 드러날 듯해서, 일단 존의 자동차만 학교 안에 들어가고 나머지 두 대는 진입로와 도로가 나뉘는 곳에서 기다리기로 했다. 하지만 스티브가 곧 만날 데이비와 함께 있겠다고 고집했기 때문에, 올리비아도 아들과 함께 커스턴스네 승용차에 타기로 했다. 물론 거기에는 앤과 메리도 이미 타고 있었다.

교장은 사무실에 없었다. 문이 열려 있어서, 마치 무질서한 궁전을 향해 열린 텅 빈 알현실처럼 바깥을 바라보는 모양새였다. 복도는 물론이고 큰 계단 곳곳에 작은 아이들이 줄줄이 지나다녔다. 아이들이 떠드는 쳇소리는 크고도 흥분되어 있었고, 존이 생각하기에는 어딘가 불안해 보이기도 했다. 복도 옆의 어떤 교실에서는 라틴어 동사 외우는 소리가 들렸지만, 나머지 교실들은 단지 떠드는 소리만 들릴 뿐이었다.

존이 학생 가운데 하나를 막 붙잡고 교장이 어디 있는지 물어보려던 참에, 마침 당사자가 황급히 계단을 따라 내려왔다. 그러다가 학부형이 기다리는 모습을 보자 태도를 바꾸어 마지막 몇 계단을 점잖게 걸어 내려왔다.

캐섭 선생은 교장치고는 비교적 젊어서 아직 마흔이 안 되어 보였으며, 항상 우아한 거동을 보여주었다. 오늘도 우아함을 견지하고 있었지만, 멋진 가운과 깔끔하게 균형을 맞춘 사각모는 어쩐지 그가 걱정 많고 불행한 사람이라는 사실만 부각시킬 뿐이었다. 교장은 존을 알아보았다.

"커스턴스 씨, 맞으시죠? 커스턴스 부인도 오셨군요. 그런데 런던에 계시지 않았던가요? 여기까지 어쩐 일이십니까?"

"지방에서 며칠쯤 지내려고 나오는 길입니다." 존이 말했다. "친구들하고 같이요. 이쪽은 버클리 부인과 그 집 아들입니다. 데이비

때문에 왔습니다. 잠깐 동안만 저희 아이를 데려갔으면 하는데요. 상황이 좀 잠잠해질 때까지만요."

에링턴 여사와 달리, 캐섭은 졸지에 학생 하나를 잃게 된다는 생각에도 그다지 거부감을 드러내지는 않았다. 오히려 교장은 흔쾌히 대답했다.

"아, 그렇군요. 물론 데려가셔야죠. 제가 보기에도 좋은 생각 같습니다."

"혹시 다른 학부모들도 아이를 데려갔나요?" 존이 물었다.

"지금까지 두 명이 집으로 돌아갔습니다. 하지만 아시다시피 저희 학생 대부분은 집이 런던이거든요." 그는 고개를 저었다. "여기 있는 학생 모두를 집으로 보내놓고 한동안 휴교할 수만 있다면 저도 무척이나 안심이 될 것 같습니다. 그렇잖아도 그 뉴스 때문에……."

존은 고개를 끄덕였다. 런던 중심가는 물론이고 이름이 구체적으로 거론되지는 않은 일부 지방 도시에서 약간의 소요 사태가 있었다는 조심스러운 보도를 아까 라디오에서 들었기 때문이었다. 굳이 이런 소식을 보도하는 까닭은, 공공질서 교란 행위에 대해서는 가차 없는 진압이 이루어질 것이라는 이전의 경고에 대한 일종의 부연 설명임이 분명했다.

"최소한 여기는 상황이 충분히 조용하니까요." 존이 말했다. 수업이 끝났는지, 어떤 교실 문이 열리면서 아이들이 우르르 몰려나왔다. 그러자 주위의 소음이 아까보다 더 심해졌다. "물론 어떤 의미에서는 여기가 더 소란할 수도 있지만요."

캐섭은 학부모의 이 한마디를 농담으로도, 또는 학교의 규율에 관한 일침으로도 받아들이지 못하는 듯했다. 정신이 산란한 나머지 집중력 없는 눈빛으로 아이들을 이리저리 둘러보는 교장의 모습을 보자, 존은 상대방의 기이한 태도에 단순히 걱정이나 불행 이상의 다른 뭔가가 있음을 깨달았다. 그건 바로 공포였다.

"혹시 다른 소식은 못 들으셨습니까?" 캐섭이 물었다. "라디오에서 아무 이야기도 안 나오던가요? 어쩐지 제가 받은 인상으로는…… 오늘 아침에는 우편배달도 오지 않더군요."

"제가 보기에도 당분간 어렵지 않을까 싶은데요." 존이 말했다. "상황이 좀 더 나아지기 전까지는 말이에요."

"나아진다고요?" 교장은 학부모를 똑바로 바라보았다. "언제쯤요? 어떻게요?"

존은 다른 뭔가를 역시나 확신할 수 있었다. 이 선생은 머지않아 자기 책임을 손에서 놓아버릴 것이었다. 이런 직관에서 비롯된 그의 맨 처음 반응은 분노였지만, 곧이어 길가 도랑에 쓰러져 있던 말 없는 피투성이 청년의 얼굴에 대한 기억이 떠오르자 분노도 잦아들고 말았다.

존은 단지 이곳을 벗어나고 싶었다. 그래서 짧게 대답했다.

"데이비를 좀 불러주시면……."

"예, 당연히 그래야죠. 그렇게 하겠습니다……. 아, 마침 저기 있군요."

데이비도 거의 동시에 가족을 알아본 모양이었다. 아들은 복도를 달려와서 기쁨의 소리를 지르며 아빠를 끌어안았다.

"그러니까 부모님께서 데이비를 데려가시겠다는 거죠?" 캐섭이 물었다. "그러니까— 버클리 부인, 그러니까 친구분들하고 한동안 같이 계실 거라고요?"

존은 아들의 갈색 머리카락을 손으로 어루만졌다. 앞으로의 길에서 사람을 죽일 일이 더 생길 가능성이 매우 높았다. 하지만 그럴 만한 가치가 있다면 그는 기꺼이 사람을 죽일 것이다. 존은 교장을 바라보았다.

"아직은 정확한 계획을 세운 게 없습니다." 그가 이야기를 하다가 잠시 말을 멈추었다. "그나저나 바쁘실 텐데 그만 가보시죠, 캐섭 선생님. 하실 일이 많을 것 같은데요. 이 모든 학생들을 돌봐주셔야 하지 않습니까."

교장은 학부형의 목소리에서 적대감이 늘어났다는 사실을 눈치챘다. 그는 가만히 고개를 끄덕였다. 존이 가만 보니, 이 선생의 공포와 슬픔이 워낙 뚜렷한 나머지, 앤조차도 곧 이를 눈치챌 정도였다.

교장이 말했다. "예. 그렇죠. 나중에 언제…… 상황이 더 나아지면…… 그럼 안녕히 가세요."

그는 뻣뻣한 몸짓으로 반쯤 허리를 숙여 여자들에게 인사를 건네었고, 뒤돌아서 자기 집무실로 들어가 문을 닫았다. 데이비는 호기심이 이는 듯 선생의 뒷모습을 바라보았다.

"애들이 그러더라고요. 교장 선생님이 뭔가 겁을 잔뜩 먹었다고요. 아빠가 보기에도 그런 것 같죠. 안 그래요?"

물론 아이들도 그런 사실을 알고 있을 것이고, 이미 아이들이 뭔가 낌새를 챘다는 걸 교장도 알고 있을 것이었다. 그러다 보니 상황은 악화일로를 걸을 수밖에 없었다. 존이 생각하기에, 머지않아 캐섭은 더 버티지 못하고 여기서 도망칠 것 같았다.

"그럴지도 모르지. 어쩌면 나도 마찬가지일지 몰라. 너희 같은 개구쟁이들을 매일같이 상대하다 보면 당연히 그럴 수밖에 없지. 그럼 곧바로 떠날 준비가 된 거지, 그렇지?"

"망했다!" 데이비가 말했다. "누나도 왔어요? 벌써 학기가 끝나기라도 한 거예요? 근데 우리 지금 어디 가는 거예요?"

앤이 아들을 야단쳤다. "너 '망했다'라는 말 쓰지 말라고 했지, 데이비."

데이비가 말했다. "알았어요, 엄마. 그런데 우리 지금 어디 가는 건데요? 그리고 런던에서는 어떻게 빠져나온 거예요? 도로가 전부 막혔다고들 이야기하던데요. 혹시 싸워서 빠져나온 거예요?"

"당분간 계곡에 내려가서 휴가를 보낼 거야." 존이 말했다. "그러니까― 지금 떠날 준비가 된 거야? 네 물건은 메리 누나가 같이 챙겨 줄 거다. 혹시 굳이 챙겨야 될 물건이 없다면 지금 그냥 출발해도 돼."

"어, 스푹스다." 데이비가 말했다. "야, 스푹스!"

스푹스는 데이비보다 훨씬 더 키가 큰 소년이었다. 홀쭉한 몸매에, 얼굴에는 수줍고도 뭔가 무기력한 표정이 드러나 있었다. 데이비가 횡설수설 신나서 가족에게 친구를 소개하자, 소년도 이들에게 다가와서 뭔가 인사말을 중얼거렸다. 존도 스푹스가 기억이 났다. 원래 이름은 앤드류 스켈턴이고, 지난 몇 달 동안 데이비가 써

보낸 편지에 주로 등장한 친구였다. 두 소년이 어째서 가까워졌는지를 알기는 쉽지 않았는데, 왜냐하면 남자아이들은 자기와 상반되는 누군가를 찾아내서 굳이 친구로 사귀는 경우가 흔치 않기 때문이었다.

데이비가 말했다. "스푹스도 우리랑 같이 가도 돼죠? 그러면 진짜 재미있을 건데."

"얘네 부모님께 허락을 받지 않았으니 안 돼." 존이 말했다.

"아, 그거라면 괜찮아요. 안 그래, 스푹스? 얘네 아버지는 지금 사업 때문에 프랑스에 계시고, 어머니는 안 계세요. 이혼했다던가, 아니면 다른 뭔가인지는 모르겠지만 말이에요. 하여간 괜찮을 거예요."

존이 말을 꺼냈다. "하지만……."

바로 그때 앤이 끼어들어 말을 잘랐다. "그럴 수는 없어, 데이비. 그렇게 함부로 일을 결정하면 안 된다는 건 너도 잘 알잖아. 지금과 같은 상황에서는 더더욱 말이야."

스푹스는 아무 말 없이 친구네 가족을 바라보고 있었다. 뭔가를 기대하는 데에 별로 익숙하지 않은 아이의 모습이었다.

데이비가 말했다. "하지만 교장 선생님은 괜찮다고 하실 거예요!"

"일단 가져갈 물건이나 좀 챙겨 와라, 데이비." 존이 말했다. "스푹스도 같이 가서 좀 도와주면 좋겠구나. 얼른 뛰어갔다 와라."

두 소년은 나란히 뛰어가버렸다. 메리와 스티브는 어른들의 대화가 들리지 않는 곳에서 서성이고 있었다.

존이 말했다. "아무래도 쟤까지 데려가야 할 것 같은데."

곧이어 앤의 얼굴에서 드러난 표정을 보니, 존은 문득 아까 본 교장의 얼굴이 떠올랐다. 그건 공포라기보다는 차라리 죄책감의 표정이었다.

그녀가 말했다. "안 돼, 그건 말도 안 되는 소리라고."

"당신도 알잖아." 존이 말했다. "저 캐섭이라는 작자는 조만간 여기를 떠날 거야. 그건 확실해. 여기 있는 다른 선생들 가운데 이 아이들과 함께 남을 사람은 아무도 없을 것 같아. 설령 누군가가 남는다고 치더라도, 기껏해야 최악의 결과를 지연시키는 것밖에는 할 수 없을 거야. 런던에서 무슨 일이 벌어지든지 간에, 이곳은 앞으로 몇 주 안에 난장판이 될 거라고. 나로선 스푹스를 여기 그냥 내버려두고 우리만 간다는 게 마음에 들지 않아."

앤이 화난 목소리로 말했다. "그럼 차라리 이 학교 학생 전부를 데려가시지 그래?"

"학생 전부까지는 아니지." 존이 타이르듯 말했다. "그냥 한 명뿐이잖아. 그것도 여기서 데이비랑 가장 친한 친구 말이야."

그녀의 목소리에는 이제 분노 대신 당혹이 들어섰다. "이제야 비로소 우리 일이 어떤 꼴로 전개될지 이해가 되기 시작하네. 우리가 계곡까지 가는 일은 앞으로도 쉽지가 않을 거야. 이미 우리가 보살필 애들이 둘이나 있는 상황이니 말이야."

"만약 상황이 완전히 걷잡을 수 없게 되더라도." 존이 말했다. "애들 가운데 몇 명은 살아남을 수 있을 거야. 아직 젊으니까. 하지만 스푹스 같은 녀석은 그렇지 못해. 우리가 애를 남겨놓고 간다면, 결국 그냥 죽게 내버려두는 것과 다를 게 없어."

"지금 우리가 런던에서 그냥 죽게 내버려두고 온 아이들이 얼마나 많은지 알기나 해?" 앤이 물었다. "백만 명쯤 되지 않겠어?"

존은 곧바로 대답하지 못했다. 또 다른 교실에서 새로 몰려나오는 아이들로 넘쳐나는 복도를 그저 바라볼 뿐이었다. 곧이어 그는 다시 앤을 돌아보며 말했다.

"지금 당신이 무슨 말을 하고 있는 건지는 당신도 잘 알지, 여보? 내 생각에는 우리 모두 변하고 있는 것 같아. 그것도 뭔가 아주 다른 방식으로 말이야."

그녀는 방어적으로 대답했다. "애들을 감당해야 하는 건 나란 말이야. 당신이 로저니 피리니 하는 사람들하고 같이 용감무쌍한 전사 노릇을 하고 있는 사이에 말이야."

"나도 굳이 고집하려는 건 아니야, 안 그래?" 존이 말했다.

앤은 남편을 바라보았다. "당신이 그 이야기를 했을 때, 그러니까 에링턴 교장 이야기를 했을 때 말이야. 그때 나는 정말 끔찍하다고 생각했어. 하지만 나는 그때까지도 무슨 일이 벌어지고 있는지를 이해하지 못했어. 하지만 지금은 확실히 이해해. 우리는 반드시 계곡까지 가야 하고, 반드시 애들을 거기까지 데려가야 해. 그러려면 추가적인 부담을 감당할 수는 없어. 그게 고작 어린애 하나뿐이라 해도 말이야."

존은 어깨를 으쓱했다. 잠시 후에 데이비가 작은 책가방을 하나 들고 돌아왔다. 그 쾌활하고 행복한 표정만 놓고 보면, 마치 꼬마 공무원과도 비슷해 보였다. 스푹스도 그 뒤를 따라왔다.

데이비가 말했다. "중요한 건 다 챙겼어요. 우표첩 같은 거요. 그리고 새 양말도 하나 넣었어요." 아들은 마치 칭찬을 바라는 듯 엄마를 바라보았다. "제가 키우던 생쥐는 저 올 때까지 스푹스가 대신 돌봐주기로 했어요. 암컷 한 마리가 새끼를 뱄는데, 만약에 새끼가 태어나면 스푹스가 팔아도 된다고 얘기해놨어요."

존이 말했다. "음, 이제는 자동차로 가는 게 좋겠구나." 그는 스푹스의 호리호리한 모습을 최대한 외면했다.

바로 그때, 줄곧 대화에 끼지 않고 있었던 올리비아가 갑자기 입을 열었다.

"내 생각에는 스푹스가 같이 가도 될 것 같아요. 너 우리랑 같이 갈래, 스푹스?"

앤이 말했다. "올리비아! 자기도 알다시피 우리는……."

올리비아는 변명하듯 말했다. "내 말은 '우리' 차에 태우겠다는 거야. 어쨌거나 우리는 애가 하나뿐이니까. 말하자면 자동차에 빈자리가 없도록 하려는 것뿐이라니까."

두 여자는 잠시 서로를 바라보았다. 앤의 입장에서는 또다시 죄책감이 들었고, 죄책감으로 인해 분노까지도 치밀었다. 반면 올리비아는 수줍은 부끄러움만을 드러냈을 뿐이었다. 존이 생각하기에, 만약 저 제안에 도덕적 생색의 흔적이 조금이라도 있었다면, 자칫 두 여자 사이에는 일행의 안전을 보장할 수 없을 정도의 큰 불화가 불가피했을 것이었다. 하지만 상대방의 겸손 앞에서 결국 그의 아내도 분노를 삭였다.

앤이 말했다. "좋을 대로 해. 하지만 일단 로저하고도 상의는 해봐야 하지 않겠어?"

두 사람의 대화를 흥미롭게 지켜보기는 했지만, 정확히 이해하지 못한 상태에서 데이비가 끼어들었다.

"로저 아저씨도 같이 오셨어요? 아저씨도 스푹스를 좋아하실 거예요. 얘도 아저씨처럼 날카로운 재치가 넘치거든요. 뭔가 재미있는 얘기 좀 해봐, 스푹스."

하지만 깡마른 소년은 무척이나 괴로워하는 무기력한 표정을 드러내며 이들을 바라볼 뿐이었다. 올리비아가 미소를 지었다.

"괜찮아, 스푹스. 그나저나 너 진짜 우리랑 같이 갈래?"

소년은 고개를 천천히 끄덕였다. 데이비는 친구의 한쪽 팔을 붙잡고 외쳤다. "바로 그거야! 가자, 스푹스. 내가 같이 가서 짐 싸는 거 도와줄게." 그는 잠시 뭔가를 생각하는 듯한 눈치였다. "그러면 생쥐는 어쩌지?"

"생쥐는 그냥 두고 와라." 존이 명령했다. "차라리 다른 친구한테 줘버리든가."

데이비가 스푹스를 바라보았다. "그러면 한 마리에 6펜스씩 받고 배니스터한테 팔아버릴까?"

존은 아들의 머리 너머로 앤을 바라보았다. 잠시 후에는 그녀도 미소를 지었다. 아버지가 아들에게 말했다.

"앞으로 5분 있다 출발할 거야. 그사이에 스푹스 짐도 싸고, 생쥐를 딴 데 파는 일까지 다 해치워야 할 거다."

두 소년은 서두르려고 돌아섰다. 그때 데이비가 또다시 뭔가를 생각하는 듯 덧붙였다. "그래도 새끼를 밴 암컷은 아무래도 1실링은 받아야 맞을 것 같아."

일행은 도로에서 군대의 정지 명령과 맞닥트리게 될 것을 예상하고 있었다. 그런 가능성을 염두에 두고 세 대의 승용차가 북쪽으로 여행하는 이유를 설명하기 위해 세 가지 서로 다른 이야기를 꾸며냈다. 존이 생각하기에 가장 중요한 부분은 세 대가 모두 일행인 듯한 인상을 최대한 주지 않는 것이었다. 하지만 이들이 예상한 심문은 아예 없었다. 도로에는 군용 차량이 제법 있었지만, 평소와 같이 적당한 차량 흐름 속에서 민간인의 승용차 사이사이에 끼어 있을 뿐이었다. 색슨 코트를 떠난 이후에 이들은 또다시 그레이트 노스로드에 들어섰으며, 오전 내내 별다른 사건 없이 북쪽으로 차를 몰았다.

오후 늦게야 이들은 뉴어크 약간 북쪽에서 옆길로 빠져서 차를 세우고 식사를 했다. 하루 종일 구름이 끼어 있다가, 이제는 찬란하게 파란 하늘에 햇빛이 비쳤고, 구름 떼가 서쪽으로 흘러가면서 새하얀 파도와 포탑을 만들어냈다. 길의 양 옆으로는 감자밭이 있었는데, 아마도 두 번째 수확을 계획하고 심은 모양이었다. 풀이라고는 없는 산울타리의 황량함을 제외하면, 이 풍경조차도 왕성하게 결실을 맺는 세계 다른 지역의 일반적인 시골 풍경과 크게 다르지 않아 보였다.

세 소년은 강둑에 올라가더니, 어느 집시 무리가 몇 년 전쯤에 쓰다 버린 것처럼 보이는 낡은 판자 하나를 발견해 썰매 삼아서 타고 내려가는 놀이를 하고 있었다. 메리는 반쯤 부럽고 반쯤 경멸

하는 표정으로 사내아이들을 바라보았다. 지금으로부터 14개월 전에 계곡에서 언덕을 올라갔던 이후로 제법 성숙해 있었기 때문이었다.

남자들은 피리의 포드에 올라 여러 가지를 논의했다.

존이 말했다. "만약 오늘 안에 리펀 북쪽에 도달할 수 있다면, 내일쯤 계곡에 도착하는 데에는 아무 문제없을 듯한데."

"지금 우리로선 그보다 더 멀리까지도 갈 수 있을 거야." 로저가 말했다.

"나도 물론 그렇다고는 생각해. 다만 굳이 그럴 만한 가치가 있는지는 모르겠더라고. 중요한 점은 인구 밀집 지역에서 가급적 벗어나 있는 거니까. 일단 웨스트라이딩에서 벗어나기만 하면, 무슨 일이 일어나든지 간에 충분히 멀리 떨어져 있는 셈이 될 거야."

피리가 말했다. "물론 나 역시 반대하진 않아요. 아울러 이 짧은 여행에 여러분과 함께하기로 결정한 것에 대해서도 후회하지도 않고. 다만 폭력의 위험이 과대평가되었을 가능성은 없어 보입니까? 지금까지는 진행이 매우 순조로워요. 그래섬이나 뉴어크에서도 즉각적인 붕괴의 징조는 전혀 보이지 않았고요."

"피터버러도 봉쇄되지 않았습니까." 로저가 말했다. "제 생각은 이래요. 아직 자유롭게 오갈 수 있는 도시들은 당장의 과녁에서 벗어난 것을 축하하느라 너무나도 바쁜 나머지, 그 외의 다른 일이 일어날 수 있다는 사실에 대해서는 아직 걱정하지 않는 듯하다는 거죠. 아까 빵집 앞에 늘어선 줄은 보셨겠지요?"

"아주 질서정연하더군요." 피리가 말했다.

"그런데 문제는 웰링이 그 끔찍한 조치를 정확히 언제쯤 취하게 될지를 우리가 전혀 모른다는 점입니다. 대도시와 중소도시가 봉쇄된 지 거의 24시간이 다 되어 가지 않습니까. 폭탄이 떨어지면 온 나라가 공황 상태에 빠지게 될 겁니다. 웰링은 상황을 통제할 수 있기를 바라지만, 처음 며칠 동안은 어떠한 통제권도 기대할 수 없을 겁니다. 저는 그때 우리가 주요 인구 밀집 지역을 벗어나 있을 수만 있다면, 문제없을 거라고 생각합니다."

"핵폭탄과 수소폭탄이라." 피리는 숙고하는 듯 말했다. "솔직히 의구심이 듭니다."

로저가 단호하게 말했다. "저는 아닙니다. 저는 해거티를 잘 알아요. 거짓말할 사람이 아닙니다."

"내가 그럴 가능성이 없어 보인다고 말하는 건 단순히 '도덕성' 차원에서가 아닙니다." 피리가 말했다. "'기질'의 차원에서일 뿐이죠. 영국인으로 말하자면 상상하는 데 워낙 나태하기 짝이 없죠. 결국에 가서는 그들의 상식에 비춰볼 때 수백만 명을 굶주림으로 죽게 만드는 걸 묵인하는 데 큰 어려움을 느끼지 않을 겁니다. 하지만 직접 행동, 즉 자기 보전을 위한 살인은 전혀 다른 문제입니다. 나로선 그들이 그런 난관까지 실제로 도달하리라고 믿는 것조차도 어렵다는 겁니다."

"우리도 직접적인 행동에서는 실력이 나쁘진 않았는데요." 로저가 이렇게 말하며 씩 웃었다. "특히 당신은 말입니다."

"나야 어머니 쪽으로 절반은 프랑스인이니까요." 피리가 무덤덤하게 말했다. "하지만 당신은 내 말뜻을 제대로 이해하지 못한 것 같군요. 내 말은 영국인이 폭력을 억제할 수 있다는 뜻이 아닙니다. 적절한 상황하에서라면 영국인 역시 본인의 의지로 살인을 저지를 것이고, 다른 대부분의 민족보다 더 쾌활하게 그렇게 하겠죠. 하지만 영국인은 상상력뿐만 아니라 논리적인 면에서도 워낙 나태하다는 게 문제입니다. 그래서 막판까지도 환상을 품고 있는 거죠. 그러다 막판에 가서야 영국인은 특히나 사나운 호랑이처럼 싸우게 될 겁니다."

"그러면 당신은 언제 그 막판에 도달한 겁니까?" 로저가 물었다.

피리가 미소를 지었다. "나야 오래전에 도달했죠. 난 모든 사람이 편의를 위해 친구가 될 수 있고, 또 선택에 의해 적도 될 수 있음을 이해하게 된 겁니다."

로저는 묘하다는 표정으로 그를 바라보았다. "저 역시 당신의 의견에 어느 정도는 동의합니다. 거기에는 뭔가 진정한 유대가 있으니까요."

"어떤 동맹은 다른 동맹보다 더 오래갑니다." 피리가 말했다. "하지만 그건 어디까지나 동맹에 불과한 거죠. 우리의 동맹은 특히나 가치가 높은 동맹인 겁니다."

여자들은 버클리네 자동차에 타고 있었다. 그때 밀리센트가 창문 밖으로 고개를 내밀어 남자들을 불렀다.

"뉴스 들어봐요!"

승용차의 라디오 두 대 가운데 한 대는 계속해서 켜져 있었다. 남자들은 무슨 영문인지 알아보러 그쪽으로 걸어갔다.

그들이 다가오자 앤이 말했다. "뭔가 문제가 생긴 것 같아요."

아나운서의 목소리는 여전히 또렷했지만, 어딘가 심각하기도 했다.

"……정규 뉴스 외에도 추가적인 속보가 필요하다고 판단될 경우에는 계속 보내드리도록 하겠습니다.

런던 중심가에서는 추가적인 폭동이 벌어졌고, 교외 주둔 병력이 시내로 진입하여 상황을 통제하고 질서를 유지하고 있습니다. 사우스런던에서는 어제의 일시적인 여행 금지 조치에 의해 세워 놓은 군대의 바리케이드를 뚫고 나가려는 조직화된 폭도의 시도도 일어났습니다. 그곳의 상황은 여전히 혼란스럽습니다. 이를 해결하기 위해서 새로운 병력이 이동 중입니다."

"이제 우리는 벗어났으니까." 로저가 말했다. "나는 그놈들이 일을 저지를 만한 배짱이 있건 없건 관심 없다고. 잘된 일이지."

아나운서가 말을 이었다. "잉글랜드 북부에서는 더 심각한 소요 사태가 일어났다는 소식입니다. 대도시 여러 곳에서도 폭동이 일어났다는 소식인데, 그중에서도 리버풀과 맨체스터와 리즈가 눈에 띕니다. 특히 리즈의 경우에는 행정 당국과의 연락마저 끊어진 상태입니다."

"리즈라고!" 존이 말했다. "이건 잘된 일이 아닌데."

"정부에서는 다음과 같은 성명을 발표했습니다." 아나운서가 말을 이었다. "'일부 지역의 소요 사태를 감안하여, 조만간 단호한 억제 조치가 실시될 예정이라는 점을 국민 여러분께서는 미리 유념해주시기 바랍니다. 만약 폭력 사태가 지속될 경우 자칫 국가 전체가 혼란 상태로 접어들 위험이 농후한 만큼, 정부에서는 그 어떤 대가를 치르더라도 이를 막기로 결단했습니다. 시민 각자의 임무는 각자의 본업을 조용히 수행하고, 질서를 유지하는 경찰 및 군인의 지시에 최대한 협조하는 것입니다.' 이상 속보를 마치겠습니다."

곧이어 동요 〈곰 인형들의 소풍〉을 연주하는 파이프오르간 소리가 나오기 시작했다. 앤은 간신히 들릴 정도로 라디오 소리를 확줄여버렸다.

로저가 말했다. "밤새도록 차를 몰면, 내일 오전에는 계곡에 도착할 수 있을 거야. 하지만 방금 들은 이야기가 영 마음에 들지 않는데. 마치 리즈 전체가 난리법석이 된 것처럼 보이잖아. 그렇다면 아직 움직이기 좋을 때에 계속 움직이는 게 나을 것 같군."

"어젯밤에는 솔직히 잠을 제대로 못 잤잖아." 존이 말했다. "한밤중에 모스데일을 자동차로 달린다는 것은 아무리 좋은 날씨에도 만만찮은 일이라고."

"앤하고 밀리센트가 번갈아 가면서 운전대를 잡을 수도 있지." 로저가 말했다.

앤이 말했다. "하지만 올리비아는 운전을 못 하잖아요, 안 그래요?"

"내 걱정은 안 해도 돼요." 로저가 말했다. "이럴 줄 알고 각성제를 챙겨 왔으니까. 필요하다면 앞으로 이틀에서 사흘은 잠을 안 자고도 버틸 수 있어요."

피리가 말했다. "일단 지금 당장은 최대한 빨리 웨스트라이딩에서 완전히 벗어나는 일에만 집중하는 게 어떨까요? 일단 그것까지 해치우고 나서, 계속 갈지 말지를 결정하도록 합시다."

"그러죠." 존이 말했다. "그렇게 합시다."

강둑 위에 있던 사내아이들이 어른들을 향해 뭐라고 소리를 지르면서 하늘을 향해 양팔을 흔들었다. 가만히 귀를 기울여보니 이쪽으로 날아오는 비행기 소리가 들렸다. 일행은 맑은 하늘 곳곳을 두리번거렸다. 강둑 위에 세워놓은 산울타리 너머로 비행기들의 모습이 보였다. 대형 폭격기들이 북쪽으로 향하고 있었는데, 고도는 기껏해야 1킬로미터 내외에 불과해 보였다.

비행기들이 머리 위를 지나가는 동안, 일행은 마치 전율처럼 느껴지는 침묵 속에서 물끄러미 바라보기만 했다. 비행기 소리가 들렸고, 신나서 재잘거리는 사내아이들의 말소리도 들렸지만, 그 무엇도 이들 각자의 생각에서 비롯된 예리한 침묵을 깨트리지 못했다.

"리즈로 가는 건가?" 비행기가 사라지자 앤이 중얼거렸다.

처음에는 아무도 대답하지 않았다. 그러다가 피리가 결국 입을 열었다. 그의 목소리는 평소처럼 냉정하고 정확하게 조절된 상태였다.

"그럴 가능성이 크죠. 물론 다른 설명도 가능하겠지만요. 하지만 어느 경우든지 이제는 우리도 움직여야 할 것 같습니다, 안 그렇습니까?"

일행이 다시 출발할 때에는 데이비도 스티브, 스푹스와 함께 시트로엥에 탔고, 이때부터는 그 차가 선두에 섰다. 포드는 그다음이었고, 존과 메리와 앤만 타고 있는 복스홀이 꽁무니에 섰다.

동커스터는 봉쇄 상태였으며, 우회 도로들도 철저히 차단되어 있었다. 점점 늘어나는 군용 차량에 뒤섞인 상태로, 일행은 북동쪽으로 우회해서 여러 작고 평화로운 마을을 지나갔다. 이들은 베일오브요크에 있었다. 지형은 평탄했고, 드문드문 나타나는 마을은 하나같이 풍요로워 보였다. 노스로드로 다시 돌아오고 나서야, 이들 앞에 군대의 검문소가 나타났다.

하사관 하나가 책임자였다. 요크셔 사람이었고, 어쩌면 이 지역 토박이인지도 모를 일이었다. 그는 친근한 표정으로 로저를 바라보았다.

"현재 A-1 도로는 군용 차량만 통행 가능합니다, 선생님."

로저가 물어보았다. "도대체 무슨 일이랍니까?"

"리즈에서 말썽이 생겨서요. 그나저나 어디로 가시는 길이십니까?"

"웨스트모어랜드요."

하사는 고개를 저었지만, 이들의 문제를 부정한다기보다는 오히려 공감하는 듯한 표정이었다. "제가 만약 선생님의 처지였다면, 일단 요크로 통하는 도로까지 되짚어 갈 겁니다. 셀비에 도착하기 직전에 샛길로 빠지면, 소프 윌로비를 거쳐서 태드캐스터까지 갈 수 있거든요. 그래도 저라면 리즈에서는 가급적 멀찍이 떨어져 가는 편을 택하겠습니다만."

로저가 말했다. "그나저나 황당한 헛소문이 도는 모양이던데요."

"제 생각에도 그런 것 같습니다." 하사가 대답했다.

"그런데 두어 시간쯤 전에 비행기 여러 대가 이쪽으로 날아오는 걸 봤거든요." 로저가 덧붙였다. "그것도 폭격기가요."

"맞습니다." 하사가 대답했다. "저희 머리 위로 지나갔죠. 그런 물건이 하늘에 떠다니고 있을 때에는 차라리 이렇게 교외에 나와 있는 편이 더 안심이 되더군요. 웃기는 일이죠, 안 그렇습니까? 우리 군 비행기가 머리 위를 지나가는데 마음이 불안해진다니 말입니다. 여하간 그 편대는 그냥 지나가고 말았지만 저라면 리즈를 가급적 멀리할 겁니다."

"고맙습니다." 로저가 말했다. "우리도 그렇게 하죠."

일행은 방향을 바꿔서 온 길을 되짚어 갔다. 그 길을 계속 따라가면 남쪽이었다. 그 대신 북동쪽으로 방향을 틀자, 군용 차량이 더는 눈에 띄지 않는 텅 빈 시골길을 달리게 되었다.

앤이 말했다. "솔직히 머리로는 여전히 이해가 잘 안 돼, 안 그래? 한편에는 뉴스 속보니 군 검문소라든지 하는 것들이 펼쳐지는데, 또 한편에는 이게 뭐냔 말이야. 그냥 평범한 교외의 여름 저녁이잖아. 여기는 예전과 다름없는 교외란 말이야."

"약간 헐벗기는 했지." 존이 말했다. 그러면서 풀 한 포기 없는 산울타리를 손으로 가리켰다.

"저것만으로는 설명하기에 충분치 않은 것 같아." 앤이 말했다. "이 기근이며, 폭격기며, 살인이며, 핵폭탄이며……." 그녀가 잠시 말을 머뭇거렸다. 존이 아내를 흘끗 바라보았다. "……심지어 한 아이를 안전하게 우리와 함께 데려가기를 거절한 것도 말이야."

존이 말했다. "행동의 동기야 이제 노골적이 되었지. 이제는 우리도 그렇게 살아가는 법을 배워야 할 거야."

앤이 격한 목소리로 말했다. "어서 계곡에 도착하면 좋겠어! 우리가 들어가자마자 그곳 문을 꽉 닫아버렸으면 좋겠다고."

"내일이면 그렇게 될 거야, 아마."

이들이 지나가는 시골길은 산울타리가 높이 세워진 풍경을 따라 구불구불 이어졌다. 존의 자동차는 다른 두 대보다 한참 뒤떨어져 있었다. 피리의 포드가 놀라울 정도의 기동성을 과시하며 선두인 시트로엥을 바짝 뒤쫓았기 때문이다. 복스홀이 철도 건널목 옆 초소에 가까워질 무렵, 차단기가 천천히 내려오기 시작했다.

존이 브레이크를 밟으며 말했다. "빌어먹을! 시골 건널목이 늘 그렇듯이, 이제 10분은 족히 기다려야만 비로소 기차가 모습을 드러내겠군. 혹시 돈푼 좀 집어주면 그냥 통과시켜줄지 알아봐야 되겠어."

그는 승용차에서 내려 옆으로 돌아갔다. 오른쪽을 보니 산울타리 사이로 난 틈새를 통해 황량하지만 대칭적인 언덕들이 연이어 나타났는데, 아마도 인근 탄광의 폐기물 야적장인 모양이었다. 존은 차단기 너머로 고개를 내밀고 선로 저편을 살펴보았다. 양쪽으로 몇 킬로미터 거리까지 일직선으로 뻗은 선로에는 연기의 흔적도 찾아볼 수 없었다. 그는 초소로 걸어가서 사람을 불러보았다.

"여보세요, 저기요!"

그러나 아무런 대답도 없었다. 다시 한 번 사람을 불러보았는데, 무슨 소리가 들리기는 했지만 정확히 알아들을 수 없었다. 뭔가 헐떡이고 울먹이는 소리가 초소 안 어디선가 들려오고 있었다.

도로 쪽으로 난 창문을 들여다보았지만, 아무것도 보이지 않았다. 존은 선로 쪽으로 돌아가서, 창문을 들여다보았다. 그랬더니 그 소리가 어디서 나는지 충분히 쉽게 알아볼 수 있었다. 초소 바닥 한가운데 여자가 쓰러져 있었다. 옷은 찢어지고 얼굴은 피범벅인 채 한쪽 다리는 접혀 몸 아래 깔려 있었다. 그 주위는 난장판이었다. 서랍은 빠져나오고, 벽시계는 박살 나 있었다.

그가 잉글랜드에서 이런 모습을 본 것은 이번이 처음이었다. 물론 전쟁 당시 이탈리아에서는 이와 다르지 않은 광경을 여럿 목격했지만 말이다. 이것이야말로 영락없는 폭도의 흔적이었는데…… 그게 이곳, 잉글랜드의 시골에도 나타난 것이었다. 이처럼 외딴 장소에서 이런 공포가 나타났다는 단순한 현실이야말로 이제는 돌이킬 수 없는 파국이 다가왔음을, 어떤 면에서는 앞서 접한 군 검문소나 날아가는 폭격기보다도 더 분명하게 보여주는 셈이었다.

계속해서 멍하니 창문을 들여다보는 사이, 그의 머릿속에 몇 가지 기억이 떠올랐다. 차단기…… 그리고 여기에는 쓰러져 있는, 어쩌면 죽어가는지도 모르는 여자가 있다. 그렇다면 저 차단기는 누가 내린 걸까? 그리고 왜? 여기서는 도로며 자동차가 전혀 보이지 않는다는 걸 깨닫고 재빨리 돌아선 순간, 앤의 비명이 들렸다.

존은 뛰어서 초소 옆을 돌아 나왔다. 승용차 문이 열려 있고, 안에서는 몸싸움이 한창이었다. 앞좌석에서는 앤이 한 남자와 싸우고 있었다. 뒷좌석에도 또 다른 남자가 있었는데, 메리의 모습은 보이지 않았다.

지금이라면 저 남자들을 급습해서 성공할 가능성이 조금이라도 있다고 생각했다. 하지만 총을 자동차에 두고 내린 상태였다. 무기가 될 만한 것이 없는지 두리번거렸더니, 마침 초소 입구 옆에 놓여 있는 거친 나무토막이 하나 보였다. 존이 집으려고 몸을 숙이는 순간, 바로 옆에서 웬 남자의 웃음소리가 들렸다. 몸을 다시 일으키던 그는 초소 입구의 그늘 속에 숨어 있던 한 남자와 눈이 마주쳤다. 그리고 각목이 옆머리를 강타했다.

존은 소리를 지르려고 했지만, 말이 목에 걸려 나오지 않았다. 그는 비틀거리다가 쓰러지고 말았다.

누군가가 존의 머리에 물을 적시고 있었다. 처음에는 손수건만 보였다. 다음에는 손수건이 시커멓게 피범벅인 것이 보였다. 곧이어 그는 올리비아의 얼굴을 알아볼 수 있었다.

"존, 이제 좀 정신이 들어요?"

"앤은요?" 그가 말했다. "메리는요?"

"움직이지 말고 가만히 있어요." 곧이어 올리비아가 남편을 불렀다. "로저, 정신이 드나 봐."

차단기는 다시 올라가 있었다. 시트로엥과 포드가 도로에 서 있었다. 사내아이 셋은 시트로엥의 뒷좌석에 앉아서 바깥을 내다보고 있었지만, 너무 놀란 모양인지 평소처럼 떠들지도 않았다. 로저와 피리 부부가 초소에서 걸어 나왔다. 총포상은 평소처럼 침착한 표정이었다. 로저의 표정은 굳어 있었다.

"어떻게 된 일인가, 존?"

존은 자초지종을 설명했다. 머리가 욱신거렸다. 그냥 이대로 땅에 누워서 잠이라도 잤으면 좋겠다는 마음이 간절했다.

로저가 말했다. "자네가 정신을 잃은 지 30분은 지났을 거야. 우리는 리즈 너머 저편 도로에 도착해서야 자네가 따라오지 않는다는 걸 알았어."

피리가 말했다. "내 생각에, 이런 지형의 교외에서는 30분이면 30킬로미터 밖으로 충분히 도망갈 수 있습니다. 여기는 사방이 마치 넓은 원처럼 탁 트여 있으니까요. 게다가 그 원은 점점 더 넓어지기만 하겠지요. 이 지역에는 도로가 사방팔방으로 뚫려 있으니까요."

올리비아가 존의 옆머리에 붕대를 묶었다. 부드러운 손길이었지만 압박에 고통은 더 심해졌다.

로저가 친구를 내려다보며 말했다. "음, 존. 이제 어떻게 할 건가? 빨리 결정해야 할 거야."

존은 두서없는 생각을 한데 모으기 위해 애썼다.

마침내 그가 말했다. "일단 데이비는 자네가 좀 데려가주겠나? 일단 그게 제일 중요해. 이제는 자네도 길을 알잖나, 그렇지?"

로저가 물었다. "그럼 자네는?"

존은 대답이 없었다. 방금 전에 피리가 한 말의 의미를 그제야 실감했기 때문이다. 그가 식구들을 찾지 못할 확률이 놀라우리만치 높았던 것이다. 설령 식구들을 찾아낸다 하더라도…….

"그리고 자네 총을 좀 빌려줘." 존이 말했다. "내 총은 그놈들이 훔쳐가버렸으니까 말이야."

로저가 부드럽게 말했다. "이보게, 존. 지금 자네는 이번 원정의 지휘자가 아닌가. 단순히 자네 한 사람을 위해서만 계획을 세운 게 아니야. 여기 있는 우리 모두를 위해서 계획을 세운 거지."

존은 고개를 저었다. "최소한 오늘 밤 안에 노스라이딩을 통과하지 못한다면, 이후로는 결코 통과할 기회가 없을지도 몰라. 내일은 내가 알아서 하겠네."

피리는 거기서 약간 떨어진 곳에 서 있었다. 그러고는 무심한 듯 하늘만 바라보고 있었다.

"그래." 로저가 말했다. "자네 일은 자네가 알아서 하겠지. 하지만 지금 자네가 도대체 뭐라고 생각하는 건가? 나폴레옹과 슈퍼맨의 조합이라도 되는 것 같은가? 도대체 뭘 타고 갈 생각이야?"

존이 대답했다. "혹시 자네가 시트로엥에 모두를 태우고 갈 수 있겠나? 대신 내가 포드를 몰고 갈 수만 있다면……."

"지금 우리는 함께 움직이는 중이라고." 로저가 말했다. "자네가 돌아간다면 우리도 함께 가야만 해." 그가 잠시 말을 멈추었다. "저 안에 여자 하나가 죽어 있어. 자네도 이미 알고 있겠지만."

"데이비를 데려가." 존이 말했다. "그게 다야."

"이 멍청한 자식아!" 로저가 말했다. "설령 내가 먼저 가고 싶어해도, 올리비아가 선뜻 그러라고 할 것 같아? 우리가 힘을 합쳐서 찾아내야지. 아무리 가능성이 희박해도 말이야."

피리가 이쪽을 바라보며 태연한 표정으로 눈을 깜박였다. "그럼 결론이 난 겁니까?"

존이 말했다. "저야 일찌감치 결론이 나 있었습니다. 제 생각에는 바로 이 지점에서 우리의 공조를 끝내는 것이 오히려 유익할 것 같은데요, 피리 씨? 당신이 갖고 계신 도로 지도에도 계곡의 위치가 표시되어 있죠. 필요하시다면 제 형님께 소개하는 편지도 써드리겠습니다. 저희는 사정이 있어서 조금 늦게 도착할 거라고 전해주십시오."

"나 역시 나름대로 이 상황을 검토해보던 중이었습니다." 피리가 말했다. "표현이 좀 거칠어서 죄송합니다만, 나로선 그놈들이 이 현장을 그토록 재빨리 벗어났다는 게 약간 놀랍더군요."

로저가 날카로운 어조로 말했다. "왜죠?"

피리는 초소 쪽을 고갯짓했다. "그놈들은 저기에서 30분 이상을 머물렀던 것 같으니까요."

존이 멍하니 대답했다. "그러니까 ― 강간 말인가요?"

"그렇습니다. 유일하게 가능한 해석은 우리 차 세 대가 일행이라는 것을 그놈들도 짐작하고, 의도적으로 마지막 한 대를 떼어놓은 듯하다는 겁니다. 따라서 앞에 간 두 대가 나머지 한 대를 찾아서 되돌아올 것이 걱정돼서, 가급적 빨리 이 근처를 벗어나려고 애썼다는 거죠."

"그 사실이 문제 해결에 도움이 되겠습니까?" 로저가 물었다.

"내 생각에는 될 것 같군요." 피리가 말했다. "우선 그놈들은 이 근처를 벗어났을 겁니다. 그리고 노스로드 쪽으로 차를 몰았겠죠. 왜냐하면 반대편으로는 차가 못 지나가도록 차단기가 여전히 내려진 상태였으니까요. 하지만 내 생각에 그놈들은 노스로드까지 가지 않고 중간에 어디선가 차를 다시 세웠을 것 같군요."

"차를 다시 세워요?" 존이 물었다.

곧이어 그는 로저의 멍한 얼굴을 바라보며, '저 친구는 그래도 피리의 말뜻을 알아들은 모양이군' 하고 생각했다. 그런 다음에야 존도 그 말뜻을 비로소 알아들었다. 그러고는 그 즉시 자리에서 일어나려고 몸부림쳤다.

로저가 피리에게 말했다. "그래도 일단 몇 가지를 더 알아내야 합니다. 여기부터 A-1 도로 사이에는 샛길이 대여섯 군데는 족히 되니까요. 게다가 그놈들이 우리 자동차의 엔진 소리를 들을 수 있다는 사실도 기억해야겠죠. 그러니 우리는 그 샛길을 하나씩 일일이 수색해야 할 겁니다. 그것도 일일이 걸어다니면서요."

절망이 어깨 위로 기어오르는 느낌 속에서 존이 말했다.

"그런 식으로 한다면 수색을 다 마칠 즈음에는……."

"만약 우리가 첫 번째 샛길로 차를 몰고 무작정 달린다면." 로저가 말했다. "자칫 그놈들에게 도망갈 기회를 선물하는 격일 수도 있겠군."

이들은 아무 말 없이 자동차 두 대가 서 있는 곳으로 걸어왔다. 그때 시트로엥 뒷좌석에 앉아 있던 스푹스가 창밖으로 고개를 내밀었다. 그러고는 가늘고도 매우 높은 목소리로 물었다.

"혹시 누가 데이비네 엄마랑 메리 누나를 납치해 갔어요?"

"그래." 로저가 말했다. "우리가 찾을 거야."

"혹시 복스홀을 훔쳐서 타고 간 거예요?"

로저가 대답했다. "그래. 일단 조용히 좀 해라, 스푹스. 어른들끼리 좀 생각할 게 있으니까 말이야."

"그러면 어디로 갔는지 쉽게 찾을 수 있어요!" 스푹스가 말했다.

"그래, 우리가 찾아낼 거야." 로저가 대답했다. 그러면서 그는 운전석에 올라앉아 차를 돌릴 준비를 했다. 존은 여전히 멍한 상태였다. 그때 피리가 갑자기 스푹스에게 물어보았다.

"쉽게 찾을 수 있다고? 어떻게 말이니?"

소년은 자기들이 온 길을 손으로 죽 가리켰다. "기름이 떨어져 생긴 선을 따라가면 되죠."

그제야 어른 셋은 아스팔트 위를 유심히 바라보았다. 선이라는 표현은 과장이겠지만, 도로 위에는 기름 자국이 점점이 이어지고 있었다.

"내 눈깔은 뒀다가 뭘 했는지!" 로저가 말했다. "왜 우리가 이걸 못 봤을까? 하지만 이건 복스홀에서 나온 기름 자국이 아닐 수도 있어. 어쩌면 포드일 수도 있다고."

"아니에요." 스푹스가 주장했다. "복스홀에서 나온 게 분명해요. 그게 서 있었던 곳에서는 자국이 좀 더 크게 남아 있단 말이에요."

"이런 세상에!" 로저가 말했다. "너 학교에서 혹시 보이스카우트 대장이라도 했던 거냐?"

스푹스는 고개를 저었다. "저는 보이스카우트에 안 들어갔어요. 야영 같은 걸 안 좋아하거든요."

로저는 의기양양하게 말했다. "잡았어! 우리가 그 개새끼들을 잡은 거라고! 음, 방금 내가 한 이상한 말은 못 들은 걸로 해라, 스푹스."

"예." 스푹스는 순순히 대답했다. "하지만 그 말은 저도 잘 알아요."

일행은 갈림길마다 일단 차를 멈춰 세운 다음, 혹시 기름 자국이 있는지 살펴보았다. 하지만 워낙 미미한 자국이다 보니, 매번 차에서 내려야만 비로소 확인이 가능했다. 세 번째 샛길은 한 마을 외곽에 있었다. 그리고 기름 자국은 거기서 오른쪽으로 꺾어졌다. 표지판에는 '노턴, 2.5킬로미터'라고 적혀 있었다.

"내 생각에는 바로 이 길인 것 같아." 로저가 말했다. "일단 생각나는 방법은 우리가 차 한 대를 몰고 이 길을 따라 빠르게 달리는 거야. 앞선 차가 그놈들을 지나쳐 갈 수만 있다면, 결국 샌드위치 협공도 가능할 테니까. 내 생각에 그놈들은 여기부터 저 표지판에 나온 마을 사이 어딘가에 있을 것 같아. 이 갈림길에서 충분히 급하게 커브를 튼 것 같으니까."

"그 방법도 괜찮겠군요." 피리는 뭔가를 숙고하는 듯 말했다. "하지만 그놈들이 반격할 가능성도 있습니다. 그 차에는 자동소총 한 자루, 소총 한 자루, 권총 한 자루가 있었으니까요. 게다가 그놈들을 처리하려다가 자칫 여자분들이 위험해질 가능성도 있을 겁니다."

"그럼 다른 방안이 있으신가요?"

존은 뭔가 생각해보려고 했지만, 머릿속에는 그저 한없는 증오만이 가득할 뿐이었고, 일종의 희망과 절망 사이에서 오락가락할 뿐이었다.

피리가 말했다. "이곳의 지형은 상당히 평탄하군요. 우리 가운데 한 명이 저 떡갈나무에 올라가서 쌍안경으로 주위를 관측할 수 있을 것 같습니다만."

아닌 게 아니라, 도로 모퉁이에 떡갈나무가 한 그루 서 있었다. 로저는 나무를 유심히 살펴보았다. "맨 아래 가지에 오를 수 있도록 받쳐만 주세요. 제가 올라가볼 수 있을 것 같군요."

그는 손쉽게 나무를 기어올랐다. 하지만 주위를 관측하기 위해서는 나뭇잎 사이의 빈틈이 있는 곳까지 제법 높이 올라가야만 했다. 아래에 있던 사람들에게는 로저의 모습이 거의 보이지 않을 정도였다. 그때 갑자기 그가 말했다.

"차를 찾았어!"

존이 외쳤다. "어디 있는데?"

"여기서 1.2킬로미터쯤 떨어진 곳이야. 길 왼편에 있는 어느 밭에 서 있어. 일단 내려갈게."

존이 말했다. "그러니까 앤하고 메리가 다 있는 거지?"

로저는 나무를 도로 기어 내려온 다음, 맨 아래 가지에서 땅으로 뛰어내렸다. 그런 다음에는 애써 존의 눈길을 피했다.

"그래 두 사람 모두 있어."

피리가 뭔가를 숙고하는 듯 말했다. "길 왼편이란 말이죠. 안으로 깊이 들어갔습니까?"

"탁 트인 곳이었어요. 산울타리 뒤예요. 정면에서 달려들려면 인기척을 내지 말아야 할 겁니다."

피리는 포드 쪽으로 갔다. 그러고는 묵직한 사냥용 소총을 꺼내 들고 돌아왔다.

그가 말했다. "1.2킬로미터라고 하셨죠. 내가 먼저 갈 테니 두 분은 10분 뒤에 따라오세요. 시트로엥을 몰고 그곳까지 오되, 일단 거기서 수백 미터쯤 더 간 다음에 멈춰 서세요. 그런 다음에는 총을 몇 발 쏘세요. 그놈들을 향해서가 아니라 지나온 도로 쪽을 향해서 쏘는 겁니다. 그렇게 하면 내가 처리하기 딱 좋은 위치에 그놈들이 서 있게 될 겁니다."

"10분이나 더 기다리라고요?" 존이 말했다.

"식구들을 무사히 구하고 싶으시다면요." 피리가 대답했다.

"어쩌면 그사이에 놈들이 도망가버릴 수도 있어요."

"그놈들이 도망간다면 두 분께서도 소리로 판단할 수 있을 겁니다. 밭에서 도로로 차를 몰고 나올 테니까요. 혹시 그런 경우라면, 시트로엥으로 놈들을 추적해서 서슴없이 공격하세요." 이 대목에서는 피리도 잠시 말을 머뭇거렸다. "아시다시피, 그놈들이 그때까지 댁의 부인과 따님을 데리고 있을 가능성은 별로 없을 테니까요."

총포상은 고개를 끄덕이는 둥 마는 둥하더니 곧바로 도로를 따라 출발했다. 얼마 가지 않아서 그는 산울타리 사이에 틈새를 하나 발견해 몸을 굽혀 그 안으로 들어가버렸다.

로저는 시계를 바라보았다. "우리도 출발 준비를 하는 게 좋겠군. 올리비아, 밀리센트. 아이들을 포드에 태우세요. 가세, 존."

존은 친구와 나란히 시트로엥 앞좌석에 올라탔다. 그는 고통을 느끼며 미소를 지었다.

"내가 지도자 노릇을 픽이나 잘하고 자빠졌지, 안 그래?"

로저는 친구를 흘끗 바라보았다. "너무 무리하지 마. 의식을 되찾은 것만 해도 운이 좋았던 거야."

존은 손톱이 파고들 정도로 자동차 시트를 세게 움켜쥐었다.

"지금 일분일초가……. 개새끼들! 앤과 메리한테는 지금 일분일초가 위급한 상황일 텐데……."

로저는 아까 했던 말만 되풀이했다. "너무 무리하지 말라니까." 그는 다시 시계를 바라보았다. "잘만 하면, 지금 이 길 저편에 있는 그 개새끼들한테 남은 목숨은 겨우 9분뿐이니까 말이야."

친구의 이 말에 존은 얼토당토않게도, 또한 놀랍게도, 또 한 가지 생각을 떠올리고 말았다. 그리고 심지어 그 생각을 입 밖에 내고 말았다.

"아까 공중전화 있는 곳을 그냥 지나쳐 왔잖아. 어쩐지 우리 중 누구도 경찰에 신고할 생각은 하지 않은 것 같아."

"왜 신고해야 되는데?" 로저가 말했다. "이제 더는 공공의 안전 따위 없는 거야. 이제는 각자 알아서 하는 거라고." 그가 손끝으로 운전대를 톡톡 두드렸다. "복수도 마찬가지고."

이후 두 사람은 아무 말도 없이 그냥 기다렸다. 시간이 되자 로저는 여전히 아무 말 없이 차를 출발시켰고, 최대한 빨리 가속했다. 시트로엥의 속력과 무소음 모두를 최대 한도까지 이용해서 좁은 시골길을 달려가자, 머지않아 어느 산울타리 뒤에 서 있는 복스홀의 모습이 흘끗 보였다. 도로는 거기서 50미터쯤 더 곧게 뻗어 있었다. 로저는 길이 꺾이는 곳에서 급브레이크를 밟았고, 승용차를 옆으로 돌려 세워서 도로 한복판을 막아버렸다.

존은 재빨리 문을 열고 내렸다. 손에는 로저의 차에 있던 자동소총을 들고 있었다. 그는 시트로엥의 보닛 위에 엎드려 짧게 연발

사격을 실시했다. 평온한 여름 오후의 적막을 깨트리며 총알이 다트처럼 날아갔다. 그리고 멀리서 총격 소리가 세 번 들렸다. 곧이어 침묵이 깔렸다.

로저는 여전히 차에 타고 있었다.

존이 말했다. "나는 산울타리 너머로 가볼 테니까. 자네는 일단 여기 있어."

로저가 고개를 끄덕였다. 산울타리가 두꺼웠지만, 존은 우격다짐으로 뚫고 지나갔다. 그 와중에 산사나무 가시에 피부가 찢어지기까지 했다. 그는 밭을 살펴보았다. 사람 몇 명이 땅에 쓰러져 있었다. 밭의 저 끝에서는 피리가 소총을 팔 밑에 낀 채로 침착하게 걸어오고 있었다. 가만히 귀를 기울여보니, 어디선가 신음이 들렸다. 존은 뛰기 시작했다. 울퉁불퉁 갈아엎은 땅 위에서 발이 자꾸 미끄러지고 꺾였다.

승용차 옆 맨땅에 앤이 메리를 무릎 위에 끌어안고 있었다. 두 사람 모두 살아 있었다. 그가 들은 신음 소리는 근처에 쓰러진 세 사람이 내는 것이었다. 존이 다가가자 그중 한 명—덩치가 작지만 강단 있어 보이고, 얼굴에는 갈색 턱수염을 짧게 기른 남자—이 일어났다. 한쪽 팔은 힘없이 늘어졌지만, 다른 한쪽 손에는 연발권총을 들고 있었다.

존이 멍하니 지켜보는 사이에 피리가 소총을 치켜들었다. 신속하지만 서두르지 않는 깔끔한 동작이었다. 총알이 소음기를 통과하는 희미한 푸슉 소리와 함께 남자가 고통스럽게 울부짖으며 쓰러져 내렸다. 처음의 총성 때부터 산울타리에 앉아 있던 새 한 마리가 다시 푸드덕거리더니 맑은 하늘 저편으로 날아가버렸다.

존은 자동차의 바닥 깔개를 가져다가 땅바닥에 있는 앤과 메리에게 덮어주었다. 그는 속삭이듯이 딸과 아내에게 말을 건넸다. 마치 평소 같은 목소리조차도 두 사람 모두에게 상처를 줄 것 같다고 여기는 듯했다.

"앤, 여보. 메리. 이제 괜찮아."

하지만 두 사람 모두 아무 말이 없었다. 메리는 조용히 울기만 했다. 앤은 남편을 흘끗 바라본 다음, 아예 눈길을 돌려버렸다.

피리는 총을 맞고 쓰러진 자들에게 다가갔다. 우선 제일 가까이에 있는 사람을 걷어찼는데, 무심하지만 상당히 정확한 동작이었다. 걷어차인 남자는 비명을 지르다가 또다시 신음 소리를 냈다.

바로 그 순간, 도로에 머물던 로저도 연발권총을 들고 산울타리 틈새를 지나 밭으로 들어섰다. 그는 현장을 살펴보았다. 우선 서로 부둥켜안은 두 여자를 바라보았고, 곧이어 부상을 입고 쓰러진 남자 세 명을 바라보았다. 곧이어 로저는 피리를 바라보았다.

"지난번처럼 깔끔하게 끝내지 못했군요." 그가 말했다.

"문득 이런 생각이 들더군요." 피리가 말했다. 그가 방금 만들어낸 고통과 유혈의 장면과 마찬가지로, 그의 목소리 역시 고요한 한여름의 시골에는 영 어울리지 않아 보였다. "죄를 지은 사람은 무고한 사람만큼 고통 없고 빠르게 죽을 권리를 갖지 못한다는 생각이 말입니다. 뭔가 좀 기이한 생각이지요, 안 그렇습니까?" 그는 존을 똑바로 바라보았다. "이제 이놈들을 처형할 권리는 당신께 있다고 생각됩니다만."

세 남자 가운데 한 명은 허벅지에 총상을 입었다. 그는 기묘하게 몸을 뒤튼 자세로 쓰러져 있었고, 양손으로 상처를 누르고 있었다. 얼굴은 마치 갓난아기마냥 슬픔과 고통으로 잔뜩 일그러져 있었다. 하지만 그는 방금 피리가 한 말에 귀를 기울이고 있었던 것이 분명했다. 이제 그는 마치 동물처럼 애원하는 표정으로 존을 바라보고 있었다.

존은 상대방의 시선을 피했다. 그리고 피리에게 말했다. "그냥 알아서 끝내시든가요."

전적으로 불행한 놀라움 속에서 그는 이렇게 생각했다. 예전에만 해도 마땅히 지켜야 하는 법적 절차라는 것이 있었다. 그런데 이제는 갈아엎은 밭 한가운데서, 총을 들이대고 무심코 내뱉는 한마디 말이 곧 법률인 셈이었다.

방금 존이 한 말은 딱히 누구를 염두에 두고 내뱉은 것까지는 아니었다. 그런데 그가 앤과 메리를 바라보고 있는데, 갑자기 로저가 연발권총을 한 번, 그리고 또 한 번 쏘았다. 곧이어 마지막 고통에서 비롯한 숨소리가 들려왔다. 바로 그때 앤이 소리를 질렀다.

"로저!"

로저가 부드러운 목소리로 대답했다. "왜요, 앤."

앤은 끌어안고 있던 메리를 부드럽게 놓은 다음, 자리에서 일어났다. 아내가 고통을 참으려는 듯 이를 악문 모습을 보자, 존이 부축하려고 얼른 다가갔다. 그는 어깨에 여전히 자동소총을 메고 있었다. 그러자 앤은 남편의 만류에도 그의 자동소총을 낚아챘다.

이제 부상자 가운데 둘이 죽은 다음이었다. 나머지 한 명은 허벽지에 총상을 입은 남자였다. 앤은 절뚝거리며 걸어가서 그 옆에 섰다. 남자가 그녀를 올려다보았다. 존은 그 남자의 얼굴에 드러난 뒤틀리고 괴로워하는 공포 너머에 뭔가 희망이 떠오르기 시작했음을 똑똑히 볼 수 있었다.

남자가 말했다. "잘못했습니다, 아주머니. 제가 잘못했습니다."

그의 말투에는 요크셔 특유의 억양이 뚜렷했다. 존은 문득 한 가지 추억을 떠올렸다. 예전에 그가 복무했던 북아프리카의 소대에도 딱 저런 목소리를 가진 운전병이 하나 있었다. 쾌활하고 뚱뚱한 친구였지만 비제르테⁺ 외곽에서 결국 포탄에 맞아 전사하고 말았다.

앤이 자동소총을 겨누었다. 남자가 비명을 질렀다.

"살려주세요, 살려주세요! 저는 집에 애들도 있고……."

앤의 목소리는 침착했다. "너희가 나한테 한 짓 때문에 이러는 게 아니야." 그녀가 말했다. "내 딸에게 한 짓 때문이지. 아까 너희가…… 그 순간에 나는 맹세했거든. 기회만 온다면 너희 모두를 내 손으로 직접 죽여버리겠다고 말이야."

"제발요! 이러지 마세요. 이건 살인이라고요!"

앤은 간단히 안전장치를 풀었다. 남자는 그런 그녀의 동작을 마치 믿을 수 없다는 표정으로 멍하니 바라보고 있었고, 총알이 자기 몸을 산산조각 내기 시작했을 때에도 여전히 그렇게 멍하니 바라보고 있었다. 그는 한두 번쯤 비명을 지르다가 이내 잠잠해졌다.

+ 튀니지 북부의 도시

앤은 탄창 하나가 텅 빌 때까지 계속 총을 쏘았다. 총격이 멈추자 주위는 아까보다 더 조용해진 것 같았고, 오로지 메리의 울음소리만 적막을 깨고 있었다.

피리가 침착하게 말했다. "잘하셨습니다, 커스턴스 부인. 이제는 좀 쉬는 게 좋겠습니다. 일단 승용차를 도로로 몰고 나가야 되겠군요."

로저가 말했다. "차는 제가 몰죠."

그는 복스홀에 올라타더니 운전대를 바짝 꺾어 돌려세웠다. 그와중에 뒷바퀴가 시체 한 구를 깔고 지나갔다. 로저는 산울타리 틈새로 차를 몰아서 도로로 나왔다. 곧이어 그가 외쳤다.

"모두들 이쪽으로 와요!"

존은 딸을 일으켜 세운 다음, 승용차 쪽으로 부축해 갔다. 피리는 앤을 부축했다. 두 사람이 차에 올라타자, 로저는 경적을 몇 번 울리고는 다시 차에서 내렸다. 그가 존에게 말했다.

"이 차는 다시 자네가 운전하도록 해. 지금은 여기서 벗어나는 게 급선무야. 혹시 총소리를 듣고 누가 달려올지도 모르잖아. 올리비아한테 여기 같이 타서 두 사람을 돌봐주라고 할게."

존은 밭쪽을 손으로 가리켰다. "그럼 저들은?"

산울타리 틈새 너머로는 갈색 흙 위에 널브러진 시체 세 구가 여전히 똑똑히 보였다. 벌써부터 파리 떼가 모여들고 있었다.

로저는 진심으로 놀란 표정을 지었다. "지금 저걸 어찌하느냐고 묻는 거야?"

"우리가 묻어줘야 되는 거 아닌가?"

존의 반문에 피리가 쿡쿡대며 건조한 웃음을 내뱉었다. "그렇게 자비를 베풀 만한 시간까지는 없을 것 같은데요."

포드가 도착했다. 올리비아가 내리더니 서둘러 앤과 메리가 있는 복스홀 뒷좌석에 올라탔다. 피리는 자기 차로 걸어가서 운전석에 앉았다.

로저가 말했다. "저놈들을 묻어주다니, 쓸데없는 짓이야. 우리 시간만 허비하는 꼴이라고, 존. 지금부터 태드캐스터를 지나갈 때까지 쉬지 않고 계속 달리는 거야, 알았지?"

존은 고개를 끄덕였다. 피리가 두 사람을 향해 외쳤다.

"행렬의 꽁무니는 내가 맡도록 하겠습니다."

"좋습니다." 로저가 말했습니다. "어서 출발하죠."

7

태드캐스터는 마치 두려움과 흥분 모두를 동시에 느끼는 국경 도시처럼 침략을 예견하며 잔뜩 긴장된 분위기였다. 일행은 승용차에 기름을 채웠다. 이들이 건넨 돈을 받은 주유소 주인은 과연 이게 어떤 가치를 갖고는 있을지 의문인 듯한 표정이었다. 일행은 거기서 《요크셔 이브닝 프레스》 신문도 한 부 구입했다. 정가는 3펜스라고 나와 있었지만, 파는 사람은 미안한 기색조차 없이 6펜스에 팔고 있었다. 거기 나온 뉴스는 일행이 라디오에서 들은 것과 똑같았다. 공식 성명의 둔감한 엄숙함이 공포의 느낌을 가까스로 감추는 상황이었다.

일행은 태드캐스터를 떠나자마자 큰길에서 조금 떨어진 시골길로 접어들어서 잠시 멈춰 섰다. 물은 시내에서 보온병에 가득 담아 왔지만, 식량은 원래 있던 것에 의존해야 했다. 메리는 이제 기운을 회복한 것 같았다. 차를 마시고, 일행이 따놓은 고기 통조림을 조금 먹기도 했다. 하지만 앤은 전혀 먹지도 마시지도 않았다. 그저 말없이 앉아 있을 뿐이었다. 그 침묵이 무엇인지는 (고통인지, 치욕인지, 아니면 씁쓸한 승리감을 맛보는 것인지는) 아무도 짐작할 수 없었다. 존도 차마 짐작할 수 없었다. 처음에는 아내에게 말을 걸어보려 했지만, 줄곧 이들 곁에 머물러 있던 올리비아가 그러지 말라고 조용히 제지했다.

시트로엥과 복스홀은 좁은 시골길을 꽉 채우다시피 하면서 나란히 서 있었고, 두 가족은 각자의 차에 앉아 식사를 했다. 로저의 라디오에서는 계속해서 말소리가 나지막이 흘러나왔다. 이번에는 무어 건축에 대한 강연의 녹음이었다. 이것이야말로 그토록 자랑하던 영국인의 침착성을 조롱하는 듯했다. 어쩌면 실제로도 이를 염두에 두고 내보내는 방송인지도 몰랐다. 하지만 존이 생각하기에 가볍게 여길 상황이 아니었다.

라디오에서 목소리가 갑자기 뚝 끊어지자, 그는 대뜸 저것도 망가진 건가 하고 생각했다. 그러다가 친구의 고갯짓을 보고 나서야, 존은 얼른 자기 자동차의 라디오를 켰다. 하지만 아무 소리도 나지 않았다.

"저쪽에서 끊어진 거야." 로저가 말했다. "나는 아직도 배가 고픈데. 통조림 하나 더 먹어도 되지 않을까, 선장님?"

"절대 먹지 말라고는 못 하겠어." 존이 말했다. "하지만 웨스트라이딩을 벗어나기 전까지는, 가급적 먹지 않는 게 좋을 것 같아."

"알았어." 로저가 말했다. "그럼 나도 허리띠를 한 칸 더 졸라매도록 하지."

그때 갑자기 양쪽 라디오에서 목소리가 다시 나오기 시작했고, 이번에는 어쩐지 아까보다 더 크게 들리는 것 같았다. 그 사람의 억양도 흔히 BBC에서 예상되는 것과는 상당히 달랐다. 런던 토박이 특유의 억양이 약간 깃들어 있었다. 어쩐지 상당히 화난 듯한, 그러면서도 동시에 겁에 질린 목소리였다.

"여기는 런던에 있는 시민 비상 위원회입니다. 현재 BBC는 우리가 장악한 상태입니다. 잠시 후에 비상 성명이 발표될 예정입니다. 발표 준비가 마무리될 때까지 송신 계속 신호를 내보낼 예정입니다. 잠시만 기다려주시기 바랍니다."

"아하!" 로저가 말했다. "방금 전에 '시민' 비상 위원회라고 했지, 안 그래? 도대체 지금 같은 상황에 혁명을 한답시고 쓸데없이 시간 낭비하는 놈들은 어떤 놈들일까?"

다른 차에 타고 있던 올리비아가 마치 책망하듯 남편을 바라보았다. 그러자 그는 오히려 큰 목소리로 말했다.

"애들은 걱정 마, 여보. 이튼이냐 보스탈이냐 하고 출신 학교를 따지는 문제는 이제 없을 테니까.+ 앞으로는 제아무리 식탁 예절이 좋은 녀석들도 감자를 캐야 할 거거든."

앞서 라디오에서 언급했던 송신 신호가 계속 나왔다. 완전히 불협화음인 보우벨의 종소리였다.++ 앤은 고개를 들더니 존과 눈을

+ 이튼은 영국의 명문 사립 학교, 보스탈은 과거 영국의 소년원을 말한다.
++ 런던 시내 세인트메릴러보우 교회의 종을 이르는 말. 이 종소리가 들리는 곳에서 태어난 사람만 진짜 런던 토박이라는 속설이 있다.

마주쳤다. 그런 종소리야말로 그들의 삶을 어린 시절로 거슬러 가게 만드는 뭔가였다. 잠깐 동안이나마 두 사람은 풍요한 세계의 유년기와 순수로 '돌아간' 상태였다.

존이 오로지 아내의 귀에만 들릴 정도의 작은 목소리로 말했다. "이런 상황이 앞으로도 계속되진 않을 거야."

앤은 무관심한 표정으로 남편을 바라보았다. "않을 거라고?"

바로 그때 라디오에서 흘러나온 목소리는 아까보다 더 전형적인 아나운서의 목소리였다. 하지만 거기에도 여전히 전문가답지 않은 긴박함이 깃들어 있었다.

"여기는 런던입니다. 시민 비상 위원회의 첫 번째 속보를 여러분께 전해드리겠습니다.

시민 비상 위원회는 전직 총리 레이먼드 웰링의 전무후무한 반역 행위가 드러난 이후에 런던 및 근교 지역의 전권을 장악했습니다. 우리는 동료 시민을 보호해야 할 임무를 지닌 사람이 거꾸로 동료 시민을 살상하려는 광범위한 계획을 세웠음을 보여주는 변명의 여지가 없는 증거를 확보했습니다.

그 내용은 다음과 같습니다.

현재 이 나라의 식량 상황은 절망적입니다. 이제 곡물, 육류, 기타 모든 종류의 식품을 해외에서 보내오지 않을 것입니다. 우리로선 자국의 땅에서 직접 기른 것을 소비하거나, 또는 자국의 바다에서 직접 낚은 것을 소비해야 합니다. 사태가 이렇게까지 된 까닭은 총리 식물 바이러스를 공격하려 개발한 반격용 바이러스의 효과가 미진하다는 사실이 증명되었기 때문입니다.

이런 상황을 파악한 웰링은 한 가지 계획을 내놓아서 결국 내각의 동의를 얻어냈습니다. 따라서 이에 대해서는 내각 역시 책임을 공유해야 하는 상황입니다. 급기야 웰링은 이 계획을 실천에 옮기려는 목적으로 총리직에 오르기까지 했습니다. 그 계획의 골자는 영국 비행기가 자국의 주요 도시에 원자폭탄 및 수소폭탄을 떨어트리는 것입니다. 그런 방법을 통해 이 나라의 인구 절반을 죽여버리면, 나머지 생존자는 생계 수준을 유지하는 것이 가능하다는 계산 때문입니다."

　"이런 세상에!" 로저가 말했다. "이 작자들은 지금 단순히 기밀을 누설하는 게 아니야. 아주 지옥문을 열어젖히는 격이지."

　"런던 주민들은 버젓한 영국인이 웰링의 대량 학살 계획을 실천에 옮길 것이라고는 믿지 않습니다." 라디오의 목소리가 계속되었다. "따라서 우리는 이와 관련해 공군에 호소하는 바입니다. 그대들이야말로 과거 적들에 맞서 이 도시를 지켰던 장본인인만큼, 이제 와서 무고한 사람들의 피를 손에 묻히지는 마시기 바랍니다. 그런 범죄는 당사자에게 치욕이 될 뿐만이 아니라, 그 자녀의 자녀에게도 대대손손 치욕이 될 것이기 때문입니다.

　웰링을 비롯한 저 짐승 같은 내각의 각료들은 이미 한 공군 기지로 도피했음이 확인되었습니다. 우리는 민중의 정의 앞에 회부하도록 그들의 신병을 인도해달라고 공군에 요구하는 바입니다.

　모든 시민은 침착을 유지하며 각자의 자리를 지키라는 정부의 권고를 이미 받은 다음입니다. 하지만 시 경계 밖으로 여행하는 것을 금지한 웰링의 규제는 이 시간부로 법적으로나 다른 무엇으로

나 타당성을 잃을 것입니다. 다만 시민 여러분께서는 굳이 겁에 질려 런던을 서둘러 벗어나려고 노력하실 필요까지는 없을 것입니다. 본 비상 위원회에서는 감자와 생선과 기타 현재 이용 가능한 식량을 수집하기 위한 조율 중에 있습니다. 수집된 식량은 런던으로 운송하여 공평하게 배급할 것입니다. 우리나라가 됭케르크 정신만 다시 보여줄 수 있다면, 우리는 이 역경을 헤쳐 나갈 수 있을 것입니다.[+] 물론 어려움이 예상되지만, 우리는 충분히 헤쳐 나갈 수 있을 것입니다."

잠시 말이 끊겼다. 그러고는 다시 목소리가 들렸다.

"이후의 비상 속보에 계속해서 귀를 기울여주시기 바랍니다. 다음 방송 때까지 음악을 계속 들려드리도록 하겠습니다."

로저가 라디오를 껐다. "음악을 들려주겠다니! 이제는 로마가 불타는 동안 네로가 악기를 연주했다는 이야기가 곧이곧대로 들릴 지경이군."

밀리센트가 말했다. "그럼 그게 사실이었군요. 그러니까 그쪽이 하셨던 이야기가 사실이었다는 말이에요."

"최소한 이제는 그 이야기를 믿는 사람이 더 많아진 셈이지." 피리가 말했다. "상당 부분 똑같은 이야기였죠, 안 그렇습니까?"

"저놈들은 미쳤어요!" 로저가 말했다. "철두철미하게, 어마어마하게, 대책 없이 미쳤어요. 지금쯤 웰링은 아마 이를 갈고 있을 겁

[+] 제2차 세계대전 중인 1940년 봄에 프랑스 항구 도시 됭케르크에 고립된 연합군 33만 명을 영국 정부가 극적으로 구출한 사건을 말한다. 이때 민간 선박의 적극 협력을 통해 불가능해 보이던 구출 작전이 성공한 까닭에, 한동안 영국에서는 '됭케르크의 기적'이 국민의 단합을 독려하는 표현으로 여겨지기도 했다.

니다."

"제 생각에도 그럴 것 같네요." 밀리센트가 화난 듯 말했다.

"제 말은 그 작자가 상대방의 비효율성에 이를 갈고 있을 거라는 뜻이에요." 로저가 설명했다. "그야말로 참 대단한 실천 방법 아닙니까! 제가 보기에 저 비상 위원회는 아마도 삼두체제일 것 같아요. 전문 무정부주의자 한 명, 목사 한 명, 좌파 여교사 한 명, 이렇게 구성되어 있지 않을까 싶군요. 기본적인 인간 행동에 대해서 저렇게 어마어마한 무지를 드러내려면, 최소한 그 정도는 한자리에 모여야 할 것 같으니까요."

존이 말했다. "저 사람들도 어디까지나 솔직히 이야기하려고 노력하는 것뿐이잖아."

"내 말이 바로 그거야." 로저가 말했다. "물론 내가 전직 공보 담당관 특유의 지혜를 이용해서 의기양양하게 말하고 있는 건 사실이지만 말이야. 하지만 대중의 인간성을 굳이 많이 겪어보지 못한 사람이라 하더라도, 솔직함이 항상 최선은 아니며 오히려 종종 재난을 불러온다는 사실 정도는 알 수 있다는 거지."

"이번 일이야말로 딱 그런 이유에서 재난을 불러오겠지요." 피리가 말했다.

"그야말로 맞는 말씀입니다. 당연히 재난을 불러올 거예요. 이 나라는 굶주림에 직면해 있어요. 상황이 그 정도로 나쁘니까 총리라는 작자가 대도시를 싹쓸이해 없애기로 작정한 게 아니겠습니까. 물론 공군은 그런 일을 실행하지도 않을 거고, 마찬가지로 자칭 '위원회'도 그러지 말라고 공군에 호소했죠. 그런데 위원회는 사람들이 런던을 떠나는 것은 자유라고 말해놓고, 또 한편으로는 사람들한테 런던을 떠나지 않으면 좋겠다고 말하고 있어요. 이런 상황에서 나올 수 있는 뉴스는 단 하나뿐이에요. 무려 9백만 명에 달하는 사람이 이동 중이라는 거죠. 어디로든, 어떻게든, 일단 대도시를 '벗어나서' 말이에요."

"하지만 공군도 그 계획을 실행에 옮기지는 않을 거야." 올리비아가 말했다. "그쪽이 그렇게 하지 않으리라는 건 당신도 알잖아."

"아니야." 로저가 말했다. "나는 모르겠어. 그리고 나는 차마 그 문제를 놓고 확언할 만한 준비가 되어 있지 않아. 전체적으로도 그래. 나로선 차라리 생각하지 말자는 쪽으로 기울고 있어. '지금' 당장은 전혀 문제가 없겠지. 하지만 나로선 수소폭탄과 기근 사이 양자택일이 필요한 상황에서 굳이 인간의 예의범절에 판돈을 걸어 보고 싶은 의향은 없어. 당신 생각에는 정말로 그쪽에 판돈을 걸어 보는 사람이 나올 것 같아?"

피리는 유난히 뭔가를 숙고하는 모습이었다. "당신이 말한 9백만 명의 이동 운운은 물론 런던만을 계산한 거겠죠. 하지만 웨스트 라이딩에도 대도시 거주자는 수백만 명쯤 될 겁니다. 북동부의 산업 지대를 굳이 계산에 넣지 않은 상태에서도 말이죠."

"이런 세상에, 맞아요!" 로저가 말했다. "이렇게 되었으니 그 사람들도 움직일 겁니다. 물론 런던만큼 빨리는 아니겠지만, 그래도 빠르게요." 그가 존을 바라보았다. "어때, 선장. 이제는 밤새 차를 몰아야 하겠지?"

존이 천천히 말했다. "지금이야말로 그게 가장 안전한 방법 같

아. 일단 해러게이트 너머까지 가면 우리도 괜찮을 거야."

"문제는 거기까지 가는 경로로군요." 피리가 말했다. 그는 도로 지도를 꺼낸 다음, 정교한 작업을 할 때마다 쓰는 금테 안경을 끼고 살펴보았다. "그럼 우리는 해러게이트를 서쪽으로 우회해서 니드 계곡까지 올라가야 할까요, 아니면 큰길을 따라서 리펀을 지나가야 할까요? 그리고 계속해서 웬슬리데일을 지나가야 할까요?"

존이 말했다. "자네 생각은 어때, 로저?"

"이론상으로는 우회로가 더 안전하겠지. 하지만 나로선 매섬 무어 평야 지대 너머의 도로 모양새가 마음에 들지 않아." 그는 재빨리 어두워지는 하늘을 바라보았다. "특히나 한밤중에는 말이야. 차라리 큰길을 따라서 갈 수 있다면, 그쪽이 훨씬 더 쉬울 것 같아."

"피리 씨는요?" 존이 물었다.

총포상은 어깨를 으쓱했다. "나야 두 분이 원하는 대로 따르죠."

"그러면 일단 큰길을 따라가도록 하죠. 해러게이트를 우회해서 가는 겁니다. 스타벡과 빌턴 사이로 지나가는 도로가 있어요. 리펀도 안전을 고려해서 건너뛰는 게 좋겠군요. 지금부터는 제가 선두를 맡죠. 나머지 두 대는 제 뒤를 따라오고요." 곧이어 존은 친구에게 말했다. "로저, 혹시 무슨 이유에서건 뒤처지게 되면 경적을 울려서 알려주게."

로저가 씩 웃었다. "아울러 피리 씨의 포드 뒤통수에도 총알을 한 방 쏘아 보내도록 하지."

총포상이 부드럽게 미소를 지었다. "버클리 씨를 배려하는 뜻에서 좀 천천히 달리도록 하겠습니다."

하늘은 여전히 구름 한 점 없었고, 일행이 북쪽으로 달리다 보니 머리 위로 별들이 나타났다. 하지만 달은 자정이 지나서야 비로소 나타났다. 일행은 헤드라이트로 잠깐씩만 앞을 분간할 수 있는 어둠 속에서 승용차를 계속 운전했다. 도로는 지금까지 지나온 곳들보다 훨씬 더 비어 있었다. 소음을 일으키며 오가던 군용 차량 행렬도 다시 나타나지 않았다. 마치 땅이, 또는 소요 사태가 한창인 리즈가 그들을 몽땅 삼켜버리기라도 한 모양이었다. 때때로 총소리 비슷한 소음이 들려오기는 했지만, 워낙 멀리서 나는 소리라서 정확한 사실은 알 수 없었다. 존은 연신 왼쪽을 흘끔거렸다. 혹시나 원자폭탄의 불길이 하늘로 치솟는 광경을 보게 되진 않을까 싶어서였지만, 실제로는 아무 일도 벌어지지 않았다. 바로 그쪽에 리즈가 있었다. 브래드퍼드, 핼리팩스, 허더스필드, 듀스베리, 웨이크필드를 비롯해서 미들랜드 북부의 여러 제조업 도시도 바로 그쪽에 있었다. 그런 도시들이 평온할 가능성이야 없었지만, 그곳들의 고통조차도 (그 고통의 구체적인 내용이 무엇이든지 간에) 이 작은 차량 행렬이 피난처로 달려가는 것을 차마 저지하지는 못했다.

존은 무척이나 지쳤고, 어디까지나 의지력을 발휘해서 깨어 있는 것뿐이었다. 승용차마다 운전 중인 남편이 졸지 않게 부인이 옆에서 깨워주는 임무를 담당하고 있었지만, 앤은 그저 뻣뻣이 앉아서 창밖의 밤 풍경에 시선을 고정시킨 채 아무 말도 하지 않고, 또 아무것에도 관심을 보이지 않고 있었다. 존은 한쪽 손을 더듬어 로저에게 얻은 각성제를 찾아낸 다음, 어렵사리 병에 담긴 물을 한 모금 마셔서 삼켜버렸다.

때때로 오르막길을 달릴 때는 뒤를 돌아보았다. 다른 두 대의 승용차 불빛이 여전히 잘 따라오고 있는지 확인하기 위해서였다. 메리는 뒷좌석에 길게 몸을 뻗고 누워 이불을 덮고 잠들어 있었다. 저 힘없고 어린 것이 당한 잔혹한 짓을 떠올리면 더 큰 분노와 연민이 자연히 일어났지만, 거꾸로 아직 젊기 때문에 금방 원기를 회복한 것 역시 사실이었다. '털 깎인 새끼양에게는 하느님도 바람을 조금만 불어주신다'라는 속담이 있지 않았나? 그는 얼굴을 찡그렸다. 실제 상황은 속담과 정반대였기 때문이다. 지금은 새끼양이 털을 모조리 깎인 상태인데, 정작 북동쪽에서는 시커먼 서리와 얼음 가득한 강풍이 불어왔다.

일행은 해러게이트와 리펀을 손쉽게 우회했다. 양쪽 도시에 불빛이 보이는 것으로 미루어 여전히 전기 공급이 이루어지는 듯했고, 그래서인지 멀리서 보기에는 여전히 안락하고 문명화된 모습이었다. 어쩌면 저기는 상황이 아주 나쁘지는 않을 수도 있었다. 존은 문득 의문이 들었다. 이 모두가 악몽일 수도 있지 않을까? 악몽에서 깨어 눈을 뜨기만 하면 일상의 세계가, 벌써부터 회복불가능할 정도로 상실된 마법의 분위기를 갖기 시작한 과거의 세계가 다시 태어나지는 아닐까? 어쩌면 이 모두는 훗날 전설이 될지도 모른다는 생각이 들었다. 환하게 불을 밝힌 넓은 거리, 서로의 죽음을 의도하지 않고 함께 어울려 살아가며 바쁘게 오가는 수백만 명의 사람들, 열차와 비행기와 자동차, 종류도 다양한 갖가지 식품

등에 관한 전설 말이다. 다른 무엇보다도 경찰관에 관한 전설도 생겨날 가능성이 있어 보였다. 분노나 악의 없이 활동하며 땅끝까지 뻗은 이 법률의 수탁인이야말로 훗날에는 믿기 힘든 이야기로 여겨질 것이 분명했기 때문이다.

존이 알기로 매섬은 우어강 강변에 자리한 작은 마을이었다. 강을 건너자마자 도로가 급커브를 이루었기에, 속력을 늦추었다.

바리케이드는 아주 교묘한 위치에 설치되어 있었다. 커브길에서 상대방이 보지 못하도록 충분히 멀리, 동시에 다시 속도를 내지 못하도록 충분히 가깝게 설치되어 있었기 때문이다. 도로 폭이 넓지 않은 관계로 차를 돌리기는 불가능했다. 존은 브레이크를 밟았다. 하지만 차를 돌릴 새도 없이 누군가가 나타나 운전석 창문에 소총을 겨누었다. 트위드 옷을 입은 땅딸막한 남자였다. 총을 든 남자가 존에게 말했다.

"좋아. 밖으로 나와."

존이 말했다. "도대체 뭐 하는 겁니까?"

피리의 포드가 커브길을 돌아서 나타나자 남자는 일단 뒤로 물러섰지만, 여전히 복스홀에 소총을 겨눈 상태였다. 존이 가만 보니, 그 남자 뒤에 다른 사람들도 있었다. 이들은 곧바로 포드를 에워쌌고, 잠시 후에 뒤따라 와서 멈춰 선 시트로엥에게도 똑같이 했다.

트위드 옷을 입은 남자가 말했다. "이건 도대체 뭐지? 차량 행렬인가? 도대체 몇 대나 있는 거요?"

요크셔 특유의 쾌활한 말투였다. 억양만 놓고 보면 전혀 위협적으로 들리지 않았다.

존이 차문을 열고 내렸다. "황야를 지나서 서쪽으로 가는 중입니다. 형님이 웨스트모어랜드에서 농사를 지으시거든요. 형님 댁으로 가는 중입니다."

"그럼 지금 어디서 오는 중이오, 선생?" 또 다른 누군가가 물었다.

"런던에서요."

"신속하게도 빠져나오셨군, 안 그래요?" 남자가 웃음을 터트렸다. "지금 거기는 그다지 지낼 만한 장소가 아닐 것 같은데. 그러니까 런던 말이오, 내 생각엔."

로저와 피리도 각자의 차에서 내린 상태였다. 두 사람 모두 무기를 승용차에 두고 내린 것을 보고 존은 안심했다. 로저가 도로의 바리케이드를 손으로 가리켰다.

"그나저나 저 탱크용 바리케이드는 왜 설치해놓은 겁니까?" 그가 물었다. "혹시 누가 쳐들어올까 봐 대비하는 겁니까?"

트위드 옷을 입은 남자가 말했다. "지당하신 말씀입니다." 그 목소리에는 상대방의 지적을 순순히 인정하려는 듯한 기미가 있었다. "대번에 알아채셨군요. 혹시 웨스트라이딩에서 이쪽으로 쳐들어오는 놈들이 있을지도 모르니까요. 지금 댁들처럼요. 여하간 그런 놈들이 있다면, 우리가 사는 이 작은 마을을 약탈하기가 그리 호락호락하진 않다는 걸 알게 될 겁니다."

"무슨 말씀인지 알겠네요." 로저가 말했다.

지금 이 상황은 뭔가 어색했다. 존은 그 원인이 무엇인지를 똑똑히 볼 수 있었다. 도로 위에는 열댓 명쯤 되는 남자들이 우두커니 서서 이들을 바라보고 있었던 것이다.

그가 재빨리 말했다. "그럼 저희가 다른 곳으로 가면 되겠군요. 그러니까 지금 지나 온 길로 돌아간 다음, 댁들이 사는 마을을 우회하는 다른 길을 찾으면 된다는 말씀이시죠? 저희로선 약간 불편하겠지만, 뭘 원하시는지는 알겠습니다."

그때 또 다른 남자가 웃음을 터트렸다. "이렇게 금방 헤어지면 오히려 우리가 서운하지, 이 양반아!"

존은 아무 대답도 하지 않았다. 문득 승용차에 다시 올라타서 힘으로 뚫고 나갈까 생각해보았다. 하지만 설령 성공하더라도, 자칫 여자와 아이들이 총격을 당할 위험이 있었다. 그래서 상대가 어떻게 나오는지 일단 기다려보기로 했다.

트위드 옷을 입은 남자가 대장이라는 사실은 매우 분명했다. 그야말로 새로운 혼란이 배출한 작은 나폴레옹들 가운데 한 명이었다. 다만 하필이면 매섬에서, 하필이면 이렇게 빨리 이런 인물을 배출했다는 건 존 일행에게 불운이 아닐 수 없었다. 어차피 나올 인물이라면, 딱 열두 시간만 더 있었어도 문제는 없었을 터인데 말이다.

"댁들도 일단 우리 관점에서 좀 생각해보면 좋겠군요." 트위드 옷을 입은 남자가 말했다. "우리가 자구책을 마련하지 않으면, 이렇게 작은 마을 하나쯤이야 대번에 쑥대밭이 되고 말 겁니다. 내가 굳이 이렇게 말하는 까닭은, 우리가 어디까지나 이치에 맞고 필수적인 일을 한다는 걸 댁들도 이해해달라는 뜻입니다. 우리는 약탈의 표적이지만, 이걸 역이용해서 일종의 식충식물이 된 겁니다. 기근과 원자폭탄을 피해서 벗어난 온갖 파리 떼가 큰길을 따라 꿀단지를 맛보러 달려오겠죠. 그러면 우리는 파리를 잡아서 우리의 양분으로 삼는 겁니다. 좋은 생각이죠."

"하지만 이렇게 사람이 사람을 잡아먹는 일까지 벌어지기에는 아직 좀 이른 것 같은데요." 로저가 끼어들었다. "아니면 이 동네에는 그런 관습이 애초부터 있었던 겁니까?"

트위드 옷을 입은 남자가 웃음을 터트렸다. "아직 유머 감각이 살아 있는 걸 보니 다행이군요. 아직 웃을 수 있는 여유가 있다면 완전한 절망까지는 아닌 거겠죠, 안 그렇습니까? 우리는 사람을 잡아먹자는 게 아닙니다. 아직 그 정도까지는 아니죠. 하지만 우리한테 걸린 파리 떼는 저마다 뭔가를 갖고 있을 겁니다. 하다못해 먹다 남은 초코바라도 말이에요. 여러분은 여기가 일종의 고속도로 요금 징수소 겸 세관이라고 생각하면 되겠습니다. 일단 댁들의 짐을 확인해보고, 우리가 원하는 걸 가져가도록 하죠."

존이 재빨리 덧붙였다. "확인이 끝나면 우리를 보내주기는 할 겁니까?"

"음, 이 도로를 지나가게 순순히 양보할 수는 없죠. 멀리 돌아서 가게 할 겁니다." 남자는 네모나고 살집 두둑한 얼굴에 달린 작고 또렷한 눈으로 존의 두 눈을 똑바로 바라보았다. "우리가 보는 지금 이 상황이 어떤지를 댁도 이해할 수 있을 것 같은데요, 안 그렇습니까?"

"제가 보기에는 이 모두가 그저 도둑질에 불과한 것 같은데요."

존이 말했다. "어떻게 보더라도 말입니다."

"아하." 남자가 말했다. "어쩌면 그럴 수도 있지요. 하지만 댁들이 런던을 떠나 여기까지 오면서 겪은 최악의 일이 기껏해야 이것뿐이라면 댁들은 다음번에 걸릴 사람들보다는 더 운이 좋은 겁니다. 여하간 됐습니다, 선생. 여자분들께 일단 아이들을 밖으로 내보내라고 말해주시죠. 우리가 수색해야 할 테니까요. 어서요. 빨리나와야 빨리 끝날 테니까요."

존은 자기 일행의 다른 두 남자를 바라보았다. 로저의 얼굴에는 분노가 역력했지만, 어쩔 수 없이 체념하는 듯했다. 피리는 평소와 마찬가지로 겸손하면서도 무표정한 얼굴이었다.

"좋습니다." 로저가 말했다. "앤, 메리를 깨워야 할 것 같아. 같이 잠깐 밖으로 나와."

두 여자가 서로를 끌어안고 있는 사이, 남자 몇이 승용차 안이며 트렁크를 샅샅이 훑어보았다. 머지않아 이들은 무기를 찾아냈다. 턱수염을 짧게 깎은 남자가 존의 자동소총을 꺼내 들고 신이 나서 소리를 질렀다.

트위드 옷을 입은 남자가 말했다. "총이잖아? 이거 우리가 기대했던 것보다 훨씬 더 큰 월척이었군."

존이 말했다. "그것 말고 연발권총도 있어요. 하지만 그건 우리가 계속 갖고 가게 허락해주시죠."

"말이 되는 소리를 하쇼." 남자가 말했다. "지금 우리는 고향을 지키러 나온 사람들이란 말이오." 그는 승용차를 수색 중인 동료들에게 지시했다. "무기 발견하면 이리 갖고 와서 모조리 쌓아놔."

"댁들이 우리한테서 원하는 게 도대체 뭡니까?" 존이 말했다.

"간단해요. 우선 총. 그다음으로는 앞서 말했듯이 식량. 그리고 물론 기름도."

"기름은 왜요?"

"왜냐하면 우리한테 필요하니까요. 우리끼리 내부 통신하기 위해서라도 필요하겠죠." 그가 씩 웃었다. "뭔가 군대 같은 느낌도 나죠, 안 그래요? 어찌 보면 정말 예전 전쟁 때하고도 비슷해요. 이제는 그 전쟁이 우리 집 앞에서 벌어진다는 게 다를 뿐이죠."

존이 말했다. "우리는 앞으로 130킬로미터에서 140킬로미터만 더 가면 목적지에 도착합니다. 저기 있는 포드라면 기름 1리터에 15킬로미터는 갈 수 있어요. 나머지 두 대는 1리터에 10킬로미터쯤 가고요. 모두 연료가 거의 가득 들어 있는 상태입니다. 세 대 모두 합쳐 40리터는 남겨서 보내줄 수 없을까요?"

트위드 옷을 입은 남자는 아무 말도 없었다. 그냥 씩 웃기만 했다.

존은 남자를 바라보았다. "그러면 우리 모두 큰 차 한 대에 타고 갈게요. 그러면 30리터만 남기고 보내줄 수 있습니까?"

"기름 30리터에 연발권총 한 자루라." 트위드 옷을 입은 남자가 말했다. "그 작은 차이로도, 지금 우리가 지키는 이 작은 마을을 자칫 불바다로 만들 가능성은 충분히 있다고 봐야겠죠. 선생, 솔직히 우리가 잘 써먹을 수 있는 물건이라면 댁들에게 하나라도 다시 넘겨줄 생각은 없습니다."

"그럼 차 한 대에 기름 15리터만요." 존이 말했다. "이쪽은 여자

셋과 아이 넷이 딸려 있어요. 당신의 양심에 호소하는 겁니다."

"안 됩니다." 남자가 말했다. "물론 양심에 호소하는 건 상당히 좋은 전략입니다만, 돌볼 여자와 아이라면 우리 쪽에도 충분히 많으니까요."

줄곧 그 옆에 서 있던 로저가 불쑥 말했다.

"당신이 산다는 그 마을도 결국에는 누군가에게 약탈당해서 불바다가 될 겁니다. 부디 당신도 그 꼴을 지켜볼 때까지 오래오래 사셨으면 좋겠군요."

남자가 로저를 바라보았다. "댁은 지금 상황을 더 악화시키려고 작정한 것 같군요, 선생. 그래도 가급적 정중하게 대접하던 참이었는데. 우리가 마음만 먹으면 분위기는 얼마든지 더 험악해질 수 있어요."

로저는 뭔가 다른 말을 또 한마디 쏘아붙일 기세였다. 하지만 존이 끼어들었다.

"그만 해, 로저. 이제 됐어." 그는 다시 트위드 옷을 입은 남자에게 말했다. "그러면 여기 있는 차들은 당신들께 선물로 드리겠습니다. 대신 우리 일행을 웬슬리데일까지 데려다주실 수 있을까요? 그리고 내친 김에 댁들이 안 쓰는 낡은 손수레라도 두어 대쯤 얻을 수 있을까요?"

"그래도 친구분보다는 이쪽이 좀 더 정중하시군요. 하지만 대답은 '아니오'입니다. 우리 마을에는 외부인을 아무도 들여놓지 않을 겁니다. 마을 남자 중에 일부는 이렇게 도로를 지키고 있고, 나머지는 그 시간 동안 다른 일을 하거나 자야 하니까요. 댁들을 감시

할 인원을 따로 떼어놓을 수가 없는 상황에서, 우리로선 댁들이 우리 마을을 멋대로 돌아다니도록 방치할 수는 없는 노릇이란 거죠."

존은 또다시 로저를 흘끗 바라보며 표정을 살폈다. 그때 피리가 말했다.

"그렇다면 우리가 해도 되는 일은 뭔지를 좀 말씀해주시겠소? 또 우리가 가져가도 되는 물건은 뭔지도 말이오. 예를 들어 이불 보따리는 되겠습니까?"

"그럼요. 이불이야 우리한테도 충분히 많으니까요."

"우리가 가진 지도도 괜찮습니까?"

바로 그때 차량을 수색하던 남자 가운데 하나가 다가와서 보고했다.

"챙길 만한 것은 모두 챙긴 것 같습니다, 스프루스 씨. 식량하고 이런저런 물건, 그리고 총기까지요. 기름은 윌리가 빼내는 중이에요."

"그럼 이제 당신들도 차량에 돌아가서 각자 물건을 챙기시지요." 스프루스라는 남자가 말했다. "저라면 짐을 너무 많이 챙기지는 않겠습니다. 그걸 다 지고서 걷기가 쉽지는 않을 테니까요. 짐을 다 챙기면, 저기 있는 강을 따라가시죠." 그가 오른쪽을 손으로 가리켰다. "그게 우리 마을을 우회하는 가장 빠른 길이니까요."

"고맙습니다." 로저가 비꼬듯 말했다. "정말 큰 도움이 되겠네요."

스프루스는 마치 크게 선심 쓰는 척하며 그를 바라보았다. "그래도 댁들은 운이 좋은 겁니다. 손님이 잔뜩 몰려오기 전에 미리 왔으니 말입니다. 나중에 손님이 밀리다 보면 한가하게 잡담할 시간도 없을 겁니다."

"자신감이 상당하시군요." 존이 말했다. "하지만 생각하는 것만큼 상황이 호락호락하지는 않을 겁니다."

"예전에 책에서 어떤 이야기를 읽었죠." 스프루스가 말했다. "헤이스팅스 전투⁺ 때에도 색슨족은 웃음을 터트리고 잡담을 늘어놓았다고요. 바로 그들이 큰 전투를 한 번 치르고, 다음번 전투를 준비하던 당시의 상황이 그랬답니다."

"결국 색슨족은 그 전투에서 지고 말았죠." 존이 말했다. "결국 노르만족이 이겼으니까요."

"물론 그랬죠. 하지만 그때 이후로도 무려 2백 년이 넘도록 노르만족은 이 지역에 감히 얼씬도 못 했다는 것 아니겠습니까. 그럼 행운이 있길 바랍니다, 선생."

존은 차량 쪽을 바라보았다. 식량과 무기는 모두 빼앗긴 상태였고, 마르고 호리호리한 청년 윌리도 열심히 기름을 뽑아내는 작업을 마무리하고 있었다.

"부디 당신들한테도 '우리와 똑같은' 행운이 있기를 바랍니다." 그가 말했다.

존이 일행에게 말했다. "중요한 건 일단 여기서 빠져나가는 겁니다. 앞으로 어떻게 하는 게 최선일지는 그때 가서 다시 결정하도

+ 1066년에 영국 헤이스팅스에서 벌어진 노르만족과 색슨족의 전투로, 그 승자인 정복왕 윌리엄이 노르만 왕조(1066–1154)를 수립했다.

록 하죠. 우리가 가진 물건은 작은 상자 세 개에 나눠서 들고 가자고 제안하고 싶군요. 배낭이 있다면 좋았겠지만, 지금 우리한테는 하나도 없으니까요. 저라면 이불 보따리는 굳이 가져가지 않을 겁니다. 다행히도 지금은 여름이니까요. 혹시나 쌀쌀해지면 서로 부둥켜안아서라도 온기를 유지할 수 있을 겁니다."

"그래도 난 이불 보따리를 가져가겠습니다." 피리가 말했다.

"제가 보기엔 아닌 것 같다니까요." 존이 그에게 말했다.

피리는 미소 지었지만, 아무 대답도 하지 않았다.

약탈물을 다 옮긴 매섬 사람들은 아까처럼 도로 가장자리의 그늘에 다시 숨어서 무심한 태도로 이들을 지켜보고 있었다. 어른들이 뭘 가져가고 뭘 두고 갈지 결정하는 동안, 아이들은 아직 졸린 눈에 불안한 표정으로 그 모습을 지켜보았다. 존은 자신이 메리를 아이들 가운데 하나로 간주하지 않고 있음을 새삼 깨달았다. 지금도 딸은 엄마를 돕고 있었다.

일행은 마침내 다시 출발했다. 존이 뒤를 돌아보니, 매섬 사람들은 그들이 버리고 간 자동차를 돌려세워서 이미 갖춘 바리케이드를 보강하고 있었다. 저런 식으로 빼앗은 자동차가 점점 더 늘어나면 결국 어떻게 처리할지 궁금해졌다. 십중팔구 남는 차는 강에다 처박아버리지 않을까.

일행은 오르막길을 힘겹게 걸어 올라갔다. 얼마 후 텅 빈 밭 위에 서자, 그들과 황야 사이에 놓인 마을에서 별빛이 비치는 주택 지붕을 내려다볼 수 있었다. 이날 밤은 매우 조용했다.

"일단 여기서 잠깐 쉬도록 하죠." 존이 말했다. "그러면서 앞으로의 계획도 생각해보고요."

피리가 이불 보따리를 내려놓았다. 총포상은 그걸 줄곧 들고 왔다. 처음에는 어색하게 한쪽 팔로 끼고 걷다가, 나중에는 좀 더 현명하게 어깨 위에 지고 걸었다.

"그럼 이제 이불을 버려도 되겠군요." 피리가 말했다.

로저가 말했다. "그렇잖아도 궁금하던 참이었어요. 그 무거운 걸 공연히 짊어지고 왔다는 사실을 언제쯤이면 깨달으실지 말이에요."

피리는 이불 보따리를 묶은 끈을 푸느라 고생했다. 매듭이 워낙 복잡하게 묶여 있었기 때문이었다. 총포상이 말했다.

"저 밑에 있던 녀석들은…… 물론 겉으로 보기에는 제법 효율적인 것 같습니다만, 내 생각에는 사소한 부분에서의 실수 때문에 조만간 뒤통수를 맞을 것 같더군요. 심지어 내 자동차를 뒤진 친구는 칼 한 자루도 갖고 있지 않았으니까요. 설령 칼을 갖고 있었다 치더라도, 부주의한 행동으로 일관했다는 데에는 변명의 여지가 없어 보이더군요."

로저가 궁금한 듯 물어보았다. "도대체 그 안에 뭘 넣어두신 겁니까?"

피리는 고개를 들었다. 희미한 별빛 속에서 그는 눈을 깜박이는 것처럼 보였다. "내가 지금보다는 훨씬 더 젊었을 때의 일입니다." 그가 말했다. "당시에 나는 중동 곳곳을 여행했죠. 트란스요르단, 이라크, 사우디아라비아 등지를요. 저는 거기서 광물을 탐사하고 있었습니다. 아쉽게도 별로 성공하지 못했지만요. 그 당시에 저는 이불 보따리 속에 소총을 숨기는 비법을 익혔습니다. 아랍인들은 뭐든지 훔쳐가곤 했는데, 소총이라면 정말 사족을 못 썼거든요."

피리는 이불 보따리를 풀었다. 그러자 이불 속에서 사냥용 소총이 한 자루 나왔다. 망원 렌즈를 부착한 상태였다.

로저는 갑자기 큰 웃음을 터트렸다. "이런, 세상에! 어쨌거나 상황이 아주 나쁜 것까지는 아닌 듯하군요. 대단하십니다, 피리."

총포상은 보따리에 함께 들어 있던 작은 상자도 집어들었다. "안타깝게도 탄약은 딱 스물네 발뿐이로군요." 그가 말했다. "하지만 아주 없는 것보다야 낫지요."

"저 역시 동감입니다." 로저가 말했다. "원래대로라면 설령 자동차와 기름이 있는 농가를 찾아내더라도, 그걸 훔쳐낼 방법이 없었을 거예요. 하지만 총이 한 자루 있다면 상황이 달라지겠지요."

존이 말했다. "아니. 이제 자동차를 타지 않을 거야."

잠시 침묵이 흘렀다. 곧이어 로저가 말했다.

"설마 양심의 가책이 생기기 시작했다는 뜻은 아니겠지, 존? 아니지? 왜냐하면 혹시나 이제 와서 자네한테 양심의 가책이 생기기 시작했다면, 지금 자네가 할 수 있는 최선의 일은 피리의 소총으로 자살하는 것뿐일 테니까 말이야. 저 밑에 있는 개자식들이 우리에게 한 짓은 나도 마음에 들지 않지만, 솔직히 그놈들의 생각이 옳다는 건 인정할 수밖에 없어. 이제 중요한 건 힘뿐이라고. 그걸 이해하지 못하는 사람은 마치 족제비 우리에 떨어진 토끼마냥 살아남을 가망이 많지 않을 거라니까."

문득 한 가지 생각이 존의 뇌리를 스쳤다. 오늘 오전까지만 해도 그의 행동의 이유는 양심의 가책에 근거하고 있었을지도 모른다고 말이다. 하지만 지금은 양심의 가책이 사라짐과 함께, 자기 결정을 남들에게 강요하는 상황에서의 불확실성과 머뭇거림도 사라져버리고 말았다. 그래서 존은 날카로운 어조로 이렇게 말했다.

"앞으로 다시는 자동차를 타지 않을 거야. 이제는 자동차 자체가 너무 위험해졌어. 밑에서만 해도 우리는 운이 좋았던 거야. 여차하면 그놈들이 총부터 쏘고 나서 자동차를 약탈했을 수도 있었어. 아마 그놈들도 나중에는 그렇게 하겠지. 우리가 또다시 자동차를 타고 계곡까지 가려고 하면, 자칫 아까와 똑같은 일을 자초하게 될 거야. 다시 말해 자동차에 타고 있으면, 항상 매복 공격에 노출될 수 있다는 뜻이지."

"그것도 일리는 있군요." 피리가 중얼거렸다. "상당히 일리가 있어요."

"아직 130킬로미터나 남았다면서?" 로저가 말했다. "그럼 거기까지 걸어서 가자는 거야? 설마 중간에 말이라도 한 마리쯤 구하겠거니 예상하는 건 아니겠지, 그런 거야?"

존은 지금 자기들이 서 있는 밭에 드문드문 돋은 잡초를 바라보았다. 한때는 이곳이 목초지였던 모양이었다.

"그건 아니야. 우리는 목적지까지 걸어갈 거야. 그러면 앞으로 몇 시간쯤이 아니라, 아마 사흘쯤 걸리겠지. 하지만 이렇게 천천히 가면 오히려 성공 가능성이 높을 거야. 다른 방법이라면 오히려 성공 가능성이 낮을 거고."

로저가 말했다. "그래도 나는 여전히 자동차를 구해서 목적지까지 한달음에 가는 쪽을 택하겠어. 잘만 하면 거기까지 가는 동안 말썽을 전혀 겪지 않을 수도 있다고. 매섭처럼 재빨리 조직화한 마을이 아주 많지는 않을 거야. 심지어 어떤 식으로건 조직화하자고 생각한 곳도 많지는 않을 수 있어. 반대로 우리가 이 아이들을 데리고 도보 여행을 하게 된다면, 오히려 말썽이 생길 가능성만 더 높아질 거야."

"하지만 우리로선 그렇게 할 수밖에 없어." 존이 말했다.

로저가 물었다. "어떻게 생각하십니까, 피리?"

"이 양반이 어떻게 생각하는지 여부는 중요하지가 않아." 존이 말했다. "우리가 뭘 할지는 내가 이미 말했잖아."

로저는 평소에도 과묵하고 신중한 피리 쪽을 향해 고갯짓을 해 보였다. "하지만 정작 총을 가진 사람은 저쪽인걸."

존이 말했다. "그러니까 자네 말은, 만약 저 양반이 마음만 먹으면 지금부터 충분히 대장 노릇을 할 수 있다는 거지. 하지만 내 말은, 실제로 그러기 전까지는 내가 결정을 내리겠다는 거야." 그는 피리를 흘끗 바라보았다. "어떻게 하고 싶으십니까?"

"난 이렇게 말하고 싶군요." 피리가 입을 열었다. "우선, 이 소총은 내가 계속 갖고 있어도 될까요? 겸손하지 못해 죄송합니다만, 그래도 지금 이 물건을 사용하는 솜씨가 우리 중에 가장 좋은 사람은 나인 것 같으니까요. 대장 노릇을 하는 데에는 별로 관심이 없습니다. 방금 한 말은 전적으로 믿어도 됩니다."

존이 말했다. "물론 소총은 앞으로도 계속 피리 씨가 갖고 계셔도 됩니다."

로저가 말했다. "이런, 이로써 민주주의는 끝장나버렸군. 내가 진즉 눈치챘어야 하는 건데. 좋아, 그럼 이제 우리는 어디로 가야 하지?"

"일단 아침이 될 때까지는 여기 있을 거야." 존이 말했다. "우리 도 잠은 자야 하니까. 또 잘 알지 못하는 지역에서 어둠 속을 헤매 는 것은 어리석은 일이니까. 모두들 한 시간씩 돌아가면서 불침번 을 서자. 내가 먼저 설게. 그다음은 자네야, 로저. 그리고 피리, 밀 리센트, 올리비아……." 그는 잠시 말을 머뭇거렸다. "그리고 앤까 지. 여섯 시간이면 충분할 거야. 그런 다음에 아침에 먹을 끼닛거 리를 찾아봐야지."

다행히 따뜻한 날씨였고, 바람도 거의 불지 않았다.

"그래도 이거 하나는 감사한 일이라니까." 로저가 말했다. "지 금이 겨울이 아니라는 사실 말이야." 그가 세 소년을 향해 말했다. "얼른 와라, 이 녀석들아. 어르신 주위로 파고들어서 좀 아늑하게 만들어보라고."

이들이 머무는 밭은 언덕 꼭대기 바로 밑에 있었다. 존은 웅크 리고 누운 일행의 모습이 잘 보이는 곳에 올라가 앉은 다음, 그 너 머 서쪽으로 펼쳐진 황야의 풍경을 살펴보았다. 머지않아 달이 떠 오를 것이다. 벌써부터 별빛이 달빛을 받아 환했다.

앞으로 한동안 날씨가 어떨지에 따라 이들의 행군에도 큰 영향 이 있을 터였다. 심지어 이런 생각마저 들었다. '이 황야의 신들에 게 기도를 (심지어 희생 제물을) 바치면서 당신들의 분노를 돌이 켜주십사 간구라도 해야 하려나.' 그는 로저와 올리비아 사이에 웅

크리고 누운 세 소년을 바라보았다. 저 아이들은 결국 그런 생각을 떠올릴 것이다. 아니면 저 아이들의 아이들이 그럴 것이다.

이런 생각을 하는 동안, 그는 갑자기 기운이 죽 빠졌다. 마치 과거의 자신이, 즉 문명인이었던 자신이 갑자기 이 모든 사태에 관해 설명을 요구하고 나선 듯한 기분이었다. 삶이 일정 수준 밑으로 확 가라앉아버린 상황에서, 과연 이런 삶은 계속해서 이어나갈 가치가 있을까? 한때 그들은 거의 4천 년 가까운 계보를 가진 도덕의 세계에 살고 있었다. 그런데 불과 하루 만에 이 모두를 벗어던지고만 격이었다.

그렇다면 여전히 그걸 고수하는 사람들이, 즉 주위에서 대혼란이 벌어지는 와중에도 여전히 사랑의 문법을 이야기하는 사람들이 있기는 할까? 그는 문득 이런 생각이 들었다. 설령 그런 사람들이 있다면 결국 죽고 말 것이고, 그 아이들도 함께 죽고 말 것이다. 오래전 그들의 선조들이 로마의 투기장에서 죽고 말았던 것처럼 말이다. 순간 그는 자기도 그렇게 죽을 수 있을 만큼의 신앙이 있다면 좋겠다고 생각했다. 하지만 곧이어 자기가 지도자로서 이끌고 있는, 그리고 지금은 저기서 잠든 작은 집단을 내려다보자, 이제는 그들의 삶이야말로 그들의 죽음보다 자기에게 더 큰 의미를 지니고 있음을 깨달았다.

존은 자리에서 일어났다. 그리고 앤이 메리를 끌어안고 잠든 곳으로 조용히 걸어갔다. 딸아이는 잠들어 있었다. 하지만 점점 밝아지는 달빛 속에서, 그는 아내가 여전히 눈을 뜨고 있음을 알아보았다.

존은 조용히 말을 걸었다. "앤."

아내는 아무 대답도 없었다. 심지어 남편을 바라보지도 않았다. 잠시 후 그는 그곳을 떠나 아까 있었던 자리로 돌아갔다.

이 세상에는 계속 살기보다 잘 죽는 걸 선택할 만한 사람도 있었다. 존은 그렇다는 사실을 확신했고, 그런 확신은 그에게 위안이 되었다.

8

밀리센트의 말에 따르면, 불침번 때 멀리에서 불빛이 두세 번인가 보이더니, 한참 뒤에는 우르릉 하는 소리도 들리더라고 했다. 어쩌면 원자폭탄이 투하된 것일 수도 있었다. 하지만 지금 와서는 그걸 궁금해 하는 것 자체가 뭔가 어울리지 않아 보였다. 이 나라의 인구 밀집 지역에서 지금 벌어지는 일을 훗날에라도 자세히 알게 될 가능성은 별로 없을 것 같았다. 설령 알게 되더라도, 그 일은 이제 그들의 관심사가 아니었다.

맑은 아침에 일행은 행군을 시작했다. 처음에는 서늘했지만 나중에는 더워질 것 같았다. 일단 존이 세운 목표는 오늘 매섬 무어의 북부 지역을 가로질러 커버데일로 들어서는 것이었다. 그런 다음에는 좁은 길을 통해서 칼턴 무어를 가로지르고, 거기서 또다시 북쪽으로 웬슬리데일을 지나 웨스트모어랜드로 넘어가는 고갯길까지 간다는 것이었다. 일행이 자는 곳에서 그리 멀지 않은 곳에 농가가 하나 보이자, 로저는 그곳을 습격해 식량을 구하자고 제안했다. 하지만 존은 매섬에서 너무 가깝다는 이유를 들어 제안을 거절했다. 앞서 만난 매섬 사람들의 방어 범위가 과연 어디까지인지 알 수 없었다. 총소리가 들리면 자칫 마을에서 자경단이 달려올지도 몰랐다.

따라서 일행은 가급적 인가를 피해 텅 빈 들판을 따라 여행했으며, 최대한 산울타리나 돌담 같은 경계선에 가깝게 걸었다. 6시 반쯤 일행은 매섬 북쪽의 큰길을 가로질렀는데, 벌써부터 햇볕에 공기가 더웠다. 사내아이들은 그래도 신나 했기 때문에, 불필요하게 뛰지 말라고 주의를 줘야 했다. 일행의 모습은 마치 소풍을 나온 것과 비슷했지만 그런 와중에도 앤은 줄곧 말이 없고, 남을 멀리하고, 불행해 보였다.

밀리센트도 그런 사실을 존에게 지적했다. 어느 돌투성이 구간을 지나가는 동안, 마침 두 사람이 나란히 걷게 되었다.

"앤이 그 일을 너무 마음에 많이 담아두지는 않았으면 좋겠어요, 존. 이제는 일상화된 일이니까요."

그는 총포상의 부인을 흘끗 바라보았다. 밀리센트의 두드러진 특징은 깔끔함이어서, 지금도 마치 평소에 교외로 잠시 산책 나온 듯한 모습이었다. 거기서 15미터쯤 앞에서는 그녀의 남편이 소총을 팔에 끼고 걸어가는 중이었다.

"제가 보기에는 아내도 단순히 자기가 당한 일 때문에 저러는 것 같지는 않아요." 존이 말했다. "오히려 그 직후에 자기가 저지른

일 때문이죠."

"제가 방금 '이제는 일상화된 일'이라고 말씀드린 게 바로 그런 뜻이에요." 밀리센트가 말했다. 그녀는 감탄하는 듯한 표정을 숨기지 않았다. "어젯밤 당신이 일을 처리하던 모습이 마음에 들더라고요. 왜, 있잖아요. 과묵하지만 단호한 모습 말이에요. 저는 예전부터 자기가 뭘 원하는지를 아는 남자, 그리고 당장 가서 그걸 가져올 수 있는 남자가 마음에 들더라니까요."

얼굴만 좀 더 젊었더라면 피리보다 스무 살 이상 충분히 젊어 보일 법하다고, 존은 문득 이런 생각을 해보았다. 상당히 날씬하면서 탄탄한 몸매였다. 그와 시선이 마주치자 그녀는 미소를 지었다. 존은 그 미소에서 뭔가를 깨닫고 충격을 받았다.

그래서 그는 짧게 대답했다. "누군가는 결정을 내려야 했으니까요."

"솔직히 처음에만 해도, 저는 당신이 제대로 결정을 내릴 만한 종류의 사람이라고는 생각하지 않았어요. 그러다가 어젯밤에야 제가 지금껏 잘못 생각했었다는 걸 알았던 거죠."

단순히 상대방이 노골적으로 드러내는 욕망 때문에 충격받은 것은 아니었다. 존에게는 오히려 지금 같은 상황에서 욕망이 불쑥 나타났다는 사실이 더욱 충격적이었다. 아마 밀리센트는 한동안 외도하며 피리의 뒤통수를 쳤던 모양이었다. 하지만 그건 어디까지나 런던에 있을 때에나 가능하던 일이었다. 수많은 사람이 부대끼며 살아가는 때에나, 그래서 또 한 번 욕망에 탐닉하는 일쯤 별로 문제시되지 않았던 때에나 가능하던 일이었다. 반면 지금은 일행의 상호의존성이 한때 황야였던 곳의 헐벗은 윤곽만큼이나 뚜렷한 상황이었다. 따라서 이 집단 내에서 벌어지는 외도란 자칫 큰 문제로 비화할 가능성이 있었다. 어쩌면 지금쯤은 한 집단의 지도자가 거기 속한 여성들을 자기 멋대로 취할 수도 있는 새로운 도덕이 통용될지도 모른다. 하지만 과거에 통용되던 눈웃음이나 팔꿈치 건드리기나 시시덕거리기 등의 '작업'은, 역시나 과거에 통하던 사업상 회의나 저녁 극장 관람과 마찬가지로 이제 쓸모없어진 상태였다. 단순히 쓸모만 없어진 게 아니라, 차마 소생시키기도 불가능한 상태였다. 밀리센트가 이런 상황을 제대로 깨닫지 못했다는 사실에 존은 충격을 받았다. 그건 거꾸로 말해서 그가 현 상황을 뼈저리도록 심각하게 받아들이고 있다는, 급기야 그의 정신 상태조차도 변모했다는 뜻이기도 했다.

존은 앞서보다 더 매몰차게 대답했다. "이제 그만 올리비아랑 교대해서 상자 나르기나 도와주시죠. 저쪽도 이미 충분히 들고 왔으니까요."

밀리센트는 놀란 듯 눈을 약간 크게 떴다. "분부대로 하죠, 대장님. 무슨 분부를 내리시든 말이에요."

위턴 무어의 가장자리에서, 일행은 존이 줄곧 찾던 곳을 하나 찾아냈다. 좁고 외진 곳에 자리한 작은 농가였다. 주택 자체는 약간 높은 땅에 있었고, 주위는 온통 감자밭이었다. 굴뚝에서는 연기가 피어오르고 있었다. 그 모습에 존은 잠시 어안이 벙벙했다. 그리고 이렇게 외딴 지역에서는 한여름에도 석탄불을 지펴야만 요리를 할 수 있다는 사실을 뒤늦게 기억해냈다. 그는 피리에게 작전을 지시했다. 총포상은 고개를 끄덕인 다음, 오른쪽 손가락 세 개를 펼쳐서 자기 코를 따라 문질렀다. 그 모습을 보자 존은 피리가 앞서도 똑같은 동작을 했던 것이 생각났다. 바로 앤과 메리를 납치한 놈들을 쫓아가기 직전의 일이었다.

존은 로저와 함께 농가로 걸어갔다. 이들은 굳이 몸을 숨기려는 시도조차 하지 않고, 그저 단순한 호기심 때문인 것처럼 태연하게 걸어갔다. 앞쪽 창문 가운데 한 곳의 커튼이 흔들리는 모습이 보이기는 했지만, 그 외에 누군가 이들을 지켜보고 있다는 낌새는 전혀 없었다. 늙은 개 한 마리가 집 옆에서 햇볕을 쬐고 있었다. 이들의 발밑에서는 조약돌이 자박자박 경쾌하고 친근한 소리를 냈다.

문에는 양의 머리 모양을 본뜬 고리쇠가 달려 있었다. 존은 고리쇠를 높이 들어올렸다가 놓았다. 고리쇠가 금속판에 부딪치면서 덜그덕 소리가 났다. 문 너머에서 사람 발소리가 들리자, 두 남자는 오른쪽으로 한 걸음 비켜섰다.

문이 열렸다. 집 안에 있던 남자가 문간에 나타나 외부인들을 유심히 살펴보았다. 덩치가 큰 남자였다. 풍상에 시달린 붉은 얼굴에, 작고 냉정한 눈을 하고 있었다. 존은 상대방이 산탄총을 든 모습을 보자 만족스러웠다.

남자가 말했다. "뭐요, 무슨 일로 그러쇼? 혹시 먹을 것을 찾으러 온 거라면, 그냥 가보쇼. 여기에는 댁들한테 팔 게 전혀 없으니까."

그렇게 말하는 내내, 남자는 문간에 몸을 거의 드러내지 않고 있었다.

존이 말했다. "말씀 감사합니다. 사실 저희는 먹을 것이 부족하지는 않습니다. 대신 저희가 갖고 있는 물건을 좀 팔아볼까 해서 들렀습니다."

"살 생각 없수다." 남자가 말했다. "살 생각 없으니, 그냥 도로 갖고 가쇼."

"정 그렇다고 하시면……." 존이 말했다.

그는 앞으로 펄쩍 뛰었다. 그리고 잽싸게 문 오른쪽 벽에 납작하게 몸을 붙여서 농부가 자기 모습을 보지 못하게 했다. 남자는 침입자의 갑작스러운 행동에 놀라 곧바로 반응했다. "그렇게 총알 맛이 궁금하다면……." 그가 말을 꺼냈다. 그러면서 방아쇠에 손가락을 걸고 총을 쏠 채비를 하며 완전히 문 밖으로 나왔다.

그때 멀리서 툭 하는 소리가 들렸다. 동시에 남자가 마치 끈으로 잡아챈 팽이마냥 안쪽으로 빙글 돌더니, 그 커다란 몸뚱이가 존과 로저 쪽으로 무너졌다. 남자가 넘어지면서 손가락에 힘을 주었다. 총소리가 요란하게 났고, 발사된 총알이 농가의 벽에 맞고 튀었다. 그 메아리는 고요한 하늘을 산산조각 내는 듯했다. 늙은 개가 잠에서 깨어나 해를 바라보며 힘없이 짖었다. 집 안에서 뭔가를 외치는 사람 목소리가 들리더니, 다시 잠잠해졌다.

존은 쓰러진 시체 밑에 깔린 산탄총을 잡아당겼다. 한쪽 총구만 발사되고, 나머지 한쪽 총구는 불발된 모양이었다. 그는 로저에게 고개를 끄덕이고는 이미 죽은, 또는 죽어가는 남자를 넘어서 집 안으로 들어섰다. 현관문을 지나자 커다란 거실이 등장했다. 조명이

침침했기 때문에 존은 우선 다른 방으로 이어지는 닫힌 문을 바라보고, 곧이어 한쪽 구석에서 위층으로 올라가는 텅 빈 계단을 바라보았다. 그리고 몇 초가 더 지나서야 비로소 계단 옆 그늘 속에 서 있던 한 여자를 알아보았다.

상당히 키가 큰 여자였지만, 방금 전의 농부에 비하자면 오히려 말라 보였다. 여자는 손에 한 자루의 총을 들고 그를 똑바로 바라보고 있었다. 로저도 동시에 여자를 발견했다. 그가 외쳤다.

"조심해, 존!"

여자가 한손으로 총 옆을 더듬었다. 하지만 그와 동시에 존도 방아쇠를 당겼다. 실내이다 보니 총소리는 아까보다 훨씬 더 귀청이 떨어질 것처럼 요란하게 느껴졌다. 여자는 잠시 그냥 똑바로 서 있더니, 왼쪽에 있던 계단 난간을 움켜쥔 채 몸이 무너져 내렸다. 곧이어 몸이 땅에 닿자마자 비명을 지르기 시작해, 마치 목이 졸린 사람처럼 날카롭게 계속 소리를 질러댔다.

로저가 말했다. "이런 세상에!"

존이 말했다. "가만히 서 있지 마. 움직이라고. 저 총을 집어. 지금부터는 집 안을 수색하는 거야. 우리에게 벌써 두 번이나 행운이 따랐지만, 세 번째에는 행운이고 뭐고 없을 수도 있어."

그가 지켜보는 가운데, 로저는 마지못한 듯한 동작으로 쓰러진 여자가 갖고 있던 총을 집어 들었다. 여자는 아무런 움직임도 없었고, 다만 비명만 계속 질러댔다.

로저가 말했다. "이 여자 얼굴이……."

"자네는 아래층을 맡아." 존이 말했다. "나는 위층을 살펴볼게."

그는 위층을 재빨리 수색했고, 문마다 발로 걷어차서 열었다. 수색을 거의 마칠 즈음에야 그는 중요한 뭔가를 잊고 있었음을 깨달았다. 산탄총에 있던 탄약을 모두 써버렸기 때문에, 재장전을 하지 않는 한 그는 지금 무기가 없는 상태였던 것이다. 이제 위층에는 문이 하나 남아 있었다. 그는 잠시 머뭇거렸다가 역시나 발로 걷어차서 열었다.

작은 침실이었다. 그리고 십대 중반의 여자아이 하나가 침대 위에 일어나 앉아 있었다. 여자아이는 겁에 질린 눈으로 그를 빤히 바라보았다.

존이 말했다. "여기 가만히 있어라. 알았지? 여기 가만히 있으면 해치지는 않을 거야."

"총소리가 났는데……." 그녀가 말했다. "엄마랑 아빠랑— 무슨 총소리였어요? 우리 부모님은 절대……."

그는 냉정하게 말했다. "이 방에서 나오면 안 된다."

마침 문고리 자물쇠에 열쇠가 꽂혀 있었다. 존은 일단 밖으로 나간 다음, 문을 닫고 자물쇠를 잠갔다. 아래층에서는 쓰러진 여자가 계속해서 소리를 지르고 있었지만, 아까보다는 기세가 약해져 있었다. 로저는 그 옆에서 여자를 내려다보고 있었다.

존이 말했다. "어때?"

로저는 천천히 고개를 들었다. "문제없어. 아래층에는 아무도 없다고." 그는 다시 여자를 바라보았다. "화덕 앞에서 아침 식사를 준비하던 중이었나 봐."

피리가 열린 문을 지나 조용히 들어왔다. 그는 내부 상황을 보자마자 소총을 아래로 내렸다.

"임무 완수했습니다." 총포상이 말했다. "그 여자도 총에 맞았습니까? 혹시 안에 더 있나요?"

"총요? 아니면 사람요?" 존이 말했다. "총이 더 있지는 않더군요. 자네는 혹시 봤나, 로저?"

로저는 여전히 여자를 내려다보면서 이렇게 대답했다. "아니."

"대신 위층에 여자아이가 하나 있어요." 존이 말했다. "이 집 딸인 것 같은데, 제가 방에 가둬놓았습니다."

"이 사람은요?" 피리는 여전히 쓰러진 채 그르렁거리며 신음하는 여자를 구두 끝으로 가리켰다.

"총에 맞았어요……. 대부분 얼굴에요." 로저가 말했다. "불과 몇 미터 앞에서 쏘다 보니까."

"그렇다면……." 피리가 말했다. 그러고는 자기 소총 옆구리를 손으로 톡톡 두들기며 존을 바라보았다. "동의하십니까?"

로저는 두 사람을 바라보았다. 존이 고개를 끄덕였다. 총포상은 평소처럼 정확한 걸음걸이로 쓰러진 여자에게 다가갔다. 그리고 소총을 조준하며 말했다. "이런 일이라면 연발권총이 훨씬 더 편리하죠." 총성과 함께 여자는 신음을 멈추었다. "귀중한 탄약을 이렇게 불필요한 일에 낭비하는 게 별로 마음에 들지 않는군요. 탄약을 보충할 가능성은 사실상 없을 겁니다. 이런 지역에서는 산탄총이 훨씬 더 흔하니까요."

존이 말했다. "그래도 아주 나쁜 거래는 아니죠. 산탄총 두 자루에다가, 십중팔구 탄약도 최소한 두 상자는 넘게 있을 테니까요."

피리가 미소를 지었다. "죄송한 말씀입니다만, 내가 사용하는 소총의 탄약 한 발이라면 그 산탄총의 탄약 여섯 발에 맞먹을 만한 가치가 있다고 봅니다. 그래도 아직까지는 상황이 아주 나쁘지는 않군요. 그러면 이제 다른 사람들도 들어오라고 부를까요?"

"그러죠." 존이 말했다. "이제는 들어오라고 해야겠어요."

긴장한 목소리로 로저가 말했다. "일단 여기 있는 시체를 눈에 안 보이는 곳에 치우는 게 낫지 않을까? 아이들이 오기 전에 말이야."

존도 고개를 끄덕였다. "그러는 게 좋겠군." 그는 시체를 넘어 걸어갔다.

"계단 밑에 빈 공간이 있을 거야. 그래, 이럴 줄 알았어. 여기 있군. 잠깐 기다려봐. 여기 산탄총 탄약도 있어. 먼저 꺼내자." 존은 둥근 구멍 속 어둡고 움푹한 공간을 들여다보았다. "그것 말고 우리한테 필요한 물건이 더 있진 않은 것 같아. 이제 그 여자를 끌고 와도 돼."

죽은 농부를 문간에서 끌고 와서 계단 밑 찬장 안에 쑤셔 넣는 일은 좀 더 힘들어서, 결국 세 사람 모두가 달려들어서야 마무리할 수 있었다. 그런 다음에 존은 집 앞으로 나가서 손을 흔들었다. 날씨는 맑았으며, 화약의 자극적인 냄새도 사라지자 이전보다 더 상쾌하게 느껴졌다. 늙은 개는 다시 제자리에 누워 있었다. 존이 가만 보니, 그놈은 많이 늙었을 뿐만 아니라, 심지어 눈도 보이지 않는 것 같았다. 집을 지키지 못하는 개를 살려둔다는 것은 무의미한 일이었다. 하지만 문득 이런 생각도 떠올랐다. 그들을 비롯한 다른 수백만 명의 앞길 막막한 사람들 역시 이 개만큼이나 무의미한 삶을 이어나가기는 마찬가지가 아닐까. 그는 개를 죽이려고 들어올렸던 총을 도로 내렸다. 어쨌거나 지금 상황에서 이런 일에 탄약을 낭비할 만한 가치는 없었다.

여자들이 아이들을 데리고 언덕 위로 올라왔다. 소풍과도 비슷했던 앞서의 분위기는 이미 사라져 있었다. 사내아이들도 아무 말 없이 조용히 걸어왔다. 데이비가 존에게 다가오더니 나지막이 물어보았다.

"방금 전 총소리는 뭐였어요, 아빠?"

존은 아들의 눈을 똑바로 바라보았다. "이제는 뭘 얻으려면 싸울 수밖에 없거든." 그가 말했다. "우리가 살아남으려면 싸울 수밖에 없어. 이제는 너도 배워야 할 거야."

"그럼 아빠가 누굴 죽였어요?"

"그래."

"시체는 어디 있는데요?"

"안 보이게 치웠어. 들어와라. 아침 먹어야지."

문간에는 핏자국이 선명했고, 여자가 쓰러져 있던 곳에도 역시나 핏자국이 선명했다. 데이비도 그 모습을 분명히 보았지만, 아무 말도 하지 않았다.

일행이 모두 거실에 모이자 존이 말했다.

"여기 오래 머물지는 않을 겁니다. 여자분들은 식사 준비를 해주세요. 부엌에 계란이 있고, 통돼지 베이컨도 한 덩이 있어요. 최대한 서둘러 해주세요. 로저와 피리와 저는 우리가 가져갈 만한 물건을 찾아 정리할 테니까요."

스푹스가 물었다. "저희가 도와드려도 돼요?"

"아니. 너희들은 거실에 있으면서 좀 쉬도록 해. 오늘도 갈 길이
머니까 말이야."

올리비아도 앞서 데이비와 마찬가지로 바닥에 흥건한 핏자국을
똑똑히 보았다. 그녀가 물었다.

"죽은 사람이 여기 있는 전부였어요? 두 사람?"

존이 짧게 대답했다. "여자애가 하나 있어요. 딸인 모양이에요.
제가 방에 가둬놓았어요."

올리비아가 계단 쪽으로 향했다. "무척 겁먹었을 거예요!"

그러나 그녀는 존의 표정을 보고는 우뚝 걸음을 멈추었다. 존이
말했다. "방금 말했잖아요. 여기서 쓸데없는 일로 어물거릴 시간이
없어요. 우리한테 꼭 필요한 일만 하자고요. 다른 일에는 신경 쓰
지 말아요."

올리비아는 잠시 머뭇거리다가 그냥 부엌으로 향했다. 밀리센
트도 그 뒤를 따랐다. 앤은 메리와 함께 문간에 그냥 서 있었다.

"두 사람이면 충분할 거야. 우리는 그냥 밖에 있을래. 집 안에서
나는 냄새도 마음에 안 들고."

존은 고개를 끄덕였다. "당신 맘대로 해. 굳이 그래야 하겠다면
식사도 밖에서 하든가."

앤은 아무 대답 없이 메리를 데리고 햇빛이 비치는 곳으로 걸어
갔다. 스푹스는 잠시 머뭇거리다가 두 여자를 따라갔다. 다른 사내
아이 둘은 창문 아래 낡은 소파에 앉아 있었다. 그 맞은편 벽에서

는 시계가 리듬에 맞춰 똑딱거리고 있었다. 전면이 유리였기 때문에 시계 내부가 훤히 들여다보였다. 두 소년은 소파에 앉아 시계를 바라보면서 서로 귓속말로 대화를 나누었다.

식사 준비가 다 되었을 무렵, 남자들은 필요한 물건을 모두 챙긴 다음이었다. 커다란 배낭 두 개와 작은 배낭 한 개도 찾아내서 햄과 돼지고기, 소금에 절인 쇠고기, 그리고 집에서 만든 빵 몇 개도 집어넣었다. 그 위에는 산탄총 탄약 상자를 집어넣었다. 낡은 군용 수통도 하나 찾아냈다. 로저는 병 여러 개에 물을 담아 가자고 제안했지만, 존은 반대했다. 앞으로 통과할 지역에는 물 구할 곳이 충분히 많았으며, 지금 챙긴 짐만 해도 충분히 무거웠기 때문이다.

식사를 마치자 올리비아가 설거지를 하려는 듯 접시를 모았다. 그걸 본 밀리센트가 웃음을 터트렸고, 존도 뒤늦게야 무슨 상황인지를 파악했다. 올리비아는 무슨 영문인지 몰라 당황하면서 접시를 도로 내려놓았다.

존이 말했다. "설거지할 필요 없어요. 지금 당장 출발할 거니까. 여기는 외딴 곳이지만, 일단 집이 있으니 자칫 다른 누군가가 찾아올 수 있어요."

남자들은 총과 배낭을 집어들기 시작했다.

올리비아가 말했다. "그럼 위층에 있는 여자애는요?"

존이 그녀를 흘끗 바라보았다. "여자애가 뭐요?"

"걔를 그냥 내버려두고 갈 수는 없어요. 이런 식으로는 안 된다고요."

"그 애가 그렇게 걱정되면 직접 올라가서 방문을 열어서 풀어주고 와요." 존이 말했다. "그리고 지금부터는 네 마음대로 밖에 나와 돌아다녀도 된다고 말해줘요. 이제는 아무 문제없을 테니까."

"하지만 이 집에다가 그 여자애 혼자 남겨놓을 수는 없잖아요!" 올리비아는 계단 밑 찬장 쪽을 향해 손짓하며 말했다. "저렇게 해놓고서 말이에요."

"그러면 어떻게 하자는 거예요?"

"차라리 우리가 데려가야죠."

존이 말했다. "바보 같은 소리 말아요, 올리비아. 그럴 수 없다는 건 당신도 잘 알잖아요."

그녀가 그를 빤히 바라보았다. 저 덩치 크고 수줍은 여자의 외관 뒤에는 강한 결단력이 있음을 누구라도 꿰뚫어볼 수 있었다. 올리비아와 로저 부부가 이제껏 보여준 행동들을 생각해보면, 재난 때문에 인간 행동에서 뭔가 기묘한 결과가 산출될 가능성이 항상 있음을 존도 생각하지 않을 수 없었다.

올리비아가 말했다. "정 안 된다면, 차라리 제가 여기 남을게요."

"그럼 로저는 어쩌고요?" 존이 물었다. "또 스티브는요?"

로저가 천천히 입을 열었다. "올리비아가 여기 남겠다고 하면, 우리 부자도 같이 남을 거야. 어차피 자네한테는 우리가 필요 없을 테니까, 안 그래?"

존이 말했다. "그러다가 다음에 또 어떤 놈들이 이곳을 찾아오면, 그때는 누가 문을 열어주려고? 자네나 올리비아가? 아니면 스티브가?"

잠시 침묵이 흘렀다. 여름 아침에 흘러가는 시간을 시계가 똑딱거리며 알려주었다.

로저가 말했다. "올리비아가 원한다면, 그 여자애를 데려가면 안 될 것까지는 없지 않아? 앞서 스푹스도 데려왔잖아. 게다가 여자애 하나라면 우리한테는 큰 위협도 안 될 거고, 안 그래?"

조급한 마음에 화가 치민 존이 말했다. "도대체 두 사람은 왜 굳이 그 여자애를 데리고 가자는 거야? 우리는 방금 전에 그 여자애의 부모를 죽였어!"

"내가 장담하건대, 그 애도 기꺼이 따라올 거예요." 올리비아가 말했다.

"그렇게 설득하기까지 얼마나 많은 시간이 걸릴지는 생각해봤어요?" 존이 말했다. "보름 내내 설득하려고요?"

올리비아와 눈빛으로 뭔가 대화를 나눈 로저가 말했다.

"일단 자네는 나머지 사람들을 데리고 출발해. 우리도 금방 뒤따라 갈 테니까. 혹시 그 여자애가 원한다면 함께 데리고 가지."

존이 친구에게 말했다. "도저히 믿을 수가 없군, 로저. 지금 같은 상황에서 굳이 일행을 둘로 나누는 게 얼마나 멍청한 짓거리인지 몰라서 하는 말이야?"

로저와 올리비아 모두 그의 질문에는 답하지 않았다. 피리와 밀리센트와 사내아이들은 아무 말 없이 그들을 지켜보고 있었다. 존이 손목시계를 흘끗 바라보았다.

"알았어." 그가 말했다. "딱 3분 줄게요, 올리비아. 어서 가서 그 여자애랑 얘기해봐요. 따라오겠다고 하면 데리고 와요. 하지만 설

득한답시고 더 많은 시간을 허비할 수는 없어요. 우리 중 누구도
요. 알았어요?" 올리비아가 고개를 끄덕이자, 그가 덧붙였다. "저도
같이 가죠."

존은 앞장서서 위층으로 올라가 잠금장치를 풀고 방문을 활짝
열었다. 여자아이는 침대 밖에 나와 있었다. 무릎을 꿇은 상태에서
이들을 올려다본 것으로 보아, 아마 기도 중이던 모양이었다. 그는
올리비아가 방 안에 들어가도록 옆으로 비켜섰다. 두 사람을 바라
보는 여자아이의 얼굴에는 표정이 없었다.

올리비아가 말했다. "얘, 너도 우리랑 같이 갔으면 좋겠구나. 우
리는 여기서 조금 떨어진 곳에 있는 안전한 장소를 찾아가던 중이
거든. 너도 여기 남아 있는 것보다는 그게 더 안전할 거야."

여자아이가 말했다. "우리 엄마…… 엄마가 소리를 질렀어요. 그
러다가 갑자기 조용해졌고요."

"너희 엄마는 돌아가셨어." 올리비아가 말했다. "아빠도 마찬가
지고. 그러니 이제 너도 여기 계속 있을 필요가 없어."

"당신네들이 죽인 거잖아요." 여자애가 말했다. 그러고는 존을
똑바로 쳐다보았다. "저 사람이 죽인 거잖아요."

올리비아가 말했다. "맞아. 너희 부모님은 먹을 것을 갖고 있었
지만, 우리는 안 갖고 있었거든. 이제는 사람들이 먹을 것 때문에
서로 싸우는 거야. 결국 우리가 이기고, 너희 부모님이 졌어. 이건
어쩔 수 없는 일이야. 그래도 나는 네가 우리랑 같이 갔으면 좋겠
구나."

여자아이는 그녀를 외면하고 침대 시트에 얼굴을 묻었다. 입을

막다시피 한 상태로 여자아이가 말했다.

"나 혼자 내버려둬요. 나 혼자 있게 내버려두고 가버려요."

존은 올리비아를 바라보며 고개를 저었다. 그녀는 여자아이 옆에 다가가서 똑같이 무릎을 꿇고 앉은 다음, 한쪽 팔을 뻗어 어깨를 끌어안았다. 그러고는 부드럽게 말했다.

"우리도 나쁜 사람들은 아니야. 다만 우리도 살고, 우리 아이들도 살리려다 보니 그렇게 된 것 뿐이야. 이제는 어디서나 사람들이 필요하다면 서로를 죽이고 있어. 다음에 찾아오는 사람들은 우리보다 더 지독할 수도 있어. 단지 죽이는 게 재미있어서 죽일 수도 있고, 어쩌면 널 고문할지도 몰라."

여자아이는 아까 했던 말만 반복했다. "나 혼자 있게 내버려둬요."

"머지않아 폭도가 줄줄이 몰려올 거야." 올리비아가 말했다. "여러 도시에서 먹을 것을 찾아 이리로 달려올 거라고. 이런 집이라면 얼씨구나 하고 파리 떼처럼 꼬일 거야. 우리가 안 왔어도, 며칠만 더 있었으면 너희 부모님은 물론이고 너까지도 어차피 그놈들 손에 죽고 말았을 거야. 무슨 말인지 모르겠니?"

"그냥 가세요." 여자아이가 말했다. 차마 고개를 들지도 않은 상태였다.

존이 말했다. "내가 말했잖아요, 올리비아. 얘가 원하지도 않는데 우리가 억지로 데려갈 수는 없어요. 그리고 여기 계속 남아 있는 건― 방금 당신 입으로 그렇게 말했죠. 여기는 죽음의 덫이 될 거라고요."

올리비아는 마치 그의 말에 따르려는 듯 자리에서 일어났다. 하지만 그녀는 곧바로 여자아이의 양쪽 어깨를 붙들고 일으켜 세운 다음, 이번에는 뒤로 돌려 세워서 자기를 마주보게 했다. 평소에도 상당한 팔 힘을 지금 사용한 셈이지만, 거칠게가 아니라 어디까지나 결단력 있게 사용한 것이었다.

그녀가 말했다. "내 말 똑바로 들어! 너 지금 겁나지, 안 그래? 안 그러냐고?"

아이는 마치 홀린 것처럼 멍하니 올리비아의 눈을 바라보았다. 그러고는 고개를 끄덕였다.

"내가 널 도와줄 수 있어. 내 말 믿니?" 올리비아가 물었다.

아이는 고개를 끄덕였다.

"그럼 우리랑 같이 가는 거야." 올리비아가 말했다. "우리는 페나인 산맥을 지나서 웨스트모어랜드에 있는 어떤 곳으로 갈 거야. 거기서는 우리 모두가 매우 안전하게 지낼 수 있고, 더는 누굴 죽이거나 잔인하게 괴롭히는 일도 없을 거야." 올리비아가 평소에 보여주던 수줍음은 완전히 사라진 상태였다. 그녀는 분노와 확신이 가득한 어조로 말했다. "그러니 너도 우리랑 같이 가는 거라고. 그래, 맞아. 우리가 너희 엄마랑 아빠를 모두 죽였어. 하지만 너를 살려주면 우리도 두 분에게 조금이나마 보상해주는 게 될 거야. 두 분도 너까지 자신들처럼 죽는 걸 바라지는 않을 거니까."

아이는 말없이 그녀를 바라보기만 했다. 올리비아가 존에게 말했다.

"밖에 나가서 좀 기다려요. 애한테 옷을 입혀야 되니까. 2분이면 돼요."

존이 어깨를 으쓱했다. "난 아래 내려가서 다들 준비되었는지 확인할게요. 딱 2분이에요."

"금방 갈게요." 올리비아가 말했다.

거실에서는 로저가 벽 선반에 놓인 라디오의 다이얼을 돌리고 있었다. 존이 계단을 내려오자 그가 고개를 들어 바라보았다.

"아무것도 안 잡혀." 로저가 말했다. "북부, 스코틀랜드, 미들랜드, 런던. 다 해봤는데, 아무것도 안 잡혀."

"아일랜드는?" 존이 물었다.

"아무것도 안 들린다니까. 물론 이렇게 외딴 곳에서는 애초부터 안 들렸는지도 모르겠지만 말이야."

"라디오 자체가 고장일 수도 있지."

"채널이 하나 잡히기는 해. 그런데 어느 나라 말인지 모르겠어. 마치 중유럽의 어느 나라 말 같다고. 게다가 상당히 절망적인 어조였어."

"단파 방송은?"

"그건 아직 안 해봤는데."

"그럼 내가 해볼게." 로저가 옆으로 비켜서자 존이 단파 방송으로 스위치를 바꾼 다음, 다이얼을 천천히 그리고 신중하게 돌려보았다. 다이얼의 4분의 3을 돌렸는데도 방송이 전혀 잡히지 않았다. 그러다 갑자기 사람 목소리가 흘러나왔다. 지직거리고 희미하긴 해도, 분명히 영어였다. 그는 채널을 최대한 잘 맞춘 다음, 음량을 제일 크게 올렸다.

"······단편적입니다만, 지금까지의 모든 증거로 미루어 보건대 서유럽은 이제 문명 세계의 일부라고 할 수 없을 듯합니다."

미국 억양이었다.

존이 나지막이 말했다. "미국은 아직 멀쩡한 모양이로군."

"어제 저녁 미국과 캐나다 일부 지역에는 여러 대의 비행기가 도착했습니다. 대통령의 명령에 따라 비행기로 온 사람들에게 피난처가 제공되었습니다. 프랑스의 대통령 및 정부 고위층 일행, 네덜란드와 벨기에의 왕족 등이 도착했습니다. 노바스코샤 주 핼리팩스에서 전해 온 소식에 따르면, 영국의 왕족 및 정부 고위층 역시 그곳에 무사히 도착했다고 합니다. 같은 소식에 따르면 영국 총리 레이먼드 웰링은 자국의 붕괴 속도가 워낙 빨랐던 관계로 유언비어가 퍼지게 되었다고 발언했습니다. 영국 정부가 인구 밀집 중심지에 원자폭탄을 떨어트려 자국민 가운데 일부만 구하려 한다는 내용의 유언비어는 전적으로 근거가 없는데, 그럼에도 삽시간에 확산되어 공황 상태를 야기했다는 것이 웰링 총리의 주장입니다. 한편 미국의 원자력 위원회가 지난 몇 시간 사이에 유럽에서 일어난 여러 차례의 원자폭탄 폭발 사실을 확인했다는 이야기를 전하자, 웰링 총리는 본인도 이유를 설명할 수 없다고 일축하면서, 일부 고립된 영국 공군 부대가 상황 통제를 위한 최후의 수단으로 사용했을 가능성은 있다고 덧붙였습니다."

로저가 말했다. "결국 사태가 걷잡을 수 없을 정도가 되자, 저 작자도 나몰라라 내빼고 만 거로군."

"그리고 저 문제는 영영 풀리지 않는 수수께끼 가운데 하나로 남겠지."

라디오에서는 목소리가 계속 흘러나왔다. "다음에 전해드릴 내용은 어제 오후 9시 정각에 워싱턴에서 발표된 대통령의 성명입니다.

'서양 문명의 요람인 유럽에서 벌어진 야만 행위로 인한 손실에 대해 우리 국민 모두가 애도를 표시해야 마땅할 것입니다. 우리는 대서양 저편에서 벌어지는 일에 대해 슬픔과 충격을 느끼지 않을 수 없습니다. 다만 유럽의 현 상황조차도, 우리나라에서 그와 같은 파국의 위협이 약간이라도 있다는 의미까지는 아니라는 점을 강조하고자 합니다. 우리나라의 식량 보유고는 넉넉한 편이며, 비록 향후 수개월 간은 식량 배급량이 감축되겠지만, 그럼에도 모두에게 돌아갈 만큼 충분한 식량이 있기 때문입니다. 머지않아 우리는 충리 바이러스를 물리치고, 과거에 우리가 알던 넓은 세계를 되찾을 것입니다. 그때가 올 때까지 우리나라 국경 내에서 인류의 위대함이 담긴 유산을 보전하는 것이야말로 우리의 임무일 것입니다.'"

존은 씁쓸한 듯 말했다. "퍽이나 격려가 되는 말이로군."

뒤를 돌아보니 올리비아가 여자아이를 데리고 계단을 내려오고 있었다. 옷을 입고 나니 메리보다도 두세 살은 더 많아 보였다. 시골 출신답게 외모보다는 건강함이 더 눈에 띄었다. 여자아이는 존의 얼굴을 바라보다 말고 나무 바닥의 핏자국을 바라보더니, 다시 그의 얼굴로 시선을 옮겼다. 하지만 얼굴에는 아무런 표정도 떠오르지 않았다.

올리비아가 말했다. "얘 이름은 제인이에요. 우리랑 같이 가기로 했고요. 이제 모두 준비됐어요, 존."

존이 말했다. "좋아요. 그럼 출발합시다."

여자아이가 올리비아를 돌아보았다. "가기 전에— 두 분을 마지막으로 한 번만 뵐 수 있을까요?"

올리비아는 머뭇거리는 모양새였다. 존은 문득 두 구의 시체를 떠올려보았다. 애도는커녕 후회조차 없는 상태에서, 일행은 죽은 사람들을 지금 저 여자아이가 서 있는 계단 바로 아래 찬장에 마구 쑤셔 넣은 상태였다.

그는 날카로운 어조로 말했다. "안 돼. 그래 봤자 좋을 것 없을 테니까. 게다가 우리는 시간이 없단 말이야."

존은 여자아이가 반발하리라고 생각했다. 하지만 올리비아가 부드럽게 앞으로 떠밀자, 제인은 군소리 없이 따라왔다. 단지 거실을 한번 둘러본 다음, 그냥 밖으로 걸어 나왔다.

"좋아요." 존이 말했다. "출발합시다."

"처리할 게 아직 하나 남았군요." 피리가 말했다. 라디오에서는 여전히 목소리가 흘러나오고 있었으며, 음량이 주기적으로 높아졌다 낮아졌다 하면서 일행에게 가까워졌다 멀어졌다 하고 있었다. 지금은 식량 사재기를 금지하는 새로운 규제에 관한 개요가 방송되고 있었다. 피리는 벽 선반으로 걸어가더니, 팔을 휘둘러 라디오를 나무 바닥에 떨어트렸다. 기계가 떨어지면서 깨진 유리 파편이 사방으로 튀었다. 총포상은 조심스러운 동작으로 라디오를 걷어차서 외장을 박살 내 망가진 부품이 튀어나오게 만들었다. 그런 다음 유리와 금속 더미를 구두 뒷굽으로 꾹꾹 밟아서 완전히 못 쓰게 만들어버렸다. 일을 마치자, 그는 조심스럽게 발을 털고 일행에게 되돌아왔다.

아이들과 함께 움직이다 보니, 일행의 여정도 비교적 손쉬운 여러 단계로 나누어 진행할 수밖에 없었다. 존은 사흘 길로 계획했다. 첫째 날에는 웬슬리데일의 끝까지 갈 것이고, 둘째 날에는 황야를 지나서 세드버그 북부의 한 지점까지 갈 것이며, 셋째 날에는 결국 블라인드 협곡에 도착할 것이다. 그러려면 최대한 큰길에서 가깝게 걸어갈 필요가 있었고, 어쩌면 꽤 오랫동안 큰길을 따라서 걸어가는 일도 가능할 듯했다. 왜냐하면 지금 상황에서는 자동차가 큰길로 오갈 가능성이 많지 않아 보였기 때문이었다. 지금쯤은 노스라이딩의 대부분 지역에서도 매섬의 사례를 따를 것이 분명했다. 그러니 자동차는 요크셔데일스에 도달하기도 전에 약탈당하고 말 것이었다.

커버럼 방향에 있는 어떤 숲의 가장자리를 따라 내려가던 중에 로저가 존에게 말했다.

"차라리 자전거를 구해보면 어떨까 싶어. 자네 생각은 어때?"

존은 고개를 저었다. "아직 우리는 취약한 상태야. 게다가 자전거를 구하더라도 열 대를 한꺼번에 구해야만 해. 그러지 않으면 기껏 자전거를 구해놓고서도 타지 못하고 끌고만 가든가, 아니면 일행을 둘로 나눌 수밖에 없겠지."

"그리고 자네는 일행을 둘로 나누진 않을 거고, 그렇지?" 로저가 물었다.

존이 친구를 흘끗 바라보았다. "맞아. 그럴 일은 없을 거야."

로저가 말했다. "나는 올리비아가 저 여자아이를 설득해서 데려오기를 잘한 것 같아. 저 애가 그 집에 계속 남아 있다고 생각하면 끔찍했을 거야."

"자네는 점점 감상적으로 변해가는군, 로저."

"아니." 로저는 배낭이 자기 등 한가운데 더 밀착되도록 어깨 끈을 잡아당겼다. "오히려 자네가 점점 강인하게 변해가는 것뿐이야. 뭐, 그런 것도 나쁘지는 않겠다 싶어."

"이게 단지 해도 그만, 안 해도 그만인 선택의 문제 같아?"

"음, 아니. 자네 말이 맞아, 존. 이건 이제 필요의 문제겠지. 그나저나 우리가 해낼 수 있겠지?"

"당연히 해낼 수 있을 거야."

이들이 중도에 지나친 집들은 하나같이 잠겨 있거나 덧문이 닫혀 있었다. 혹시나 그 안에 사람들이 여지껏 살고 있더라도, 외관상으로는 그런 흔적을 전혀 드러내지 않고 있었다. 과거 이 지역에서 보이던 것보다는 인적도 훨씬 드물었고, 혹시 누군가와 마주칠 때에도 서로를 반기는 기색 따위는 전혀 없었다. 대개는 존의 일행과 마주친 사람들이 얼른 자리를 피해서 멀찍이 돌아갔다. 하지만 두 번인가 비슷한 처지로 보이는 무리를 만난 적도 있었다. 첫 번째 무리는 어른 다섯에 꼬마 둘이었다. 양쪽은 멀찍이서 서로를 흘끗 살펴보고는 각자의 길로 향했다.

두 번째 무리는 앞서보다 규모가 더 컸다. 열두 명 모두 어른이었고, 총도 몇 자루 가진 것이 분명했다. 양쪽은 오후에 에이스가스에서 동쪽으로 몇 킬로미터 떨어진 곳에서 마주쳤다. 아마도 저쪽 무리는 남쪽의 비숍데일로 가기 위해서 도로를 가로지르는 듯했다. 그들은 도로 위에 멈춰 서서 존의 일행이 다가올 때까지 기다렸다.

존은 자기네 일행에게 멈추라고 손짓했다. 상대편과는 20미터쯤 떨어진 곳이었다. 양쪽은 잠시 멈춰 서서 서로를 살펴보았다. 그러다가 상대편의 한 남자가 이렇게 외쳤다.

"댁들은 어디서 오는 거요?"

존이 대답했다. "런던에서 왔습니다."

잠시 적대적인 관심의 물결이 퍼져 나갔다. 그 지도자쯤 되는 듯한 사람이 말했다.

"안 그래도 이 근방에는 이곳 토박이들이 먹고살기에 충분한 물자조차도 없는 형편이오. 런던 사는 양반들이 굳이 약탈하러 이렇게 찾아오지 않아도 말이지."

존은 아무 대답도 하지 않았다. 대신 팔에 낀 산탄총을 들어 올렸을 뿐이었고, 로저와 피리도 똑같이 했다. 세 남자는 아무 말 없이 상대편을 바라보았다.

"어디로들 가는 거요?" 상대편 남자가 물었다.

"황야를 지나서 웨스트모어랜드로 갑니다." 존이 대답했다.

"거기는 오히려 여기보다도 뭐가 더 없을 텐데." 남자는 마치 탐내는 듯한 눈길로 이들의 총을 바라보았다. "혹시 그 무기를 쓸 줄 안다면, 차라리 우리랑 한편이 되어서 다닙시다."

"물론 쓸 줄 압니다." 존이 말했다. "하지만 우리는 그냥 우리끼리 있으면 좋겠군요."

"요즘 같은 세상에는 숫자가 많아야 안전하지 않겠소." 남자가 말했지만 존은 아무 대답도 하지 않았다. "애들한테도 그게 더 안전할 거고 말이오."

"우리 일은 우리가 알아서 해야죠." 존이 말했다.

남자는 어깨를 으쓱했다. 그가 손짓하자, 상대편 일행은 도로를 벗어나 원래의 방향으로 향했다. 남자는 자기 일행을 뒤에서 따라가려는 듯 잠시 기다렸다. 그러고는 도로 가장자리에서 갑자기 걸음을 멈추고 뒤로 돌아섰다.

"어이, 이보쇼!" 그가 외쳤다. "혹시 새로운 소식은 없소?"

이번에는 로저가 대답했다. "없어요. 다만 점점 더 세상이 솔직해지는 것 같긴 하네요."

그러자 남자는 파안대소했다. "아하, 그야말로 좋은 소식이로구먼. 결국 심판의 날이 멀지 않았다는 뜻이겠지!"

일행은 가만히 서서 상대편의 뒷모습을 지켜보다가, 저쪽이 거의 눈에 보이지 않게 되어서야 비로소 여정을 계속했다.

에이스가스 남쪽을 지나가다 보니, 이미 익숙해진 바리케이드의 흔적이 여기저기 드러나 있었다. 일행은 멀리 도시가 보이는 곳에서 오후의 열기를 피해 휴식을 취했다. 과거에는 무척이나 푸르렀던 계곡이었지만, 이제는 더 갈색인 저 너머 언덕을 배경으로 삼아 검은색이 압도적으로 많았다. 언덕 경사면을 따라 이어지는 돌담은 이제 아무 의미 없는 경계를 표시할 뿐이었다. 문득 언덕 경사면에 모여 있는 양떼를 본 듯한 느낌이 들어서, 존은 확인차 자리에서 벌떡 일어났다. 하지만 새하얀 자갈밭 때문에 생긴 착시 현

상일 뿐이었다. 지금 이곳에는 양떼라곤 전혀 없었다. 충리 바이러스가 그 철두철미한 파괴를 이미 자행한 까닭이었다.

메리는 제인이라는 여자아이와 함께 올리비아 곁에 앉아 있었다. 앞서는 너무 지친 나머지 재잘거리지도 못 했던 사내아이들도 이제 한데 모여 앉아서 이런저런 이야기를 나누고 있었다. 존이 드문드문 주워 들은 내용으로 미루어 보아, 모터보트에 관한 이야기를 나누는 모양이었다. 앤은 나무 밑에 혼자 앉아 있었다. 그는 그곳으로 다가가 아내 옆에 앉았다.

"기분은 좀 나아진 거야?" 존이 물었다.

"나는 괜찮아."

앤은 지친 모습이었다. 과연 아내가 어젯밤에 잠을 청하기나 했는지, 남편은 그저 궁금할 따름이었다. 그가 말했다.

"앞으로 이틀만 더 버티면 돼. 그러면……."

그때 앤이 남편의 말을 잘랐다. "그러면 모든 일이 다 괜찮아질 거고, 우리는 지금까지 일어난 모든 일을 잊을 수 있을 거고, 완전히 새로운 삶을 시작하는 거다 이거겠지, 안 그래?"

"아니. 나는 그럴 수 있으리라고는 생각하지 않아. 그게 뭐 중요하겠어? 다만 우리는 그나마 버젓하다고 여기는 삶을 다시 살아갈 수 있을 거고, 우리 아이들이 야만인이 아닌 버젓한 인간으로 자라나는 모습을 볼 수 있을 거야. 그것만 해도 충분히 가치 있는 일이라고."

"그래서 당신은 이 일을 하는 거겠지, 안 그래? 전 세계를 당신 어깨에 짊어지고 있으니까."

존은 부드럽게 말했다. "지금까지 우리는 상당히 운이 좋은 편이었어. 물론 그렇지 않았던 것처럼 보일 수도 있지만, 사실은 운이 좋았다고. 우선 런던에서 제때 빠져나온 것도 운이 좋았던 거고, 심각한 문제가 생기기 전에 이렇게 멀리 북쪽까지 온 것도 운이 좋았던 거야. 이곳이 텅 비어 보이는 이유는 이곳 사람들이 바리케이드 뒤에 숨어 있기 때문이고, 폭도는 아직 이곳에 도착하지도 않았어. 하지만 아무래도 하루 이틀 뒤면 폭도가 우리를 따라잡을 거라는 생각을 떨칠 수가 없어. 어쩌면 그보다도 더 일찍일 수 있지. 하지만 그놈들이 오더라도……."

그는 흘러가는 우어강을 바라보았다. 햇빛 찬란한 여름 특유의 풍경이었고, 저 친숙한 초록색이 빠져 있다는 점만 다를 뿐이었다. 존은 자기가 하는 말에 담긴 깊은 뜻을 실제로 믿는 것까지는 아니었지만, 그래도 자기가 하는 말이 사실임은 알고 있었다.

"블라인드 협곡에서 우리는 평화를 다시 찾겠지." 앤이 지친 듯 말했다.

"지금 당장 거기 가 있으면 얼마나 좋을까." 존이 말했다.

"나 피곤해." 앤이 말했다. "얘기할 기분이 아니야. 그거에 관해서건, 아니면 다른 무엇에 관해서건 말이야. 나 혼자 있게 내버려둬, 여보."

그는 잠시 아내를 내려다보다가 그곳을 떠났다. 주위를 둘러보니 옆에 있는 나무 밑에 앉아 있던 밀리센트가 이쪽을 유심히 바라보고 있었다. 눈이 마주치자 그녀는 존을 향해 미소 지었다.

호스 방면으로 계곡은 점점 더 좁아졌고, 양편 언덕도 점점 더 가팔라졌다. 앞서는 길 양쪽의 돌벽 꼭대기가 곧 언덕 꼭대기였지만, 이제는 그렇지가 않았다. 호스의 진입로에는 바리케이드가 설치된 것처럼 보이지 않았지만, 어쨌거나 일행은 그곳을 피해 갔다. 대신 남쪽의 더 높은 땅을 따라 우회해서 우어강의 지류를 건넜는데, 다행히도 연중 이맘때에는 수위가 낮은 편이었다.

그날 밤에 일행은 위데일길의 입구, 그중에서도 철로와 강 사이의 한 모퉁이에서 야영했다. 마침 가까운 곳에 감자밭이 있었기 때문에 식량을 충분히 얻을 수 있었다. 농가에서 가져온, 소금에 절인 고기에 감자를 곁들여서 올리비아가 스튜를 끓였다. 제인이 옆에서 도와주었고, 밀리센트도 썩 내키지는 않는 듯했지만 어쨌거나 거들었다.

페나인 산맥 너머로 해가 저물었지만, 여전히 빛이 제법 남아 있었다. 존이 손목시계를 확인했더니 벌써 8시가 가까워져 있었다. 그리니치 평균시가 아니라, 그보다 한 시간 빠른 영국 서머타임 시간대에 맞춰놓은 시계였기 때문이다. 이 섬세하면서도 우스꽝스러운 차이를 떠올리며 그는 슬며시 미소를 지었다.

일행은 비교적 잘 버티고 있었으며, 사내아이들도 눈에 띄게 피곤해 하지는 않았다. 웬만하면 좀 더 가서 멈췄겠지만, 지금 상황에서 모스데일을 오르다 마는 것은 어리석은 일이었다. 차라리 내일 아침 일찍 출발하는 게 더 나았다. 그는 만족스러운 눈으로 저녁 식사 준비를 지켜보았다. 피리는 철로 옆에서 보초를 서고 있었다.

사내아이들이 한데 뭉쳐 존에게 다가왔다. 데이비가 입을 열었다. 하지만 예전에 남자 대 남자로서의 대화를 나눌 때와는 다르게 뭔가 많이 공손한 어조였다.

"아빠." 아들이 말했다. "오늘 밤부터 우리도 불침번 서면 안 돼요?"

존은 사내아이들을 유심히 살펴보았다. 자기 아들의 신중한 모습이며, 스푹스의 호리호리하고 흐느적거리는 모습이며, 스티브의 작고 둥글둥글한 모습을. 아직 학생에 불과했고, 단지 평소보다 더 어리둥절하고 흥분된 잡담을 나눌 뿐인 아이들이었다.

그는 고개를 저었다. "제안은 고맙지만, 받아들일 수가 없구나."

데이비가 말했다. "하지만 우리도 지금까지 잘 버텨왔잖아요. 비록 총을 쏠 수는 없어도, 잠을 안 자고 깨어 있다가 혹시 누가 나타나면 소리라도 지를 수는 있다고요. 우리도 충분히 할 수 있어요."

존이 말했다. "너희 셋이 제일 크게 도와줄 수 있는 일이 있다면, 일단 저녁 먹고 나서는 늦게까지 안 자는 일 없고 떠들지 않는 거야. 가급적 일찍 자도록 해라. 내일 아침에는 일찍 일어나서, 제법 가파른 곳을 올라가야 하니까 하루가 유난히 길게 느껴질 거야."

그는 충분히 부드러운 어조로 말했다. 평소 같으면 데이비는 고집을 부리며 입씨름을 이어갈 법했다. 하지만 이번에는 체념한 듯 다른 두 아이를 흘끗 바라볼 뿐이었고, 곧이어 세 녀석 모두 강을 구경하러 가버렸다.

일행은 한자리에 모여 저녁 식사를 했다. 보초를 서던 피리가 다가오더니, 자기 눈이 닿는 곳 이내로는 사방이 텅 비었다고 알려주었다. 식사 후에 존은 오늘 밤의 불침번 순서를 정했다.

로저가 말했다. "제인은 불침번에 넣지 않을 거야?"

처음에만 해도 존은 친구가 농담하는 거라고 생각해 웃음을 터 트렸다. 하지만 그가 진지하게 물어보고 있음을 뒤늦게 깨닫고 깜 짝 놀랐다.

"아니." 존이 말했다. "오늘 밤은 아니야."

제인은 올리비아 옆에 바짝 붙어 앉아 있었다. 그녀는 하루 온 종일 새로운 보호자 곁을 멀리 떠난 적이 없었다. 오후 내내 두 여 자가 이런저런 이야기 나누는 소리를 존도 들을 수 있었다. 심지 어 한번은 제인이 웃는 소리도 들렸다. 자기 이야기가 나온 것을 눈치라도 챘는지, 여자아이는 두 남자를 흘끗 쳐다보았다. 앳되고 어딘가 뺨이 통통해 보이는 얼굴은 개방적이고도 호기심이 많아 보였다.

"설마 우리가 잠든 사이에 죽일 생각까지는 없겠지. 안 그래, 제 인?" 로저가 물어보았다.

여자아이는 단호하게 고개를 저었다.

존도 그녀에게 물었다. "그래도 혹시 모르니까, 아예 그럴 만한 기회를 주지 않는 게 최선이겠지. 안 그래?"

제인은 고개를 돌렸다. 하지만 존이 보기에는 증오 때문이라기 보다는 오히려 부끄러움 때문인 듯했다.

그가 말했다. "오늘은 앤이 맨 처음 불침번을 설 겁니다. 다른 분 들은 어서 누워서 좀 주무세요. 청소년 여러분께서는 불을 좀 꺼주 시죠. 깜부기불이 남지 않도록 꾹꾹 밟아주시고요."

*

로저가 존을 깨웠다. 그러고는 불침번이 사용하는 산탄총을 건네주었다. 존은 자리에서 일어났다. 몸이 뻣뻣하게 느껴져서, 양손으로 양쪽 다리를 문질렀다. 달이 떠 있었다. 달빛이 가까운 강물 위에 반사되고, 서로 모여 누워 있는 몇몇 사람들 사이로도 그림자를 만들어내고 있었다.

"계절에 걸맞게 따뜻하네." 로저가 말했다. "감사한 일이지."

"혹시 무슨 특이사항이라도 있어?"

"있기는 뭐가 있겠어. 아니, 유령 정도는 있다고 해야 할까?"

"유령이라니, 무슨?"

"잠깐 동안이지만 허깨비가 하나 나타났던 것뿐이야. 그것도 참으로 진부한 놈으로 말이야." 친구가 유심히 지켜보는 가운데 로저가 말을 이었다. "유령 열차였어. 갑자기 멀리서 기적 소리가 들린 것 같더라니까. 그러다가 10분쯤 지나니까, 농담이 아니라 멀리서 덜컹거리는 소리까지 들리더라고."

"진짜 기차였을 수도 있지." 존이 말했다. "물론 그걸 실제로 운행할 사람을 용케 찾아낸 기차가 있다고 치면 말이야. 만약 그렇다면 한밤중에라도 기차를 운행할 수 있겠지. 하지만 현재 상황을 모두 고려해보면, 그럴 가능성은 별로 없어 보여."

"그러니 나로서도 차라리 유령 기차였다고 믿고 싶은 거라고. 시장에 가려는 데일스 주민의 유령을 잔뜩 실은, 또는 유령 석탄이나 유령 광물을 화차에 잔뜩 실은 유령 열차가 페나인 산맥을 넘어갔다고 말이야. 문득 그런 생각이 들더라고. 이 철로가 지금처럼 철로

다운 상태를 과연 언제까지 유지할까? 한 20년쯤? 아니면 30년쯤? 또 사람들은 옛날에 이런 물건이 있었다는 걸 과연 언제까지 기억할 수 있을까? 이러다가 우리의 증손자들은 옛날에 석탄을 집어먹고 연기를 뱉어내는 강철 괴물이 있었다는 전설을 듣게 되는 건 아닐까?"

"가서 잠이나 자." 존이 말했다. "자네의 증손자들에 관해 생각할 시간이라면 앞으로도 충분히 많을 테니까 말이야."

"여하간 유령이 있다고." 로저가 말했다. "오늘 밤에는 내 주위에 온통 유령들만 있는 것 같아. 심지어 맨몸에 시퍼렇게 물감을 칠한 후손들의 유령들까지 득실거린다니까."

존은 아무 대답 없이 철롯둑을 올라가서 불침번 자리로 갔다. 위에서 뒤돌아보니, 로저는 잠을 청하려는 듯 이미 웅크리고 누워 있었다.

불침번의 임무는 철로의 이편과 저편 모두를 감시하는 것이었다. 하지만 이편보다는 저편, 즉 북쪽을 살펴보는 것이 더 중요했는데, 큰길이 바로 그쪽으로 지나고 있었기 때문이었다. 그래서 불침번의 위치도 그쪽을 살피기에 용이한 철롯둑 너머에, 즉 잠자는 일행이 있는 곳에서는 안 보이는 위치에 있었다. 그는 담배를 한 대 피워 물었고, 혹시나 담뱃불을 누군가가 목격하는 일이 없도록 손을 들어 가렸다. 꼭 이렇게까지 해야 할 필요는 없다고 생각하면서도, 예전에 군대에서 겪은 것과 상당히 비슷한 데가 많은 상황을 겪다 보니, 자연히 그때 익힌 버릇을 적용하게 되는 것이었다.

존은 손으로 감싼 작고 하얀 종이 대롱을 새삼스레 바라보았다.

결국에 가서는 끊을 수밖에 없는 습관이겠지만, 피울 담배가 다 없어지기도 전에 담배를 미리 끊는 것이야말로 어리석어 보였다. 모험심 많은 저 미국인들이 한동안 잊힌 이 나라의 항구에 도착해 내륙까지 진입하려면, 그리하여 통조림 햄과 담배를 건네주고 충리 바이러스에 끄떡없는 신품종 식물 종자를 살포하려면, 과연 얼마나 오래 기다려야 하는 걸까? 영국인 가운데 나머지가 버티고 있는 블라인드 협곡 같은 모든 소규모 전초지라면 어디에서나 이런 백일몽, 또는 희망사항을 공통으로 갖고 있을 것이다. 어쩌면 이런 희망사항이 훗날 전설이 되면, 새로운 야만인 가운데 일부는 서쪽에 펼쳐진 바다를 건너갈지도 모른다. 그리고 막상 도착하고서야 그곳 역시 자기네 고향과 마찬가지로 불모지로 변모했음을 발견할지도 모른다.

인류를 위한 막판의 사형 집행 정지 명령 같은 것이 있으리라고는 이제 믿을 수 없었다. 처음에는 중국이, 다음에는 아시아의 나머지 지역이, 이제는 유럽까지도 당하고 말았다. 차마 믿기 힘든 일이었지만, 다른 지역들도 조만간 차례차례 파국을 맞이할 것이었다. 인류 역사가 빼곡히 적힌 칠판 위에 자연이 지우개질을 해서 텅 빈 공간을 다시 만들었고, 이제는 지구상 곳곳에 살아남은 극소수 생존자가 그 위에 각자의 애처로운 이야기를 다시 적어나가야 할 판이었다.

바로 그때 일행이 누워 있는 철롯둑 너머에서 무슨 소리가 들렸다. 존은 무거운 몸을 이끌고 무슨 일인지 살피러 걸어갔다. 철롯둑 위에 올라가보니, 가냘픈 몸집의 누군가가 몇 미터 앞에서 그에게 다가왔다. 밀리센트였다. 그녀가 한손을 내밀자 존은 붙잡아주었다.

그가 말했다. "도대체 지금 여기서 뭐 하는 거죠?"

그녀가 말했다. "쉬잇. 다들 깨겠어요."

밀리센트는 저 밑에서 잠든 사람들을 살펴본 다음, 철로를 넘어서 불침번 자리로 갔다. 존은 그녀를 뒤따라갔다. 지금의 이 방문이 무슨 의도인지는 그 역시 충분히 짐작할 수 있었다. 그리고 상대방의 이런 냉정하면서도 파렴치한 태도 때문에 화가 치밀었다.

"당신의 불침번 근무 시간은 지금부터 두 시간 뒤잖아요." 존이 말했다. "어서 가서 도로 주무세요. 오늘은 유난히 긴 하루가 예정되어 있으니까요."

밀리센트가 그에게 말했다. "담배 한 대 주실래요?" 그가 담배를 꺼내 건네주자, 이번에는 이렇게 덧붙였다. "불도 좀 붙여주세요."

존이 말했다. "지금 상황에서는 가급적 불빛을 드러내지 않는 게 좋을 거예요. 담배를 밑으로 하고, 빨아들일 때에는 양손으로 감싸서 가리세요."

"세상에, 정말 모르시는 게 없네요. 안 그래요?"

그녀는 몸을 굽히고 양손으로 라이터 불빛을 가린 상태에서 담뱃불을 붙였다. 특유의 검은 머리카락이 달빛에 번들거렸다. 존이 생각하기에는 아무래도 자기가 이 상황에 제대로 대처하지 못하는 것 같았다. 애초에 담배를 달라고 할 때 순순히 건네준 것 자체가 잘못이었다. 차라리 그때부터 어서 자러 가라고 단칼에 돌려보냈어야 했다. 그녀가 다시 몸을 폈다. 이번에는 움켜쥔 한손에 담배를 들고 있었다.

"저는 잠을 안 자도 멀쩡해요." 밀리센트가 말했다. "한번은 금요일부터 월요일까지, 그러니까 주말 내내 세 시간도 못 잔 적도 있어요. 하지만 그러고 나서도 쌩쌩하기만 했죠."

"호언장담하지는 말아요. 피곤한 기색이 온몸에 나타나 있으니까."

"진짜요?" 잠시 침묵이 흘렀다. "그나저나 앤은 도대체 왜 그런대요?"

존은 냉정하게 대답했다. "왜 그런지는 당신도 저만큼 잘 알 텐데요. 물론 당신은 아무런 영향도 받지 않은 것 같지만요. 이전에 벌어진 일에도 그렇고, 이후에 제 아내가 한 행동에도 역시나 그렇고 말이에요."

밀리센트는 뭔가 흡족한 듯 말했다. "저처럼 살면서 아주 높은 기준까지 갖지는 않는 사람의 좋은 점 가운데 하나가 바로 그거죠. 설령 심한 일을 당하더라도 정신이 나가버리지는 않는다는 거예요. 다른 사람 때문이건, 아니면 저 스스로 때문이건 간에 말이에요."

존은 담배를 빨아들였다. "어쨌거나 앤에 관한 이야기는 하고 싶지 않아요. 그리고 당신하고 '엉뚱한 짓'을 하고 싶지도 않고요. 무슨 말인지 알아듣겠어요? 다른 건 몰라도, 지금은 그런 일 따위를 하고 있을 때가 아니란 걸 당신도 똑똑히 알아두었으면 좋겠군요."

"그런 일에 굳이 때를 따질 필요가 있나요? 제가 하고 싶을 때가 바로 그때인 거죠."

"지금 당신은 실수하는 거예요. 저는 그러고 싶지 않다니까요."

밀리센트가 웃음을 터트렸다. 이때만큼은 목소리도 더 낮고, 어딘가 칼칼한 느낌이었다.

"어린애처럼 굴지 말아요." 그녀가 말했다. "물론 저도 실수는 하죠. 하지만 이쪽 방면의 일에서는 그렇지가 않다고요."

"지금 당신이 제 마음을 저보다 더 잘 안다는 겁니까?"

"제가 예상했던 반응 그대로라는 거죠. 궁금하다면 설명해드리죠, 대장님. 만약 올리비아가 자다 말고 이렇게 불쑥 찾아왔다고 치면, 당신은 곧바로 그녀를 돌려보내고 차마 말대꾸조차도 못 하게 했을 거예요. 그나저나 우리가 지금 왜 귓속말로 이야기를 나누고 있죠? 결국 다른 사람이 잠에서 깨어나지 않게 하려는 것 아니겠어요?"

존은 자기가 어느새 목소리를 낮추고 있다는 사실조차 깨닫지 못했다. 그래서 그는 좀 더 큰 목소리로 말했다. "지금 당장 자리로 돌아가세요, 밀리센트."

그녀는 다시 웃음을 터트렸다. "아니, 다른 사람들이 잠에서 깰까 봐 목소리를 낮추는 게 뭐가 이상한 일이라고 그래요? 제 생각에 다른 사람들은 저만큼 잠을 안 자고도 쌩쌩할 수는 없을 거예요. 당신도 너무 일찍 일어났고요."

"알았어요. 어쨌거나 더는 당신하고 말싸움하고 싶지는 않군요. 어서 잠자리로 돌아가시고, 지금까지 했던 이야기는 깨끗이 잊어주세요."

밀리센트는 순순히 대답했다. "좋아요." 그러고는 반쯤 피운 담배를 땅에 버리더니 발로 밟아서 껐다. "저는 그냥 불꽃이 튀나 궁금해서 한번 시험해본 것뿐이었어요. 당신이 활활 타오르지는 않았으니까, 이제 저는 착한 소녀마냥 얌전히 돌아갈 수밖에 없겠네요."

말은 그렇게 하면서도, 그녀는 성큼 그에게 다가왔다. 존이 말했다. "바보 같은 짓 말아요, 밀리센트."

그러자 그녀가 바로 앞에서 멈춰 섰다. "아니, 잘 자라고 뽀뽀해주는 게 뭐 어때서요. 안 그래요?" 그러더니 갑자기 존의 품에 뛰어들었다. 그의 입장에서는 밀리센트를 붙잡아주든가, 아니면 넘어지게 비켜서든가, 양자택일할 수밖에 없었다. 결국 존은 그녀를 붙잡아주었다. 밀리센트의 몸은 매우 따뜻했고, 그의 예상보다 훨씬 더 부드러웠다. 그녀는 슬그머니 존에게 몸을 비볐다.

"불꽃 튀기기 시험은 성공인 것 같네요. 제 생각엔." 밀리센트가 말했다.

바로 그때 작은 돌멩이가 떨어지는 소리가 들렸다. 두 사람은 뒤를 돌아다보았다. 철롯둑 위에 누군가가 우뚝 서서 그들을 바라보고 있었다.

피리가 한쪽 팔에 낀 소총을 손으로 토닥이고 있었다. 그는 타이르듯 말했다. "이 물건을 들고 당신을 충분히 기습할 수 있었습니다. 훌륭한 불침번이라는 평가를 받을 만큼 경계를 잘하지는 못하셨군요, 커스턴스 씨."

밀리센트는 붙잡고 있던 존의 팔을 풀었다. 그리고 남편에게 말했다. "지금 도대체 뭐 하는 거예요? 한밤중에 갑자기 일어나서 돌아다니기나 하고."

"당신한테도 똑같은 질문을 던지면 피차 이상하기는 마찬가지 아닐까?" 피리가 물었다.

그녀는 경멸하듯 말했다. "그렇잖아도 가뜩이나 경계심 많은 당신이 지난번 이후로는 왜 마누라 감시에 흥미를 잃었을까 궁금하던 참이었죠. 아니면 더 큰 만족감을 위해 이런 상황까지 굳이 기다린 건가요?"

피리가 말했다. "마지막 몇 번은 그나마 상황이 덜 나쁘다고 판단해서 꾹 참았던 것뿐이야. 물론 당신도 충분히 신중했고. 따라서 내가 무슨 행동을 취하건, 자칫 내가 마누라한테 뒤통수를 맞았다는 사실만 확연했겠지. 나로선 그런 현실을 최대한 피하려 들었는데 말이야."

"걱정 말아요." 밀리센트가 말했다. "나는 앞으로도 신중하게 굴 테니까."

존도 말했다. "피리! 당신 부인과 저 사이에는 아무 일도 없었습니다. 물론 앞으로도 아무 일 없을 거고요. 지금 제 머릿속에는 우리 모두를 블라인드 협곡까지 안전하게 데려갈 생각밖에는 없다고요."

피리는 마치 재미있어 하는 듯한 투로 말했다. "솔직히 말하자면, 난 오래 전부터 이 여자를 죽여 없애고 싶었죠. 하지만 정상적인 사회에서는 살인에 크나큰 위험이 따르게 마련이었습니다. 그래서 난 나름대로의 계획을, 그것도 상당히 훌륭한 계획을 고안하기에 이르렀죠. 하지만 여차하면 실천에 옮기지 못할 뻔했어요."

밀리센트가 말했다. "헨리! 바보 같은 소리 말아요!"

달빛 속에서 존은 피리가 오른손을 들어서 손가락으로 코 옆을 문지르는 모습을 보았다. 총포상이 날카롭게 말했다.

"그 입 좀 다물어."

그는 신중하게 소총의 안전장치를 풀었다. 존도 산탄총을 치켜들었다.

"아니." 피리가 차분히 말했다. "총을 내리시지요. 내가 훨씬 더 빨리 총을 쏠 수 있다는 사실은 당신도 잘 알고 있을 테니까. 총을 내려요. 자칫하다가는 내가 경솔한 행동을 범할 수도 있습니다."

존은 산탄총을 도로 내렸다. 어쨌거나 지금으로선 피리를 엘리자베스 시대 비극의 주인공이라도 되는 것처럼, 즉 부정한 아내를 자기 손으로 죽이려는 남편이라도 되는 것처럼 가정하는 것도 우스꽝스러워 보였기 때문이다.

그가 말했다. "저도 이제는 상황이 대강 이해되는군요. 여하간 그건 바보 같은 생각이 맞는 것 같아요. 안 그렇습니까? 당신이 정말로 밀리센트를 죽이고 싶었다면, 애초에 그냥 런던에 남겨놓고 와도 그만이었을 테니까요."

"좋은 지적이군요." 피리가 말했다. "하지만 정답까지는 아닙니다. 당신도 기억하시겠지요. 당신네 일행에 합류할 때, 나는 일단 버클리 씨가 털어놓은 이야기가 사실일 경우에만 그렇게 하겠다는 단서를 달았습니다. 하지만 그때 이미 나는 당신들과 기꺼이 힘을 합쳐 경찰의 검문소를 뚫을 작정이었습니다. 왜냐하면 행동의 자유를 얻을 수만 있다면 뭐라도 하겠다는 심정이었기 때문이죠. 사실은 그래서였던 겁니다."

밀리센트가 말했다. "그럼 두 분은 계속 이야기 나누세요. 저는 이만 자러 돌아갈 테니까요."

"안 되지." 피리가 부드럽게 말했다. "그냥 거기 서 있도록 해. 지금 당신이 서 있는 바로 거기에 말이야." 그가 소총의 총신을 한손으로 만지자, 그녀는 움직이다 말고 우뚝 멈추었다. "솔직히 말해서, 밀리센트를 그냥 런던에 버리고 떠날 생각도 비록 잠깐 동안이지만 진지하게 했었습니다. 하지만 그 생각을 끝내 떨쳐버린 이유가 있었죠. 설령 폭동보다 더 끔찍한 일이 벌어지더라도, 저 여자라면 폭도의 두목에게 몸을 내주는 대가로 그럭저럭 잘 살아남을 것이 분명해 보였거든요. 미래의 성공을 보장할 수도 있는 상황에 저 여자를 놓아두고 떠난다는 생각 자체가 나로선 마음에 안 들었습니다."

"그나저나 당신한테는 그 계획이 왜 그렇게 중요한 겁니까?" 존이 물었다.

"나로 말씀드리자면 치욕을 결코 가볍게 생각하지 않는 사람이기 때문이죠." 피리가 말했다. "어떤 사람이 보기에는 원시적이라고 묘사할 법한 어떤 기질이 내 몸속에는 흐르고 있는 겁니다. 어디, 말씀해보세요, 커스턴스 씨. 이제 이 나라에 법적 절차가 존재하지 않는다는 점에 대해서는 우리 서로 동의하지 않았습니까?"

"그건 그렇죠. 만약 그따위 것이 아직 남아 있다면, 우리는 조만간 모두 교수형에 처해질 테니까요."

"맞습니다. 그러면 지금처럼 국가의 법률이 제 기능을 못 하는 상황에서는 뭐가 남겠습니까?"

존은 조심스럽게 대답했다. "집단의 규범이겠지요. 스스로를 보호하기 위한 규범 말입니다."

"그리고 가정의 규범도 있겠지요?"

"집단 다음에는 그렇겠지요. 물론 집단의 필요가 최우선이지만요."

"그러면 한 가정의 우두머리는 누가 되어야 할까요?" 피리의 말에 밀리센트는 웃기 시작했지만, 신경이 곤두서다 못해 거의 히스테리 같은 웃음이었다.

"웃고 싶으면 얼마든지 웃으라고, 여보." 피리는 태연히 말을 이어 나갔다. "당신이 행복해 보이니 나도 기분이 좋군. 어디, 커스턴스 씨. 한 가정의 우두머리는 남자가 맡아야 적절할 겁니다. 여기에 대해서도 우리 모두 이미 동의한 것 아닙니까?"

이 정신없고 무자비한 논리는 오로지 한 방향으로 나아가는 것만 같았다. 존이 대답했다.

"그렇습니다. 가정 내에서라면." 그는 잠시 말을 머뭇거렸다. "제가 결정권자이니까요. 최종 결정은 제가 내리는 겁니다."

순간 그는 피리가 미소 짓는 모습을 본 것 같았지만, 희미한 달빛 속에서는 정확히 분간하기가 어려웠다. 총포상이 말했다.

"내 최종 결정 수단은 바로 여기 있습니다." 그는 소총을 토닥였다. "마음만 먹는다면 난 우리 일행 전체를 쓸어버릴 수도 있죠. 나는 부정한 아내에게 뒤통수를 맞은 남편입니다. 질투를 느끼는 남편일 수도 있고, 어쩌면 자존심이 강한 남편일 수도 있지요. 여하간 난 반드시 내 권리를 행사하겠다고 결심한 상태입니다. 그러니 당신도 내 말에 반박하지는 않았으면 좋겠군요. 나로선 굳이 당신을 적대시하고 싶지는 않으니까 말입니다."

"지금쯤은 당신도 블라인드 협곡까지 가는 길을 알고 계시겠지요." 존이 말했다. "하지만 나 없이 당신 혼자 거기 들어가기는 어려울 겁니다."

"나로 말하자면 좋은 무기도 있고, 그걸 사용할 능력도 있지요. 그러니 지금 상황에서 일자리를 구하기란 어렵지 않을 겁니다."

잠시 침묵이 흘렀다. 침묵 속에서 갑자기 새 소리가 들려왔다. 존은 깜짝 놀랐다. 그제야 그게 나이팅게일의 울음소리라는 것을 깨달았다.

"어떻습니까." 피리가 말했다. "당신은 내 권리를 인정하시겠지요?"

밀리센트가 소리쳤다. "안 돼요! 존, 제발 저 사람 좀 말려줘요. 저 사람은 이렇게 행동해서는 안 된다고요. 사람이 어떻게 그럴 수 있냐고요. 헨리, 내가 약속할 테니까……."

"한밤중에 고통도 없이 숨지노라."[+] 피리가 말했다. "나 같은 사람조차도 때로는 시의 한 구절이 정말 딱 들어맞는다는 사실을 알 수 있군요. 커스턴스 씨! 내 권리를 인정할 겁니까, 말 겁니까?"

다시 움직이며 그를 겨눈 총신이 달빛을 받아 은색으로 변했다.

[+] 존 키츠(1795-1821)의 시 「나이팅게일에게 바치는 노래」의 한 대목.

존은 갑자기 겁이 났다. 단순히 자기 목숨 때문만이 아니라, 앤과 아이들의 목숨 때문이기도 했다. 피리의 무자비함은 의심의 여지가 없었다. 단지 한껏 자극된 저 총포상의 무자비함이 과연 어떤 결과를 낳을지가 의심스러울 뿐이었다.

"당신의 권리를 인정합니다." 존이 말했다.

충격을 받은 듯 낯선 목소리로 밀리센트가 말했다. "싫어! 여기서 이렇게……."

그녀는 피리를 향해 달려갔지만, 철로에 발이 걸린 나머지 비틀거렸다. 남편은 아내가 거의 다 다가온 후에 비로소 총을 발사했다. 탄환에 맞은 충격으로 그녀는 뒤로 벌렁 넘어졌고, 철로 한가운데서 가로로 쓰러져버렸다. 주위의 언덕에서 총소리가 도로 메아리쳤다.

존은 철로를 따라 걸어가서 시체 곁을 지나쳤다. 피리는 소총을 내린 상태였다. 총포상 옆에 선 채로, 존은 철롯둑 아래를 내려다보았다. 일행 모두가 총소리에 놀라 잠에서 깬 상태였다.

그가 아래를 향해 외쳤다. "괜찮아요. 모두들 다시 눈을 붙이도록 해요. 아무 문제없으니까."

로저가 외쳤다. "산탄총 소리가 아니었는데. 혹시 피리 씨도 거기 계신가?"

"그래." 존이 말했다. "자네도 도로 잠이나 자게. 아무 이상 없으니까."

피리가 돌아서서 그를 바라보았다. "그럼 저도 이만 자러 가봐야겠군요."

존이 날카롭게 말했다. "당신은 먼저 이 시체 치우는 일이나 도와주시죠. 이따 올리비아가 불침번을 서러 나왔다가 이걸 보고 기겁하게 둘 수는 없으니까요."

피리도 고개를 끄덕였다. "강물에 던질까요?"

"수심이 너무 얕아요. 아마 떠내려가지 못하고 걸려 있을 거예요. 게다가 맑은 물을 굳이 더럽히는 것도 좋은 생각은 아닐 것 같고요. 일단 철롯둑 밑으로 던져놓죠. 강 반대편으로요. 그렇게 하면 될 것 같아요."

두 사람은 시체를 들어서 철로를 따라 서쪽으로 200미터쯤 떨어진 곳으로 옮겼다. 죽은 여자는 가벼웠지만, 철로인 까닭에 들고 걷기가 쉽지는 않았다. 시체를 철롯둑 아래로 굴러 떨어트릴 때가 되자 존은 비로소 안심했다. 저 밑에는 덤불이 있었다. 시체는 그 사이에 툭 떨어졌다. 밀리센트의 흰색 블라우스가 보이기는 했지만, 달빛 아래에서 자세히 식별하기는 불가능했다.

두 사람은 아무 말 없이 원래 있던 곳으로 돌아왔다. 불침번 자리로 오자 존이 말했다.

"이제 가서 주무세요. 그리고 다음 차례인 올리비아한테는 댁의 부인 차례에 당신을 대신 깨우라고 말해놓겠습니다. 이의는 없으시겠죠?"

피리는 온화하게 대답했다. "물론입니다. 말씀대로 하죠." 그는 팔에 소총을 끼었다. "그럼 수고하세요, 커스턴스 씨."

"안녕히 주무세요." 존이 말했다.

그는 피리가 철롯둑 경사면을 따라 내려가서 잠든 일행 쪽으로 향하는 모습을 지켜보았다. 물론 존이 잘못 생각했을 수도 있었다. 어쩌면 밀리센트의 목숨을 구할 수도 있었을지 몰랐다.

하지만 그는 이 문제를 놓고 더는 고민하지 않았다. 그리고 이런 자신의 태도를 뒤늦게야 깨닫고 스스로도 깜짝 놀라고 말았다.

9

아침이 되자 가라앉은 분위기가 역력했다. 존은 피리가 밀리센트를 총으로 쏴 죽였다는 사실을 일행에게 설명해주었지만, 아이들에게는 어디까지나 사고일 뿐이었다고 둘러댔다. 전후곡절을 따로 들은 로저는 고개를 저었다.

"그 양반 참 화끈하군, 안 그래? 우리가 진짜 희한한 물건을 하나 골라서 합류시킨 게 분명해 보여."

"맞아." 존이 말했다. "그런 셈이지."

"앞으로도 뭔가 문제가 생길까? 자네 생각은 어때?"

"하고 싶은 대로 하게 내버려두는 한 문제 없을 거야." 존이 말했다. "그나마 다행인 점은, 그 양반의 요구가 상당히 온건해 보이더라는 거였지. 자기한테 자기 마누라를 죽일 권리가 있다고 생각한 것뿐이니까."

나중에 그가 강에서 몸을 씻을 때 앤이 다가왔다. 그녀는 옆에 앉아서 흘러가는 강물을 바라보았다. 계곡 전체에 햇빛이 찬란했지만, 이들의 머리 위로는 크고 납작한 구름이 여러 점 떠 있었다.

"시체는 어디에 치웠어?" 그녀가 물었다. "애들한테 씻으러 내려올 건데, 어딘지 알아야 그쪽에 못 가게 하지."

"여기서 멀리 떨어진 곳이야. 애들은 와서 씻으라고 해."

앤은 아무런 표정 없는 얼굴로 남편을 바라보았다. "무슨 일이 있었는지 나한테는 얘기해봐. 피리는 소총을 가지고 실수할 사람도 아니고, 이유 없이 누군가를 죽일 사람도 아니잖아."

그는 아무것도 숨기지 않고 사실대로 말해주었다.

앤이 말했다. "그럼 피리가 바로 그 순간에 나타나지 않았다면 어떻게 되었을까?"

존은 어깨를 으쓱했다. "아마 내가 그녀를 다시 잠자리로 돌려보냈겠지, 십중팔구. 그거 말고 내가 무슨 다른 말을 할 수 있겠어?"

"하긴 그렇지. 어쨌거나 이제는 상관없는 일이네." 곧이어 앤은 갑자기 질문을 던졌다. "그런데 당신은 왜 그 여자를 안 구해준 거야?"

"구해줄 수가 없었어. 피리는 이미 그러려고 작정한 상태였으니까. 여차하면 덩달아 총에 맞아 죽을까 봐, 나만 간신히 옆으로 비켜선 거지."

앤은 씁쓸한 듯 말했다. "당신은 우리의 지도자잖아. 그런데도 옆으로 비켜선 채로 사람들이 서로를 죽이게 내버려둘 거야?"

존은 아내를 빤히 바라보았다. 그의 목소리는 냉정했다. "당신한테나 아이들한테 내 목숨이 밀리센트의 목숨보다 더 중요하리라 생각해서 그랬을 뿐이야. 지금도 그렇게 생각해. 당신이 동의하든 안 하든 간에 말이야."

두 사람은 잠시 아무 말도 없이 서로를 바라보았다. 곧이어 앤이 남편에게 한 걸음 가까이 다가왔고, 존은 아내를 붙잡아주었다. 그녀가 남편의 귀에 대고 속삭였다.

"여보, 미안해. 내 말이 그런 뜻이 아닌 줄은 당신도 알 거야. 하지만 너무 끔찍한 일이어서, 그리고 상황이 점점 더 나빠지고 있어서 하는 말이야. 자기 부인을 그렇게 죽여버리다니……. 도대체 우리 앞에는 어떤 삶이 기다리고 있는 걸까?"

"일단 우리가 블라인드 협곡에 도착하고 나면……."

"우리 계속 피리랑 함께 가야 되는 거지, 안 그래? 아, 여보, 꼭 그래야만 하는 걸까? 차라리 그 사람이 어떻게든 없어지게 할 수 없을까?"

존이 부드럽게 말했다. "당신 걱정이 지나친 거야. 피리는 충분히 규범을 준수하고 있는 거니까. 내가 보기에 그는 이미 오래전부터 밀리센트를 증오해왔던 것 같아. 최근 들어 유혈 사태가 많이 벌어지다 보니, 결국 그렇게 해치울 생각까지 품었던 모양이지. 하지만 일단 계곡에 도착하면 달라질 거야. 그때부터는 우리 나름의 법과 질서를 갖게 될 테니까. 피리도 당연히 거기 따라야 할 거고."

"그 사람이 순순히 그러려고 할까?"

존은 아내의 팔을 어루만졌다. "그나저나 당신." 그가 말했다.

"이제는 좀 어때? 아직 힘들지 않아?"

앤은 고개를 저었다. "아주 힘들지는 않아. 내 생각에 사람은 뭐든지 금방 익숙해지는 것 같아. 심지어 나쁜 기억에도 말이야."

오전 7시가 되자 일행은 한자리에 모여서 출발 준비를 했다. 하늘을 뒤덮은 구름 사이로 드문드문 푸른 틈새가 나타났지만, 구름이 동쪽으로 충분히 넓게 펼쳐진 까닭에 해까지 가려버렸다.

"날씨가 썩 좋아 보이지는 않는데." 로저가 말했다.

"우리로선 너무 덥지 않은 게 오히려 좋지." 존이 말했다. "우리 앞에는 오르막길이 기다리고 있으니까. 모두 준비됐죠?"

피리가 말했다. "제인은 지금부터 내가 데리고 갔으면 좋겠군요."

다른 사람들은 그를 바라보았다. 이 요청은 무척이나 기묘한 것일 뿐만 아니라 무의미한 것이기도 했다. 존은 일행이 특별한 순서를 정해서 걸을 필요가 있다고는 생각하지 않았다. 어떤 순서로 가든지 결국에는 뒤처지는 사람이 나올 것이기 때문이었다. 그래서 제인도 이전처럼 올리비아 옆에 자동적으로 가 있었다.

존이 물었다. "왜죠?"

피리는 태연한 눈빛으로 주위 사람들을 둘러보았다. "다른 방식으로 설명하는 게 좋겠군요. 나는 제인과 결혼해야겠다고 결심했습니다. 물론 결혼이란 게 지금도 어떤 의미가 있다고 치면 말이죠."

올리비아는 평소의 태도와는 어울리지 않는 날카로운 어조로 말했다. "터무니없는 말씀 마세요. 그건 누가 봐도 터무니없는 이야기니까요.”

피리는 태연하게 말했다. “아무런 문제가 없을 것 같은데요. 제인은 미혼 여성이고, 나는 홀아비이니 말입니다.”

존이 가만 살펴보니, 제인은 눈을 크게 뜨고 피리를 바라보고 있었다. 그녀의 표정이 정확히 무엇인지는 읽을 수가 없었다.

앤이 말했다. “피리 씨. 당신은 바로 어젯밤에 밀리센트를 죽였어요. 그것만 해도 충분히 문제가 되지 않을까요?”

사내아이들은 그야말로 넋이 나간 표정으로 이 광경을 쳐다보고 있었다. 메리는 아예 고개를 돌리고 있었다. 하지만 모든 종류의 순수성을 보호해주던 과거의 세계와 지금의 세계가 똑같다고 생각하는 것은 어리석은 일이 아닐까? 이런 생각을 떠올리자, 존은 확 지치는 기분이었다.

“아뇨.” 피리가 말했다. “나는 그게 문제가 된다고는 생각하지 않습니다.”

로저가 말했다. “게다가 당신은 제인의 아버지도 총으로 쏴서 죽였잖아요.”

피리는 고개를 끄덕였다. “불행한 일이었지만, 한편으로 필요했으니까요. 나는 제인 역시 그 사실에 대해서는 체념했다고 확신합니다.”

존이 말했다. “그 문제는 일단 접어두도록 하죠, 피리 씨. 당신의 마음이 어떤지는 이제 제인도 알았을 겁니다. 그러니 앞으로 하루 이틀 정도 생각해보라고 시간 여유를 줍시다.”

“아뇨.” 피리가 한 손을 내밀었다. “이리 와라, 제인.”

여자아이는 멍하니 서서 계속 그를 바라보기만 했다.

올리비아가 말했다. "애한테 강요하지 말아요. 애한테 손댈 생각도 말고요. 굳이 이렇게까지 하지 않아도, 당신은 이미 너무 많은 잘못을 저질렀어요."

피리는 그녀의 말을 무시했다. 그러고는 계속 이렇게 말했다. "이리 오라니까, 제인. 물론 나는 젊은이도 아니고, 특별히 잘생긴 사람도 아니야. 하지만 너 하나쯤은 충분히 돌봐줄 수 있어. 그걸로 말하자면 지금 같은 상황에서는 상당수의 젊은이들보다 훨씬 더 낫다고 할 수 있지."

앤이 말했다. "이 아이를 돌봐주겠다고요? 그러다가 당신 마음에 들지 않으면, 결국 쏴 죽일 거고요?"

"밀리센트는 상황이 달랐습니다." 피리가 말했다. "그 여자는 이미 여러 번 부정한 짓을 저질렀고, 이번에도 똑같은 짓을 시도했으니까요. 물론 그거야 그녀가 죽을 수밖에 없었던 여러 가지 이유 가운데 단 하나에 불과하지만요."

앤은 도저히 믿을 수 없다는 듯 말했다. "지금 당신은 마치 여자가 완전히 다른 종류의 생물인 것처럼 이야기하고 계시네요. 마치 인간 이하의 뭐라도 되는 것처럼요."

피리는 정중하게 대답했다. "그렇게 느끼셨다면 죄송합니다. 제인! 이리 오라니까."

일행이 가만히 지켜보는 가운데, 제인은 천천히 피리가 기다리는 곳으로 걸어갔다. 노인은 소녀의 손을 붙잡았다. 그리고 이렇게 말했다. "내가 보기에는 우리 둘이 상당히 잘 지낼 수 있을 것 같군요."

올리비아가 말했다. "안 돼, 제인— 그러면 안 된다고!"

"자, 그러면." 피리가 말했다. "이제 모두 출발해도 될 것 같습니다."

"로저! 존!" 올리비아가 말했다. "저 사람 좀 막아요!"

그녀의 남편은 그저 친구만 쳐다볼 뿐이었다. 존이 말했다. "내 생각에 이건 당사자 이외의 사람들이 관여할 일이 아닌 것 같아요."

"저 사람이 메리한테 이랬어도 그런 소리가 나왔겠어요?" 올리비아가 격분하며 말했다. "제인한테도 우리 모두와 마찬가지로 인권이라는 게 있다고요."

"시간 낭비하지 맙시다, 올리비아." 존이 말했다. "지금 우리는 완전히 다른 세상에 살고 있는 거예요. 저 여자아이는 자신의 자유로운 의지로 피리한테 간 거예요. 그러니 이 문제에 관해서는 더 이야기할 게 없어요. 어서 출발이나 합시다."

일행이 출발하자 앤은 남편과 나란히 철로를 따라 걸었다. 이들 앞의 계곡은 급격히 폭이 좁아졌고, 북쪽으로 뻗은 도로 역시 그쪽으로 꺾이고 있었다.

"피리한테는 뭔가 섬뜩한 데가 있어." 앤이 말했다. "냉혹함과 잔혹함이 있다니까. 저 어린애를 저 사람 손에 넘겨준다고 생각하니 정말 끔찍해."

"제인은 자발적으로 간 거야."

"겁이 났으니까 그랬겠지! 아무나 총으로 쏴 죽이는 사람이니까."

"그렇게 따지자면 그 사람이나 우리나 다 똑같아."

"다 똑같지는 않아. 그런데도 당신은 전혀 제지하려 들지 않았
지, 안 그래? 당신하고 로저하고, 이렇게 둘이서라면 충분히 제지
할 수도 있었을 텐데 말이야. 나는 밀리센트에 관한 일도 영 마음
에 들지 않아. 방금 당신은 저 사람한테서 불과 몇 미터도 안 되는
곳에 서 있었다고."

"그리고 저 사람은 소총의 안전장치도 풀지 않은 상태였지. 그
러니 우리 중 누군가가 저 사람을 총으로 쏴버릴 수도 있지 않았
느냐 그거군."

"그럼 아니야?"

"만약 제인 같은 여자아이가 열 명 있고, 피리가 그 열 명을 모두
원한다고 치면, 그는 당연히 열 명 모두를 갖게 될 거야. 지금 우리
한테 피리의 가치는 그 열 명보다 훨씬 더 크니까."

"그렇다면 올리비아가 한 말처럼, 저 사람이 메리를 달라고 해
도 그랬겠어?"

"정말 그렇게 할 거였다면, 그 문제를 입 밖에 꺼내기 전에 피리
가 나부터 총으로 쏴버렸겠지. 당신도 알다시피, 어젯밤에 그는 충
분히 그럴 수 있었어. 그것도 아주 손쉽게. 하지만 지금 우리 일행
의 지도자는 바로 나야. 그리고 우리는 상호 동의하에 한데 뭉쳐
있는 거고. 그 동의가 유지되는 한, 동기가 두려움 때문인지 아닌
지 여부는 중요하지가 않아. 피리와 나는 서로를 위협하진 않을 거
야. 왜냐하면 서로의 필요성을 너무나도 잘 아니까. 만약 우리 중

248

한 사람이 제구실을 하지 못한다면, 계곡까지 가는 우리 계획의 성공 여부에도 큰 차이가 생길 거야."

앤은 집요하게 파고들었다. "그럼 우리가 일단 계곡에 도착하면, 그때는 피리를 처리할 생각인 거야?"

"그건 일단 우리가 목적지에 도착한 다음에 생각하자. 게다가 ―."

존이 미소를 짓자, 아내가 그 모습을 보고 물었다. "뭐가 그렇게 우스워?"

"내 생각에는 제인도 피리를 아주 오랫동안 두려워하며 지낼 여자애는 아닌 것 같아서 그래. 결국 조만간 두려움을 떨쳐버리겠지. 그렇게 된다면…… 나라면 그 여자애한테 불침번조차도 믿고 맡기지는 않을 거야. 그런데도 피리는 그 여자애랑 한 이불을 덮겠다고 자청한 셈이지. 그 양반이 누군가를 끔찍이 신뢰한다고 생각하니까 뭔가 좀 기묘한데. 하긴, 이미 한 번 마누라 잘못 들인 이력이 있는 사람이니까 그런 건지도 모르겠지만 말이야."

"그 여자애가 복수를 원한들 방법이 있겠어?" 앤이 말했다. "피리로 말하자면, 별것 아닌 듯 보여도 의외로 강하잖아."

"그러면 결국 이 문제는 당신하고 올리비아한테 달린 거네, 안 그래? 지금 날붙이는 둘이서 관리하고 있으니까."

앤은 남편을 바라보았다. 방금 그가 한 말이 과연 어느 정도까지 진지한지를 가늠해보려는 것이었다.

"하지만 그건 어디까지나 우리가 계곡에 도착한 다음의 이야기야." 그가 말했다. "그러니 저 여자애도 그때까지는 저 사람을 참고

견뎌야 할 거야."

일행이 모스데일헤드를 향해 오르는 동안에도 하늘은 계속해서 어두워졌고, 급기야 소나기가 얼굴을 때렸다. 능선에 가까워지면서 빗줄기는 점점 더 굵어졌고, 꼭대기에 올라서자 멀리 완만한 기복을 이룬 황야 위로 시커멓고 폭풍 치는 서쪽 하늘이 보였다. 존은 일행의 짐 꾸러미에서 가벼운 비닐 우의 네 벌을 꺼내서 걸치라고 여자들에게 지시했다. 이제부터 사내아이들은 비에 젖어도 참는 법을 배워야 했기 때문이었다. 물론 기온이 예상보다 더 낮긴 했지만, 그래도 아직 충분히 따뜻한 편이었다.

일행이 걸어가는 동안 빗줄기는 더 굵어졌다. 30분도 지나지 않아 남자들은 아이고 어른이고 간에 흠딱 젖어버렸다. 존은 이전에도 바로 이 길을 따라 페나인 산맥을 넘은 적이 있었지만, 당연히 매번 자동차를 타고 지나간 것뿐이었다. 비록 도로와 철로가 지나가는 곳이었지만, 그때조차도 이 고갯길에는 어떤 고립의 느낌이, 즉 생명이라고는 전무한 시골의 느낌이 없지 않았다.

이제 그 느낌은 무려 두 배 이상으로 강해졌다. 존은 문득 이런 생각이 들었다. 기차가 다니지 않는 철로만큼이나 황량한 것이 이 세상에 또 있을까. 달리는 자동차에서 내다본 황야의 모습이 그저 단조로울 뿐이었다면, 지금처럼 소나기 속에서 그곳을 걸어 지나는 사람들에게는 훨씬 더 단조롭게 느껴졌다. 물론 지금의 황야는 그때보다 더 헐벗은 상태였다. 헤더는 여전히 자라고 있었지만, 황야의 풀은 이미 사라지고 없었다. 바위의 노두露頭만 마치 두개골에 달린 이빨마냥 여기저기 툭 튀어나왔을 뿐이었다.

오전 내내 일행은 반대편으로 지나가는 작은 무리와 때때로 마주쳤다. 역시나 이번에도 서로 의심과 회피를 드러냈다. 세 명으로 이루어진 한 무리는 짐을 실은 당나귀를 한 마리 데리고 있었다. 존 일행은 감탄하면서 그 모습을 지켜보았다. 짐 싣는 가축 역시 다른 가축과 마찬가지로 대부분 도살되었으리라 예상했는데, 누군가가 굳이 건초를 먹이면서까지 계속 길렀던 모양이다. 하지만 일단 마구간을 벗어난 이상, 지금부터는 당나귀도 쫄쫄 굶을 도리밖에 없을 것이었다.

로저가 말했다. "극지 탐험에서 썰매개를 사용하던 예전 방식을 응용하는 것 같아. 일단 끌고 갈 수 있는 데까지 끌고 가다가, 더 못 가게 되면 그때는 식량으로 활용하는 거지."

"하지만 도중에 마주치는 무리라면 누구나 저놈을 갖고 싶은 유혹을 느낄걸, 안 그래?" 존이 말했다. "내가 보기에는 저 사람들도 기껏해야 요크셔데일스에나 도착하면 제법 많이 간 셈일 거야."

피리가 말했다. "그럼 당장 우리가 저 사람들의 부담을 덜어줄 수도 있죠."

"아니에요." 존이 말했다. "어쨌거나 우리한테는 저놈이 당장 큰 가치를 지니지는 않을 거니까요. 일단 고기라면 우리도 충분히 챙긴 상태이고, 내일이면 목적지인 블라인드 협곡에 도착할 테니까요. 공연히 불필요한 짐 무게만 늘리는 셈이죠."

잠시 후에 스티브가 다리를 절기 시작했다. 확인해보니 뒤꿈치에 물집이 잡혀 있었다.

올리비아가 아들에게 말했다. "스티브! 아프면 바로 이야기했어야지, 왜 지금까지 가만히 있었어?"

꼬마는 주위에서 지켜보는 어른들의 얼굴을 둘러보았다. 급기야 열 살배기가 낼 수 있는 자신감도 깡그리 사라져버렸다. 스티브는 울기 시작했다.

"이건 울 일도 아니다, 이 녀석아." 로저가 아들에게 말했다. "뒤꿈치에 물집 잡힌 건 그냥 운이 없었던 것뿐이야. 세상 다 끝난 것처럼 울 일이 아니라니까."

소년의 울음은 흔히 보는 아이들의 울음과는 달랐다. 어린아이의 수용 범위를 뛰어넘는 갖가지 경험의 와중에 억눌렸던 슬픔이 한꺼번에 터져 나왔기 때문이었다. 스티브가 뭐라고 울먹이며 말하자, 로저가 아들의 말을 듣기 위해 몸을 숙였다.

"뭐라고, 스티브?"

"내가 걸을 수 없게 되면, 다들 나를 버리고 갈 것 같아서 그랬어요."

로저와 올리비아 부부는 어리둥절한 표정으로 서로를 바라보았다. 아버지가 아들에게 말했다.

"여기 너를 버리고 갈 사람은 아무도 없어. 도대체 왜 그런 엉뚱한 생각을 한 거야?"

"피리 아저씨도 밀리센트 아줌마를 버리고 왔잖아요." 스티브가 말했다.

존이 재빨리 끼어들었다. "당분간은 걷게 하지 말고 업어주는 게 좋겠어. 계속 걸으면 오히려 더 악화될 테니까."

"그럼 내가 업고 갈게." 로저가 말했다. "스푹스, 미안하지만 나 대신 이 총 좀 메줄래?"

스푹스가 흔쾌히 고개를 끄덕였다. "그럴게요."

"자네랑 나랑 번갈아 가면서 업고 가자고." 존이 말했다. "우리가 도와주면 괜찮을 거야. 어린 녀석이 지금까지 버틴 것만 해도 용하지."

올리비아가 말했다. "로저랑 나랑 둘이서 번갈아 업으면 돼요. 우리 아들이니까요. 우리 부부가 충분히 알아서 업고 갈 수 있어요."

제인과 피리의 사건 이후로 그녀가 존에게 말을 건넨 것은 이때가 처음이었다. 그가 말했다.

"올리비아. 지금 여기서 일의 순서를 정하는 사람은 바로 저예요. 로저랑 저랑 둘이서 스티브를 업을게요. 우리가 그렇게 하는 동안 당신은 우리 짐을 들어주세요."

두 사람은 잠시 서로를 마주보았다. 올리비아가 먼저 눈길을 돌렸다.

로저가 아들에게 말했다. "괜찮아, 이 녀석아. 일단 일어나봐."

이 사건 이후로는 일행의 행군 속도도 약간 더 빨라졌다. 왜냐하면 지금까지는 스티브가 일종의 브레이크 노릇을 했기 때문이다. 하지만 존은 이런 외관상의 변화에 쉽게 속을 사람이 아니었다. 제아무리 스티브처럼 작은 아이라 해도, 누군가를 업고 가는 일이 일행에게는 어려움을 더할 수밖에 없었기 때문이었다. 그는 일행을 계속 가게 내버려두었다가, 가스데일의 끝부분에 거의 다가서야 멈춰 세우고 점심 식사를 했다.

바람이 잦아들어 얼굴에 빗물 세례를 받는 상황은 모면했지만 빗줄기는 여전히, 그것도 아까보다 더 꾸준하고 세차게 떨어지고 있었다. 존이 주위를 둘러보아도 상황은 별로 나아질 기미가 없었다.

"혹시 이 근처에 장작이 잔뜩 쌓여 있는 동굴 같은 게 있을까요? 아쉽게도 없는 것 같아요. 어쩔 수 없이 지금은 찬 음식과 물을 먹어야 되겠군요. 그러고 나서 잠시 다리를 쉬도록 하죠."

앤이 말했다. "그래도 어디 좀 마른 땅을 찾아서 식사를 하는 게 낫지 않을까?"

거기서 도로를 따라 50미터쯤 떨어진 곳, 그러니까 길가에서 안쪽으로 좀 들어간 곳에 작은 집이 하나 있었다. 존도 아내의 시선을 따라 그 집을 바라보았다.

"어쩌면 빈 집일지도 몰라." 그가 말했다. "하지만 지금 상황에서 군이 저기까지 가서 실제로 그런지 확인해봐야 할까? 꼭 그래야 할까? 어쩌면 빈 집이 아닐 수도 있어. 물론 우리한테 꼭 필요한 뭔가가 저기 있다면, 나로선 위험을 무릅쓰고 다녀올 거야. 예를 들어 식량이 있다는 확신이 서면 말이야. 하지만 기껏해야 30분 동안의 휴식을 위해서는 군이 그럴 만한 가치가 없어."

"데이비가 홀딱 젖었어." 앤이 말했다.

"겨우 30분 동안의 휴식일 뿐이니까, 몸을 말리기는 어차피 불가능해. 지금 우리로선 더 오랜 시간을 허비할 수 없어." 존이 아들에게 물었다. "좀 어때, 데이비? 홀딱 젖었어?"

데이비가 고개를 끄덕였다. "예, 아빠."

"그러면 '따뜻한' 격려라도 나눠서 말려야 되겠구나."

예전에 종종 주고받던 말장난이었다. 데이비도 그 말을 듣자 미소를 지으려고 최대한 노력했다. 존은 아들에게 다가가서 젖은 머리를 손으로 헝클어트렸다.

"너는 잘하고 있는 거야." 그가 말했다. "진짜 잘하고 있어."

과거에만 해도 서쪽 방면에서 가스데일까지 가려면 훌륭한 목초지로 이루어진 좁은 땅을 지나야 했지만, 지금 그곳은 꾸준히 내린 비로 진흙탕이 되었으며, 드문드문 농가가 서 있을 뿐이었다. 일행은 저 아래 로디강 건너편의 언덕과 계곡 사이에 자리한 세드버그를 내려다보았다. 도시 위로 피어오른 연기가 황야의 가장자리를 따라 서쪽으로 움직이고 있었다. 세드버그에 화재가 발생한 모양이었다.

"폭도의 소행이겠지." 로저가 말했다.

존은 쌍안경으로 석조 건물 도시 너머를 살폈다.

"이제는 북서쪽에서도 홍수가 밀려오겠군. 하지만 그 물결이 여기까지 도달하려면 하루쯤 더 걸릴 거야. 그나저나 조금 놀랐는걸. 그래도 이 지역은 여전히 조용한 편일 거라고 생각했으니 말이야."

"어쩌면 아주 심각한 상황까지는 아닐 수도 있어." 로저가 말했다. "우리가 북쪽으로 곧장 가서 더 고지대로 지나가면 되겠지. 그러면 저 위의 룬강 계곡은 의외로 상황이 나쁘지 않을 수도 있어."

피리가 말했다. "저 정도 도시가 난리 통이 되었다고 치면, 그 주위의 모든 계곡 역시 위험한 상황이라고 예상해야 맞을 겁니다. 앞으로의 여정도 쉽지는 않을 듯하군요."

존은 다시 한 번 파괴된 도시 너머로 쌍안경을 맞춰, 일행이 지나갈 예정인 문제의 계곡 입구를 살펴보았다. 뭔가 움직임이 보였지만, 정확한 상황까지는 알 수 없었다. 외딴 건물 여러 채에서도 연기가 피어오르고 있었다. 황야를 지나서 켄들까지 가는 다른 경로가 있지만, 그쪽도 어차피 룬강을 지나가야만 했다. 어쨌든 피리의 말마따나 세드버그가 이미 난리 통이라고 치면, 켄들 인근의 상황도 이보다는 더 낫다고 생각할 이유가 없지 않을까?

피리는 뭔가 숙고하는 눈치로 존을 흘끗 바라보았다. "내가 한마디해도 될까요. 지금 저 앞에 펼쳐진 상황에 비하면, 우리는 화력이 부족한 상태입니다. 아까 당나귀를 끌고 가던 사람들과 마주쳤었죠. 차라리 그 사람들한테서 짐승뿐만 아니라 총도 한두 자루쯤은 빼앗았어야 맞을 겁니다. 그 사람들도 겉보기와 달리 비무장 상태로 돌아다닐 만큼 무모하지는 않았을 테니까요."

로저도 존에게 말했다. "그것도 생각만큼 나쁘지는 않겠어. 우리도 시도는 해봐야 할 것 같아."

존은 계곡과 강이 합류하는 곳을 바라보면서 말했다.

"나는 잘 모르겠어. 어쩌면 우리가 차마 감당할 수도 없는 뭔가를 향해 무턱대고 걸어 들어가는 셈일 수도 있지. 그걸 깨달을 즈음에 가서는 되돌아오려고 해도 너무 늦은 다음일 거야."

"하지만 여기 계속 있을 수는 없잖아, 안 그래?" 로저가 말했다. "그리고 이제 와서 되돌아갈 수도 없다고. 앞으로 나아가는 수밖에 없어."

존은 무심코 피리 쪽으로 고개를 돌렸다. 그리고 문득 깨달았다. 비록 자기 친구는 로저이지만, 참모는 (지금까지 줄곧 그래왔던 것처럼) 저 노인이라는 사실을 말이다. 어느새 그는 피리의 냉정함과 판단력에 의존하게 된 것이다.

"내 생각에도 우리한테는 총 이외에도 더 많은 것이 필요할 듯 싶군요. 즉 우리 인원만으로는 충분하지 않다는 겁니다. 블라인드 협곡까지 무사히 가려면 덩치를 키워야 합니다. 어떻게 생각하십니까?"

피리는 존의 말을 고려해보는 듯 고개를 끄덕였다. "저 역시 동의합니다. 남자 셋이라면 방어에 적절한 숫자가 아니니까요."

로저가 조급한 듯 친구에게 물었다. "그러면 어떻게 하자는 거야? 플래카드라도 내걸어야 할까? '사람 구함'이라고 써서?"

"내 생각에는 일단 여기 멈춰 서 있어야 할 것 같아." 존이 말했다. "고갯길에 있으면, 페나인 산맥 이쪽이나 저쪽으로 넘어가는 무리들을 만나게 되겠지. 그런 사람들이라면 철두철미한 폭도는 아닐 거야. 폭도라면 굳이 여기까지 올 생각 없이, 지금쯤 저 아래 계곡에서 신나게 즐기고 있을 테니까."

세 사람은 지금 서 있는 위치에서 훤히 보이는 아래쪽을 다시 살펴보았다. 빗줄기 속에서도 마치 그림 같은 풍경이 펼쳐져 있었다. 그리고 빗줄기 속에서도 여러 채의 주택이 불타고 있었다.

피리가 뭔가 숙고하는 듯 말했다. "다른 무리들이 여기를 지나갈 때 급습하는 것도 충분히 가능합니다. 여기서 100미터쯤 떨어진 곳에는 엄폐물이 충분히 있으니까요."

"하지만 지금 우리 숫자로는 강제로 병력을 차출하기가 어려울 겁니다." 존이 말했다. "우리한테 필요한 건 자발적 합류자들이에요. 상대편도 총을 갖고 있다면, 자칫 거꾸로 우리가 총을 빼앗길 수 있으니까요."

"그러면 이제 어떻게 하지? 일단 야영이라도 할까? 길가에서?"

"그래." 존이 말했다. 그는 자기 일행의 지저분한 행색을 살펴보았다. "하지만 기다리는 시간이 아주 길지는 않았으면 좋겠어."

한 시간쯤 기다린 끝에 이들은 첫 만남을 갖게 되었지만, 결과는 실망스러웠다. 계곡에서 힘겹게 올라오는 작은 무리가 있었는데, 더 가까워지고 나서 확인해보니 모두 여덟 명이었다. 여자가 네 명에 아이가 두 명이었고 (여덟 살쯤 된 사내아이 하나, 그리고 그보다 더 어린 여자아이 하나) 남자가 두 명이었다. 상대편은 유모차 두 대에 이런저런 가재도구를 잔뜩 실어서 끌고 올라오고 있었다. 급기야 양쪽의 간격이 50미터쯤 되는 곳에 이르러, 냄비 하나가 떨어져 요란한 소리를 내고 말았다. 그러자 여자 중 한 명이 지친 기색으로 몸을 숙여 냄비를 주웠다.

남자들 역시 여자들과 마찬가지로 비참하고 겁먹은 행색이었다. 그중 한 명은 50세가 넘어 보였다. 또 한 명은 상당히 젊지만 체력은 약해 보였다.

피리가 말했다. "이 사람들한테는 우리한테 이득이 될 만한 부분이 사실상 없는 것 같군요."

총포상은 로저와 존과 함께 총을 들고 길 한복판에 서 있었다. 그사이에 여자들과 아이들은 꼭대기가 평평한 근처 바위에 앉아서 쉬고 있었다.

존이 고개를 저었다. "맞는 말씀입니다. 저쪽은 무기도 없어 보이니까요. 물론 애들 가운데 누가 물총 정도는 가졌겠지요."

저쪽 무리도 길 한복판에 서 있는 낯선 세 남자를 보자마자 우뚝 멈춰 섰다. 하지만 상대편은 잠시 속삭이며 뭔가 이야기를 나누더니, 연기가 피어오르는 저 뒤의 언덕을 흘끗 한번 돌아본 다음, 다시 앞으로 계속 걸어왔다. 이제는 그들 사이에 두려움이 더 역력히 드러나 있었다. 나이 많은 남자가 맨 앞에 있었는데, 애써 태연한 척했지만 그리 성공적이지 못했다. 여자아이가 울기 시작하자, 여자 한 명이 당황한 듯 서둘러 자기 쪽으로 끌어당겼다. 마치 그 소음 때문에 자기네 위치가 발각될까 봐 조심하는 듯한 투였다.

상대편이 조용히 옆을 지나치는 동안, 존은 문득 생각에 잠겼다. 불과 며칠 전에만 해도 낯선 사람들끼리 인사를 나누는 게 무척이나 자연스러운 일이었는데, 지금은 그런 인사가 얼마나 부자연스럽게 느껴지는가.

로저가 조용히 말했다. "저 사람들이 과연 어디까지 갈 수 있을까?"

"웬슬리데일까지는 가겠지. 솔직히 나도 잘 모르겠어. 일주일쯤은 살아남을 수 있을 것 같은데. 물론 운이 좋다면 말이야."

"운이 좋다면? 오히려 운이 나쁘다면 그럴 거라고 말해야 하지 않을까?"

피리가 말했다. "저 사람들이 이리 되돌아오는 것 같군요."

존이 뒤쪽을 바라보니, 이미 그들을 지나쳐서 75미터쯤 갔던 사람들이 돌아서서 다시 이쪽으로 오고 있었다. 물론 유모차를 여전히 끌고 있었다. 뒤로 돌아서니 빗줄기는 이들의 얼굴이 아니라 등에 떨어졌다. 여자아이의 우의 목 부분이 벌어졌다. 꼬마는 손으로 더듬으며 여미려고 했지만, 그럴 수가 없었다.

상대편은 이쪽에서 약간 떨어진 곳에 멈춰 섰다. 나이 많은 남자가 말했다.

"혹시 여기서 뭔가 기다리고 계신 건가 궁금해서요. 혹시 저희한테서 무슨 이야기라도 듣고 싶으신가 해서 말입니다."

존은 남자의 행색을 살폈다. 아마도 육체노동자인 것 같았다. 뭔가 비효율적인 용역에 평생 충실하게 종사한 듯한 모습이었다. 그 혼자라면 이처럼 새로운 상황에서도 생존 가능성이 조금이나마 있어 보였다. 아마 그의 유일한 바람은 어느 계곡에서 나폴레옹 놀이 중인 도적 떼에 빌붙어서, 자신의 무익함을 눈감아주는 대가로 자신의 충성을 바치는 것이 아닐까. 하지만 지금의 동행자들을 봐서는 그 바람이 이루어질 가능성은 전혀 없을 것 같았다.

"아뇨." 존이 말했다. "우리가 댁들한테서 무슨 이야기를 듣겠습니까."

"저희는 지금 페나인 산맥을 넘으려는 겁니다." 남자가 말을 이어 나갔다. "그 너머라면 여기보다는 더 조용할 거라고 생각했기 때문이죠. 혹시나 조용한 농가나 뭐 그런 데를 찾아내면, 거기서 일해주고 먹고살 수는 있을 거라고 생각했어요. 우리는 많은 걸 바라지 않습니다."

그로부터 몇 달 전에만 해도, 사람들은 축구 도박에 성공해서 7만 5천 파운드를 버는 꿈을 꾸곤 했다. 하지만 지금에 와서는 훨씬 더 수수한 희망의 실현 가능성조차도 그때의 승리 가능성에 맞먹을 정도로 희박했다. 존은 상대편의 여자 네 명도 살펴보았다. 성적 매력으로 생존할 만한 젊은 여성은 단 한 명뿐이었고, 그나마 젊다는 것을 제외하면 다른 매력이라고는 사실상 없는 편이었다. 두 아이는 앤을 비롯한 일행의 나머지가 앉아 있는 곳의 돌벽 주위를 돌아다녔다. 사내아이는 제대로 된 신발도 아닌 천 운동화를 신고 있어서 발이 푹 젖은 상태였다.

존이 날카로운 어조로 말했다. "그러면 가던 길이나 계속 가보시는 게 좋겠군요, 안 그렇습니까?"

남자는 계속 자기 말만 했다. "댁은 우리가 그런 장소를 발견할 수 있을 거라고 보십니까?"

"그럴 거라고 봅니다." 존이 말했다.

"지금 이 모든 말썽 말이에요." 여자 가운데 한 명이 말했다. "오래 지속되지는 않겠지요, 안 그래요?"

로저는 저 아래 계곡을 내려다보았다. "물론 토끼 머리에 뿔이 날 때쯤엔 끝이 나겠죠."

"댁들께서는 어디로 가실 생각이십니까?" 나이 많은 남자가 물었다. "혹시 요크셔로 가실 생각은 없으십니까?"

존이 말했다. "아뇨. 우리는 바로 거기서 오는 길이니까요."

"솔직히 말해서 저희는 어느 방향으로 가든지 상관없습니다. 다만 페나인 산맥을 넘어가면 저기보다는 더 조용할 거라고 생각했을 뿐이에요."

"그래요. 아마 그럴 겁니다."

두 아이의 어머니로 보이는 여자가 말했다. "그러니까 지금 제 아버지 말씀은— 그쪽분들께서 어디로 가시든, 저희도 같이 따라갈 수 있을지 하는 거예요. 그러면 혹시나 말썽에 휘말리더라도, 우리 쪽 숫자가 더 많을 거니까요. 그러니까 제 말은— 그쪽분들께서도 조용한 장소를 찾아 가시는 게 분명해 보여요. 그쪽분들께서는 뭔가 점잖으신 것 같거든요. 저 밑에 있는 사람들하고는 달라 보여요. 그러니 지금 같은 상황에서는 점잖은 사람들끼리 한데 뭉쳐야죠."

존이 말했다. "이 나라에는 5천만 명쯤 되는 사람들이 있지요. 아마 그중 4천 9백만 명 이상은 점잖은 사람들이고, 조용한 장소를 찾고 있을 겁니다. 문제는 그런 사람들이 갈 만한 조용한 장소가 충분하지 않다는 거죠."

"맞아요. 그러니까 사람들끼리 한데 뭉쳐야 한다니까요. 점잖은 사람들끼리 말이에요."

"길을 떠난 지는 얼마나 되십니까?" 존이 상대방에게 물었다.

여자는 당황한 표정이었다. "오늘 아침에 출발했어요. 세드버그에 불이 난 걸 봤거든요. 사람들이 폴린스 농장에도 불을 질렀는데, 그곳은 우리 마을에서 5킬로미터도 안 떨어진 곳이에요."

"우리는 당신네보다 사흘이나 먼저 출발했습니다. 우리는 이제 점잖은 사람들도 아니에요. 여기까지 오는 동안 이미 사람을 여럿 죽였고, 필요하다면 앞으로도 더 죽일 겁니다. 그러니 지금까지 하던 대로 당신네끼리 알아서 가는 편이 더 나을 것 같군요."

저쪽 사람들이 그를 빤히 바라보았다. 마침내 나이 많은 남자가 말했다.

"댁의 말씀에 동감합니다. 필요하다면 그래야 하겠지요. 남자라면 당연히 자기 자신을, 그리고 자기 가족을 지키기 위해 수단과 방법을 가리지 말아야 할 테니까요. 저는 제1차 세계대전 당시에 나라에서 시키는 대로 사람을 죽였고, 덕분에 독일놈들도 그 당시에는 세드버그에건 폴린스 농장에건 불을 지르지 못했죠. 그러니 해야 할 일은 꼭 해야 하게 마련인 거라고요."

존은 아무 대답도 하지 않았다. 돌벽 앞에서는 저쪽 일행의 두 아이가 이쪽 일행의 다른 아이들과 함께 놀고 있었으며, 복잡한 종류의 장애물 놀이를 고안해서 돌벽을 이리저리 기어오르고 내려오고 했다. 앤은 남편을 흘끗 바라보더니 자리에서 일어나 이쪽으로 다가왔다.

"우리도 댁들과 함께 갈 수 있겠습니까?" 남자가 말했다. "뭐든지 시키는 대로 하겠습니다. 필요하다면 사람 죽이는 일도 기꺼이 하고, 우리 몫의 일은 우리가 감당하겠습니다. 어디로 가시는지 저희는 아무 상관 안 하겠습니다. 저희가 아는 한 어디든 똑같으니까요. 군대에 있던 시절을 제외하면 저는 평생 카벡에서 살았습니다. 이제 고향을 떠난 다음이니, 어디로 가든지 저한테는 상관이 없습니다."

"총은 몇 자루나 갖고 계십니까?" 존이 물었다.

나이 많은 남자는 고개를 저었다. "저희는 총이 없습니다."

"우리는 세 자루 있습니다. 그걸로 어른 여섯과 아이 넷을 지켜야 하죠. 하지만 이마저도 충분하지는 않아요. 우리가 여기서 누군가를 기다리는 이유도 그래서입니다. 총을 갖고 있으면서 우리와 합류할 사람을 찾으려는 거죠. 그러니 죄송하게 되었습니다. 지금 저희로선 군식구를 받아들일 여유가 없습니다."

"우리는 군식구 노릇만 하지는 않을 겁니다! 일이라면 제가 대부분 해낼 수 있을 겁니다. 총도 쏠 수 있어요. 혹시 한 자루 새로 얻어만 주신다면 말이에요. 이래 봬도 제가 한때는 수발총 연대에서 저격수였단 말입니다."

"만약 당신 혼자 오셨다면, 저희도 받아들였을 겁니다. 하지만 지금은 여자 넷에 아이가 둘이나 딸려 있으니…….우리로선 추가적인 부담을 질 수가 없어요."

비는 이미 그쳤지만, 하늘은 여전히 잿빛이고 일정치가 않았으며, 약간 쌀쌀해져 있었다. 아직 한마디도 내놓지 않은 상대편의 젊은 남자는 몸을 떨면서 남루한 우의를 더 바짝 여몄다.

나이 많은 남자가 필사적인 어조로 말했다. "대신 우리한테는 식량이 있어요. 저 유모차 안에요. 통돼지 베이컨이 반 덩이나 있다고요."

"식량이라면 우리도 충분합니다. 그걸 얻기 위해 사람을 죽였죠. 그리고 앞으로도 또 죽일 거고요."

이번에는 아이를 데리고 있던 어머니가 말했다. "우리를 외면하지 마세요. 애들을 좀 생각해주세요. 애들까지 있는 우리를 설마 외면하시지는 않겠죠."

"지금 우리는 우리 애들 생각뿐입니다." 존이 말했다. "그 외의 다른 사람들까지 생각해야 한다면, 이 세상에는 제가 생각할 사람이 수백만 명이나 더 있겠지요. 제가 당신들이라면 그냥 가던 길로 계속 갈 겁니다. 혹시 조용한 장소를 찾고 싶다면, 최소한 폭도보다는 더 먼저 찾고 싶을 테니까요."

상대편 사람들은 그를 빤히 바라보기만 했다. 그의 말을 이해하기는 했지만, 자기들을 거부했다는 사실을 차마 믿고 싶지는 않았던 까닭이었다.

앤이 남편에게 가까이 다가와서 말했다. "우리 받아들일 수 있잖아. 안 그래? 저 애들……." 곧이어 그녀는 남편의 시선을 느끼며 이렇게 덧붙였다. "그래. 지난번에 내가 한 말이 있었지. 스푹스에 관해서 말이야. 그때는 내 생각이 틀렸어."

"아니." 존이 말했다. "당신 생각은 틀린 게 아니었어. 이제는 자비 따위가 끼어들 자리가 없다고."

앤은 섬뜩한 기분으로 물었다. "왜 그런 말을 해?"

그는 저 아래 계곡에서 피어오르는 연기를 손으로 가리켰다. "자비란 언제나 사치이게 마련이야. 저런 비극이 충분히 편안한 거리를 두고 벌어지면 아무 문제가 없어. 극장 좌석에 편히 앉아서 구경할 수만 있다면 말이야. 하지만 그 비극이 우리 집 문간에, 사실상 모든 집 문간에 닥쳤을 때에는 상황이 다르지."

올리비아도 돌벽 아래로 내려와 있었다. 오전 내내 피리를 따라다니느라 그녀를 외면했던 제인도 역시나 돌벽 아래로 내려와 있었지만, 여전히 노인에게 가까이 서 있었다. 총포상은 그녀를 보았지만 아무 말 하지 않았다.

올리비아가 말했다. "제가 보기에는 저 사람들이 따라와도 크게 문제가 될 것 같지는 않아요. 오히려 저 사람들이 도움이 될 수도 있어요."

"저 사람들로 말하자면, 이런 날씨에 저 꼬마한테 천 운동화만 달랑 신겨서 데리고 올 정도로 무신경해요." 존이 대답했다. "이제는 좀 깨달을 때도 되었을 텐데요, 올리비아. 가장 약한 사람뿐만 아니라 가장 효율이 떨어지는 사람도 역시나 도태되게 마련이라는 걸요. 저 사람들은 우리한테 도움이 될 수 없어요. 오히려 방해만 될 거예요."

남자아이의 어머니가 말했다. "저는 애한테 구두를 신으라고 분명히 말했어요. 그러다가 마을을 벗어나서 몇 킬로미터쯤 와서야 애가 뭘 신고 있는지를 발견했고요. 하지만 그때는 차마 돌아갈 수가 없었단 말이에요."

존이 지친 듯 말했다. "무슨 말인지 알아요. 다만 이제는 그렇게 주의를 제대로 기울이지 못해서는 가망이 없다는 이야기를 하려는 겁니다. 아이의 발에 대해서도 제대로 신경 쓰지 못했다면, 당신은 그보다 더 중요한 뭔가에 대해서도 마찬가지로 제대로 신경 쓰지 못할 가능성이 높아요. 그러면 우리 모두가 그로 인해 죽고 말겠죠. 저로선 그런 위험을 감수하고 싶지 않은 거예요. 그럴 가능성이라면 추호도 감수하고 싶지 않은 거라고요."

올리비아가 남편을 돌아보며 말했다. "로저……."

로저는 고개를 저었다. "지난 사흘 동안 상황이 완전히 바뀌었어. 우리 둘이서 동전을 던져서 결정할 때까지만 해도, 나는 지도자 역할을 그리 진지하게 생각하지는 않았어. 하지만 지금은 존이 대장인 거야. 안 그래? 저 친구는 성심성의껏 그 역할을 떠맡으려 하는 거고, 따라서 우리가 감히 관여할 바는 아닌 거야. 게다가 저 친구 말이 아마 맞을 거고."

상대측 사람들은 이들의 대화를 멍하니 바라보고 있었다. 로저가 존의 결정을 잠자코 따르는 모습을 보자마자, 나이 많은 남자는 희망이 꺾였음을 깨닫고 고개를 저으며 돌아섰다. 하지만 아이들을 거느린 어머니는 손쉽게 물러서려 하지 않았다.

"그럼 뒤라도 따르게 해주세요." 그녀가 말했다. "댁들이 출발할 때까지 우리도 여기서 기다리다가, 댁들이 출발하면 조용히 뒤에서 따라갈게요. 차마 그것까지 막지는 않겠죠."

존이 말했다. "이제 그만 가보시죠. 더 이야기해도 소용없으니."

"싫어요. 우리는 여기 계속 있을 거예요! 당신네도 우리를 쫓아보낼 수는 없을 걸요."

이때 피리가 처음으로 끼어들었다. "물론 당신네를 쫓아 보낼 수는 없죠. 하지만 우리가 출발한 다음에도 여기 계속 누워 있게 할 수는 있습니다." 그는 자기 소총을 만졌다. "그러니 이제는 떠나시는 게 더 현명한 선택일 겁니다."

여자는 확신 없는 어조로 말했다. "설마 진짜로 그럴 수는 없을 걸요."

앤이 씁쓸한 어조로 받았다. "이분은 충분히 그러고도 남아요.

우리도 이분한테 의지하고 있어요. 그러니 당신들도 얼른 가시는 게 나을 거예요."

여자는 두 사람의 얼굴을 빤히 바라보았다. 그러고는 돌아서서 자기 아이들을 불렀다. "베시! 월프!"

다른 아이들과 놀던 두 아이는 마지못해 하면서 헤어졌다. 그것만큼은 평소와 마찬가지였다. 아이들이 우연히 만났다가, 그 부모의 변덕 때문에 헤어지는 것이었다. 아이들의 우정이 겨우 꽃피는가 싶다가 사라지는 것이었다. 앤은 아이들이 저만치서 달려오는 것을 지켜보았다.

그녀는 남편에게 말했다. "여보······."

존은 고개를 저었다. "나로선 우리에게 최선이라고 생각되는 일을 해야만 돼. 이 나라에는 저런 사람들이 수백만 명이나 있다고. 저 사람들은 그중에서도 우리가 만난 극소수에 불과하다니까."

"눈앞에 있는 사람에게 자비를 베풀어야지."

"내가 분명히 말했지. 자비니, 동정이니······ 그런 것도 결국 안정된 수입과 예금이 있어야 나오는 거라고. 그런데 지금 우리는 모두 파산 상태라니까."

그때 피리가 말했다. "커스턴스 씨! 저기 길 위를 봐요."

이들이 서 있는 고갯길은 보펠과 라이즈힐이라는 봉우리 사이로 1.2킬로미터쯤 곧게 뻗어 있었다. 그런데 저 밑에서 이쪽으로 올라오는 사람들의 모습이 보였다.

제법 규모가 큰 무리였다. 남자가 일고여덟 명쯤 되어 보였고, 여자와 아이도 여러 명 있었다. 이들은 도로 한가운데를 따라 성큼

성큼 걸었다. 멀찍이서도 번쩍이는 총신처럼 보이는 뭔가가 눈에 띄었다.

존은 만족스러운 듯 말했다. "딱 우리가 원하는 상대로군."

로저가 말했다. "그건 어디까지나 저쪽이 대화를 나눌 의사가 있을 때의 이야기겠지. 일단 총부터 쏘고 보는 작자들일 수도 있다고. 우리도 대화를 시도하기 전에 일단 돌벽 뒤로 숨는 게 좋겠는데."

"하지만 그랬다가는 진짜로 총부터 쏠 이유를 저쪽에 제공하는 셈이 될 텐데."

"그럼 여자랑 애들만이라도 숨으라고 하자."

"그래도 마찬가지일 거야. 저쪽은 여자랑 애들도 훤히 보이는 곳에 나와 있으니까."

아직 이들 곁에 남아 있던 나이 많은 남자가 물었다. "그러면 저 사람들이 지나갈 때까지만 댁들 옆에 있어도 되겠습니까?"

이 제안조차도 거절하려던 존은 피리와 눈이 딱 마주쳤다. 총포상이 고개를 아주 살짝 끄덕이자, 그도 무슨 뜻인지를 알아차렸다. 일시적으로나마 이쪽의 숫자가 많아 보이면, 저쪽과의 협상에서도 유리할 것이다. 비록 힘의 증가까지는 아니고, 단지 사람 수의 증가에 불과하더라도 말이다.

존은 무심한 척 남자에게 대답했다. "좋을 대로 하시죠."

일행은 새로운 무리가 다가오는 모습을 지켜보았다. 시간이 좀 지나자 베시와 월프도 자기네 무리에서 슬그머니 떨어져 나오더니, 다시 돌벽에 가서 다른 아이들과 어울려 놀았다.

새로운 무리의 남자는 대부분 총을 가진 것 같았다. 잠시 후에 존은 군용 30구경 소총 두 자루, 윈체스터 22구경 소총 한 자루, 그리고 이 지역의 필수 도구인 산탄총 몇 자루를 알아보았다. 점차 확신이 늘어나면서, 그는 바로 이거라고 생각했다. 이쯤 되면 어떤 종류의 혼돈이라도 거뜬히 헤치고 블라인드 협곡까지 갈 수 있을 것이었다. 이제 남은 문제는 저 무리를 합류시키는 것뿐이었다.

　존은 상대편이 멀찍이서 일단 멈춰 서리라 예상했지만, 저쪽은 그 어떤 도전도 물리칠 수 있는 자기네 능력에 대해서 의심이나 불안이 전혀 없는 듯 계속해서 전진했다. 저쪽의 지도자는 얼굴이 붉고 덩치가 큰 남자였다. 가죽 허리띠에는 연발권총을 한 자루 차고 있었다. 길가에 모여 있는 존의 일행 옆을 지나가면서도, 무심한 태도로 흘끗 한 번 쳐다보았을 뿐이었다. 저쪽이 이쪽의 총을 탐내지 않는다는 것 역시 좋은 징조였다. 최소한 저쪽은 굳이 싸워서라도 이쪽의 총을 빼앗을 생각까지는 없어 보이니 말이다.

　존이 상대편 지도자에게 말을 걸었다. "잠깐만요."

　남자는 걸음을 멈추고 존을 바라보았다. 움직임에서 상당한 신중함이 묻어났다. 남자는 강한 요크셔 억양으로 대답을 내놓았다.

　"무슨 일로 그러쇼?"

　"저는 존 커스턴스라고 합니다. 우리 일행은 저 언덕 너머의 제가 아는 어떤 장소로 가는 중이고요. 제 형님께서 거기에 땅을 갖고 계시거든요. 좁은 출구를 제외하면 사방이 완전히 막힌 계곡 안이죠. 일단 그 안에 들어가기만 하면, 군대가 몰려와도 거뜬히 물리칠 수 있을 겁니다. 혹시 관심이 있으신지요?"

남자는 잠시 뭔가 생각하는 눈치였다. "그런데 왜 우리한테 그런 이야기를 하는 거요?"

존은 저 아래 계곡을 손으로 가리켜 보였다. "지금 저 밑의 상황이 고약해 보이니까요. 우리처럼 작은 무리가 헤쳐 나가기에는 지나치게 고약해 보이거든요. 그래서 합류할 사람들을 찾는 중입니다."

남자는 씩 웃었다. "미안하지만 우리한테는 변화가 필요 없수다. 우리는 이제껏 문제없이 지내 왔으니까."

"물론 지금까지는 당신네끼리도 문제가 없었겠지요." 존이 말했다. "아직 밭에 감자가 남아 있고, 농가에서 고기를 빼앗을 수 있으니까요. 하지만 지금 있는 고기는 머지않아 소진될 테고, 더는 새로 공급되지 않을 겁니다. 마찬가지로 내년에는 밭에 감자도 없을 겁니다."

"그 문제는 그때 가서 알아서 할 거요."

"어떤 방법을 생각하시는지 알겠군요. 결국 식인 행위밖에는 방법이 없을 겁니다. 정말 그런 상황을 예상하시는 겁니까?"

상대편 지도자는 여전히 상당한 적대감을 드러내고 있었지만, 존이 가만 살펴보니 그 뒤에 있는 다른 사람들은 약간이나마 반응이 있었다. 이 남자는 아마 자기 무리를 오랫동안 결속시킬 수는 없을 것이다. 조만간 다른 의견이, 어쩌면 반대되는 의견이 나타날 것이었다.

남자가 말했다. "뭐, 그때가 되면 우리 입맛도 거기 맞게 변화된 다음이겠지. 물론 나라면 그때가 되어도 댁이 마음에 들지는 않을 것 같소만."

271

"그건 당신 하기에 달렸죠." 존이 말했다. 그는 남자 뒤에 있는 여자들과 아이들을 살펴보았다. 상대편은 여자가 다섯 명에 아이가 네 명이었다. 아이들의 나이는 다섯 살부터 열다섯 살까지 다양해 보였다. "지금 같은 상황에서 땅을 확보하지 못한 사람은 결국 야만인이 되고 말 겁니다. 물론 용케 살아남는다고 가정하다면 말이죠. 지금 당신네 처지가 딱 그렇습니다. 하지만 우리 처지는 그렇지가 않다는 거죠."

"지금 우리 처지는 내가 더 잘 안다고, 형씨. 이렇게 떠들고 있을 처지는 전혀 아니란 말이지. 수다로 낭비할 시간이 없다니까."

"앞으로 몇 년만 지나면, 그때에는 굳이 말로 떠들 필요도 없을 겁니다." 존이 말했다. "일단 야만인이 되고 나면 서로 꿀꿀대며 손짓발짓으로 이야기를 나누는 수준으로 퇴보할 테니까요. 제가 당신에게 굳이 이렇게까지 말하는 이유는 뭔가 전달하려는 내용이 있기 때문입니다. 당신도 생각이 있다면, 지금 제 말에 귀를 기울이는 것이 당신한테도 이익임을 알 수 있을 겁니다."

"뭐, '당신한테도 이익'이라고, 응? 지금 '우리한테만 이익'이라는 말을 잘못한 것 아뇨?"

"물론 우리한테도 이익이죠. 하지만 당신네도 우리의 이익에서 적지 않은 몫을 얻어갈 수 있다는 겁니다. 지금 우리는 안전한 장소까지 가기 위해 일시적으로나마 도움을 필요로 하고 있습니다. 그 대가로 우리는 당신들이 비교적 안전하게 살 장소를, 그리고 당신네 아이들이 그나마 야생동물보다는 더 낫게 자라날 장소를 제공하겠다는 겁니다."

남자는 자기 일행을 흘끗 둘러보았다. 마치 존이 지금 한 말이 다른 사람들에게는 어떤 영향을 끼치는지를 살펴보려는 듯했다. 곧이어 남자가 말했다.

"그나저나 말이 참 많으시구먼. 그런다고 우리가 얼씨구나 하고 댁들을 떠받들어서, 저 언덕 너머까지 좋다고 달려갈 것 같은가?"

"그럼 당신네는 제가 말한 곳보다 더 나은 장소를 알고 있습니까? 아니, 애초에 어디 갈 곳이나 있긴 합니까? 일단 우리와 같이 가서, 우리 말이 사실인지 아닌지 알아보기만 해도 당신네한테는 나쁠 게 없을 텐데요?"

남자는 존을 빤히 바라보았다. 여전히 적대감을 느끼면서도 적잖이 당황한 모습이었다. 마침내 남자는 뒤로 돌아서서 자기 일행을 바라보았다.

"자네들 생각은 어때?" 그가 사람들에게 물었다.

아무도 대답하지 않았지만, 남자는 일행의 얼굴에 나타난 표정에서 이미 답변을 읽은 듯했다.

"저 사람 말마따나, 일단 같이 가서 사실인지 아닌지 알아봐도 나쁠 것 같진 않아요." 일행 중에 얼굴이 가무잡잡하고 땅딸막한 남자가 대답했다. 그러자 다른 사람들도 맞다며 중얼거렸다. 대장인 듯한 얼굴 붉은 남자가 뒤로 돌아 존을 바라보았다.

"좋수다." 그가 말했다. "그러면 댁의 형님인가 하는 양반이 있는 계곡으로 가는 길을 우리한테 알려주기나 하쇼. 일단 거기 도착하고 나면 우리도 의견을 낼 테니까. 그래서 거기가 도대체 어디라는 거요?"

존의 입장에서는 아직 블라인드 협곡의 위치는 물론 차마 그 이름조차도 밝힐 채비가 되지 않은 상황이었다. 그래서 모호한 답변으로 얼버무리려 하던 차에 피리가 갑자기 끼어들었다. 총포상은 냉정한 어조로 말했다.

"그건 커스턴스 씨께서 알아서 하실 문제고, 당신이 신경 쓸 문제는 아니오. 우리 지도자는 바로 이분이십니다. 그러니 당신도 이분의 지시를 따르면 아무 문제없을 겁니다."

앤이 못마땅한 듯 숨을 훅 들이마시는 소리가 존의 귀에도 똑똑히 들렸다. 피리의 태도와 발언 모두에서 드러난 무례함은 존도 차마 정당화할 수가 없었다. 이런 행동은 상대의 적대감을 다시 자극할 수밖에 없었다. 존은 상황을 무마하기 위해서 뭐라도 말을 꺼낼까 생각했지만, 두 가지 이유 때문에 잠시 머뭇거릴 수밖에 없었다. 한편으로는 자기가 나서도 이 상황이 수습될 가능성은 없다는 걸 깨달았기 때문이고, 또 한편으로는 이유는 피리의 판단력을 믿기 때문이었다. 총포상이 이렇게 갑자기 끼어든 것으로 보아, 뭔가 나름대로의 생각이 있음이 분명했다.

"그런 거요, 응?" 남자가 말했다. "우리더러 여기 커스턴스란 양반이 시키는 대로 하라는 거요? 뭔가 단단히 잘못 생각하고 계시는군. 지금 우리 쪽에서 명령을 내리는 사람은 바로 나요. 그러니 혹시 당신네가 우리 쪽에 합류한다면, 자연히 당신네도 내 명령을 따라야 하는 거지."

"당신도 제법 힘깨나 쓰게 생겼군요." 피리는 숙고하는 듯 상대방을 바라보았다. "하지만 지금 같은 상황에서는 오히려 두뇌가 필요한 겁니다. 내가 보기에 그쪽으로는 당신이야말로 뭔가 부족해 보이는군요."

얼굴 붉은 남자가 외모와 어울리지 않는 부드러운 태도로 말했다.

"나로 말하자면, 설령 조무래기들과 마주치더라도 단순히 상대방이 조무래기라는 이유로 무작정 약탈하지는 않소. 지금 이 근방에는 경찰관이 전혀 없는데도 말이오. 다시 말해 내 나름대로의 원칙이 있다는 거지. 그리고 그 원칙 가운데 하나는 내 주위에 있는 사람들이 모두 입조심을 하는 거요."

그러면서 그는 마치 자기 말을 강조하려는 듯, 허리띠에 찬 연발권총을 한손으로 툭툭 두들겨 보였다. 그러자 피리가 대뜸 소총을 치켜들었다. 남자도 갑자기 심각한 표정으로 변해서 무기를 꺼내려고 손으로 붙잡았다. 하지만 상대방이 연발권총을 허리띠에서 채 뽑기도 전에 피리가 먼저 발포했다. 워낙 가까운 거리이다 보니, 남자는 총에 맞은 충격으로 펄쩍 뛰어올라 길에 뒤로 벌렁 나자빠지고 말았다. 피리는 여전히 소총을 상대편에게 겨냥한 채 가만히 서 있었다.

여자 가운데 몇 명이 소리를 질렀다. 존은 자기 바로 앞에 서 있는 상대편 남자들을 주시했다. 그는 산탄총을 치켜들고 싶은 충동을 최대한 억눌렀다. 로저 역시 자기처럼 움직이지 않는 모습을 보자 반가운 마음이 들었다. 상대편 남자들 가운데 몇 사람이 주저하며 각자의 총을 손으로 더듬었지만, 이 사건은 너무 빨리 일어났고 또 충격적이었다. 결국 그중 한 명이 간신히 소총을 들어올렸다.

하지만 피리가 서슴없이 그쪽으로 총구를 돌리자, 상대방은 무기를 도로 내리고 말았다.

존이 말했다. "참으로 안타까운 일이군요." 그가 피리를 바라보았다. "하지만 총을 가진 사람을 함부로 위협하는 게 현명한 행동이 아니라는 것쯤은 미리 알았어야지요. 특히 자기가 먼저 총을 쏠 수 있을지 여부를 확신하지 못한 상태에서는 더더욱요. 여하간 우리가 내놓은 제안은 여전히 유효합니다. 우리와 합류해서 계곡까지 가고 싶은 분들이 있다면 적극 환영합니다."

여자 가운데 한 명이 총에 맞아 쓰러진 남자 옆에 무릎을 꿇고 앉았다. 곧이어 그녀가 위를 올려다보았다.

"죽었어요."

존은 살짝 고개를 끄덕였다. 그리고 다른 사람들을 바라보았다.

"아직 마음을 못 정하신 겁니까?"

앞서 한마디 거들던 땅딸막한 남자가 말했다.

"아까 나온 이야기는 저 양반만의 생각이었을 뿐이에요. 저는 당신네를 따라가겠습니다, 암요. 제 이름은 파슨스입니다. 앨프 파슨스요."

피리는 마치 의례라도 거행하는 듯한 태도로 자기 소총을 천천히 내렸다. 그러고는 시체 있는 곳으로 가서 허리띠에 꽂힌 연발권총을 뽑았다. 총포상은 권총의 총신을 손으로 잡아 존에게 건네주었다. 그러고는 뒤로 돌아서 다른 사람들에게 말했다.

"내 이름은 피리입니다. 그리고 내 오른쪽에 계신 분은 버클리 씨입니다. 아까 말씀드린 것처럼, 우리 일행의 지도자는 커스턴스 씨입니다. 그러니 우리 작은 무리에 합류하기를 원하는 분들은 일단 커스턴스 씨와 악수를 나누고, 각자의 성명을 말씀해주시면 되겠습니다. 아시겠습니까?"

맨 먼저 합류 의사를 밝힌 앨프 파슨스 뒤로 다른 사람들이 줄지어 늘어섰다. 바로 여기서 일종의 의례가 만들어진 셈이었다. 나중에 가서는 아예 무릎을 꿇는 관행으로 발전할 수도 있었지만, 지금 당장은 이렇게 의례적인 악수조차도 충성의 맹세로서 뚜렷한 표시가 아닐 수 없었다.

존 역시 이 의례가 새로운 역할을, 그리고 향상된 권력을 상징한다는 점을 알고 있었다. 애초에 작은 무리의 지도자 노릇을 하게 된 것은 어디까지나 우연에 불과했지만, 그는 우여곡절 끝에 스스로를 그 역할에 맞춰왔다. 그런데 이제는 다른 사람이 거느렸던 추종자들로부터 새로이 충성을 받아들임으로써 뭔가 새로운 차원에 들어섰던 것이다. 이로써 봉건적 족장의 패턴이 형성되었으며, 존은 자기가 이 일을 얼마나 많이 묵인하는지를 (심지어 기뻐하는지를) 깨닫자 스스로도 깜짝 놀랐다. 새로운 동료들이 차례대로 악수를 나누며 자기소개를 했다. 조 해리스…… 제스 오크라이트…… 빌 릭스…… 앤디 앤더슨…… 윌 세컴…… 마틴 포스터.

여자들은 그와 악수를 나누지 않았다. 대신 그 남편들이 일일이 손으로 가리키며 소개했다. 먼저 오크라이트가 말했다. "제 아내 앨리스입니다." 곧이어 릭스가 말했다. "저쪽은 제 아내 실비입니다." 다음으로는 얼굴이 갸름하고 머리가 반백인 남자 포스터가 손으로 가리키며 말했다. "제 아내 힐다, 제 딸 힐데가드입니다."

앨프 파슨스가 말했다. "남은 한 명은 아까 죽은 조 애슈턴의 부인 에밀리입니다. 당장의 충격이 지나가면 별 문제 없을 겁니다. 저 친구는 평소에 자기 마누라를 잘 대해주지도 않았으니까요."

조 애슈턴의 무리에 속해 있던 남자들은 모두 존과 악수를 나누었다. 그러자 이들보다 앞서 만난 또 다른 무리의 나이 많은 남자가 슬그머니 존의 곁으로 다가와 물었다.

"혹시 이제는 마음이 바뀌셨습니까, 커스턴스 씨? 저희도 함께 갈 수 있겠습니까?"

이제 존은 확실히 알 수 있었다. 힘이 넉넉한 봉건 지도자라면, 단순한 허영심에서 비롯된 행위를 통해서라도 약자를 도울 수 있다는 사실을 말이다. 게다가 지금처럼 대관식 직후에 나타나서 애걸하는 거지의 목소리는 오히려 더 달콤하게 들리기만 했다. 참으로 우스운 일이었다.

"당신네도 함께 갑시다." 존이 말했다. 그러고는 자기가 들고 있던 산탄총을 남자에게 건네주었다. "어쨌거나 총이 하나 더 생겼으니까요."

피리가 조 애슈턴을 쏴 죽인 바로 그 순간, 돌벽 아래 있던 아이들은 모두 그 자리에 얼어붙어버렸다. 평소의 어린애다운 두려움 대신 신중함이 발휘된 까닭이었다. 하지만 이제는 아이들도 다시 서로 어울려 놀기 시작했다. 심지어 새로 합류한 무리의 아이들도 서서히 그쪽으로 이끌려 가더니, 잠시 서로 인사를 나누고는 함께 어울려 놀기 시작했다.

"저는 노아 블레니트라고 합니다, 커스턴스 씨." 앞서 만난 무리의 나이 많은 남자가 말했다. "이 녀석은 제 아들 아서입니다. 이쪽은 제 아내 아이리스이고, 그 옆은 처제인 넬리입니다. 또 작은딸 바버라하고, 결혼한 큰딸 케이티입니다. 제 사위는 기차 여행 중이었는데, 남부에 가 있는 사이 열차 운행이 중단되고 말았죠. 여하간 저희 모두 앞으로 큰 신세를 지게 되었습니다, 커스턴스 씨. 당신께 성심껏 봉사하겠습니다. 저희 모두가요."

케이티라는 여자가 존을 바라보더니, 뭔가 적극적이면서도 은근히 구슬리는 듯한 투로 말했다.

"그러면 일단 모두 차라도 한 잔씩 마시는 게 좋지 않을까요? 마침 큰 주전자도 있고, 차도 넉넉한 데다 분유도 조금 있거든요. 물이라면 좀 떨어진 개울에 얼마든지 있고요."

"좋은 제안이긴 하군요." 존이 말했다. "하지만 과연 사방 30킬로미터 안에 장작으로 쓸 마른 나뭇가지 한두 개가 있을지 모르겠어요."

케이티가 그를 똑바로 바라보았다. 여자의 표정에는 불안을 이겨낸 수줍은 승리감과 아울러 상대방을 기쁘게 해주려는 열망이 드러났다.

"문제없어요, 커스턴스 씨. 저희 유모차에는 휴대용 석유 버너도 있으니까요."

"그러면 어서 준비하세요. 일단 오후의 차를 한 잔 마시고 나서 출발하도록 합시다." 그는 조 애슈턴의 시체를 흘끗 바라보았다. "누가 저것 좀 안 보이는 데로 치워주시면 좋겠군요."

앞서 조 애슈턴의 추종자였던 남자 가운데 두 명이 그의 명령을 수행하러 나섰다.

10

다시 출발했을 때에는 피리가 한동안 존과 나란히 걸었다. 총포상이 한 번 손짓하자, 제인은 거기서 열 발자국 정도 뒤에서 얌전히 따라왔다. 존은 앞서 조 애슈턴이 했던 것처럼 행렬의 맨 앞에 섰다. 일행의 규모는 이제 서른네 명이라는 인상적인 숫자로 늘어나 있었다. 남자 열두 명, 여자 열두 명, 아이 열 명이었다. 존은 남자 네 명을 행렬의 맨 앞에 자기와 함께 세웠고, 다섯 명을 로저와 함께 행렬의 맨 뒤에 세웠다. 피리는 자유롭게 이동하도록 허락해주었다. 즉 노인이 원하는 곳이라면 어디로든 돌아다니게 했다.

계곡으로 향한 길을 따라 내려가는 동안, 다른 사람들과 멀찍이 떨어진 상태에서 존이 피리에게 말했다.

"결과만 놓고 보면 아주 좋았습니다. 하지만 상당한 도박이었어요."

총포상은 고개를 저었다. "나는 그렇게 생각하지 않습니다. 오히려 그 작자를 죽이지 않고 지나가는 것이야말로 상당한 도박이었겠지요. 그것도 상당히 큰 도박이었을 겁니다. 설령 그 작자를 설득해서 당신이 지휘하도록 합의했다 치더라도, 애초부터 신뢰할 수가 없어 보였어요."

존이 피리를 흘끗 보았다. "제가 지휘를 하는 게 그렇게 필수적입니까? 어쨌거나 중요한 일은 블라인드 협곡까지 가는 것뿐인데요."

"그거야말로 가장 중요한 일이죠. 그건 맞습니다. 하지만 나로선 우리가 일단 거기 도착한 뒤에 벌어질 일까지 무시해야 할 거라고는 생각하지 않습니다."

"거기 도착한 뒤에 무슨 일이 일어난다는 건가요?"

피리는 미소를 지었다. "당신이 말한 작은 계곡은 평화롭고 고립된 곳일지 모르겠습니다만, 어쨌거나 그곳을 방어하려면 인원이 필요하겠지요. 비교적 소규모의 방어라 해도요. 다시 말해 그곳도 머지않아 적으로부터 포위당하게 되리라는 뜻입니다. 따라서 우리 사이에도 군법 비슷한 뭔가가 반드시 있어야 하고, 그걸 적용할 누군가 역시 있어야 하겠죠."

"저는 왜 그래야 하는지 모르겠군요. 차라리 일종의 위원회가, 그러니까 투표로 선출된 위원들이 모여서 결정을 내리는 게…… 그렇게 하면 충분하지 않겠습니까?"

"내 생각은 다릅니다." 피리가 말했다. "위원회가 기능하던 시절은 이제 끝났다는 겁니다."

총포상의 말은 그렇잖아도 존이 얼마 전에 느꼈던 한 가지 생각을 환기시켰다. 바로 그 이유 때문에, 그는 약간의 분노를 담아 격한 대답을 내놓았다.

"그렇다면 봉건 영주 시대가 되돌아오기라도 했다는 겁니까? 상황에 민주적으로 대처할 수 있는 우리 스스로의 능력에 대한 믿음을 잃었다는 이유 하나만으로요?"

"당신은 그렇게 생각합니까, 커스턴스 씨?" 피리는 유독 '씨'라는 단어를 강조했다. 그렇게 함으로써 아까 조 애슈턴을 죽인 이후로는 이 경칭이 일종의 직함으로 변모했음을 확인시키려는 속셈이었다. 앤과 로저와 올리비아를 제외한 다른 모두는 존을 '커스턴스 씨'로 호칭했다. 그를 제외한 나머지 사람은 성이나 이름으로만 호칭했다. 사소한 일이었지만 결코 무시할 수는 없었다. 그렇다면 나 다음에는 데이비가 '씨'라는 직함을 이어받게 되는 것일까? 존은 문득 궁금한 생각이 들었다.

그는 다음과 같이 잘라 말했다. "설령 계곡에서 누군가 한 사람이 지휘를 맡아야 한다면, 그 사람은 제가 아니라 제 형님이실 겁니다. 거기는 제 형님께서 소유한 땅이고, 형님이야말로 그곳을 돌보는 데 가장 유능한 인력이니까요."

피리는 마치 포기했다는 듯한 투로 장난스럽게 양손을 약간 들어올렸다. "위원회 따위 없어도 아쉬워할 사람이 없을 겁니다. 그리고 블라인드 협곡까지 가는 우리 일행의 지휘를 당신이 맡아야 할 이유는 하나 더 있습니다. 당신 이외의 다른 사람이라면, 방금 말했던 형님에 관한 내용의 핵심을 제대로 간파하지 못할 테니까요."

　일행은 계곡으로 내려가서 파괴의 흔적들 사이를 지나갔다. 저 위에서도 역력했던 흔적들이었지만, 막상 아래에 내려와 보니 그 잔혹함이 더욱 두드러졌다. 아직 남아 있던 사람들은 이들을 애써 외면했다. 지금 상황에서 무장 세력에게 굳이 도움을 요청할 의향까지는 없었기 때문이었다. 세드버그 폐허 인근에서 이들과 비슷한 규모의 또 다른 무리가 도시를 나오는 모습이 보였다. 여자들은 값비싼 장신구처럼 보이는 것들을 걸쳤고, 남자 하나는 금 접시를 들고 있었다. 존이 가만히 지켜보는 사이에 그 남자는 그중 일부를 내버렸는데, 너무 무겁기 때문인 듯했다. 그러자 또 다른 남자가 금 접시를 주워 들어서 무게를 가늠해보더니, 허허 웃으면서 도로 내던져버렸다. 그 사람들은 존의 일행이 선 곳에서 동쪽으로 계속 나아갔고, 그 뒤에는 풀 한 포기 없는 갈색의 땅 위에 금붙이만 남아 탁한 빛을 발했다.

　일행이 룬강 계곡을 향해 나아갈 무렵, 어느 외딴 농가에서 비명이 들렸다. 날카롭게 지속되는 그 소리에 아이들은 물론이고 여자들 가운데 일부도 불안을 드러냈다. 농가 밖에서 총을 든 남자 두세 명이 어슬렁거리는 모습이 보였다. 존이 자기 무리를 이끌고 재빨리 그곳을 지나가자, 비명도 점차 멀어지며 잦아들었다.

　세드버그 외곽에서 도로를 벗어나게 되면서 블레니트 가족의 소유였던 유모차도 내버리고, 거기 실려 있던 물건은 어설프게나마 보따리에 싸서 어른 여섯 명이 나눠 지게 되었다. 그 여섯 명은 다른 사람보다 걷기 힘든 모습이 역력했으며, 룬강 계곡에서 제법 높이 올라온 황야 가장자리에서 존이 행군을 중단시키고 야영 지시를 내리자 안도했다. 비가 다시 내리지는 않았다. 구름은 옅어져 새털 모양으로 바뀌었고, 상당한 높이에서 하늘에 늘어져 있었다. 새털구름 밑에는 황야에서 서쪽으로 솟아난 높은 구릉이 있었고, 그 뒤로는 저물어가는 해가 빛을 발했다.

"이 황야는 내일 오전에 지나가도록 합시다." 존이 말했다. "제 생각으로는 이제 계곡까지는 아무리 멀어야 40킬로미터쯤 남은 것 같습니다만, 앞으로의 행군도 아주 쉽지는 않을 겁니다. 그래도 내일 밤까지는 해낼 수 있으리라 기대합니다. 일단 오늘 밤은……." 그는 일행이 있는 곳에서 좀 더 높은 장소에 있는 유리창 깨진 집 한 채를 가리켰다. "저곳이 숙소로 괜찮을 것 같군요. 피리, 인원 두 명을 데려가서 살펴보도록 하세요, 아셨죠?"

피리는 서슴없이 앨프 파슨스와 빌 릭스를 차출했고, 두 사람 모두 허락을 구하는 듯 일단 존을 흘끗 보고 나서야 총포상의 뒤를 따랐다. 세 사람은 주택이 있는 오르막길을 걸어갔다. 목표물에서 20미터쯤 남았을 때, 피리가 두 사람에게 손을 흔들어 얕은 웅덩이에 웅크리고 숨게 했다. 곧이어 그는 주택의 위층 창문을 대강 조준해 총을 쏘았다. 총소리가 들렸고, 유리 깨지는 소리도 작게 들렸다. 잠시 침묵이 이어졌다.

1분 뒤에 작은 체구의 피리가 자리에서 일어나 주택을 향해 걸어갔다. 소총을 팔에 낀 것만 빼면, 마치 기계적으로 업무상의 방문하는 공무원과도 비슷한 모습이었다. 문간에 도착하자, 약간 열려 있었던 듯한 문을 오른발로 걷어차서 열었다. 그러고는 안으로 사라졌다.

그 모습을 지켜보며 존은 새삼 한 가지를 뼈저리게 깨달았다. 만약 피리가 지금처럼 남에게 권력을 안겨주는 대신 스스로 권력 행사를 열망했다면, 정말 만만찮은 적수가 되었으리라는 사실이었다. 지금 저 총포상은 진짜로 비었는지 어떤지 확신할 수도 없는 주택 안으로 성큼성큼 혼자 들어간 상태였다. 물론 그도 사람이니 긴장도 하겠지만, 그가 정말로 잔뜩 긴장할 법한 상황을 쉽게 상상하기는 어려웠다.

잠시 후에 위층 창문에서 피리의 얼굴이 나타났다가 다시 사라졌다. 일행이 잠시 기다리자, 마침내 그가 현관문으로 걸어 나왔다. 총포상은 길을 따라 태연하게 걸어 돌아왔고, 함께 갔던 두 사람도 숨어 있던 자리에서 일어나 합류했다. 곧이어 세 사람은 존이 있는 곳으로 돌아왔다.

존이 물었다. "어떻습니까? 괜찮습니까?"

"만족할 만한 수준입니다. 시체조차 없습니다. 약탈자들이 당도하기 전에 모두 대피한 것이 분명합니다."

"약탈당했던가요?"

"어느 정도는요. 그렇다고 아주 철저하게 당한 것은 아닙니다만."

"어쨌거나 오늘 밤에는 지붕 밑에서 잘 수 있겠군요." 존이 말했다. "일단 침대는 아이들에게 양보하도록 합시다. 어른들은 바닥에서 어찌어찌 자면 될 겁니다."

피리는 뭔가 숙고하는 듯 주위를 둘러보았다. "우리가 모두 서른네 명이죠. 하지만 저 집은 충분히 크지가 않군요. 그러면 제인과 난 비록 궂은 날씨이기는 해도 밖에 나가서 자겠습니다." 노인이 고개를 끄덕이자, 여자아이가 그에게 다가갔다. 뭔가 둔감해 보이는 시골 여자아이 특유의 얼굴에는 불가피한 일에 대한 굴종의 표시만 드러날 뿐이었다. 피리는 그녀와 팔짱을 끼었다. 그러고는 미소를 지었다. "예, 아무래도 그렇게 하는 편이 좋겠습니다."

"좋을 대로 하시죠." 존이 말했다. "그럼 오늘 밤에는 불침번 임무도 면제해드리겠습니다."

"감사합니다." 피리가 말했다. "정말 감사합니다, 커스턴스 씨."

존이 위층에 올라가 보니 작은 침대가 두 개 있는 방이 하나 있었다. 그는 데이비와 메리를 불러서 거기 누워보라고 했다. 층계참에는 화장실도 있었고 여전히 물도 나오기에, 곧이어 아이들을 들여보내 씻도록 했다. 두 아이가 화장실로 가자, 그는 침대에 걸터앉아 창밖을 바라보았다. 거기서는 세드버그 방향으로 계곡이 훤히 내려다보였다. 그야말로 멋진 풍경이었다. 여기 살던 사람은 아마도 저 풍경에 애착을 품었던 것이 분명했다. 하지만 이제는 그것이야말로 비물질적 재산 역시 물질적 재산만큼이나 덧없다는 사실을 보여주는 새삼스러운 암시였다.

그의 짧은 생각은 갑자기 앤이 방으로 들어오면서 방해받고 말았다. 그녀는 지친 기색이었다. 존은 아내를 보며 또 다른 침대를 가리켰다.

"이제 좀 쉬어." 그가 말했다. "애들은 좀 씻으라고 화장실로 보냈어."

앤은 아랑곳하지 않은 채 창가에 서서 바깥을 내다보았다.

"여자들이 하나같이 나한테 물어." 그녀가 말했다. "오늘 밤에는 어떤 고기를 먹을까요? 감자는 오늘 다 써버리고 내일 또다시 구해볼까요? 껍질째 삶을까요, 아니면 껍질을 벗기고 삶을까요? 도대체…… 그걸 왜 나한테들 물어보는 거지?"

존이 아내를 바라보았다. "좀 물어보면 안 돼?"

"물론 사람들이 당신을 왕처럼 떠받드는 건 사실이지. 하지만 그렇다고 해서 나까지 왕비 노릇을 할 생각은 없거든."

"그럼 당신은 그 모든 질문을 그냥 외면해버렸어?"

"나 대신 올리비아한테 물어보라고 떠넘겨버렸지."

존이 미소를 지었다. "책임을 전가했다 이거군. 그거야말로 왕비님께 딱 어울리는 자세인걸."

앤은 잠시 말이 없었다. 그러고는 이렇게 덧붙였다. "정말 이렇게 할 필요가 있는 거야? 그러니까 저 사람들하고 합류해서 졸지에 군대를 거느리는 게 꼭 필요했느냐고?"

존은 고개를 저었다. "아니. 전혀 아니야. 특히 블레니트 가족은 확실히 아니었지. 하지만 그 사람들은 당신이 원해서 합류시킨 거야, 안 그래?"

"나는 그 사람들을 '원한' 적 없어. 단지 딱하다고 생각했을 뿐이야. 그 아이들을 그냥 버려두는 게 말이야. 그리고 내가 방금 꼭 필요했느냐고 물어본 사람들은 그 사람들이 아니야. 오히려 다른 사람들이라고."

"만약 우리가 블레니트 가족하고만, 그러니까 우리가 '오로지' 블레니트 가족하고만 합류했다면 어땠을까. 그랬다면 이 계곡을 무사히 지나갈 가능성은 더 줄어들었을 거야. 하지만 나머지 사람들과도 합류했기 때문에, 우리는 더 손쉽게 지나갈 수 있을 거라고."

"위대하신 커스턴스 장군님의 지휘하에 말이지? 그리고 장군님의 명령을 충실히 따르는 일급 살인자 피리의 유능한 도움을 받아서 말이야."

"피리를 단순히 살인자로 생각하는 건 지나친 폄하야."

"아니, 나는 그 사람 실력이 얼마나 대단한지에 대해서는 관심이 없어. 어쨌거나 그 사람은 살인자고, 나는 그 사람이 마음에 안 들어."

"그렇게 따지자면 나 역시 살인자야." 존은 앤을 흘끗 바라보았다. "지금은 많은 사람들이 마찬가지겠지. 얼마 전까지만 해도 자기가 그렇게 되리라고는 전혀 생각도 못 했던 사람들이 말이야."

"굳이 상기시킬 필요도 없어. 어쨌거나 피리는 뭔가 다르니까."

존은 어깨를 으쓱했다. "우리에게는 그 사람이 필요해. 블라인드 협곡에 갈 때까지는 말이야."

"제발 그 말 좀 그만 해!"

"사실이잖아."

"존." 두 사람의 눈길이 마주쳤다. "나는 그 사람 때문에 당신이 변하는 게 정말이지 끔찍스러워. 그 사람이 당신을 졸지에 깡패 두

목하고 비슷하게 바꿔놓는다고. 애들조차도 이제는 당신을 무서워하기 시작했다니까."

존은 굳은 표정으로 말했다. "나를 바꿔놓은 뭔가가 있다면, 그건 피리라기보다는 오히려 더 비인격적인 뭔가야. 즉 우리가 앞으로 살 수밖에 없는 종류의 삶이라고. 나는 반드시 우리를, 즉 우리 모두를 안전하게 목적지까지 데려갈 거고, 그 무엇도 나를 저지하지는 못할 거야. 우리가 여기까지 온 것만 해도 얼마나 잘 해낸 건지 당신은 알기나 해? 오늘 오후에만 해도 이 계곡은 전쟁터나 다름이 없었어. 하지만 남부에서 벌어지는 일에 비하자면 그야말로 전초전에 불과하지. 어쨌거나 우리는 여기까지 왔고, 앞으로 남은 길도 순탄하리라는 걸 알 수 있어. 하지만 우리가 목적지에 도착하기 전까지는 긴장을 늦출 수가 없다고."

"그래서 목적지에 도착하고 나면?"

존은 인내심을 발휘하며 말했다. "내가 여러 번 얘기했잖아. 거기 도착하고 나면, 우리는 다시 정상적으로 사는 법을 배울 수 있을 거야. 설마 당신은 내가 지금 같은 상황을 오히려 좋아한다고 상상하는 건 아니겠지, 안 그래?"

"나도 모르겠어." 앤은 남편의 눈길을 피해 창밖을 바라보았다. "그나저나 로저는 어디 있는지 알아?"

"로저? 난 모르겠는데."

"그 사람이랑 올리비아랑 둘이서 지금껏 스티브를 업고 왔어. 당신은 앞에서 지휘를 하느라고 무척이나 바빴으니까. 결국 세 식구만 뒤처지고 말았지. 결국 이 집에 도착했을 때, 그 세 식구가 잘

곳은 부엌 창고밖에는 남지 않았어."

"아니, 그 친구는 왜 나한테 와서 얘기를 안 한 거야?"

"당신을 군이 번거롭게 하고 싶지 않았겠지. 아까 당신이 데이비를 불렀을 때에도, 스푹스는 차마 따라오지 못하고 뒤에 남았어. 한 녀석은 차마 따라올 생각을 못 했고, 또 한 녀석은 차마 데려올 생각을 못 했던 거지. 애들이 당신을 점점 무서워하고 있어. 내가 말한 게 바로 그런 뜻이야."

존은 아내의 말에 아무런 대답도 하지 않았다. 그는 방에서 나가 계단참에서 아래를 향해 소리를 질렀다.

"로저! 위층으로 올라오라고, 이 친구야. 올리비아랑 애들도 데리고 와, 당연한 이야기지만."

남편 뒤에서 앤이 말했다. "이제는 당신도 양보를 하네. 내가 먼저 시킨 것도 아닌데 말이야."

존은 아내에게 다가가 양팔을 꽉 붙잡았다.

"내일 저녁이면 이 짓거리도 모두 끝나버릴 거야. 그때가 되면 나도 모든 권한을 형한테 넘길 거고, 이후로는 거기 눌러 앉아서 감자와 비트 재배하는 농부가 되는 법을 배울 거라고. 결국 당신도 내가 눈치 없고, 하품이나 해대고, 손톱에 흙이 잔뜩 낀 늙은이로 변하는 모습을 보게 되겠지. 어때, 이 정도면 되겠어?"

"정말 그렇게 될 거라고 믿을 수만 있다면……."

그는 아내에게 입을 맞추었다. "당연히 그렇게 될 거야."

로저가 위층으로 올라왔다. 스티브와 스푹스도 그 뒤에 바짝 붙어서 따라왔다.

그가 말했다. "올리비아도 금방 올라올 거야, 존."

"도대체 부엌 창고에서 뭘 하고 있었던 거야?" 존이 물었다. "위층에는 이렇게 방이 넉넉한데 말이야. 저 침대 두 개를 붙여놓으면 애들을 전부 재울 수 있어. 우리 어른들한테는 이렇게 멋지고 부드러운 마룻바닥도 있고 말이야. 침실에는 아직 새것인 카펫도 깔려 있다고. 이 집 주인은 제법 사치스러운 성격이었던 모양이야. 저기 벽장에는 이불도 잔뜩이라고."

이렇게 말하는 중에도 존은 자기가 언성을 높이고 있다는 사실을, 즉 아랫사람을 멋대로 부리는 윗사람에게서나 찾아볼 수 있는 퉁명스러움을 드러내고 있다는 사실을 자각하고 있었다. 하지만 이제 와서 이런 태도를 바꿀 방법은 전혀 없었다. 그와 로저의 관계도 이미 바뀐 다음이어서, 과거의 공통 기반으로 돌아간다는 것은 능력 밖의 일이었다.

로저가 말했다. "이렇게 신경 써주니 고마워, 존. 부엌 창고도 상당히 괜찮기는 했지만, 솔직히 바퀴벌레 냄새가 조금 나긴 하더라고." 곧이어 그는 뒤에 서 있던 두 아이를 향해 말했다. "너희도 화장실 쓸 거면, 저기 가서 미리 줄 서 있어라."

창가에 서 있던 앤이 말했다. "저 사람들은 저기 가네."

"저 사람들이라니?" 존이 물었다. "누구 말이야?"

"피리랑 제인 말이야. 저녁 먹기 전에 산책을 나가는 모양이야, 아마도."

앤이 이야기하는 사이에 올리비아도 방 안에 들어왔다. 그녀는 뭔가를 이야기하려다가, 존을 흘끗 바라보고는 그냥 입을 다물었다. 로저가 말했다.

"새신랑 피리 말이군. 나이에 비하면 상당히 팔팔한 셈이지."

앤이 빈정거리는 투로 올리비아에게 말했다. "그나저나 날붙이는 여전히 자기가 관리하고 있지? 제인이 저녁 먹으러 돌아오면 제일 날카로운 걸로 하나 가져가게 하자. 천천히 돌려줘도 되니까 계속 갖고 있으라고 얘기해주든가."

"안 돼!" 존은 자기도 모르게 비명에 가까운 말을 토해냈다. 곧이어 그는 목소리를 낮추며 이렇게 덧붙였다. "우리한테는 아직 피리가 필요해. 따지고 보면 그 사람을 배우자로 맞이한 게 저 여자애한테는 오히려 행운이야. 어쨌거나 살아 있게 된 것이 저 여자애한테는 오히려 행운이라고."

"내 생각에는 우리도 이제는 남은 길을 쉽게 찾아갈 수 있을 것 같은데." 앤이 말했다. "내 생각에 내일 저녁이면 상황이 정상으로 돌아올 것 같아. 그런데도 당신이 여전히 피리를 원하는 건, 정말 그 사람이 우리의 안전에 필수적이어서야, 아니면 당신이 점차 그 사람을 좋아하게 되어서야?"

"내가 이미 말했잖아." 존이 지친 듯한 목소리로 말했다. "나로선 만에 하나라도 도박을 걸고 싶지는 않다고 말이야. 어쩌면 당장 내일만 되어도 우리한테는 피리가 필요 없을 수도 있지. 하지만 그렇다고 저 여자애를 부추겨서 오늘 밤에 그 사람의 목을 따버리게 만들자는 당신의 제안을 내가 기꺼이 받아들이겠다는 뜻까지는 아니야."

"그 여자애라면 시도할 수 있겠지." 로저가 말했다. "우리가 시키지 않아도, 자기 스스로 말이야."

"만약 그 여자애가 그렇게 하면, 당신은 어떻게 할 거야?" 앤이 물었다. "대역죄인으로 간주해 처형하거나 그럴 거야?"

"아니, 그냥 여기 놔두고 가버릴 거야."

앤은 남편을 빤히 쳐다보았다. "당신이 그럴 줄 알았어!"

이때 처음으로 올리비아가 말을 꺼냈다. "그 사람은 밀리센트도 죽였어요."

"그런데도 우리는 왜 그 사람을 거기 놔두고 와버리지 않았느냐는 거죠?" 존은 격앙된 나머지 이야기를 계속했다. "아직도 모르겠어요? 야만인들을 막아주는 울타리가 있는 곳에 도달하기 전까지는 공평과 정의 따위 아무 소용없단 말이에요. 지금 피리로 말하자면 우리 중 어느 누구보다도 더 유용한 사람이에요. 제인은 오히려 블레니트 가족하고 비슷하죠. 쉽게 말해 군식구이고 장애물일 뿐이라고요. 그러니 그 여자애도 최대한 신중하게 처신할 때만 우리와 함께 머무를 수 있어요. 조금이라도 삐끗한다면 그때는 아니라고요."

앤이 올리비아에게 말했다. "결국 이 사람이야말로 진짜 지도자인 거지. 저 헌신적인 모습을 좀 보라고. 무엇보다도 가장 놀라운 건, 자기가 옳다고 생각하기 때문에 뭔가가 옳다고 생각하는 저 확신이겠지만."

존이 격분한 나머지 말했다. "그건 그 자체로 옳은 거야. 그럼 당신은 그걸 반박할 주장을 제시할 수나 있어?"

"아니." 앤은 남편을 똑바로 바라보았다. "당신이라면 어떤 주장도 인정하지 않을 테니까."

"로저!" 존은 친구에게 말했다. "자네는 내 말이 이치에 닿는다는 걸 알겠지, 안 그래?"

"그래, 나는 알아." 하지만 로저는 거의 변명처럼 덧붙였다. "하지만 방금 앤이 한 말 역시, 나는 이치에 닿는다는 걸 알겠어. 그렇다고 해서 자네를 책망하려는 건 아니야, 존. 자네는 우리를 이끌고 가는 임무를 맡았고, 그 임무를 최우선으로 놓을 수밖에 없겠지. 그리고 그 과정에서 피리야말로 자네가 가장 의지할 수 있는 사람이라는 사실이 드러난 것뿐이야."

존은 뭔가 거창한 답변을 내놓으려다가, 문득 자기 앞에 있는 세 사람의 얼굴을 새삼스레 쳐다보게 되었다. 그러자 자기들이 한때 어떻게 어울렸는지가 문득 생각났다. 얼마 전까지만 해도 이들은 종종 이와 비슷한 입장에 놓인 적이 있었다. 예를 들어 바닷가에서 그랬고, 또 브리지를 하며 보낸 저녁 시간에 그랬다. 이 기억으로 인해서 존은 자기가 누구이고 이들이 누구인지를 새삼스럽게 떠올리게 되었다. 이들은 그의 아내인 앤, 그리고 그의 가장 가까운 친구인 로저와 올리비아였다.

존은 잠시 머뭇거리다가 말했다.

"그래, 무슨 말인지 나도 알 것 같아. 피리는 나한테 정말 중요한 사람까지는 아니야."

"아니, 내 생각에는 중요해 보여." 로저가 말했다. "우리를 이끌고 가는 임무가 자네에게 중요한 것처럼, 피리도 자네에게 역시나 중요해 보인다고. 단순히 그 사람의 유용성 때문만이 아니야. 다시

한 번 말하지만, 존, 나는 지금 자네를 비난하는 게 아니야. 나라면 아예 이런 상황에서 제대로 대처할 수조차 없었을 거야. 나라면 아예 그럴 만한 체력이 안 되었을 테니까. 하지만 설령 내가 이런 상황에서 제대로 대처할 수 있다고 가정하면, 나 역시 피리에 관해서는 자네와 똑같은 기분이었을 거야."

잠시 침묵이 흐르다가 존이 말했다.

"결국 우리가 목적지에 더 빨리 도착할수록 더 좋은 거겠지." 그가 말했다. "빨리 정상이 되면 더 좋은 거라고."

올리비아가 크고 침착한 얼굴에 수줍은 눈으로 뭔가 질문하듯 한동안 그를 빤히 바라보더니 이렇게 물었다. "정말 그렇게 되기를 원하는 게 확실하긴 해요, 존?"

"예. 확실해요. 하지만 우리가 이런 식으로 하루가 아니라 한 달만 더 살아야 한다고 치면, 그때는 나도 확실하다고 대답하지 못할 거예요."

앤이 남편에게 말했다. "우리는 정말 짐승 같은 짓을 저질렀어. 몇 사람은 정도가 더 심했지만, 그래도 우리 모두가 어느 정도까지는 그런 짓을 저질렀다고. 설령 피리가 우리한테 제공한 걸 단순히 받아들였을 뿐이라도 사정은 마찬가지야. 그러니 과연 우리가 그런 잘못에 완전히 등을 돌리고 잊어버릴 수 있을지, 나로선 영 의문이야."

"우리는 최악의 상황을 극복한 거야." 존이 말했다. "지금부터는 평탄하고 가기 쉬운 길만 펼쳐져 있다고."

메리와 데이비가 화장실에서 나와 방으로 달려 들어왔다. 두 아이 모두 웃고 소리를 질렀다. 너무 시끄러울 정도로.

존이 말했다. "조용히 해라, 너희 둘 다."

그가 생각하기에는 평소에 말하던 것과 크게 다르지 않은 말투였다. 하지만 과거에는 이런 질책이 별 효과를 거두지 못했던 반면, 지금은 두 아이 모두 입을 다물고 가만히 서서 아버지를 바라보았다. 앤과 로저와 올리비아도 그를 바라보았다.

존은 허리를 굽혀 데이비를 바라보았다. "내일 저녁이면 큰아버지 댁에 도착할 거야. 그러면 신나겠지, 응?"

데이비가 말했다. "예, 아빠."

아이의 목소리는 충분히 활기차게 들렸다. 하지만 그 대답에는 뭔가 어울리지 않는 의무감도 깃들어 있었다.

새벽에 존은 총소리에 놀라 잠에서 깨었다. 자리에서 일어나 앉은 순간, 바깥의 어디에선가 이에 응사하는 또 다른 총소리가 들렸다. 그는 손을 뻗어 연발권총을 챙긴 다음, 로저를 불러서 깨웠다. 곧이어 친구가 끙끙대며 뭔가 대답하는 소리가 들렸다.

앤이 물었다. "무슨 소리지?"

"별것 아닐 거야, 아마. 누가 뭘 훔쳐가려고 기웃거리기라도 한 모양이지, 아마. 당신하고 올리비아는 여기서 애들하고 같이 있어. 우리는 내려가서 무슨 일인지 살펴볼 테니까."

불침번의 원래 임무는 집 바깥을 순찰하는 것이었지만, 이 시각 근무자인 조 해리스는 집 안에 들어와서 아래층 앞쪽 창문을 통해 바깥을 주시하고 있었다. 마르고 피부가 검은 이 남자는 턱수염을

무성하게 기르고 있었다. 집 안으로 스며드는 달빛에 그의 두 눈이
빛났다.

"무슨 일이죠?" 존이 그에게 물었다.

"바깥에 있을 때 웬 놈들이 보였습니다." 해리스의 말이었다. "세
드버그 쪽에서 계곡을 따라 올라오더군요. 저는 그놈들이 그냥 지
나가도록 놔두고 아예 건드리지 않는 게 상책이라고 생각했습니
다. 그래서 일단 집 안으로 들어와서 어떻게 하나 지켜보고 있었
죠."

"그런데요?"

"그런데 그놈들이 방향을 바꿔서 이쪽으로 오는 겁니다. 이 집
을 노리는 게 확실해 보이기에, 방금 맨 앞에 있던 놈한테 한 방 먹
였죠."

"맞혔습니까?"

"아뇨. 못 맞힌 것 같아요. 그러자 또 다른 놈이 저한테 총을 쏘
더군요. 그리고는 모두 관목 뒤에 숨어버렸어요. 그놈들이 지금도
바깥에 있습니다, 커스턴스 씨."

"몇 명이나 되던가요?"

"정확히 말하기는 어렵습니다. 아직 날이 어두우니까요. 아마 열
두 명쯤 되는 것 같습니다. 어쩌면 더 많을 수도 있고요."

"그렇게나 많아요?"

"그러니까 저로서도 제발 그놈들이 모른 척 지나가주었으면 좋
겠다고 생각했던 거죠."

존이 말했다. "로저!"

"여기 있어." 그의 친구는 방문 앞에 서 있었다. 방 안에는 다른 사람들도 있었지만, 떠들지 않고 다들 조용히 하고 있었다.

"다른 사람들도 일어났나?"

"서너 명은 벌써 복도로 나와 있어."

존에게서 가까운 곳에서 노아 블레니트의 목소리가 들렸다.

"저랑 아서도 여기 나와 있습니다, 커스턴스 씨."

존이 로저에게 말했다. "일단 한 명을 뒤쪽 침실 창문으로 보내서, 혹시 저놈들이 뒤로 돌아서 들어오는지 잘 감시하라고 해. 그런 다음에 앞쪽 침실에 각각 두 명씩 배치하고." 곧이어 그가 나이 많은 남자에게 말했다. "노아, 당신은 또 다른 앞쪽 창문 옆에 자리를 잡으세요." 그러고는 모두에게 지시했다. "지금부터 각자 맡은 위치로 달려가세요. 그리고 제가 명령을 내리면, 밖에 있는 놈들에게 일제사격을 가하는 겁니다. 그러면 저놈들도 겁이 나서 도망쳐 버릴 수 있으니까요. 만약 도망치지 않으면, 그때부터는 각자 표적을 정해서 쓰러트리는 겁니다. 지금은 우리가 지형적 이점을 지니고 있으니까요. 당연한 이야기지만, 여자와 아이들은 창문에서 멀찍이 떨어져 있게 하세요."

곧이어 사람들이 각자의 위치로 움직이는 소리가 들렸다. 로저가 명령을 전달하는 소리도 들렸다. 오른쪽에 있는 방에서 어린아이 우는 소리가 들렸다. 베시 블레니트였다. 존이 고개를 돌려 보니, 아이가 임시방편으로 만든 잠자리에서 일어나 앉아 있었다. 어머니가 옆에 앉아서 아이를 달래고 있었다.

"제가 숙소를 더 안쪽으로 정해드릴걸 그랬군요." 존이 말했다.

"그랬다면 이렇게 시끄럽지 않았을 텐데요."

의외로 온화한 말을 내뱉고 나자, 본인조차도 놀랍기만 했다.

케이티 블레니트도 대답했다. "애는 제가 안쪽으로 데리고 갈게요, 커스턴스 씨. 너도 이리 와라, 월프. 모두 괜찮을 거야. 커스턴스 씨께서 너희를 지켜주실 테니까."

존은 다른 여자들에게도 말했다. "모두들 안쪽으로 들어가 계시는 게 좋을 겁니다."

곧이어 그는 조 해리스 옆에 무릎을 꿇고 앉았다. "혹시 바깥에서 움직이는 기척은 없습니까?"

"뭔가 보인 것 같기도 해요. 하지만 그림자를 착각한 것도 같고요."

존은 달빛이 비치는 마당을 주시했다. 별이 총총한 하늘에는 구름 흔적조차 없었다. 운명이 양쪽 모두에게 장난을 걸고 있는 셈이었다. 달빛이 있으니 방어하는 쪽이 상당히 유리했겠지만, 애초에 구름이 끼었더라면 공격하는 쪽도 이렇게 외따로 우뚝 솟은 주택을 못 보고 그냥 지나쳐버렸을 것이었다.

그때 한쪽에서 그림자가 움직이는 듯한 느낌이 들었다. 곧이어 존은 실제로 누군가가 움직인다는 것을, 그리고 그 장소는 집에서 불과 15미터쯤 떨어진 곳임을 깨달았다. 그는 큰 목소리로 외쳤다. "발사!"

비록 연발권총을 쏴서 뭘 맞힐 가능성이 적다는 것은 알았지만, 그는 방금 전에 움직인 그림자를 겨냥해서 열린 창문으로 총격을 가했다. 그의 총격에 뒤이은 일제사격은 일사분란하지는 않아도 제법 인상적이었다. 누군가 고통스럽게 외치는 소리가 들렸고, 사람 형체 하나가 빙글 돌더니 이상한 모습으로 쓰러졌다. 존은 반격을 예상하고 창문 옆으로 몸을 숙였다. 하지만 상대편의 응사는 딱한 발뿐이었고, 그나마도 벽돌에 맞고 튕겨나간 듯했다. 이후로는 오로지 누군가 중얼거리는 소리, 그리고 총에 맞아 쓰러진 사람의 신음만 들릴 뿐이었다.

공격하는 쪽에게는 방금 드러난 화력의 실체가 뭔가 불편하고도 놀라운 사실로 다가온 모양이었다. 이렇게 외딴집에 이 정도의 화력이 숨어 있을 줄은 미처 예상하지 못했던 것이다. 존은 지금 자기가 공격하는 쪽의 지휘자라고 상상해보았다. 이런 반격에 맞닥트린 상황이라면, 지체 없이 부하들을 데리고 이곳에서 빠져나가는 것이 급선무일 것만 같았다.

하지만 계속 상대편의 입장에서 바라보자면, 정작 그렇게 하기 어려운 장애물도 분명히 있었다. 달빛이 방어하는 쪽을 도와주는 것은 확실했으므로, 공격하는 쪽이 갑작스레 후퇴를 시도하다가는 졸지에 모습이 훤히 드러나며 표적이 될 가능성도 있었다. 존은 혹시 구름이 있는지 밤하늘을 살펴보았다. 조만간 구름이 달을 가릴 듯하면, 차라리 그때가 오기를 기다리는 것이 상식적이었다. 하지만 하늘에는 별만 총총할 뿐이었다.

또 다른 고려 사항도 있었다. 만약 방어하는 쪽을 압도할 수만 있다면, 공격하는 쪽에서는 상당한 양의 무기를, 그리고 어쩌면 탄약을 얻게 될 것이었다. 지금 상황에서는 총이야말로 위험을 무릅쓰고서라도 얻을 가치가 있는 물건이었다. 그리고 지금 상황에서는 인원이나 무기 모두에서 이쪽보다 저쪽이 더 유리할 가능성이 매우 컸다.

존은 뒤늦게야 깨달았다. 아까처럼 화력을 과시한 것이야말로 전술적 실수였던 셈이다. 일곱 발이 아니라 두세 발쯤이었다면 공격하는 쪽도 이겨봤자 별 이득이 없겠다고 지레짐작하며 후퇴하고 말았을 것이었다. 피리였다면 어떻게 했을까……. 그제야 기억이 났다. 총포상은 지금 저 바깥의 어디에선가 신혼을 만끽하고 있었다.

이제는 아이들도 모두 깨어났을 것이 분명했지만 다들 조용했다. 누군가 아래층으로 내려오는 소리가 들렸다. 로저가 나지막이 그를 불렀다.

"존!"

그는 여전히 마당을 주시하며 대답했다. "그래."

"이제 어떻게 하지? 저 위에 사격 솜씨가 제법 좋은 친구가 하나 있어. 우리가 먼저 저놈들을 겨냥해서 쏴야 할까, 아니면 저놈들이 발포할 때까지 기다려야 할까?"

그로선 아무래도 먼저 총격을 재개하고 싶지는 않았다. 저쪽도 이미 이쪽의 힘을 알고 있었다. 그러니 더 이상의 사격은 실질적인 이득이라고는 전혀 없이 귀중한 탄약만 낭비하는 짓에 불과할 터였다.

"기다려." 존이 말했다. "조금만 더 있어보자."

로저가 말했다. "혹시 자네 생각엔……?"

달빛 속에서 누군가가 소리를 질렀다. "발사!" 존이 자동적으로 몸을 숙이자마자, 일제사격으로 날아온 총알이 주택에 명중하면서, 이미 박살 난 유리들이 마치 저항하듯 부르르 떨다가 더 깨져 나갔다. 위층에서 일행 가운데 한 명이 응사하는 소리가 들렸다.

존이 로저에게 말했다. "좋아. 다시 위층으로 가서, 지금부터는 각자의 재량껏 발포하라고 전해줘. 하지만 밖에 있는 놈들이 후퇴하려는 조짐이 있으면 순순히 보내주라고도 해."

이번에는 아이들 가운데 하나가 울기 시작했다. 겁에 질려 날카로운 울음소리였다. 이쯤 되자 존도 저쪽이 물러날 가능성을 결코 낙관할 수가 없었다. 저쪽도 그와 비슷한 생각을 했을 것이고, 결국 계속해서 집을 공격하는 것이 최선이라고 판단했을 터였다.

새로운 소강상태가 지속되는 사이, 존은 마당을 향해 외쳤다.

"더 이상의 소란은 원치 않는다. 일단 사격을 중지할 테니 어서 이곳을 떠나기 바란다."

그는 신중을 기하기 위해 창문 옆에 바짝 붙어 선 채로 이렇게 말했다. 그러자 이 제안에 대한 응답으로 두세 발의 총탄이 날아와 창문 반대편 벽에 박혔다. 누군가가 웃었다. 존은 웃음소리가 들린 방향으로 연발권총을 발사했다. 이후 한동안 양쪽은 드문드문 서로 총격을 가했다.

유심히 밖을 내다보던 그는 그림자 사이에서 사람 형체가 불쑥 일어나는 모습을 보고는 다시 총을 쏘았다. 그때 뭔가가 공기를 가르고 날아와 외벽에 부딪치더니 아래로 툭 떨어졌다. 마침 그와 조 해리스가 서 있는 창가에서 가까운 곳이었다.

존이 외쳤다. "엎드려요, 조!"

폭발이 일어나면서 아직 창문틀에 남아 있던 유리가 모두 박살났지만, 다행히 그 밖의 피해는 없었다. 곧이어 집 안에 있던 사람들이 총을 쏘았다.

수류탄이다. 그는 이렇게 생각하며 속이 울렁거렸다. 왜 이런 가능성을 미리 떠올리지 못했을까? 지금 교외에 흩어져 있는 상당한 양의 총기는 분명 군부대에서 유출된 것이 분명했으니, 수류탄도 꽤나 유용하다고 여겨져서 함께 유출되었을 법했다. 게다가 지금 저쪽은 전직 군인들일 가능성이 상당히 높았다. 지금까지 드러낸 느긋함에는 뭔가 전문가의 느낌이 있었기 때문이다.

이제 수류탄까지 등장했으니, 졸지에 방어하는 쪽이 불리하게 되었음에는 의심의 여지가 없었다. 처음 몇 발은 방금 전의 시도처럼 빗나갈 수 있지만, 결국에 가서는 수류탄이 집 안에 들어와 터질 것이고, 결국 그렇게 방을 하나하나 점령해나갈 것이다. 상황의 국면이 갑자기 바뀐 셈이었다. 목적지인 계곡을 코앞에 둔 상황에서 존은 갑자기 패배에, 그리고 죽음에 직면하고 말았다. 그뿐만 아니라 일행 모두에게 이것이 거의 확실한 운명처럼 보였다.

그는 다급하게 조 해리스에게 말했다. "위층으로 올라가서 모두 계속 총을 쏘라고 하세요. 하지만 아무렇게나 쏘지 말고 정확히 조준해서 쏘라고 하세요. 누군가가 한 팔을 들어 올리는 걸 보면, 거기에 모든 화력을 집중하라고 하세요. 수류탄을 제때 제거하지 못하면 우리는 끝장입니다."

조가 말했다. "알겠습니다, 커스턴스 씨."

어쩐지 해리스는 특별히 걱정하지 않는 것 같았다. 수류탄이라는 게 도대체 뭘 의미하는지를 깨달을 만큼의 상상력이 없는 것이거나, 또는 존의 지도력을 굳게 믿는 것일 수도 있었다. 그 점에서만큼은 피리가 큰 공헌을 한 셈이었지만, 지금 존으로선 그런 권위 따위는 아무래도 상관이 없었으며, 다만 저 총포상이 지금 집 안에서 자기를 돕지 못하는 것만이 안타까울 뿐이었다. 설령 일행 중 누군가가 표적을 쓰러트린다 치더라도, 그건 어디까지나 행운에 불과할 것이었다. 반면 피리였다면 이처럼 희미한 달빛의 그림자 아래에서도 큰 어려움 없이 표적을 쓰러트릴 수 있을 것이었다.

존은 움직임이 나타난 곳을 향해 다시 총격을 가했고, 곧이어 위층에서도 여러 발 총성이 울렸다. 바깥에서는 침실 창문 가운데 한 곳을 겨냥해 신속하고도 집중적인 사격을 가했다. 이와 동시에 마당의 또 다른 곳에서 누군가가 팔을 들어 올리더니, 두 번째 수류탄이 공중에서 높이 원을 그리며 날아왔다. 다행히 이번에도 수류탄은 외벽에 맞고 아무런 해도 끼치지 못한 채 떨어졌다. 존은 수류탄이 날아온 곳을 향해 총을 쏘았다. 여러 다른 방향에서 총격이 드문드문 일어났다. 잠시 후에는 비명이 들리다가 갑자기 뚝 끊겨버렸다. 비명의 출처는 마당이었다. 누군가 공격하는 쪽 가운데 한 명을 쓰러트린 모양이었다.

고무적인 일이었지만, 안타깝게도 그 이상까지는 아니었다. 어쨌거나 결과에는 큰 차이가 없을 것이기 때문이었다. 존은 또다시 연발권총을 발사했고, 저쪽에서 쏜 총알 하나가 스치자 얼른 옆으로 몸을 피했다. 설령 이쪽에서 운 좋게 한두 명쯤 쓰러트린다 해도, 바깥에 있는 놈들은 여간해서 기가 꺾이지 않을 것이었다.

그러다 보니 총격전 와중에 저쪽의 누군가가 또다시 수류탄을 높이 들었다가 제대로 던져보지도 못하고 힘없이 뒤로 나자빠지는 모습을 보고도, 존은 그걸 섬뜩한 만족감의 이유로 삼았을망정 희망의 이유로까지 삼지는 않았다. 그런데 2초 뒤, 던지지 못한 수류탄이 터지자마자 연속해서 폭발이 일어났다. 방금 쓰러진 사람은 몸에 수류탄을 여러 개 지니고 있었던 모양이었다. 그러자 마당 한쪽에서 고함소리가 들렸고, 고통에 울부짖는 소리도 들렸다. 존은 소리가 나는 곳을 향해 다시 총을 쏘았고, 다른 사람들도 똑같이 했다. 하지만 이번에는 아무도 반격하지 않았다.

잠시 후에 상대편이 땅의 엄폐물을 벗어나 최대한 몸을 낮춘 자세로 경사면을 내려가 계곡 쪽으로 달려가는 모습을 보자, 존은 놀라는 동시에 안도했다. 그 역시 다른 사람들과 함께 그 뒤에 대고 총을 쏘면서, 상대편의 숫자가 얼마나 되는지 세어보았다. 대략 열 명에서 스무 명 사이였고, 쓰러트린 적은 최소한 한 명, 어쩌면 두세 명일 수도 있었다.

잠시 후에 모두가 방 안에 모였다. 여자들과 아이들은 물론이고 남자들도 함께였다. 희미한 불빛 속에서 존은 일행의 얼굴에서 안도와 행복을 똑똑히 볼 수 있었다. 모두들 정신없이 이야기를 나누었다. 어쩔 수 없이 그는 목소리를 높일 수밖에 없었다.

"조! 당신은 불침번 근무 시간이 아직 30분 남았습니다. 지금부터 날이 샐 때까지는 근무자를 두 배로 늘리겠습니다. 노아, 지금부터 당신이 조와 함께 불침번을 맡아주세요. 그다음에는 제스랑 로저, 그다음에는 앤디와 앨프가 수고해주세요. 저는 월과 함께 불침번을 서겠습니다. 그리고 지금부터는 뭔가 이상하다 싶으면 일단 경보부터 울리세요. 진짜인지 착각인지는 일단 경보가 울린 다음에 확인하도록 하고요."

조 해리스가 말했다. "말씀드렸다시피, 커스턴스 씨, 저는 그놈들이 그냥 조용히 지나가기를 바랐던 것뿐이었습니다."

"예, 저도 압니다." 존이 말했다. "이제 나머지 분들은 모두 다시 잠자리로 돌아가세요."

앨프 파슨스가 물었다. "혹시 피리와 그 여자분 소식은 없나요?"

곧이어 올리비아가 말했다. "제인도 밖에 있는데……."

"조만간 돌아올 겁니다." 존이 말했다. "일단 잠자리로 돌아가도록 해요."

"혹시라도 아까 그놈들과 마주치기라도 한다면, 무사히 돌아오지 못할 수도 있어요." 파슨스가 말했다.

존은 창가로 향했다. 그리고 바깥을 향해 외쳤다. "피리! 제인!"

일행은 잠시 침묵을 지키며 귀를 기울였다. 밖에서는 아무 소리도 들리지 않았다. 마당에는 달빛만 마치 여름 서리처럼 내려앉았을 뿐이었다.

"그럼 차라리 우리가 나가서 찾아봐야 하지 않을까요?" 파슨스가 물었다.

"아니오." 존은 결연하게 대답했다. "오늘 밤에는 아무도 밖에 나가지 마세요. 아까 수류탄을 갖고 있던 놈들이 어디까지 후퇴했는지, 또는 완전히 물러가서 다시는 안 올 건지는 아직 알 수 없으니까요. 그러니 모두들 잠자리로 돌아가세요. 일단 이 방에서 모두

나갑시다. 여기는 블레니트 가족의 숙소니까요. 갑시다. 내일을 대비해서 오늘 밤에는 휴식할 필요가 있어요."

사람들은 약간 내키지 않아 하는 듯하다가 결국 아무 말 없이 흩어졌다. 존은 로저와 함께 위층으로 올라갔다. 앤과 올리비아와 아이들이 앞장서서 계단을 올라갔다. 잠시 후에 존이 위층 화장실에 갔더니 로저가 계단참에서 기다리고 있었다.

로저가 말했다. "나도 잠깐 동안은 이제 끝장이구나 생각했어."

"수류탄 때문이지? 맞아."

"사실 나는 우리가 운이 좋았다고 생각해."

"그런데 나는 솔직히 이해가 안 돼. 아까 수류탄을 여러 개 갖고 있던 놈을 우리가 맞혀서 쓰러트린 것은 확실히 운이 좋았지. 그러고 나자 그놈들도 제법 사기가 흔들렸던 것 같으니까. 하지만 내가 정말 놀란 건 그놈들이 그 직후에 아예 줄행랑을 놓을 정도로 사기가 크게 흔들렸다는 거였어. 나도 그 정도까지는 기대하지 않았거든."

로저가 하품을 했다. "어쨌거나 줄행랑을 놓기는 했잖아. 그나저나 피리와 제인은 어떻게 된 거라고 생각해?"

"아마 두 사람은 총소리가 안 들리는 곳까지 멀리 가버렸거나, 아니면 이미 발각되어 공격당했을지도 몰라. 아까 그놈들도 사격 솜씨가 보통은 아니었으니까. 여하간 집 밖에 나가 있으니, 두 사람은 변변한 은신처조차도 없는 셈이잖아."

"가까이 있어도 십중팔구 안 들렸겠지." 로저가 웃었다. "단둘이 사랑의 길을 거니느라 말이야."

"설마 이 소동이 안 들렸겠어? 여차하면 피리도 부리나케 달려 왔을 거야."

"하지만 또 한 가지 가능성도 있지." 로저가 말했다. "어쩌면 제 인이 일찌감치 양말에 칼을 한 자루 꽂아놓았다가 꺼내 썼을 수도 있다고. 그런 생각이야 여자들에게는 아마 자동적으로 떠오르는 것일 테니까."

"그게 사실이라면, 제인은 지금 어디 있을까?"

"어쩌면 아까 다녀간 친구들과 맞닥뜨렸을 수도 있지. 아니면 자기가 여기 돌아와서 신혼 첫날밤에 과부가 되었다고 말하면, 이 제는 인기가 예전만 못 할 거라는 사실을 깨닫고 도망쳤거나 말이 야."

"그래도 지금 상황에서 여자 혼자는 무력할 수밖에 없다는 사실 을 충분히 이해할 정도의 머리는 있을 텐데."

"여자란 참으로 재미있는 생물이라니까." 로저가 말했다. "처음 아흔아홉 번은 사리에 맞는 행동을 서슴없이 해치운다고. 그리고 딱 백 번째에 가서는 앞서와 정반대의 행동을 역시나 서슴없이 해 치운다니까."

존은 궁금한 듯 물었다. "그나저나 자네 오늘 밤은 유난히 기분 이 좋아보이는군, 로저."

"이렇게 구사일생을 경험하고 난 다음에야 누가 안 그렇겠어? 아까 두 번째 수류탄은 내가 서 있던 창문에서 불과 수십 센티미 터 있는 데까지 날아왔었단 말이야."

"그렇다면 자네는 피리가 이미 당했다고 해도 아쉬워하지 않겠군. 제인한테 당했건, 아니면 아까 그 수류탄 장수한테 당했건 간에 말이야."

"특별히 아쉬울 거야 없지. 솔직히 말하자면 전혀 아쉽지가 않아. 오히려 나로선 기쁘기 그지없을 것 같아. 내가 아까도 말했잖아. 지금 나로선 군이 피리에게 집착할 필요가 전혀 없다고 말이야. 나야 관리하는 직책까지도 아니니까."

"자네는 그렇게 표현하는 거야? 내가 그 사람한테 집착한다고?"

"물론 피리 자체가 보기 드문 사람이기는 하지. 비유하자면 굴 속의 진주라니까. 단단하고 번쩍이고, 하지만 굴의 입장에서 보자면 질병이 아닐 수 없으니까."

"그렇다면 거기서 굴은 뭐야?" 존이 아이러니한 듯 말했다. "지금 우리 앞에 펼쳐진 세상이라고 해야 할까?"

"그 비유는 지나치게 복잡한걸. 나는 솔직히 지치기도 했어. 하지만 내가 피리에 관해서 한 말이 무슨 뜻인지는 자네도 알 거야. 비정상적인 상황에서는 그야말로 귀중한 존재지. 하지만 나는 우리가 그런 상황에서 영원히 살아가지는 않았으면 하고 하느님께 바라고 싶어."

"그 사람도 예전에는 충분히 온순한 시민이었어. 그러니 지금이라도 예전처럼 돌아갈 가능성이 없다고 생각할 이유는 전혀 없지."

"그렇게 생각할 이유가 전혀 없다고? 진주를 도로 굴에 집어넣으면 어디 원래대로 녹아서 사라지던가? 나로선 저 계곡에 가서도 피리가 계속 자네 옆에 서서 언제라도 팔꿈치를 툭 건드릴 태세로 계속 살아가기를 고대하지는 않는다고."

"일단 계곡에 가면 우리 형님이 대장이야. 누군가가 굳이 대장 노릇을 해야 한다면 말이야. 나도 아니고, 피리도 아니라고. 그건 자네도 알잖아."

"나는 자네 형님을 뵌 적이 없어." 로저가 말했다. "따라서 그분에 대해서는 거의 아는 바가 없지. 하지만 그분조차도 자네처럼 자기 식구와 여러 군식구를 줄줄이 거느리고 이렇게 난리법석이 된 세상을 지나온 경험까지는 없을걸."

"그런 경험이 있고 없고가 큰 차이를 만들지는 않아."

"정말 그럴까?" 로저는 다시 하품을 했다. "여하간 나는 지쳤어. 자네는 들어가 쉬라고. 나는 고작 30분 더 쉬다가 일어나야 하잖아. 이제 들어가서 애들이 잘 자는지나 확인해봐야겠어."

두 사람은 줄곧 문간에 서 있었다. 앤과 올리비아는 창문 아래 이불을 덮고 누워 있었다. 앤은 두 남자가 거기 서 있는 모습을 올려다보았지만, 아무 말도 꺼내지는 않았다. 싱글 침대 두 개를 붙여서 만든 더블 침대 위로는 달빛 기둥이 이어져 있었다. 메리는 벽 쪽에서 웅크리고 누워 있었다. 데이비는 한쪽 팔로 스티브의 어깨를 감싼 채 나란히 붙어서 자고 있었다. 그 너머에는 스푹스가 있었는데, 안경을 벗은 모습이 기묘하게도 어른을 닮아 있었다. 하지만 그 역시 잠을 못 이루고 깨어서 천장을 바라보고 있었다.

"물론 내가 피리한테 고마워할 줄 모른다고 생각하지는 말았으면 좋겠어." 로저가 말했다. "다만 나는 우리가 그 사람 없이도 해나갈 수 있다는 게 기쁜 것뿐이야."

새로운 생활 패턴에서는 취침 시간이 오후 9시부터 새벽 4시까지였다. 아이들은 가급적 어른보다 한 시간 일찍 더 재우고, 어른들이 다 일어난 뒤에도 아침 식사 때까지 더 자게 내버려두었다. 존이 윌 세컴과 함께 맡은 마지막 불침번 근무 때에는 날이 밝아오기 시작했다. 그는 마당으로 나가서 간밤의 격전지를 살펴보았다. 집에서 15미터쯤 떨어진 곳에는 스물다섯 살쯤 되어 보이는 남자 하나가 머리 옆에 총상을 입고 쓰러져 있었다. 군복 차림이었고, 가슴에는 보석 브로치를 달고 있었다. 거기 박힌 보석은 다이아몬드처럼 보였는데, 진품이라면 한때 무려 수백 파운드는 너끈히 나갔을 법한 물건이었다.

마당의 또 다른 시체에는 군복이 갈기갈기 찢어진 잔해로만 남아 있었다. 이쪽은 훨씬 더 끔찍한 몰골이었다. 아마도 허리에 수류탄을 여러 발 차고 있었던 모양인데, 하나가 터지면서 나머지도 연이어 폭발한 모양이었다. 생전에 어떤 모습이었는지를 알아보기도 어려운 지경이었다. 존은 세컴을 불러낸 다음, 시체 두 구를 질질 끌고 집에서 제법 떨어진 곳의 야트막한 호랑가시나무 덤불 밑에 던져서 눈에 띄지 않게 했다.

세컴은 금발에 피부가 흰 남자였다. 나이는 30대 중반이었지만 외모는 훨씬 더 젊어 보였다. 그는 툭 튀어나온 시체의 한쪽 다리를 걷어차서 덤불 속으로 완전히 집어넣더니, 혐오스럽다는 듯 자기 양손을 바라보았다.

존이 말했다. "괜찮으면 들어가서 좀 씻도록 하세요. 저는 살펴볼 일들이 더 있어서요. 어차피 잠시 후면 기상 시각이니까요."

"고맙습니다, 커스턴스 씨. 그나저나 방금 그건 진짜 고약했어요. 전쟁 동안에도 이렇게 지독한 꼴을 당한 시체는 못 봤거든요."

세컴이 안으로 들어가자, 존은 집 주위를 다시 한 번 살펴보았다. 수류탄을 갖고 있던 남자는 소총도 한 자루 갖고 있었다. 하지만 시체가 쓰러져 있던 곳 근처에 떨어져 있는 그 무기는 총신이 휘어져서 이미 못 쓰게 되고 말았다. 다른 무기는 흔적도 없었다. 다른 시체가 떨어트린 총은 아마 일당이 후퇴하면서 가져간 모양이었다.

그 외에 발견한 것이라고는 탄창 클립 두세 개, 그리고 총을 쏘면서 나온 상당수의 탄피뿐이었다. 피리나 제인의 흔적을 찾아보았지만 눈에 띄지 않았다. 어스레한 새벽빛 속에서 멀리 뻗은 계곡에도 생명체의 흔적은 전혀 없었다. 하늘은 여전히 맑았다. 오늘 하루는 날씨가 좋을 것 같았다.

그는 다시 한 번 두 사람의 이름을 외쳐볼까 하다가, 쓸모없으리라 생각해서 포기하고 말았다. 세컴이 다시 집에서 나오자, 존은 그제야 자기 손목시계를 바라보았다.

"좋아요. 이제 모두 깨우세요."

아침 식사가 거의 다 준비되고 아이들이 움직이는 소리도 들릴 무렵, 존은 로저가 깜짝 놀라며 외치는 소리를 들었다.

"이런, 세상에!"

두 사람은 간밤에 존이 일행을 지휘했던 바로 그 앞쪽 방에 들어와 있었다. 그는 친구의 시선을 따라서 박살 난 창문 밖을 내다보았다. 피리가 한쪽 팔에 소총을 낀 채 마당 통행로를 따라 걸어오고 있었다. 제인도 그 뒤를 따라오고 있었다.

존이 총포상에게 말했다. "피리! 도대체 지금까지 어디서 뭘 하고 있었던 겁니까?"

노인은 슬며시 미소를 지었다. "그건 좀 대놓고 말하기가 곤란한 질문이라고 생각하지 않습니까?" 그러면서 그는 마당을 바라보며 고개를 끄덕였다. "어질러진 것은 이미 다 치우신 모양이군요?"

"그러면 소리를 듣긴 들으신 겁니까?"

"그 정도 소리를 못 듣기가 오히려 어려웠겠지요. 그나저나 그놈들이 수류탄 두 발 중에 한 발이라도 집 안에 던져 넣는 데 성공하긴 했습니까?"

존은 고개를 저었다. "다행히도 그러지 못했습니다." 그러고는 이렇게 덧붙였다. "그놈들은 상황이 한창 긴박해질 무렵에 갑자기 도망쳐버리더군요. 왜 그랬는지는 솔직히 저도 잘 모르겠습니다."

"측면에서 날아든 지원사격 때문에 당황했겠지요." 피리가 말했다.

"지원사격요?"

피리는 집 오른쪽으로 제법 가파르게 솟은 언덕을 손으로 가리켰다.

존이 말했다. "그러면 당신이 그놈들에게 총을 쐈던 겁니까? 바로 저기서요?"

피리는 고개를 끄덕였다. "그랬지요."

"그랬군요." 존이 총포상의 말을 따라했다. "말씀을 듣고 보니 의문이 싹 풀리는군요. 그렇잖아도 집에 있던 우리 일행 가운데 도대체 누가 그렇게 어두운 가운데 표적을 맞힐 수 있었는지, 그것도 단순히 부상을 입히는 수준이 아니라 즉사시킬 수 있었는지 줄곧 궁금하던 차였거든요." 그는 피리를 바라보았다. "그렇다면 놈들이 물러간 이후에 제가 부르는 것도 듣지 않으셨습니까? 왜 무사하다고 대답하시지 않았던 겁니까?"

피리는 다시 미소를 지었다. "좀 바빴거든요."

그날 하루 동안 일행은 비록 느리지만 비교적 용이하고 무사하게 행군했다. 이제 남은 경로는 대부분 황야를 지나가는 것뿐이었다. 몇 군데에서는 도로를 벗어나서 황량하거나 헤더가 우거진 경사로를 올라가야 했고, 때로는 황야에서 계곡으로 흘러 들어가는 여러 강과 개울 가운데 하나를 따라서 걸어가야 했다. 일행의 등 뒤로는 구름 한 점 없는 하늘에 해가 떠올랐고, 정오가 되기 전부터 날씨가 너무 더워졌다. 존은 일찌감치 행군을 멈추고 점심 식사를 마친 다음, 아이들을 데리고 단풍나무 그늘에 가서 쉬도록 여자들에게 지시했다.

로저가 물었다. "최대한 속도를 내라고 주문하진 않을 생각이야?"

존은 고개를 저었다. "이제 거의 다 왔으니까 괜찮아. 어두워지기 전에는 충분히 도착할 거야. 그러니 조금 늦어도 상관없어. 지금은 애들이 힘들어하니까 쉬어야지."

로저가 말했다. "솔직히 나도 힘들어." 그는 돌투성이 마른 땅에 등을 대고 눕더니, 양손을 베개 삼아 머리를 받쳤다. "그런데도 피리는 전혀 힘들지 않은가 봐."

총포상은 제인에게 뭔가를 설명하는 듯, 남쪽의 평야를 손으로 가리키고 있었다.

"그나저나 저 여자애도 이제는 절대로 저 양반을 칼로 찌르진 않겠는데." 로저가 덧붙였다. "또 한 명의 사비니족 여인이 돌아와서 눌러앉으셨구먼.[+] 저 두 사람 사이에서 태어날 아이는 과연 어떤 모습일지 벌써부터 궁금해지네."

"밀리센트는 아이를 낳지 않았지."

"피리 탓일 수도 있지만, 그보다는 밀리센트 탓이었을 가능성이 더 커. 그 여자라면 자칫 혹이 달리지 않도록 충분히 신중을 기할 만한 유형인 것 같았으니까. 애가 있으면 자기가 놀아날 기회도 줄어들 것 아냐."

"밀리센트도 이제는 아주 옛날이야기 같은데." 존이 말했다.

"그게 바로 시간의 상대성이라는 거지. 내가 크레인에 올라가 있던 자네를 불러낸 때가 도대체 언제였어? 불과 며칠 전인데도 마치 6개월이 훌쩍 지난 것 같잖아."

황야는 사실상 텅 비어 있었지만, 일행이 켄들 북쪽의 낮은 땅을 가로지르기 위해 아래로 내려가다 보니, 이제는 익숙한 흔적이 보였다. 한때는 인간이었던 포식동물들이 지나간 흔적이었다. 주택이 불타고, 때때로 멀리에서 (비탄의 산물이거나, 또 어쩌면 야

+ 고대 로마의 전설에 따르면, 건국 초기에 로마인 남성이 토착민 사비니족 여성들을 납치해서 배우자로 삼았다. 양측의 전쟁이 벌어졌지만, 납치당한 사비니족 여성들의 중재로 싸움을 멈추고 궁극적으로는 통합 국가를 이루었다.

만적인 환희의 산물일 수도 있는) 비명이 들려왔으며, 살인의 광경과 소리도 있었다. 일행의 감각 가운데 또 하나가 일깨워지기도 했다. 곳곳에서 살이 썩는 시큼달큼한 냄새가 코를 찔렀기 때문이었다.

하지만 일행의 경로에는 아무런 방해도 없었다. 머지않아 이들은 다시 경사로를 오르기 시작해서, 피난처로 이어지는 황야의 헐벗고 황량한 등뼈 위에 올라섰다. 텅 빈 창공에서는 종다리와 밭종다리의 울음소리가 들렸고, 한번은 딱새가 일행의 몇 걸음 앞에서 종종걸음으로 지나가기도 했다. 한번은 300미터쯤 떨어진 곳에서 사슴도 나타났다. 피리가 정확히 조준하려고 땅에 엎드렸지만, 차마 총을 쏘기도 전에 사슴은 황야의 둔덕 너머로 도망쳐버렸다. 멀리서 봐도 그놈은 많이 쇠약해 보였다. 존은 과연 사슴이 뭘 먹고 버티는지가 궁금해졌다. 아마 이끼라든지, 또는 그와 유사한 작은 식물일 것이었다.

오후 5시쯤 되어서 일행은 레페강에 도착했다. 강물은 늘 그랬던 것처럼 평온한 동시에 다급한 모습으로 흘러갔다. 이 구간의 강변은 온통 돌투성이였기 때문에, 풀이 없는 상태에서도 그 친근함을 충분히 상기할 수 있었다.

앤은 존과 나란히 서 있었다. 그녀는 런던을 떠난 이후의 그 어느 때보다도 더 차분하고 행복한 모습이었다.

"집에 도착했네." 앤이 말했다. "마침내."

"앞으로 3킬로미터 남았어." 존이 말했다. "하지만 앞으로 1.5킬로미터만 더 가면 입구가 보이기 시작할 거야. 나는 여기서 몇 킬로미터 하류까지도 이 강을 속속들이 알거든. 그리고 여기서 좀 더 올라가면 징검다리를 이용해서 강 한가운데로 갈 수도 있어. 형하고 나하고 거기서 낚시를 했거든."

"레페강에도 물고기가 있어? 난 처음 듣는데."

그는 고개를 저었다. "우리도 계곡 안에서는 한 번도 낚은 적이 없었어. 놈들도 그렇게 멀리까지 거슬러 올라오지는 않는 모양이야. 하지만 여기로 조금만 내려오면 송어가 있지." 그는 미소를 지었다. "앞으로는 낚시 원정대를 보내 그물로 잡아오게 해야겠어. 식단에 약간씩 변화는 줘야 하니까."

앤도 남편을 바라보며 미소를 지었다. "그래, 여보. 이제는 나도 진심으로 믿을 수 있을 것 같아. 그러니까 모든 일이 괜찮아질 수 있다는 거, 우리가 다시 행복하고 인간답게 될 수 있다는 거 말이야."

"물론이지. 나는 이제껏 한 번도 의심하지 않았어."

"형이 만든 방벽이군." 존이 말했다. "거참 튼튼하게 잘 만들었는데."

일행은 블라인드 협곡의 입구를 바라보고 있었다. 도로가 강 쪽으로 확 좁아지더니, 물가부터 도로를 가로질러 가파르게 솟은 언덕 경사면까지 높은 통나무 울타리가 이어져 있었다. 오로지 도로를 덮은 부분만 여닫기가 가능한 일종의 출입문처럼 보였다.

피리는 앞으로 나와서 존과 나란히 걸었다. 그 역시 울타리를 살펴보고는 감탄해 마지않았다.

"정말 탁월한 작품이로군요. 일단 우리가 저 안에 들어가고 나면⋯⋯."

하지만 그의 다음 말은 요란한 기관총 소리에 그만 묻혀버리고 말았다. 존은 순간적으로 너무 놀란 나머지 그 자리에 우뚝 서 있었다. 다른 무엇보다도 당혹감이 앞선 나머지 이렇게 외쳤다. "형!"

곧이어 두 번째로 총격이 이루어졌고, 이번에는 존도 데이비와 메리를 보호하려고 달려갔다. 그러면서 다른 사람들에게도 외쳤다. "길가 도랑에 숨어요!" 그가 살펴보니 앤은 데이비와 스푹스를 데리고 함께 숨었고, 메리도 이미 길가 도랑 안에 들어가 엎드려 있었다. 그 역시 그쪽으로 달려가 식구들 옆에 엎드렸다.

메리가 물었다. "어떻게 된 거예요, 아빠?"

"어디서 총을 쏜 거지?" 앤도 물었다.

그는 울타리 쪽으로 손으로 가리켰다. "저기서 쏜 거야. 모두 무사히 빠져나왔나요? 지금 저기 도로에 쓰러진 사람은 누구죠? 피리!"

도로 한가운데 가로로 쓰러진 총포상의 작은 체구가 보였다. 그 밑에는 핏자국이 뚜렷했다.

존이 일어서려 하자 앤이 붙잡았다. "안 돼! 가지 마! 그냥 여기 있어. 애들 생각도 하라니까. 그리고 내 생각도 좀."

"내가 가서 데려올게." 그가 말했다. "저 사람을 끌어내는 동안에는 저쪽도 총을 쏘지 않을 거야."

하지만 앤은 여전히 남편을 붙잡고 있었다. 그녀는 울고 있었다. 심지어 딸까지 불러내는 바람에, 이제는 메리까지 합세해서 아빠의 외투를 붙잡고 있었다. 그가 식구들의 손을 벗어나려고 몸부림치는 사이, 누군가가 도랑에서 나와 쓰러진 피리에게 달려갔다. 한 여자였다.

존은 실랑이조차도 잠시 잊고 깜짝 놀라 외쳤다. "제인!"

제인은 양손을 노인의 양 어깨 밑에 넣어 손쉽게 들어올렸다. 그러면서도 총알이 날아온 울타리 쪽은 쳐다보지도 않았다. 그러고는 총포상의 한쪽 팔을 자기 한쪽 어깨 너머로 걸친 다음, 반쯤은 끌고 반쯤은 들어서 도랑까지 데려왔다. 제인은 노인을 존 옆에 내려놓은 다음, 그대로 주저앉아 그의 머리를 자기 무릎으로 받쳤다.

앤이 물었다. "혹시― 죽은 걸까?"

총포상의 머리 옆에서 피가 철철 흐르고 있었다. 존이 피를 닦아냈다. 다행히 상처는 얕다. 아마 총알이 머리를 스친 충격으로 기절한 듯했다. 머리 반대편에는 찰과상도 있었는데, 땅에 쓰러지면서 입은 모양이었다. 어쩌면 총에 맞고 땅에 쓰러지면서, 그 충격으로 기절했을 수도 있었다.

존이 말했다. "생명에는 지장이 없어." 그의 말에 제인이 고개를 들었다. 그녀는 울고 있었다. "올리비아한테 가서 붕대를 좀 달라고 해." 존이 제인에게 말했다. "거즈붕대도 같이."

앤은 쓰러진 피리의 모습과 도로를 가로막은 울타리의 모습을 번갈아 가면서 쳐다보았다. "그런데 왜 저쪽에서 우리한테 총을 쏜 거지? 도대체 어떻게 된 거야?"

"실수겠지." 존은 울타리를 바라보며 말했다. "실수일 거야. 그러니 쉽게 해결할 수 있을 거야."

11

존이 막대기 끝에 흰색 손수건을 묶는 모습을 보자, 앤은 또다시 남편을 말렸다.

"그러지 마! 저쪽에서 또 총을 쏠 거라고."

존은 고개를 저었다. "아니, 쏘지 않을 거야."

"방금 전에 우리한테 총을 쐈잖아. 딱히 도발한 것도 아니었는데. 그러니 당신한테 총을 쏠 거야."

"도발한 게 아니었다고? 우리 모두가, 그것도 무기까지 든 채로, 길을 따라서 저 앞까지 행군했는데도? 방금 전 일은 저쪽의 실수이기도 했지만, 동시에 내 실수이기도 했어. 저쪽의 생각이 지금쯤 어떨지를 미리 짐작해야 했는데."

"저쪽의 생각? 아주버님의 생각이라고 해야겠지!"

"아니. 아마 그렇진 않을 거야. 형이라고 해서 하루 온종일 저 울

320

타리 앞을 지키고 있을 수는 없을 테니까. 정확히 누가 그랬는지는 모를 일이지. 어쨌거나 단 한 사람이, 그것도 비무장 상태로, 그것도 휴전 깃발을 들고 나선다면 사정이 달라질 거야. 저쪽에서도 굳이 총을 쏠 이유가 없는 거지."

"하지만 총을 쏠 수도 있다고!"

"안 쏠 거라니까."

하지만 그는 흰색 깃발을 머리 위로 치켜들고 길 한가운데를 걸어서 울타리 쪽으로 다가가는 동안 묘한 기분이 들었다. 정확히 말하자면 두려움은 아니었다. 오히려 흥분에 가까운 어떤 기분 같았다. 피곤한 느낌에다가, 뭔가에 열중했을 때 느끼던 흥분이 결합된 느낌이었다. 그는 자기 걸음을 세기 시작했으며, 마음속으로 숫자를 매겼다. 하나, 둘, 셋, 넷, 다섯…… 앞에 있는 울타리를 보니, 높이 3미터쯤 되는 곳에 뚫린 구멍으로 기관총의 총신이 튀어나와 있었다. 데이비드가 울타리 반대편에 포대를 만들어놓은 것이 분명했다.

존은 울타리에서 2미터쯤 떨어진 곳에 멈춰 서서 위를 올려다보았다. 총구 근처에서 누군가의 목소리가 들렸다.

"어이, 도대체 뭐 하러 온 거야?"

존이 말했다. "데이비드 커스턴스하고 이야기하고 싶습니다."

"지금 말인가? 그 양반은 바쁘다고. 그러니 답변은 '안 된다'야."

"동생이 찾아왔다고 전해주세요."

잠시 침묵이 흘렀다. 그러고는 다시 목소리가 들렸다.

"그 양반 동생은 지금 런던에 있다던데. 당신이 어떻게 그 동생이란 거지?"

"제가 바로 존 커스턴스입니다. 가까스로 런던을 빠져나왔죠. 다만 여기까지 오는 데 시간이 좀 걸렸을 뿐입니다. 어떻게 하면 형을 만날 수 있겠습니까?"

"잠깐만 기다려보쇼." 곧이어 여러 사람이 속삭이는 소리가 들렸다. 정확히 무슨 말인지는 존도 알아들을 수 없었다. "알았수다. 거기 잠깐 기다려보쇼. 농장에 누굴 보내서 그 양반을 데려올 테니까."

존은 거기서 몇 걸음 옆으로 가서, 레페강을 물끄러미 바라보았다. 울타리 너머에서 자동차 시동 거는 소리가 들리더니, 계곡 저편으로 점차 멀어졌다. 아마 데이비드가 평소에 몰던 다용도 차량 같았다. 과연 지금 블라인드 협곡 안에는 기름이 얼마나 남아 있을지 궁금해졌다. 아마 많지는 않을 것이었다. 이제는 내연기관은 물론이고 짐 싣는 가축 같은 구식 교통수단조차도 없어진 세계에 더빨리 적응하는 편이 더 나을 것이었다.

그는 울타리 너머에 있는 사람에게 말을 걸었다. "저랑 같이 온 사람들이 있습니다. 지금 도랑 안에 들어가 있는데, 이제는 나와 있어도 되겠습니까? 설마 그 사람들을 향해서 또 총을 쏘진 않겠죠?"

"그 사람들은 지금 있는 곳에 그대로 있으라고 하쇼."

"하지만 이제는 그럴 필요까지는 없을 텐데요. 그냥 길에 나와서 있는 것조차도 안 된다는 겁니까?"

"도랑 안에 있는 게 나을 거요."

존은 말다툼이라도 벌여볼까 생각했지만, 결국 그러지 않기로 작정했다. 지금 울타리 뒤에 있는 저 친구도 결국에는 새로 온 사람들과 함께 어울려 살아가야 할 것이기 때문이었다. 그러니 저쪽이 잠시나마 권력을 행사하고 싶다면, 그냥 이쪽에서 참는 게 최선일 것이었다. 상대방이 신속하게 데이비드를 불러오기로 동의함으로써, 존이 느끼던 불안은 상당 부분 가라앉은 상태였다. 최소한 자기 형이 이 계곡에 대한 통제권을 상실하지는 않았음을 확인할 수 있었기 때문이다.

그가 말했다. "그럼 제가 잠깐 일행에게 돌아가서 현재 상황을 설명하고 오겠습니다."

하지만 울타리 뒤의 목소리는 여전히 냉담했다. "좋을 대로 하쇼. 하지만 아무도 길 위에는 올라오지 말라고 해요."

피리는 다시 정신을 차리고 일어나 앉은 상태였다. 하지만 존이 일행에게 내놓은 설명을 듣고도 아무 말이 없었다.

로저가 물었다. "그러면 자네 생각에는 다 괜찮을 것 같아?"

"그렇지 않을 거라고 생각할 이유가 없잖아. 물론 지금 기관총을 붙잡고 있는 친구는 약간 호전적인 성격 같지만, 일단 우리랑 합류하고 나면 더는 귀찮게 굴지 않을 거야."

"하지만 그 사람은 우리를 저 울타리 안에 들여놓지 않으려고 필사적인 것 같던데요." 앨프 파슨스가 말했다.

"위에서 내린 명령을 따르다 보니 그랬겠지요. 저기 오는군요!"

자동차 소리가 가까워지고 있었다. 곧이어 울타리 너머에서 자동차 멈춰 서는 소리가 들렸다.

"형이 도착한 게 분명해!" 존은 다시 자리에서 일어났다. "앤, 당신도 같이 가서 인사라도 좀 나누지."

"혹시 위험하지는 않을까?" 로저가 물었다.

"무슨 소리야. 우리 형이 저기 와 있다니까."

앤이 말했다. "그러면 데이비도 같이 가서 큰아버지께 인사드리라고 하자. 그리고…… 메리도 같이 가고."

"당연히 그래야지." 존이 말했다.

그때 피리가 입을 열었다. "안 됩니다." 부드럽지만 워낙 단호한 말투이다 보니, 존도 깜짝 놀라서 총포상을 바라보았다.

"무슨 말이죠? 뭐가 잘못 되기라도 했습니까?"

"내 생각에 당신 식구들께선 여기 계시는 편이 더 안전할 것 같군요." 피리가 말했다. 그러더니 잠시 말을 멈추었다가 이렇게 덧붙였다. "네 분 모두가 저기로 가서는 안 될 것 같단 말씀입니다."

몇 초가 걸려서야 존은 그 말의 속뜻을 깨달았다. 그나마도 피리가 한 말이었기 때문에, 즉 이 총포상의 말이 뭔가 전적으로 냉정한 현실주의에 근거하고 있으리라 예상했기 때문에 비로소 이해할 수 있었다.

"음." 존은 마침내 이렇게 말했다. "결국 그 제안은 당신이 나 대신 지휘권을 가졌을 경우에 어떻게 행동했을지를 조금이나마 알려주는 셈이군요, 안 그렇습니까?"

피리는 미소를 지었다. 앤은 도무지 이해가 안 되는 듯, 두 사람을 번갈아 보며 말했다. "도대체 뭐가 문제인 거야?"

멀리서 동생을 부르는 데이비드의 목소리가 들렸다. "존!"

"아무것도 아니야." 그가 말했다. "신경 쓰지 마, 앤. 일단 당신은 여기 있어. 잠시 후면 형과 이야기해서 결판을 지을 수 있을 테니까."

존은 울타리를 향해 걸어가는 동안 출입문이 알아서 열릴 것이라고 예상했다. 하지만 실제로 그렇지 않은 것을 보자 저쪽도 조심성이 대단한 모양이라고 (어쩌면 과도한 모양이라고, 하지만 현재 상황을 떠올려보면 이것도 전적으로 이해할 만하다고) 생각했다. 저쪽도 일단은 존의 정체를, 그리고 함께 온 일행의 정체를 확인하는 것이 먼저인 듯했다. 그는 울타리 앞에 섰지만, 그 너머에서 벌어지는 일에 대해서는 여전히 깜깜한 상태였다. 존이 먼저 말했다.

"형! 거기 있어?"

곧바로 데이비드의 목소리가 들렸다. "그래, 나 여기 있어." 곧이어 그가 누군가에게 명령하는 소리가 들렸다. "열어줘. 문을 안 열면 내 동생이 무슨 수로 여기 들어오겠어?"

울타리 아래 출입문이 조금 열리자, 그 위의 기관총 총신이 흔들거렸다. 계곡 사람들은 외부의 침입 가능성을 최대한 허락하지 않으려는 듯했다. 존이 틈새로 몸을 비집고 들어가보니, 데이비드가 기다리고 있었다. 형제는 서로 손을 맞잡았다. 그가 들어오자마자 출입문은 도로 닫혔다.

"도대체 무슨 수로 여기까지 온 거야?" 데이비드가 물었다. "데이비는— 앤과 메리는 어디 있어?"

"저 바깥에 있어. 도랑 속에 숨어 있지. 여기 계신 기관총 사수 양반 때문에 하마터면 우리 모두 총에 맞아 죽을 뻔했다고."

데이비드는 동생을 바라보았다. "정말 믿어지지가 않아! 물론 출입문을 지키는 친구들한테는 혹시나 네가 찾아올지도 모르니 잘 살펴보라고 이야기를 해놓았지만, 정말로 네가 찾아올 거라고는 솔직히 상상도 못 했어. 여행 금지 조치며…… 폭동이며 폭탄 투하에 관한 소문이며…… 그러다 보니 나도 너에 관해서는 일찌감치 포기하고 말았지."

"모두 다 설명하자면 한참이 걸릴 거야." 존이 말했다. "자세한 이야기는 나중에 하자. 이제 같이 온 사람들을 데리고 들어와도 되겠지?"

"같이 온 사람들? 그러면 혹시……? 이 친구들 말로는 진입로에 폭도가 나타났다던데."

존이 고개를 끄덕였다. "폭도처럼 보이기도 하겠지. 어린애가 열 명이긴 하지만, 모두 합쳐 서른네 명이나 되니까. 우리 모두 먼 길을 걸어서 여기까지 온 거야. 내가 앞장서서 그 사람들을 데려왔지."

이렇게 말하고 나서야 그는 데이비드의 표정이 뭔가 이상하다는 것을 깨달았다. 존이 기억하기로 형에게서 이런 표정을 본 것은 딱 한 번뿐이었다. 즉 할아버지가 돌아가시고 나서, 이곳 땅 전체를 데이비드가 상속하게 되었다는 사실이 밝혀졌을 때의 일이었다. 그때 형의 표정에는 지금처럼 죄책감과 부끄러움이 뒤섞여 있었다.

데이비드가 말했다. "그 사람들은 좀 힘들어, 존."

"뭐가 힘들다는 거야?"

"이곳도 이미 사람이 꽉 차 있거든. 상황이 좋지 않게 돌아가면서부터, 인근에서 사람들이 몰려오기 시작했어. 스톤베크에 사는 리버 가족을 비롯해서 여러 사람이 말이야. 네가 아까 말한 기관총도 바로 그 집 아들이 구해 온 거지. 윈더미어 인근의 군부대에 가서 말이야. 덕분에 군인 서너 명도 이곳에 따라오게 되었고. 여기는 한마디로 아슬아슬한 상황이야. 물론 우리야 그럭저럭 살아가고 있지만, 더는 돌발 상황을 감당할 만한 여유가 없어. 예를 들어 내년 감자 농사를 망친다든지, 또는 그와 비슷한 어떤 일이 일어나면 곤란하다는 거야."

"내가 데려온 서른네 명이 합류하면 더 아슬아슬하겠지만 어찌어찌 되긴 할 거야. 이 사람들도 각자의 몫을 거뜬히 해낼 거라고. 그건 내가 장담할 수 있어."

"내 말뜻은 그게 아니라니까." 데이비드가 말했다. "이 땅에 수용할 수 있는 인원에는 한계가 있어. 문제는 이미 그 한계를 넘었다는 거지."

잠시 침묵이 흘렀다. 그들의 오른쪽으로는 레페강이 흐르고 있었다. 울타리를 지키던 다른 세 사람 가운데 하나는 모닥불 위에서 김을 모락모락 내는 솥을 살펴보고 있었고, 나머지 둘은 포대 위에 올라가 있었기 때문에, 아무도 이들 형제의 대화를 들을 수 없었다. 그럼에도 존은 자기도 모르게 목소리를 낮추었다.

그가 말했다. "그러면 어떻게 할까? 뒤로 돌아 다시 런던까지 걸어가기라도 할까?"

데이비드는 동생의 팔을 붙잡았다. "이런, 세상에, 그건 아니지!

바보 같은 짓 하지 마. 일단 내가 해줄 수 있는 말은 이것뿐이야. 최소한 너랑 앤, 애들이 있을 자리는 내가 마련해줄 수 있어. 하지만 다른 사람들까지는 힘들어."

"형." 존이 말했다. "다른 사람들이 있을 자리도 만들어줘야 돼. 형은 충분히 그럴 수 있을 거고, 또 반드시 그렇게 해야 돼."

데이비드는 고개를 저었다. "그럴 수만 있다면 나도 기꺼이 그렇게 했을 거야. 지금 상황이 어떤지 아직도 모르겠어? 우리가 여기까지 찾아온 누군가를 매몰차게 거절한 건 이번이 처음도 아냐. 다른 사람들도 이미 여러 번 찾아왔었어. 그중 몇 사람은 여기 이미 들어온 사람들의 친척이기도 했다고. 하지만 우리도 마음을 독하게 먹어야 했어. 물론 그 와중에도 나는 너랑 네 가족만큼은 예외이니 반드시 들어오게 해야 한다고 사람들에게 계속 강조했지. 하지만 서른네 명이라니……! 그건 불가능해. 설령 내가 그러자고 동의하더라도, 다른 사람들이 그렇게 하도록 가만히 있지 않을 거라고."

"하지만 이 땅은 형의 소유잖아."

"지금은 누가 땅을 계속 소유하는 것조차도 다른 사람들이 동의해야만 가능하다니까. 지금 여기는 나 말고 다른 사람들이 오히려 다수라고, 존. 여기까지 함께 고생해서 온 사람들을 저버린다는 건 너한테도 역시나 힘든 일이겠지. 하지만 어쩔 수 없어. 다른 대안은 없다고."

"잘 찾아보면 대안은 언제라도 나올 수 있어."

"없다니까. 가서 너네 식구들이나 데려오도록 해. 앤하고 애들 말이야. 어찌어찌 핑계를 꾸며내면 되겠지. 다른 사람들은…… 그 사람들도 일단 무기를 갖고는 있겠지, 안 그래? 그러면 알아서 잘 버틸 수 있을 거야."

"형이야말로 지금 저 바깥의 상황이 어떤지 몰라서 그래."

형제는 서로의 눈을 똑바로 바라보았다. 데이비드가 말했다. "물론 너도 썩 내키지 않는다는 건 나도 잘 알아. 하지만 어쩔 수 없다니까. 설마 너 지금 앤과 애들의 안전보다 저 사람들의 안전을 오히려 우선시하는 건 아니겠지."

존은 웃음을 터트렸다. 포대 위에 있던 두 사람이 형제를 내려다보았다.

"피리 말이 맞았네!" 그가 말했다. "그 양반, 역시 점쟁이였어."

"피리라니?"

"우리 일행 가운데 한 명이야. 그 사람이 없었다면 우리는 여기까지 오지도 못 했을 거야. 그렇잖아도 나는 지금 형을 만나러 오면서 앤이랑 애들을 함께 데려오려고 했어. 그런데 피리가 그러지 못하게 하더라고. 우리 식구들을 거기 그대로 남겨두라더라. 내가 혹시나 다른 사람들을 배신하지 않을까 싶어서 나름대로 수를 쓴 거지. 나야 당연히 그런 책략에 화가 났고 말이야. 그런데…… 진짜로 내가 앤이며 애들까지 데리고 이 울타리 안에 들어왔더라면, 그때는 과연 내가 어떻게 했을까?"

데이비드가 말했다. "지금 웃을 일이 아니야. 그러면 그 사람을 어찌어찌 속여 넘길 수는 없을까?"

"속여 넘긴다고? 피리한테는 안 통해." 존은 고개를 돌려 주위를

329

에워싼 언덕 아래 아늑하게 자리한 블라인드 협곡의 먼 풍경을 바라보았다. 그리고 천천히 말했다. "형이 지금 저기 있는 사람들을 거절한다면, 결국 친동생 식구들까지도 거절하는 셈이 될 거야. 조카인 데이비까지도 거절하는 셈이 될 거라고."

"그 피리라는 사람…… 그러면 너희 가족에다가 그 사람까지 해서 다섯 명만 더 받도록 내가 여기 있는 사람들을 설득해볼게. 혹시 그걸 협상 조건으로 사용해볼 수는 없을까?"

"그 정도면 충분히 통하겠지. 하지만 결국에는 다른 사람들도 일이 이상하게 돌아가고 있다는 사실을 눈치채고 말 거야. 애초의 예상대로 활짝 열린 출입문을 지나 들어갈 수 없다는 사실을 내가 통보하자마자 그렇게 되겠지. 그러니 그 사람들을 모두 들여보내지 않는 한, 우리 애들만 슬쩍 빼돌려서 데리고 들어올 가능성은 사실상 없어."

"잘 찾아보면 뭔가 방법이 있을 거야."

"아까 내가 형한테 했던 말도 그거였잖아. 안 그래? 하지만 우리는 각자 속한 집단의 이익을 대변할 뿐이고, 이제 자유로운 개인일 수 없어." 존은 형을 똑바로 쳐다보았다. "어떤 면에서 우리는 서로 적이 된 거지."

"아니야. 이 문제를 어떻게든 해결할 방법을 찾아낼 수 있을 거야. 예를 들어…… 너는 일단 돌아가서 사람들을 데리고 후퇴해봐. 그러면 내가 우리 쪽 사람들을 시켜서 뒤를 치도록 할게. 기관총을 가지고…… 그럼 너는 앤과 애들한테 제자리에 엎드려 있으라고 미리 말해놓는 거지. 우리가 다른 사람들을 멀리 쫓아 보낼 때까지 말이야."

존은 아이러니한 미소를 지었다. "설령 내가 그럴 준비가 되어 있다 하더라도, 그 작전은 성공하지 못할 거야. 우리 쪽 사람들은 이미 피 맛을 보았거든. 저 도랑만 하더라도 충분히 훌륭한 엄폐물이잖아. 아무리 기관총을 쏜들 우리 쪽은 겁내지 않을걸."

"그러면…… 지금은 나도 모르겠다. 하지만 뭔가 방법이 있을 거야."

존은 다시 한 번 계곡을 바라보았다. 밭에는 농작물이 잘 자라고 있었으며, 대부분 감자였다.

"앤이 궁금해 하겠네." 그가 말했다. "다른 사람들도 마찬가지일 거고. 그러면 나는 이만 돌아가볼게. 어떻게 할 거야, 형?"

존은 이미 나름의 결정을 내린 상태였고, 자기 형이 느끼는 불확실성의 고통조차도 그 결정을 차마 뒤바꿀 수는 없었다. 데이비드가 마침내 입을 열더니 어렵사리 말을 꺼냈다.

"그럼 내가 다른 사람들하고 다시 이야기해볼게. 한 시간 뒤에 다시 와. 새로 온 사람들을 받아들이는 문제에 대해 다른 사람 의견도 들어봐야 되겠어. 아니면 그때쯤 가서 우리 둘이서 뭔가 방법을 생각해낼 수도 있겠지. 너도 최대한 생각해봐, 존!"

존은 고개를 끄덕였다. "생각해볼게. 그럼 이따 봐, 형."

데이비드는 괴로운 표정으로 동생을 바라보았다. "식구들한테 안부 전해줘. 특히 데이비한테."

존이 말했다. "그래. 당연히 전해줘야지."

포대 위에 있던 두 사람이 출입문을 다시 조금 열어주었다. 존은 그 틈새로 빠져나왔다. 그는 일행에게 돌아가는 내내 한 번도 형 쪽을 뒤돌아보지 않았다.

존이 도랑 안으로 들어왔을 때, 일행은 모두 그를 기다리고 있었다. 그들의 얼굴만 봐도 오로지 나쁜 소식만 기대하고 있었음을 알 수 있었다. 계곡으로 들어가는 출입문을 활짝 열어젖히고, 어서 들어오라고 손짓해 부르지 않은 상태에서는 무슨 소식이든지 간에 나쁠 수밖에 없었다.

"어떻게 됐습니까, 커스턴스 씨?"노아 블레니트가 물었다.

"잘 안 됐습니다." 존은 단도직입적으로 말한 다음, 곧바로 자기 가족은 들어와도 된다던 형의 제안까지도 솔직히 털어놓았다. 그가 말을 마치자마자 로저가 말했다.

"자네 형님의 생각이 뭔지는 알겠군. 결국 자네와 앤과 두 아이를 위한 자리는 만들어줄 수 있다는 거지?"

"그것 말고는 형도 할 수 있는 게 없다더군. 다른 사람들도 거기까지는 동의했고, 분명 그것만큼은 지킬 용의가 있는 모양이야."

"그러면 그 제안을 받아들이게." 로저가 말했다. "어차피 자네는 어려서부터 여기서 자란 사람이잖아. 우리야 거기 못 들어간다고 해서 어차피 손해 볼 것도 없으니까. 게다가 모두가 들어갈 수 없다고 해서, 일부마저 들어갈 기회를 놓친다는 건 말이 안 되니까 말이야."

다른 사람들이 웅성거리는 소리는 불분명한 까닭에 더욱 유혹적이었다. 문득 존은 이런 생각이 들었다. 이미 제안은 들어온 상황이니, 일행이 스스로의 너그러움에 여전히 취해 있을 때에 그가 제안을 수용한다면, 이들도 차마 그를 저지하지 못할 것이었다. 앤과 메리와 데이비를 끌고 출입문 앞으로 가서, 문이 열리면 그 너머의 계곡이…… 존은 문득 피리를 바라보았다. 총포상의 표정은 평소처럼 차분한 상태로 돌아와 있었다. 여전히 손톱이 깔끔하게 손질된 작은 오른손으로 소총 개머리판 밑을 받치고 있었다.

유혹의 거품이 부글거리는 와중에, 그는 자기가 외관상으로만이 아니라 실제로도 행동의 자유를 가졌다면 어떻게 반응했을지 문득 궁금해졌다. 내가 봉건 영주라면 어땠을까? 그는 생각해보았다. 그랬다면 그 제안을 받자마자 자기 추종자들을 기꺼이 내버리고도 남았을 것이었다. 어쩌면 추종자들도 그걸 좋아했을지 모른다. 아마 대부분은 그랬을 것이었다.

존은 피리를 바라보며 말했다. "저는 거듭해서 생각해보았습니다. 솔직히 말씀드리자면, 제 형님이 저 안의 다른 사람들을 설득해서 우리 모두를 들여보내줄 가능성은 전혀 없어 보입니다. 형님 말마따나 저 안의 사람들 가운데 일부는 각자의 친척들조차도 이미 매몰차게 돌려보냈다고 하니까요. 그렇다면 우리에게 남은 대안은 두 가지뿐입니다. 하나는 이곳을 떠나 다른 정착지를 찾아내는 것이고, 또 하나는 힘으로 저 계곡을 공격해서 점령하는 것입니다."

앤이 말했다. "말도 안 돼!" 충격을 받은 듯한 목소리였다.

데이비도 물었다. "그러니까― 우리랑 큰아버지랑 싸운다는 거예요, 아빠?" 다른 사람들은 모두들 잠자코 있었다.

"물론 지금 당장 결정할 일은 아닙니다." 존이 말했다. "제가 다시 가서 형님을 만나기 전까지는, 그나마 이 문제를 평화적으로 해결할 가능성이 일말이라도 있다고 해야겠지요. 하지만 여러분도 일단 생각들은 해보세요."

로저가 말했다. "그래도 나는 자네한테 들어온 제안은 받아들이는 게 맞다고 생각해, 존."

이번에는 사람들도 아까처럼 머뭇거리는 반응이 전혀 없었다. '머뭇거림의 순간은 결국 지나가버렸군.' 존은 짓궂게도 이런 생각을 해 보았다. 추종자들 역시 이제는 자기들을 향한 영주의 의무가 무엇인지 깨달은 것이었다.

앨프 파슨스가 물었다. "당신 생각은 어떠십니까, 커스턴스 씨?"

"제 의견은 이따가 저기 다녀온 뒤에나 말씀드리겠습니다." 존이 말했다. "그러니 여러분도 한번 생각해보시기 바랍니다."

피리는 여전히 아무 말 하지 않았지만, 천천히 미소를 지었다. 머리에 붕대를 감은 그의 모습은 허약하고 순진한 노인처럼 보였다. 제인이 옆에 가까이 붙어서 마치 피리를 보호하는 듯한 태도를 취하고 있었다.

존이 출입문으로 다시 가려고 할 때에야 총포상이 입을 열었다.

피리가 말했다. "당연히 잘 살펴보고 오시겠지요? 저 안의 상황을."

"당연하죠." 존이 말했다.

어쩌면 존의 마음 한편에는 혹시 데이비드가 계곡 사람들을 설득하는 데 성공할지도 모른다는 일말의 기대가 남아 있었을지도 몰랐다. 하지만 형의 얼굴을 다시 본 순간 동생의 마음에서는 그런 기대가 깡그리 사라지고 말았다. 울타리 너머에는 아까보다 사람이 너덧 명쯤 더 많이 나와 있었는데, 아마 존의 일행이 거절 통보를 순순히 받아들이지 않을 경우에 대비해 울타리 방어를 도우려 달려온 지원군인 듯했다. 존이 살펴보니 울타리 바로 뒤에 전화가 설치되어 있어서, 자칫 위험해 보이는 상황에서는 지원군을 신속히 불러올 수 있는 모양이었다. 그는 주위를 두리번거리며 계곡 입구의 방어 상황에 대한 추가 세부 사항을 알아보았다.

데이비드가 말했다. "다른 사람들은 찬성하지 않았어, 존. 그리고 앞으로도 찬성은 기대할 수 없을 것 같아."

새로 온 사람들은 커스턴스 형제가 사적인 대화를 나눌 여유조차도 주지 않으려는 듯 상당히 가까이 다가와 있었다. 다른 무엇보다도 이런 광경을 지켜보면서, 동생은 형의 지위가 의외로 취약하다는 사실을 실감했다.

존은 고개를 끄덕였다. "그러면 우리는 또다시 행군을 시작해야 되겠네. 데이비한테 인사는 전했어. 그 녀석을 데려와서 인사라도 시켜야 했는데, 정말 미안해."

"있잖아." 데이비드가 말했다. "내가 생각을 좀 해봤는데. 아직 한 가지 방법이 있어." 그는 진심을 담아서 신중하게 말했다. "너라면 할 수 있을 거야."

존은 궁금한 표정으로 형을 바라보았다. 그는 이미 울타리와 강이 만나는 부분의 각도를 확인한 다음이었다.

"일단 너희 일행들한테는 협상이 잘 안 되었다고 전해." 데이비드가 말했다. "그래서 다른 곳을 알아봐야 하겠다고 말이야. 하지만 오늘 밤에는 너무 멀리 가지 마. 어떻게 해서든 너랑 앤은 아이들을 데리고 빠져 나와서 이리로 돌아오는 거야. 그러면 너희 가족은 들여보내줄게. 일을 확실히 마무리하기 위해서, 오늘 밤은 내가 여기 나와 있을 테니까."

존이 보기에는 이 계획도 제법 괜찮아 보였지만, 어디까지나 다른 상황에서 다른 사람에게나 그러할 법했다. 그의 귀에는 별로 솔깃하게 들리지 않았다. 어쨌거나 데이비드는 피리가 이 계획을 방해할 수 있다는 사실을 과소평가하고 있었다. 저 총포상을 모르는 사람이라면 충분히 저지를 수 있는 실수였다.

존은 천천히 말했다. "그래, 내 생각에도 그런 계획이면 먹힐 것 같아. 한번 시도해볼 가치는 있겠는데. 하지만 자칫 한밤중에 우리 애들이 여기서 쏜 총에 맞는 불상사라도 나면 어쩌나 싶어 걱정도 된단 말이지."

데이비드가 서둘러 말했다. "그건 전혀 걱정하지 마. 우리 예전에 주고받던 마도요 울음소리 알지? 길을 따라 오면서 그 소리를 내면 내가 딱 알아들을 거야. 마침 오늘 밤에는 보름달이 뜨니까."

"그래." 존이 말했다. "진짜 그러네."

12

존은 모두가 기다리고 있는 도랑 속으로 뛰어내렸다.

그는 곧바로 말했다. "이제 평화적인 방법으로는 저 안에 들어갈 수 없습니다. 저쪽에서는 꼼짝도 않을 거예요. 형님도 노력해봤지만 아무 소용이 없었어요. 그러니 우리한테 남은 대안은 제가 아까 이야기한 두 가지뿐입니다. 즉 다른 곳을 알아보든가, 그렇지 않으면 싸워서라도 블라인드 협곡을 점령하는 거죠. 혹시 생각들은 해보셨습니까?"

잠시 침묵이 흘렀다. 그러다가 앨프 파슨스가 맨 먼저 이렇게 말했다.

"그건 당신 하시기에 달렸죠, 커스턴스 씨. 당신께서도 잘 아시지 않습니까. 당신께서 최선이라고 생각하시는 일이라면, 저희는 뭐든지 기꺼이 따르겠습니다."

"좋아요." 존이 말했다. "다만 한 가지 기억할 게 있어요. 우리 형님은 저랑 비슷하게 생겼고, 지금은 파란색 작업복 바지에 회색과 흰색이 섞인 체크무늬 셔츠를 입고 있어요. 제가 여러분께 굳이 이 말씀을 드리는 까닭은, 부디 형님을 좀 신경 써달라고 당부하기 위해서입니다. 정말 부득이한 상황이 아닌 한, 형이 다치는 일은 없었으면 하거든요."

조 해리스가 물었다. "그렇다면 우리가 먼저 공격하는 겁니까, 커스턴스 씨?"

"그래요. 하지만 지금 당장은 아니고, 오늘 밤입니다. 지금은 일단 질서정연하게 후퇴해서 저 울타리에 있는 사람들의 시야를 벗어날 겁니다. 그렇게 하면 우리가 저기 들어갈 생각이 없다는 듯한 인상을 심어주겠지요. 우리의 유일한 희망은 기습 공격의 이점을 활용하는 것뿐이니까요.

로저가 말했다. "그래도 나는 여전히 자네가 잘못하고 있다고 생각해, 존. 지금이라도 우리를 버리고 가족과 함께 들어갈 수 있잖아. 저 사람들도 자네 가족이라면 받아들일 거고."

피리는 뭔가 숙고하는 투로 말했다. "내 생각에는 제아무리 기습 공격이라 해도 저걸 공격하기는 쉽지 않을 것 같습니다." 그는 존을 바라보았다. "물론 저 언덕을 넘어가는 어떤 방법을 알고 계시다면 또 이야기가 달라지겠지만요."

"아뇨. 설령 쓸 만한 길이 있다 치더라도, 기습 공격에는 쓸모가 없을 겁니다. 저 언덕 경사면은 워낙 가파르거든요. 그러니 오르다가 돌멩이 몇 개 떨어뜨리는 건 불가피한 일이고, 일단 그러고 나면 저쪽에서도 우리가 어디 있는지 깨닫고 백발백중 표적을 정확히 맞힐 겁니다."

"그렇다고 해서 저 울타리를 정면 공격하겠다는 말도 아닐 텐데요?" 피리가 말했다. "저기에는 비커스 기관총[+]도 하나 있으니 말입니다."

"물론 그럴 생각까진 아니죠." 존은 피리를 유심히 살펴보았다. "이제 좀 괜찮으십니까?"

"평소대로입니다."

"그러면 강물을 헤치고 800미터쯤 이동하는 것도 끄떡없으시겠습니까? 지금처럼 더운 계절에도 무척 차갑거든요."

"그럼요."

피리와 로저 모두 궁금한 표정으로 그를 바라보고 있었다. 존이 말했다.

"형님은 언덕과 강 사이의 통로에만 울타리를 설치했더군요. 아마 강은 그 자체로 울타리가 될 거라고 생각한 모양입니다. 실제로 강변부터 수심이 깊고 물살이 빠르니까요. 예전부터 가축이 종종 빠져 죽었고, 사람도 제법 빠져 죽었죠. 그런데 바로 강 한가운데쯤에 얕은 곳이 있어요. 열한 살배기 꼬마였던 저조차도 똑바로 서면 머리가 물 밖으로 나올 정도죠."

로저가 물었다. "그러면 우리 모두 강을 건너 공격하자고 제안하려는 거야? 그러면 저쪽에서 우리를 볼 게 분명한데. 게다가 자

[+] 영국 비커스 사에서 1912년에 개발한 수랭식 중기관총.

네 말처럼 강변 쪽 수심이 깊다고 치면, 어떻게 물에서 쉽게 빠져
나오겠어?"

하지만 존의 예상대로 피리는 그 제안의 핵심을 손쉽게 파악
했다.

"그러니까 내가 거기서 기관총 사수를 쓰러트리면 되는 거겠
죠?" 총포상이 물었다. "그러면 나머지 분들은요?"

"일단 저는 당신하고 같이 가겠습니다." 존이 말했다. "소총이 한
자루 더 있으니까, 제가 그걸 갖고 가죠. 물론 당신이 쐈는데도 빗
나간 표적을 제가 쏴서 맞힐 가능성이야 희박하겠습니다만, 그래
도 추가 기회가 있으면 나을 테니까요." 곧이어 그는 친구에게도
별도 지시를 내렸다. "로저, 자네는 우리가 기관총을 무력화시키고
나면 곧바로 울타리를 공격하도록 하게. 일단 사람들을 데리고 울
타리에서 100미터쯤 떨어진 도랑에 들어가 대기하고 있어. 저 울
타리는 사람이 충분히 기어오를 수 있으니까. 측면에서 우리 두 사
람이 공격하면, 저쪽도 곧바로 기관총을 우리 쪽으로 돌릴 거야.
그러면 자네가 다른 사람들을 데리고 공격하는 거야."

로저는 의구심이 드는 듯 물었다. "과연 계획대로 될까?"

그때 피리가 대신 답변을 내놓았다. "그럼요." 그가 말했다. "될
거라고 생각합니다."

존은 앤과 나란히 서서, 땅바닥에 누워 잠든 아이들을 내려다보
았다. 데이비와 스푹스와 스티브는 한데 뒤엉켜 자고 있었고, 메리
는 약간 떨어져 한쪽 팔을 베개 삼아 자고 있었다. 존은 형의 계획

에 관해서 아내에게 나지막이 이야기해주었다. 그가 이야기를 마치자, 앤이 말했다.

"왜 아주버님이 시키는 대로 하지 않았어? 차라리 그랬어야 했을지도 몰라. 잘만 하면 우리도 피리한테서 벗어날 수도 있었을 텐데 말이야." 그녀는 부르르 몸을 떨었다. "필요하다면 그 사람을 죽이는 한이 있어도 말이야! 지금까지 무고한 사람이 죽은 게 어디 한두 번이었나. 그런 일은 조만간 또다시 일어날 텐데. 아, 당신은 왜 그렇게 하지 않은 거야? 이제라도 하면 안 될까?"

해는 이미 졌지만 달은 아직 떠오르지 않았다. 상당히 어두웠다. 존은 아내의 얼굴을 잘 볼 수가 없었고, 앤도 남편의 얼굴을 잘 볼 수 없기는 마찬가지였다.

그가 말했다. "나는 오히려 피리가 함께 있는 게 기뻐."

"기쁘다니!"

"그래. 내가 지금처럼 단단해지기 위해서는 방아쇠에 걸고 있는 그의 손가락에 관한 생각이 필요했던 거야. 하지만 그렇게 단단해진 덕분에 나는 올바른 길을 가게 되었지. 앤, 지금까지 내가 우리 모두를 여기까지 데려오기 위해서 부득이하게 했던 일 가운데 일부는 부끄럽게 생각해. 스스로도 그건 정당화가 안 돼. 나로선 일단 우리가 계곡에 들어가면 상황이 모두 바뀔 거라는 희망만 품고 있을 뿐이지."

"실제로도 바뀔 거야."

"나도 그랬으면 좋겠어. 그렇기 때문에 나로선 이제 와서 배신이 개입할 여지를 주지 않는 거지."

"배신이라고?"

"다른 나머지 사람들의 입장에서는 그렇지." 존은 고갯짓으로 다른 사람들을 가리켜 보였다.

"나는 잘 이해가 안 되는데." 앤은 고개를 저었다. "나는 도무지 이해가 안 돼. 그렇게 따지자면 힘으로 밀고 들어가는 건 아주버님에 대한 배신이 아닌 거야?"

"지금 형은 자유로운 개인이 아니야. 진짜로 그랬다면, 기꺼이 우리 모두를 들여보내주었겠지. 당신도 알잖아. 생각해봐, 여보! 로저와 올리비아를, 그리고 스티브와 스푹스를 바깥에 남겨놓고 우리만 들어간다고 말이야. 그러면 데이비한테는 어떻게 설명할 건데? 그리고 다른 모든 딱한 사람들…… 제인이라든지…… 그래, 또 피리는 어떻고? 당신이 그 사람을 아무리 싫어하더라도, 그 사람이 없었으면 우리는 계곡 근처까지 아예 오지 못했을 거야."

앤은 잠든 아이들을 내려다보았다. "지금 내 생각은 단 하나뿐이야. 잘만 하면 우리 가족은 오늘 밤을 계곡 안에서 무사히 보낼 수도 있었다는 생각 말이야. 그랬다면 굳이 싸울 필요도 없었겠지."

"하지만 부끄러운 기억은 남아 있겠지."

"그런 기억이라면 이미 많이 갖고 있잖아."

"하지만 아주 똑같지는 않지."

앤은 잠시 말이 없었다. "어쨌거나 당신이 지도자잖아, 안 그래? 중세의 족장이지. 당신 스스로 그렇게 말했었잖아?"

존은 어깨를 으쓱했다. "그게 뭐 중요한가?"

"당신한테는 중요하지. 이제야 나도 알겠네. 당신한테는 우리의 안전이나 아이들의 안전보다 그게 오히려 더 중요한 거야."

그는 부드럽게 말했다. "앤, 여보. 지금 무슨 말을 하고 있는 거야?"

"의무 말이야. 바로 그거지. 안 그래? 사실 지금 당신은 로저랑 올리비아라든지, 또는 스티브랑 스푹스를 생각하는 게 아니라고. 그들 개개인을 생각하는 게 아니야. 오히려 당신 자신의 명예를 생각하는 것뿐이지. 즉 족장의 명예를 말이야. 당신은 이제 당신 자신이 아니야. 당신은 최상위자이기도 한 거라고."

"내일이면 이 노릇도 모두 끝날 거야. 그때가 되면 우리도 모조리 잊어버릴 수 있을 거라고."

"아니. 나도 예전까지는 당신 말을 반신반의했지만, 이제는 더 잘 알게 된 것 같아. 당신은 이미 변했고, 다시 예전으로 돌아가지 못할 거야."

"나는 변하지 않았어."

"갑자기 궁금해지네." 앤이 덧붙였다. "당신이 블라인드 협곡의 왕이 되고 나면, 과연 사람들이 얼마 만에 왕관을 만들어 바칠지가 말이야."

존이 생각하기에 특히 까다로운 부분은 강굽이와 목적지 사이의 구간이었다. 울타리와는 30미터쯤 떨어진 목적지에는 언덕의 그늘 때문에 달빛도 비치지 않았다. 달이 완전히 떠오를 때까지 기다린다면, 이 계획은 사실상 실현이 불가능할 것이었다. 왜냐하면 환한 달빛 아래에서 방어자들로부터 몇 미터 옆을 지나가야 했기 때문이다.

실제로도 울타리 뒤에 버티고 있는 사람들이 강 쪽을 유심히 보기만 해도, 두 사람의 모습은 달빛 비치는 25미터쯤 되는 구간에서 완전히 노출될 수밖에 없었다. 다만 상대편이라면 오히려 확실한 접근법인 도로에만 주의를 기울일 것이고, 레페처럼 깊고도 물살이 빠른 강을 건너오는 무모한 접근법은 예상 못 할 것이라는 상식적인 차원의 기대만 있을 뿐이었다. 앞서 가는 피리는 소총을 든 한 손만 물 밖에 치켜들고 몸을 잔뜩 움츠려서, 오로지 머리와 어깨밖에는 보이지 않았다. 존도 그의 행동을 똑같이 따라했다.

강물은 그의 기억보다 훨씬 더 차가웠고, 물살을 거슬러 나아가다 보니 금세 지치고 말았다. 한 번인가 두 번 피리가 미끄러지는 바람에 존이 붙들어주었다. 세찬 강물이 내는 소리 덕분에 두 사람이 내는 소리조차도 묻혀버린다는 것만이 그나마 위안이었다.

두 사람은 계속 전진했고, 마침내 다행히도 달빛이 드는 구간을 벗어났다. 언덕의 그늘은 길게 뻗어 있었지만, 폭은 그다지 넓지가 않았다. 이제 이들은 달빛 아래 진입로며 울타리를 훤히 볼 수 있었다. 기대 이상의 상황이다 보니 존도 희망이 더 커졌다. 만약 울타리조차도 언덕의 그늘에 파묻혀 있었다고 치면, 피리의 뛰어난 사격 실력조차도 자칫 아무 소용없을 수 있었다.

두 사람이 울타리에서 10미터도 안 떨어진 곳까지 왔을 때, 총포상이 갑자기 걸음을 멈추었다.

존이 다급하게 속삭였다. "왜 그래요?"

피리가 숨을 헐떡이는 소리가 들렸다. "힘이…… 들어서……."

그제야 존은 현실을 깨닫고 깜짝 놀랐다. 상대는 노인이었으며, 체격도 크지 않았다. 힘겨운 여정을 겪었을 뿐만 아니라, 불과 몇 시간 전에는 총알이 머리에 스쳐 기절하지 않았던가. 존은 정신을 추스려 나머지 한 팔을 뻗어 총포상의 허리를 끌어안았다.

그가 말했다. "이대로 잠깐 쉬도록 하세요. 너무 힘이 들면 다시 돌아가세요. 작전은 저 혼자서 어떻게 해볼게요."

두 사람은 그런 상태로 몇 초 동안 서 있었다. 총포상은 존의 몸에 기대어 부르르 몸을 떨었다. 그러다가 다시 똑바로 섰다.

피리가 헐떡이며 말했다. "이젠 괜찮습니다."

"정말 괜찮으시겠어요?"

총포상은 아무 대답도 없이 물을 헤치고 나아갔다. 두 사람은 울타리와 일직선상인 곳까지 갔고, 곧이어 울타리 너머까지 갔다.

존이 뒤를 돌아보았다. 은은한 달빛 속에 계곡 측 수비대의 윤곽이 드러나 있었다. 기관총 포대에는 세 명이 있었고, 그 아래의 땅에도 서너 명이 더 모여 있었는데, 아마도 자는 듯했다. 그가 피리에게 속삭였다.

"여기요?"

"조금만 더 갑시다." 총포상이 말했다. "거리를 더 벌려야…… 20미터쯤 더 가면 맞힐 수 있을 겁니다……."

노인의 목소리는 다시 더 힘 있게 들렸다. 피리는 불굴의 사나이인 것 같다고 존은 생각했다. 그는 총포상을 뒤따라 급류를 헤치고 나아갔지만, 어느새 손발에 피로를 느끼면서 강물의 위력도 두 배로 늘어나는 듯했다.

피리가 마침내 걸음을 멈추고 돌아서더니, 몸에 잔뜩 힘을 주고 물살을 버텼다. 두 사람은 이미 계곡 안으로 25미터나 들어와 있었다. 존은 총포상의 왼쪽 팔꿈치 쪽에 섰다.

"오른쪽에 있는 놈을 조준하세요." 피리가 말했다. "나는 다른 두 명을 맡겠습니다."

"기관총 사수가 맨 먼저예요." 존이 말했다.

피리는 이 말에도 아무 대답을 하지 않았다. 그가 소총을 들어 개머리판을 어깨에 대자, 존도 훨씬 더 천천히 똑같은 동작을 취했다.

피리가 무시무시한 소리와 함께 소총을 발사하자, 기관총 뒤에 앉아 있던 누군가가 벌떡 일어나더니 고통스럽게 뭔가를 외치며 다시 쓰러졌고, 가까스로 포대의 가장자리를 움켜쥐었지만 결국 놓치고 말았다. 존도 자기 표적을 향해 발사했지만 명중하지는 않았다. 더 놀라운 점은 피리가 쏜 두 번째 총알마저도 표적에서 빗나갔다는 것이었다. 포대에 남아 있던 두 사람이 기관총 쪽으로 달려가서 총신을 이쪽으로 돌리려고 했다. 그사이에 피리가 다시 총을 쏘자, 한 명이 기관총 위에 풀썩 쓰러졌다. 다른 한 명이 쓰러진 사람을 밀어낸 다음, 가까스로 총신을 이쪽으로 돌리는 데 성공했다. 존과 피리가 다시 총을 쏘았지만 성공을 거두지 못했다. 포대 밑에 있던 사람들도 잠에서 깨어 저마다 총을 집어 들고 있었다. 곧이어 짧게 끊어지는 특유의 총성과 함께 기관총이 불꽃을 내뿜기 시작했다.

기관총이 열두 발도 채 내뱉지 못한 상황에서 피리는 기어이 포대 위에서 세 번째 희생자를 만들어냈고, 이와 함께 무시무시한 소음도 뚝 그쳐버렸다. 땅에 머물던 사람들이 이제 피리와 존을 향해서 총을 쏘고 있었지만, 앞서의 기관총 소리와 달리 따로따로 날아오는 총알이 스쳐가는 소리는 어쩐지 아무것도 아닌 듯 여겨졌다.

　피리가 말했다. "사다리…… 저놈들이 포대에 못 올라가게……."

　그의 목소리가 다시 약해지고 있었다. 하지만 이 와중에도 피리는 탄약을 재장전하더니, 평소와 같이 짧고도 흔들림 없는 조준을 거쳐서, 마침 포대 사다리를 올라가던 또 한 명을 쓰러트렸다. 존은 로저와 다른 사람들이 울타리로 다가왔는지 궁금해서 무슨 소리가 나는지 귀를 기울였지만, 그쪽에서는 아무 소리도 들리지 않았다. 그래도 지금쯤은 분명히 울타리에 도착했을 것이 분명했다. 그는 울타리 꼭대기의 검은 윤곽선을 바라보면서, 혹시 그 위로 올라오는 사람이 없는지 살폈다.

　그때 피리가 자연스럽고 태연한 어조로 말했다.

　"이거 받아요."

　그는 자기 소총을 내밀었다.

　존이 물었다. "왜요……?"

　"이 얼빠진 양반아." 피리가 말했다. "내가 맞았으니까 그러지."

　수면을 가로지른 총알 하나가 이들 주위로 스쳐 날아갔다. 존이 총포상을 유심히 살펴보니, 셔츠에 구멍이 나고 어깨가 피범벅이었다. 그는 자기가 들고 있던 소총을 물에 던져버리고, 상대방이 건네는 소총을 받아들었다.

"저를 붙잡으세요." 존이 피리에게 말했다.

"그건 신경 쓰지 마시고. 저 사다리!"

또 한 사람이 사다리를 오르고 있었다. 존은 총을 쏘고, 재장전하고, 다시 총을 쏘았다. 그리고 세 발째에야 비로소 명중시켰다. 그는 피리가 서 있는 곳을 돌아보았다.

"그럼 이제……."

하지만 피리는 흔적도 없었다. 하류로 몇 미터 떨어진 곳에서 그의 시체를 본 것도 같았지만, 진짜인지 아닌지를 확인하기는 어려웠다. 존은 더 중요한 문제 쪽을 살펴보았다. 바로 울타리였다. 이미 여러 사람이 꼭대기를 넘어 들어오고 있었고, 그중 한 명은 이미 기관총을 장악해 아래로 겨냥하고 있었다.

남아 있던 수비대가 총을 버리는 모습이 보였다. 존은 오한을 느끼고 완전히 탈진한 상태에서, 강둑에서 가장 오르기 쉬운 곳을 찾기 시작했다.

13

그때도 존은 데이비드와 함께 이 방에 들어왔었다. 죽음이라는 신비 앞에서 두려움과 불안을 잠재우기 위해서 서로의 손가락을 건 상태로, 이곳에 들어와 비벌리 외할아버지의 시신을 보았던 것이다. 수십 년이 흘렀지만 이 방은 거의 변한 것이 없었다. 데이비드는 자기가 사는 곳을 굳이 현대화할 마음을 품은 적이 결코 없었다.

앤이 말했다. "여보, 정말 미안해. 내가 어젯밤에 했던 말, 정말 후회하고 있어." 하지만 그는 아무 대답도 하지 않았다. "이제는 뭔가가 분명히 달라질 거야. 당신 말이 맞아."

오래전 그날, 레페턴에서 변호사가 찾아왔고, 유언장 낭독이 있었으며, 데이비드는 모든 유산을 자기가 독차지하게 되었다는 사실을 듣고 부끄러움과 죄책감을 느꼈다. 현금과 토지 모두 그의 몫이었으니, 훌륭한 농부라면 가급적 두 가지를 별개로 여기지는 않을 것이기 때문이었다. '하지만 결국에는 내가 다 차지하게 되었군.' 존은 문득 이런 생각이 들었다.

"당신 잘못이 아니야." 앤이 말했다. "제발 당신 잘못이라고 생각하지는 마."

그때 어머니도 이렇게 말했다. "너도 안 좋게 생각하지는 마. 알았지? 외할아버지가 너를 안 좋아하셔서 그런 게 아니야. 그건 너도 알잖아. 외할아버지도 너를 좋아하셨어. 엄마는 예전부터 이미 들어서 알고 있었어. 형은 농부가 되겠다고 했지만 너는 그렇지 않은 걸 외할아버지도 알고 계셨거든. 대신 엄마한테 있는 재산은 너한테 모두 물려줄 거야. 그러니까 아빠가 물려주신 건 모조리 말이야. 그것만 있어도 너는 공학자가 되기 위해서 하고 싶은 공부는 뭐든지 할 수 있을 거야. 무슨 말인지 알지. 그렇지?"

그때 존은 알았다고 대답했지만, 솔직히 그로선 엄마의 진지한 말투가 오히려 더 당혹스럽기만 했다. 동생은 블라인드 협곡이 당연히 형의 차지일 거라고 예전부터 생각했었다. 사실 그때 그가 느낀 압도적인 혐오와 불쾌의 느낌은 부동산이나 현금 때문이 아니라 오히려 외할아버지의 죽음의 사실과 현존 때문이었다. 이제 장례식도 끝나고 창문 블라인드도 다시 올린 상황에서, 그는 단지 앞서의 엄숙함과 어두움 모두를 잊어버리고 싶을 뿐이었다.

"너도 충분히 넉넉하게 물려받게 될 거야, 아들." 어머니는 그에게 말했다. 존은 서둘러 고개를 끄덕였다. 죽음의 불쾌함과의 마지막 연결 고리인 이 대화에서 벗어나고 싶어 안달했기 때문이었다.

아들은 어머니의 말투에 담긴 다급한 기색에도 크게 주목하지 않았으며, 이는 작년부터 점점 더 수척하고 말라가는 어머니의 모습에도 크게 주목하지 않았던 것과 마찬가지였다. 자신이 살날이 얼마 남지 않았다는 것을 그 당시에 어머니는 알았지만 아들은 전혀 몰랐다.

"존." 앤이 말했다. 그녀가 다가와서 양손을 남편의 양 어깨에 올렸다. "제발 기운 좀 내."

그는 여전히 생각에 잠겨 있었다. 이후로 명절을 이모들과 함께 보냈고, 데이비드와의 형제애도 유지되었다. 이 모두가 형제 공통의 고립을 줄곧 심화시키기만 했다. 혹시 그 모두의 배후에는 형이 가진 것에 대한 분개가 들어 있었던 걸까? 심지어 자기 자신조차도 모르는 증오가 감춰져 있었던 걸까? 본인은 차마 믿을 수 없어 했지만, 그 생각은 줄곧 그를 괴롭혔고, 앞으로도 잠재울 수 없을 것이었다.

"앞으로는 모든 일이 다 잘될 거야." 앤이 말했다. "애들은 여기에서 평화롭게 자라날 수 있어. 심지어 세상이 황폐해지더라도 말이야. 데이비는 이 계곡의 땅에서 농사를 지을 거야." 그녀는 침대 위에 안치된 시신을 바라보았다. "그거야말로 데이비드가 무엇보다도 더 바란 일이었으니까."

그제야 존이 입을 열었다. "데이비는 여기서 농사를 짓는 것 이상의 일을 하게 될 거야. 안 그래? 여기를 소유하게 될 거니까 말이야. 여기는 좋은 땅이지. 물론 카인이 에녹에게 물려준 것만큼 좋은 땅까지는 아니겠지만."[+]

"그런 말은 하지 마. 당신이 아주버님을 죽인 것도 아니잖아. 그건 어디까지나 피리가 한 짓이었다고."

"그럴까? 난 잘 모르겠어. 하지만 우리는 피리를 욕하겠지. 안 그래? 그 사람은 이미 죽어서 강물에 떠내려갔고, 그로 인해 이 땅에는 다시 젖과 꿀이 흐를 것이고, 순결이 회복될 테니까. 맞지 않아?"

"존! 그건 '확실히' 피리가 한 짓이었다니까."

그는 아내를 바라보았다. "피리가 나한테 자기 소총을 건네주었어. 그는 자기가 끝장났다는 사실을 분명히 알고 있었을 거야. 그가 떠내려간 걸 보자마자 나는 그 소총을 내버릴 생각도 했어. 그거야말로 우리를 이 계곡까지 데려다준 무기이고, 여러 사람을 죽이면서 잉글랜드를 가로지른 무기였으니까. 그걸 내버렸다면 나도 땅으로 더 쉽게 올라올 수 있었겠지만, 그러지 않았기 때문에 죽도록 지치고 말았지. 하지만 나는 그 소총을 계속 들고 있었어."

"지금이라도 내버리면 그만이야." 그녀가 말했다. "굳이 그걸 계속 간직할 필요는 없어."

"아니. 피리 말이 맞아. 좋은 무기를 내버려선 안 돼." 그는 화장대에 기대어놓은 소총을 바라보았다. "소총은 데이비한테 물려줄 거야. 그 녀석이 충분히 나이를 먹고 나면."

앤은 약간 몸을 떨었다. "안 돼! 개한테는 저런 게 필요 없어. 그때가 되면 모두가 평화로울 거라고."

+ 구약성서 「창세기」 4장에는 동생 아벨을 죽이고 에덴의 동쪽으로 간 카인이 결혼해서 아들 에녹을 낳고, 자기가 쌓은 성에 아들의 이름을 붙였다고 나온다.

"에녹도 평화롭게 산 사람이었지." 존이 말했다. "아버지가 자기를 위해서 세워준 도시에 살았으니까. 하지만 그는 아버지가 물려준 단검을 허리에 차고 있었어."

그는 침대로 다가가서 몸을 굽히고는 형의 얼굴에 입을 맞추었다. 불과 며칠 전에 그는 또 한 명의 죽은 얼굴에 입을 맞추었지만, 두 상황 사이에는 무려 몇 세기의 간극이 놓인 것만 같았다. 존이 문 쪽으로 돌아서자 앤이 물었다.

"어디 가는 거야?"

"할 일이 잔뜩이야." 그가 말했다. "이제 도시를 세워야 하니까."

작품 해설

　우리는 전염병의 시대에 살고 있다. 그래서인지 구제역, 블루
텅靑舌病⁺, 조류 인플루엔자ᴬᴵ, 사스ˢᴬᴿˢ 경로, 통제 지역, 감시 구
역, 대규모 예방 접종 같은 전염병 관련 용어에도 어느새 익숙해졌
다. 우리가 보는 뉴스에도 전염병 발생 현장의 여러 모습이 가득하
다. 산들바람에 흔들리는 출입 금지 테이프며, 멀리서 오가는 흰색
방호복 차림의 사람들이며, 인공호흡기의 훅훅 하는 소리며, 각종
'선제적 대응 조치'의 실시 모습(예를 들어 마스크를 쓴 채 분주하
게 오가는 통근자라든지, 중국에서 살처분한 6백만 마리의 닭이라
든지, 컴브리아주에서 도살용 충격기에 맞아 다리가 뻣뻣해진 소
들을 무더기로 소각하는 모습) 등이 그렇다.

　그중에서 가장 관심을 끄는 바이러스는 당연히 조류와 짐승, 인

＋ 주로 양과 소에게 감염되는 바이러스성 질병을 말한다.

간에게 감염되는 바이러스이다. 하지만 가장 위험한 바이러스는 오히려 곡식에 감염되는 바이러스라고 해야 맞다. 1999년에 아프리카에서는 Ug99라는 균류에 관한 보도가 나온 바 있다. 영양분 흡수를 저해하는 줄기 흑녹병의 일종이어서, 자칫 한 해 농사를 완전히 망치게 할 수도 있었다. Ug99의 첫 번째 변종은 우간다에서 발견되었다. 그리고 2001년에는 케냐로, 2003년에는 에티오피아로, 2007년에는 (초대형 사이클론 '고누'로 인해 포자가 확산하면서) 예멘과 파키스탄까지도 전파되었다. 고누가 소멸된 이후, BBC는 "그 질병이 밀의 소출에 큰 타격을 가한다면 취약 국가의 빈곤층이 굶주리게 될 것"이라고 보도했다. 왜냐하면 "아프리카에서 생산되는 밀 대부분"은 Ug99에 취약한 상태였기 때문이었다. 그 당시만 해도 Ug99의 확산을 억제할 수 있으리라고 자신할 만한 이유는 없었다. 바람만 정확한 방향으로 불어준다면, 그 질병은 불과 몇 년 사이에 아시아의 밀 주산지인 파키스탄과 인도까지도 침투할 수 있었다. 이 두 나라는 전 세계 밀 생산량의 20퍼센트를 차지하며, 밀 수확에 식량과 생계를 의존하는 사람은 무려 10억 명 이상이다. 미국 농무부 산하 농업연구소에서는 급기야 Ug99가 "이전까지 없었던 국제적 위협을 밀과 보리에" 가한다며 우려를 나타냈다.

물론 현실에서는 이전까지 없었던 것이 맞지만, 소설에서는 그렇지도 않았다. 왜냐하면 Ug99의 위협을 (섬뜩하리만치 정확하게) 예견한 뛰어난 가상소설이 1956년에 이미 출간되었기 때문이다. 존 크리스토퍼(본명은 샘 유드)가 쓴 소설 『풀의 죽음』은 순식

간에 베스트셀러가 되었다. 겉표지의 소개문에는 이 작품이 "자연의 균형이 깨졌을 때에 잉글랜드가 겪을 가차 없는 변모"에 관한 상상이라고 서술해놓았지만, 이 책에서 상상한 파국의 범위는 그야말로 전 세계적이었다. 소설의 도입부에서는 전염성이 높은 벼유해성 바이러스(일명 '충리 바이러스')가 '극동'에서 나타나 그곳을 황폐화시킨다. 급기야 중국에서는 벼농사가 사실상 완전 실패하면서 대략 2억 명이 기근과 사회 불안으로 인해 사망하거나, 또는 사망 직전인 것으로 추산된다. 충리 바이러스는 중국을 벗어나 서쪽과 남쪽으로 전파되고, 방제 노력도 따라잡지 못할 만큼 매우 신속하게 변이한다. 다섯 번째 변종이 나타났을 무렵, 이 바이러스는 '그라미네아이(볏과)' 식물 전체를 감염시키고 만다. 다시 말해 1만 종에 달하는 풀 전체를 감염시켰다는 뜻이며, 그중에는 밀과 보리와 귀리와 호밀 같은 주요 곡식도 포함되었다. 이 바이러스는 영국을 거쳐 대서양 건너 미국으로도 전파된다. 바이러스가 처음 확인된 지 불과 몇 년 만에 전 세계가 기근을 겪는다. 전 세계 곡물 공급 체계가 붕괴되고, 식량 수출이 중단된다. 꼴이 없어서 가축이 죽어가고, 새와 물고기도 급격히 감소하며, 들판은 갈색으로 헐벗은 모습으로 변모한다. 이 시점에서 시작되는 이 소설의 본격적인 줄거리는 충리 바이러스로 인한 혼돈 속에서 생존을 위해 분투하는 잉글랜드의 한 가족의 이야기이다.

에코아포칼립스(생태 종말론) 장르의 소설 상당수와 마찬가지로, 이 작품 역시 지속적인 오남용에서 비롯된 자연의 복수(억압당한 자의 귀환)에 관한 상상이라고 할 수 있다. "벌써 오랜 세월 동안 우리는 땅을 마치 돼지저금통인 양, 얼마든지 꺼내 써도 되는 물건인 양 대했으니까 말이야." 등장인물 가운데 하나인 농부 데이비드는 이렇게 설명한다. "그런데 따지고 보면 땅도 그 자체로 생명을 지니고 있거든." 이 소설의 처음 몇 장에서 크리스토퍼는 충리 바이러스의 등장을 불러온 그 당시 환경의 맥락을 개괄한다. 즉 오랫동안의 과잉 생산, 단일 재배로의 전환, 그리고 허리띠를 졸라맸던 세계대전 직후의 소출 극대화를 위한 살충제 남용 등이 있었던 것이다. "요즘 들어서는 밀과 감자 말고는 다른 걸 기른다는 게 전혀 의미가 없다고." 도입부에서 데이비드는 이렇게 불평한다. "왜냐하면 정부가 원하는 게 딱 그거니까, 나도 딱 그거를 내놓는 거지." 이 소설은 1970년에 영화화되었는데 (영화 제목은 원작의 미국판 제목인 『풀잎이 없어지다』^{No Blade of Grass}를 따랐는데, 아마도 『풀의 죽음』은 "뭔가 원예와 관련된 내용인 것처럼 들렸기" 때문에 그랬다는 후일담이 전해진다) 안타깝게도 각색이 너무 형편없었기 때문에, 원작자인 크리스토퍼조차도 영화가 시작된 지 불과 몇 분 만에 더는 못 보겠다고 항복했을 정도였다. 영화의 도입부에서는 털털거리는 자동차 배기구, 연기를 토해내는 굴뚝, 옥수수 밭 위를 낮게 날아가는 농약 살포 비행기, 오염된 강의 얕은 곳에 뒤집혀서 죽은 물고기의 모습이 몽타주처럼 펼쳐진다. "그러던 어느 날." 해설자가 마치 거드름 피우는 듯한 목소리로 읊조린다. "오염된 땅도 더 이상은 참지 않았으니……." 이 각색물과 달리 크리스토퍼의 소설은 거드름을 피우지도 않고, 귀에 거슬리지도 않는다. 다만 소설에서는 모든 책임을 인간의 앞에 불쑥 찾아온 충리 바이러스에게 돌린다.

『풀의 죽음』은 20세기 중반의 과학소설 전통이었던 이른바 "식물 종말론floral apocalypse"에 속한 작품으로 이해할 수도 있다. 그 효시는 1947년에 간행된 미국 작가 워드 무어Ward Moore의 『당신 생각보다 더 푸른Greener Than You Think』이었다. 이 소설의 도입부에서는 어떤 부도덕한 판매사원이 로스앤젤레스의 한 잔디밭에 아직 검증조차 거치지 않은 식물 성장 촉진제를 뿌린다. 치익! 그러자 곧바로 잔디가 걷잡을 수 없이 자라나서, 워낙 굵고 빽빽해서 차마 뚫고 나아갈 수도 없는 높이 3미터의 덤불로 변한다. 머지않아 이 잔디는 곳곳으로 확산되어 LA를 집어삼키고, 급기야 캘리포니아주까지 집어삼켜서 "다른 모든 생물을 질식시켜"버린다. 물론 무어는 미국의 교외 거주 중산층을, 그리고 그들이 교외에서 집착하는 단정함에 대한 강박을 풍자적으로 비꼰 것뿐이었다. 하지만 그런 한편으로 이 소설은 화학약품의 무절제한 사용을 뚜렷하게 우려하고 있었다. 무어의 활동 시기에 미국 농업에서는 살충제와 제초제와 인공 비료가 점점 더 많이 사용되고 있었다. (현대 환경 운동의 출발점인 레이첼 카슨Rachel Carson의 『침묵의 봄Silent Spring』(1962)은 이런 경향을 호되게 비판한 책이다.)

자연 질서에 대한 인간의 간섭을 바라보는 이와 유사한 우려는 존 윈덤John Wyntham의 소설 『트리피드의 날The Day of the Triffids』(1951)의 주제이기도 하다. 여기서는 러시아의 과학자들이 유전공학을 이용해 거대하고, 이동 가능하고, 포악하고, 심지어 채찍 모양의 독침 줄기까지 휘두르는 새로운 식물종을 만들어낸다. 그로부터

5년 뒤에 『풀의 죽음』이 간행되었고, 또 그로부터 9년 뒤에는 토머스 디시Thomas Disch가 『종족 말살The Genocides』(1965)이란 작품으로 이 분야에서 나름의 족적을 남겼다. 마이클 무어콕Michael Moorcock의 SF 잡지 《뉴 월즈New Worlds》+에서 활동하던 새로운 과학소설 작가 중 한 명이었던 디시의 이 소설에서는 단순히 "식물The Plants"이라고만 지칭되는 외계의 식물종이 지구를 완전히 뒤덮은 상태이다. '식물'은 높이가 무려 180미터까지 자라고, 지표면의 거의 모든 물을 흡수해버렸다. 인간 생존자들은 "마치 사과 속을 이리저리 파헤치고 다니는 애벌레들처럼" 계속 살아남기 위해 서로 싸우고 약탈한다.

『풀의 죽음』도 위에 소개한 여러 소설과의 가족유사성이 뚜렷하지만, 정작 크리스토퍼는 자기 작품을 '과학소설'로 지칭하는 것 자체를 반대했다. 나아가 『풀의 죽음』이야말로 윈덤의 『트리피드의 날』로 대표되는 이른바 "아늑한 파국" 시나리오에 대한 응답이라고 해석하는 것 역시 더더욱 반대했다. (윈덤의 소설에서는 영국인 모두가 고난을 묵묵히 감내하고, 마지막에 가서는 예의범절이 우세해지고, 위협을 받는 남녀 주인공은 비교적 쾌적한 시골의 피난처에 머물면서 문명 재건을 도모한다.) 제2차 세계대전 이후 본격적인 작품 활동을 시작했을 즈음, 유드는 과학소설이 아니라 오히려 주류 소설을 쓰고 싶어 했다. 이를 위해서 록펠러 재단으로부터 애틀랜틱 문학 기금을 받기도 했다. 그 결과물이 그의 첫 소설 『겨

+ 영국의 SF 작가 마이클 무어콕은 1960년대 후반에 SF 잡지 『뉴 월즈』의 편집장으로 일하며 J. G. 발라드, 브라이언 올디스, 할란 엘리슨 등으로 대표되는 '뉴웨이브' SF를 주도했다.

울 백조The Winter Swan』(1949)인데, 여기서는 한 여성의 인생이 죽음부터 유년기까지 역순으로 서술된다. 1949년부터 1963년까지 그는 '샘 유드'라는 본명으로 열 권의 주류 소설을 간행했다. 1950년대 초에는 주로 미국의 과학소설 잡지에 단편을 게재했는데, 이때 사용한 필명이 바로 '존 크리스토퍼'였다. 1954년에 이 단편들을 모아『22세기The 22nd Century』라는 제목의 단행본으로 간행한 직후, 크리스토퍼는 마이클 조지프 출판사로부터 "내일의 소설Novels of Tomorrow"이라는 이름으로 간행될 새로운 시리즈에 들어갈 작품을 써달라는 의뢰를 받는다. 이 시리즈로 간행된 그의 첫 번째 작품은 앞서 나온 단편집의 연장선상에 있는『혜성의 해The Year of the Comet』(1955)였다. 그러나 두 번째 작품으로 제출한 원고를 출판사가 거절하자, 이를 대체하기 위해 새로 쓴 작품이 바로『풀의 죽음』이었다. 전염병 발생에 관한 이 소설이야말로 그의 출세작이었다. 당시 영국으로 말하자면 얼마 전까지만 해도 독일의 침략 위협을 겪은 나라이다 보니, 미래의 격변에서의 생존법에 관한 사고 실험인 이 작품은 많은 독자의 상상력을 사로잡았다.

어쩌면『풀의 죽음』과 가장 유사점이 많은 소설은 다른 과학소설이 아니라 오히려 윌리엄 골딩의『파리대왕』(1954)인 것도 같다. 크리스토퍼와 마찬가지로 골딩은 영국 예외주의에 대해 깊은 의구심을 품고 있었다. 19세기 제국주의의 끈질긴 유산인 이 감상적인 발상에서는 다른 문화나 민족에 결여된 선험적인 도덕적 우월성을 영국인이 지니고 있다고 간주했다. 골딩은 제2차 세계대전 이후 영국인 특유의 유순함에 반대하는 발언을 내놓은 것으로 유명하다. 한 인터뷰에서 그는 『파리대왕』이야말로 "어디까지나 내가 보기에는 전쟁이 끝난 후에 써야 마땅하다고 여긴 것을 쓴" 것이라고 말했다. "그 당시에는 모두가 자기는 나치가 아니었다며 하느님께 감사를 드렸다. 하지만 나는 우리 모두 나치가 될 수 있었음을 깨달을 만큼 충분히 많은 것을 목격한 다음이었다." 외딴 섬에서 살인도 불사하며 야생 상태로 돌아간 영국 학생들을 다룬 골딩의 소설은 결국 모든 집단에서 어둠이 그 표면 가까이에 잠복하고 있음을 보여주는 셈이다.

이른바 "영국인다움"이라는 성격의 공허함, 전통적인 윤리의 소멸 가능성, 사회 구조로서 부족주의의 내재성 같은 주제는 크리스토퍼의 이 소설에서도 활력을 불어넣는 중요한 요소들이다. 주인공 존 커스턴스는 런던에서 가정을 꾸린 공학자이다. 도입부에서 환기되는 존 커스턴스의 삶은 한마디로 전형적인 잉글랜드의 삶이다. 군데군데 언덕이 있는 초원과 한산한 해안 도시와 배불리 먹는 시민들로 이루어진 삶이고, 우편함과 따뜻한 맥주와 크리켓 경기와 잔디밭에서의 차 한 잔, 페어플레이로 이루어진 삶이다. 이 시기로 말하자면 전쟁 동안의 배급 상태를 벗어난 잉글랜드이고, 바이러스가 창궐하기 이전의 잉글랜드이다. 이것이야말로 느긋하고도 번듯하고도 초록이 우거진 목가인 셈이다. 크리스토퍼는 이른바 영국인다움의 이런 상투적 표현들을 신랄하게 비판하는데, 왜냐하면 그 모두가 조만간 산산조각 나리라는 사실을 이미 알고 있기 때문이다. 충리 바이러스가 영국을 강타해 식량 공급이 어려워지자, 일상도 해체되기 시작한다. 급기야 정부에서는 일종의 계엄령을 선포한다. 조만간 영국 주요 도시에 소형 핵폭탄을 떨어트리는 방법으로 인구를 줄여서 소수의 생존자만 남기려는 계획이 진행 중이라는 소문이 퍼진다.

존은 식구들을 데리고 재빨리 런던을 탈출해 컴브리아로 향한다. 그의 형 데이비드가 웨스트모어랜드의 한 계곡에서 천연 요새나 다름없는 농장을 운영하며, 현명하게도 바이러스에도 끄떡없는 감자 농사를 짓고 있기 때문이었다. 이 소설의 나머지 부분은 (처음에는 자동차로, 그리고 나중에는 걸어서) 북서쪽으로 향하는 커스턴스 가족과 여러 동행자들의 여정을 묘사한다. 일행은 잉글랜드 남부에서 시작해 미들랜드와 요크셔까지 펼쳐진 헐벗고 시들한 풍경을 가로지른다. 곳곳마다 폭력배와 약탈자도 우글거린다. 마을이며 도시마다 진입로에 바리케이드를 설치하고 외부인을 거부한다. 식량과 숙소 같은 필수품도 구하기가 점점 더 어려워진다. 하지만 일행은 계속해서 나아간다. 결국 커스턴스 일행은 계곡에 도착하지만…… 더 이상은 스포일러이니 여기서 굳이 밝히지는 않겠다.

이 계곡이야말로 이 소설의 가장 뛰어난 발명품 가운데 하나이다. 이곳은 외딴 지역에 자리한 천연 요새이다. 땅은 기름지고, 삼면은 가파른 바위산이며, 출입구는 좁은 길 하나뿐이다. 이 계곡에서 발원한 레페강은 깊고도 차갑고도 물살이 빠르며, 계곡에 식수와 물고기를 공급한다.

'레페Lepe'라는 이름은 그리스 신화에서 하데스의 영토를 흘러가는 망각의 강의 이름 '레테Lethe'와 발음이 비슷하다. 베르길리우스는 죽은 사람의 영혼이 레테강의 물을 마시면 지상에서의 전생을 잊어버린다고 묘사했다.

이런 기억의 (특히 '도덕적 기억'의) 억압이야말로 크리스토퍼의 소설에서 중요한 주제로 등장한다. 도입부에서 한 등장인물은 중국의 수백만 명에 관해서 이야기를 하다가, 그런 희생자들에 관한 생각은 그냥 '잊어버리자'고 말한다. 하지만 이건 어디까지나 잉글랜드 역시 바이러스에 굴복하게 되리라는 사실이 명확해지기 전에 나온 말이었다. 정작 잉글랜드가 바이러스에 굴복하자 잉글랜드인은 급기야 스스로를 '잊어버리고' 만다. 소설의 도입부에서 존 커스턴스는 철저하게 번듯한 남자이며, 중산층 공무원이고, 두 아이의 아버지이다. 하지만 소설의 결말부에서 그는 제법 많은 사람을 죽이고 처형한 다음이며, 심지어 그중에는 (정말로 섬뜩한 장면인데) 무고한 여성의 얼굴 가까이에 총구를 대고 산탄총을 발사한 경우도 있었다. 런던을 빠져나올 무렵의 그는 자유주의적 인본주의자였지만, 컴브리아에 도착했을 무렵의 그는 원시다윈주의자로 변모한 다음이다. 이제 그는 자기 자신과 자기 무리의 생존에 가장 효율적으로 도움이 될 법한 행동에만 관심을 보인다. "가장 약한 사람뿐만 아니라 가장 효율이 떨어지는 사람도 역시나 도태되게 마련"이라는 것이 존의 주장이다. 그의 일행에서 가장 뛰어난 총잡이인 피리라면 이 주장에 적극 공감을 표시했을 법하다. (이 노인네로 말하자면 중도에 자기 아내를 죽이고, 생판 낯선 사람인 부부를 죽이는 일을 거들 뿐만 아니라, 심지어 희생자의 어린 딸을 자신의 성노예로 삼기까지 한다.)

하지만 존의 아내 앤이 비꼬듯 말한 "문명의 겉치장"은 이 소설에서 단순히 벗겨져 나간 것만이 아니었다. 오히려 문명 그 자체가 박살나서 일종의 불쏘시개로 사용되었다고 비유해야 더 정확하다. "한때 그들은 거의 4천 년 가까운 계보를 가진 도덕의 세계에 살고 있었다. 그런데 불과 하루 만에 이 모두를 벗어던지고 만 격이었다." 중간에 등장하는 존의 상념은 마치 B급 영화에 나오는 해설자의 목소리처럼 들리기도 한다. "돌이킬 수 없는 파국이 다가왔음을 (……) 보여주는 셈이었다." 새로운 세상에서는 강간과 살인과 약탈이 횡행한다. 급기야 주인공의 여정에서 발생하지 않았던 유일한 범죄는 식인 행위뿐인 것처럼 보일 정도이다. (문득 위기 생존 전문가 특유의 격언이 떠오른다. "위기 생존 상황에 처하면, 친구들을 최대한 오랫동안 살려두도록 노력해야 한다. 다시 말해 식량을 신선한 상태로 더 오래 보관하라는 뜻이다.") 새로운 세상에서는 심지어 가족이라는 단위조차도 영속되지 못한다. 존의 충성 대상이 자기 아내와 자녀에서 급기야 "집단"으로 바뀌었기 때문이다. (그는 "집단의 규범," 즉 "스스로를 보호하기 위한 규범"이 반드시 우선시되어야 한다고까지 말한다.) 계곡을 불과 몇 킬로미터 남겨둔 상황에서, 존은 약탈자와 총잡이, 기타 군식구로 이루어진 자기네 무리의 지도자로 공식 선출된다. 사실상 한 부족의 족장이 된 것이다. 계곡에서의 일시적 안전이라는 목표를 위해 그를 뒤따르는 사람들이야말로, 훗날 〈매드 맥스〉 시리즈와 〈시체들의 새벽〉 같은 영화에 등장하는 폭주족이라든지, 또는 황량한 풍경을 지나가는 여행을 다룬 또 다른 디스토피아적 상상의 결과물인 코맥 매카시의 『로드』(2007)에 등장하는 약탈자의 선구라 할 만하다. 특히 매카시의 소설은 가차 없는 어조라는 특징에서, 또 한편으로 위기 상황에서 도덕이 와해되는 놀라운 속도라는 특징에서 『풀의 죽음』과 상당히 유사하다.

이와 같은 종류의 소설이 거둔 성취를 측정하는 방법 가운데 하나는, 이후의 역사에 비추어 그 상상이 얼마나 사실에 가까웠는지 따져보는 것이다. 이런 척도를 들이댈 경우에 가장 명성이 높아질 법한 작가는 J. G. 발라드일 것이다. 당장 몇 가지 사례만 들자면, 이 '셰퍼턴의 예언자'께서는 로널드 레이건의 대통령 후보 지명, 24시간 쇼핑, 리얼리티 TV 프로그램, "폭행 동영상 유포", 그리고 고층 건물 생활의 쇠퇴 등을 정확히 예측했기 때문이다. 미래학에 관해서라면 그는 놀라운 능력을 보유하고 있었으며, 문화의 정신병리를 그 창궐 시점에 훨씬 앞서서 감지하고 있었다.

『풀의 죽음』은 또한 놀라우리만치 선견지명 있는 작품이었다. 인간의 활동이 환경에 끼치는 영향에 관한 크리스토퍼의 우려는 한 세대나 시대를 앞서 있었고, 전염병 공포 역시 반세기나 시대를 앞서 있었다. 1990년대에 유전자 조작^{GM} 곡물의 대두, (스발바르 국제 종자 저장고$^{+}$의 설립을 불러온) 단일 재배의 확산, 공장식 농업에서 비롯된 질병 발생, 기후 변화, 식량과 물과 에너지 공급의 불확실성, 석유 고갈에 대한 불안, 이 세계가 만들어 낸 공급 구조의 급격한 붕괴 등등. 이런 모든 전개는 산산조각 난 잉글랜드에

+ 노르웨이의 스발바르 제도 내 스피츠베르겐 섬에 설치된 지하 저장고로, 전쟁이나 재해에 대비하여 세계 각국의 식물 종자 450만 종을 저장하고 있다.

관한 그의 서술이 더 그럴싸하다고 느끼게 만든다. 분명히 이 소설의 시대는 다시 (또는 '마침내') 찾아온 셈이다. 이 책은 이미 고전의 반열에 올랐다. 2007년의 북파인더 설문조사에서 『풀의 죽음』은 영국 최고의 절판본 열 권 가운데 하나로 선정되었다. [함께 선정된 책으로는 마돈나Madonna의 『섹스Sex』(1992), 피터 J. 네빌 해빈스Peter J. Neville Havins의 『잉글랜드의 숲Forests of England』(1976) 등이 있었다.] 상태가 좋은 초판본은 오늘날 300파운드 넘는 가격에 거래되고, 심지어 책등이 갈라진 펭귄 페이퍼백조차 최소 20파운드에 거래된다. 경매 사이트에서는 간혹 나타나는 책을 놓고 구매 희망자 간에 열띤 경쟁이 벌어진다. 이 책을 향한, 그리고 그 시나리오의 음울한 명료함을 향한 새롭고도 현재진행형인 수요가 있는 것이다.

물론 크리스토퍼의 잉글랜드와 오늘날의 잉글랜드 사이에는 중대한 차이도 있다. 즉 그의 소설 속 등장인물들이 상당히 유능한 생존 능력을 보여준다는 점이다. (아마도 허리띠를 졸라맸던 제2차 세계대전 기간 동안에 습득한 능력이 아닐까.) 그들은 자동차 수리법, 탁 트인 교외를 자동차로 여행하는 법, 사냥법, 추적법, 사격법, 농사법, 바리케이드 설치법, 심지어 적에게 공격당하는 주택 내부에서의 방어법 등을 알고 있다. 오늘날 우리가 슈퍼마켓의 식품에 의존하는 것이며, 마치 석유에 중독되다시피 생활하는 것이며, 심지어 몸 쓰는 기술조차도 전문화했음을 고려해보면, 우리가 유사한 재난을 맞이하여 커스턴스나 그의 일행 같은 적응 능력을 발휘할 수 있다고 생각하기는 힘들다. 물론 그것도 어쩌면 오히려 잘된 일일 수 있지만 말이다.

그렇다면 이 작품 이후에 존 크리스토퍼는 (또는 '샘 유드'는) 어떻게 되었을까? 『풀의 죽음』 이후로 그는 50편에 가까운 소설을 더 썼고, 그중 베스트셀러인 「트라이포드Tripod」 시리즈는 1980년대에 BBC에서 드라마로 각색해 큰 인기를 누리며 상당한 영향력을 발휘했다. 훗날 그는 잉글랜드 남부 해안의 라이Rye로 이사했는데, 이곳이야말로 영국 내에서는 풀의 한 가지 속屬과 같은 이름을 가진 유일무이한 도시이기도 하다.⁺

로버트 맥팔레인Robert Macfarlane, 2009년

+ 본문에 언급된 지명 '라이Rye'가 곡물 '호밀Rye'과 동음이의어임을 뜻한다.

미래의 문학 09

풀의 죽음

초판 1쇄 펴낸날 2018년 2월 26일

지은이 존 크리스토퍼
옮긴이 박중서
펴낸이 김영정

펴낸곳 폴라북스
등록번호 제22-3044호
주소 137-905 서울시 서초구 신반포로 321(잠원동)
전화 02-2017-0280
팩스 02-516-5433
홈페이지 www.hdmh.co.kr

ISBN 979-11-88547-09-8 04840
        978-89-93094-65-7 (세트)

* 폴라북스는 (주)현대문학의 종합출판 브랜드입니다.
* 책값은 뒤표지에 있습니다.